D1937296

Christina Brudereck

Chandani

Walk on! Leave it behind!
(Bono)

U2 widmete das Lied Aung San Suu Kyi,
als ihr 1991 für ihren unermüdlichen Einsatz
für Demokratie und Menschenrechte
und ihren gewaltlosen Widerstand
gegen das Militärregime in Birma
der Friedensnobelpreis verliehen wurde.

Christina Brudereck

Chandani

Roman

Brendow
VERLAG + MEDIEN

Für meinen Vater

Bibliografische Information Der Deutschen Nationalbibliothek
Die Deutsche Nationalbibliothek verzeichnet diese Publikation in der Deutschen Nationalbibliografie; detaillierte bibliografische Daten sind im Internet über www.d-nb.de abrufbar.

ISBN 978-3-86506-210-9
© 2008 by Joh. Brendow & Sohn Verlag GmbH, Moers
Einbandgestaltung: Miriam Gamper, Essen. www.dko-design.de
Titelfotos: Frau u. Türme © iStock,
Bordüre © dreamstime, Falke © Shutterstock
Satz: Satz & Medien Wieser, Stolberg
Druck und Bindung: Clausen & Bosse, Leck
Printed in Germany

www.brendow-verlag.de

Kapitel 1

Der Falke kreiste hoch oben am Himmel. Ein schwarzer Schatten vor dem intensiven Blau. Chandani beobachtete ihn und spürte über die große Entfernung ihre innere Verbundenheit, unerklärlich, aber wahr.

Sie sah kurz zum Haus. Ihr Vater Thura saß auf der Terrasse an seinem Lieblingsplatz im Schatten und auch er schien den Falken zu beobachten. Die flirrende Hitze des Nachmittags tauchte die Szene in ein unvergleichliches Licht. Alles wirkte wie verschwommen und dadurch fast unwirklich. Die grünen Hügel, die Pferde, die Stallungen, der Garten und das weiße zweistöckige Haus – nur ein Bild, ein verwaschenes Aquarell.

Sie hörte seinen Schrei, als wolle Skamar ihre Aufmerksamkeit wecken. Wahrscheinlich hatte er Beute entdeckt. Ihr Herz schlug schneller, mit seinem mit. Sie sah zum Himmel, blinzelte und hielt sich die Hand zum Schutz vor der Sonne vor die Augen. Skamar zog seine Runden.

Hatte er irgendetwas entdeckt oder hatte er sich tatsächlich nur in Erinnerung bringen wollen, als habe er gemerkt, dass sie mit ihren Gedanken nicht bei ihm gewesen war? Sie beobachtete ihn. Die Spannweite seiner Flügel, über hundert Zentimeter, wirkte auch von hier unten aus beachtlich. Er war gut gewachsen, ihr Bester, kräftig, elegant und schnell, ein „Vermittler aus der Anderswelt“, wie die Falken auch genannt wurden.

Plötzlich wurde sie abgelenkt. Unwillig wandte sie den Blick ab vom Himmel hin zum Weg, der zu ihrem Gelände führte. Staubwolken in der Ferne kündigten an, dass jemand unterwegs zu ihnen war. Irritiert sah sie zum Haus hinüber. Ihr Vater war aufgestanden und reckte sich, auf der obersten Stufe der Treppe stehend. Auch er hatte also bemerkt, dass Besuch kam. Aber heute erwarteten sie eigentlich niemanden. Wenn Gäste kamen, dann kündigten sie sich in den allermeisten Fällen vorher an. War das ein Kunde, der zu ihr wollte? Jemand, der einen verletzten Vogel brachte vielleicht? Oder Besuch für ihren Vater? Jemand aus einem der Bergdörfer, der sie um einen Gefallen bitten wollte? Sie mochte keine Überraschungen und war nicht erpicht auf Neuigkeiten. Ja, sie hatte dem Neuen noch keine Einladung ausgesprochen.

Angespannt stand sie da, passiv, aber als sie merkte, wie hilflos sie sich fühlte, riss sie sich zusammen und rief ihrem Vater zu: „Ich gehe zum Tor und werde sehen, wer da kommt!"

Aber dann ging sie doch nicht. Etwas hielt sie zurück.

Thura hatte sie beobachtet. Er spürte ihr Zögern und wusste, dass sie sich in diesem Moment über sich selbst ärgerte. Wie immer, wenn sie um Energie und Mut erst kämpfen musste, um die Kraft, loszugehen, einem Menschen zu begegnen, etwas Ungewohntes zuzulassen. Er gab seinem Impuls nach und ging langsam auf sie zu. Sie hörte ihn in ihrem Rücken, das Knarren der Stufen, seine Schritte auf dem Weg hinter sich, und wusste nicht, ob sie sich losreißen sollte aus ihrem Zögern oder darauf warten, dass er bei ihr stehen würde. Ein kurzer Blick ging hoch zu Skamar. Fliegen zu können, wäre schön. Alles von oben aus zu betrachten, mit Abstand, weit weg, hoch über dieser Welt.

„Chani", hörte sie ihren Vater ihren Namen sagen, in der kurzen Koseform, die nur er benutzte, niemand sonst. Weil er ihre Nähe suchte oder ihr seine Nähe schenken wollte. „Chani", sagte er noch einmal, „komm her. Komm zu mir, nur für einen Moment."

Sie drehte sich um, sah ihn an und wusste, sie könnte sich in seine Arme werfen, wenn sie nur wollte, und er würde sie auffangen. Aber etwas in ihr wehrte sich gegen diese Vorstellung. Sie war eine erwachsene Frau, etwas scheu vielleicht, aber doch erwachsen. Er wartete und es tat ihr leid, ihn enttäuschen zu müssen, aber sie konnte den Gedanken an seine Nähe jetzt nicht ertragen. In Thuras

Blick lag Wärme und vielleicht eine kleine Spur von Irritation, aber er zwang sie nicht, näher zu kommen, wiederholte nicht einmal sein Angebot. So standen sie da, beide schweigend, noch einen Augenblick lang. Chandanis Atem ging kurz und heftig, dann löste sie sich aus dieser Szene und wandte sich ein wenig ab.

Sie hob den rechten Arm mit dem ledernen Handschuh, stieß einen kurzen Pfiff durch die Zähne aus und rief: „Skamar!" Der Falke hielt unmittelbar in seiner Bewegung inne, stand am Himmel und kam dann in direktem Flug zu ihr. Fasziniert beobachtete sie ihn. Die Flügel schlugen und mit einem Ruck saß er auf ihrem Handschuh. Sie lachte und sah kurz zu ihrem Vater hinüber, der ihr zustimmend zunickte, sich dann umdrehte und langsam zum Haus zurückging. Mit keiner anderen Geste hätte er ihr besser zeigen können, dass er ihr zutraute, allein mit der Situation fertig zu werden, dass er an ihre Kraft glaubte und wünschte, sie würde es ebenfalls tun.

Sie stand da. Skamar sah sie aufmerksam an. Sie gönnte sich diesen Moment, ihn genauer zu betrachten und sich über ihn zu freuen. Skamar, ihr Falke. Der kleine Kopf, die großen Augen und der typische Hakenschnabel, der schlanke kräftige Körper, die langen spitzen Flügel, die Zehen, er sah so edel aus, so nobel, königlich. Als könne ihn nichts erschüttern. Mit ihm gemeinsam würde sie es schaffen. Sie spürte eine Welle der Kraft in sich aufsteigen und machte sich auf den Weg zum Tor. Die Haltung des Falken schien auf sie abgefärbt zu haben, sie ging jetzt aufrecht, ja, fast wirkte sie stolz.

Sie hörte jetzt, dass ein Reiter am Tor angelangt war und dort stehen blieb. Ein Mann sprang vom Pferd. Die Zügel in der rechten Hand, kam er mit großen Schritten auf sie zu. Er wirkte energisch und stark. Sie blieb stehen und wartete, wie weit er ihr entgegenkommen würde.

Er sollte dieses Bild nie wieder vergessen, ein tiefer Eindruck, der sich in seine Seele brannte: eine Frau und ein Falke, beide so wür devoll, dass es ihm kurz den Atem verschlug. Später würden sie erzählen, dass dieser Moment für sie beide entscheidend gewesen war. Ihre stolze, zurückhaltende Haltung und seine höfliche Vorsicht. Wenn nur eine Kleinigkeit anders gewesen wäre, eine Geste vielleicht oder ein Wort, die Geschichte wäre wohl anders weitergegangen, vermuteten sie beide. Ihre Blicke trafen sich und irritiert merkten sie, dass sie es nicht schafften, sofort wieder wegzusehen, als hätten sie sich verfangen, irgendwie ineinander verwickelt. Bis Chandani zu Boden sah und wartete, ob er irgendetwas sagen würde.

„Guten Tag, Chandani."

Seine Stimme war trocken und er räusperte sich verlegen. Sie stutzte, weil er ihren Namen kannte. Aber das Räuspern gefiel ihr, es machte ihn auf einmal menschlich. Sie fragte sich, wer er sein könnte, woher er kam, warum er hierher gekommen war und wer ihm ihren Namen genannt haben könnte.

„Guten Tag", erwiderte sie und hörte sich fröhlicher an, als sie sich fühlte. Sie sah ihn direkt an, fragend, fordernd, und ihm war wohl klar, dass sie ein Recht auf eine Erklärung hatte.

„Der Priester schickt mich."

Er hoffte, dass er mit diesem ersten kleinen Satz ein wenig ihr Vertrauen gewinnen würde. Sie nickte. Der Priester also. Sie merkte, wie sie innerlich ruhiger wurde. Aber sie war auch überrascht, weil sie mit dieser Verbindung nicht gerechnet hatte. Was hatte der Priester sich denn wohl dabei gedacht, diesen Mann zu ihr zu schicken? Sie würde später darüber nachdenken. Jetzt war sie erst einmal erleichtert, weil sie wusste, dass dieser Fremde als Freund kam, mit guten Absichten. Trotzdem blieb sie noch ein wenig auf der Hut. Er sprach Hindi, mit einem kleinen Akzent, als würde er viel Englisch sprechen, gutes Englisch, und sie antwortete ihm in seiner Sprache.

„Und wer sind Sie, dass Sie sich schicken lassen? Von ihm? Hierhin zu mir? Sie wollen doch zu mir? Oder wollen Sie zu meinem Vater?"

Sie sprach so schnell und so forsch, dass er kurz ein wenig zurückschreckte, sich aber sofort wieder fing und dann, als überlegte er sehr genau, wie er ihre Frage beantworten könne, einen ersten Satz versuchte.

„Zurzeit lebe ich hier, unten in der Stadt."

Sie wurde neugierig. Er sah indisch aus, seine Haut war braun, wesentlich heller als ihre, er war hochgewachsen und schmal, aber sie konnte nicht einschätzen, woher er kam. Als habe er ihre Gedanken erraten, sagte er:

„Ich komme ursprünglich aus Mumbai." Und wiederholte dann noch einmal: „Aber jetzt bin ich hier, in Kanchipuram, unten in der Stadt."

Sie nickte. Diese Information sagte nicht viel, eigentlich gar nichts. Sie selbst hatte ein paar Jahre in Mumbai gelebt, war dort zur Schule gegangen. Aber jetzt ging es um ihn. Was tat er hier in der Stadt und was hatte ihn weit hinauf hierher zu ihnen in die Berge geführt? Was suchte ein Mann aus Mumbai, ein geschickter Reiter, hier oben? Wie hatte er den Priester kennengelernt? Hielt er sich im Kloster auf? War er auf der Suche nach Geld, wollte er handeln? Oder war er wohlhabend und auf der Suche nach Sinn und wollte meditieren? Ihr fiel auf, dass er seinen Namen nicht genannt hatte. Wollte er lieber unbekannt bleiben? Oder würde sein Name ihr etwas verraten?

Er sah kurz den Falken an und sie bemerkte seinen Blick.

„Sie suchen einen Falken?"

Anstatt zu antworten, sagte er: „Was für ein schöner Vogel, so edel. Wirklich wunderschön."

Sie freute sich ehrlich über seine Bemerkung und spürte, dass sie sich auf sein Interesse einlassen würde. Nun, er hatte ihr Spezialgebiet erwischt, das in gewisser Weise ihre Lücke in der Rüstung war. Warum nicht nachgeben und ein wenig auf ihn zugehen?

„Er hört auf den Namen Skamar. Er ist ein Sakerfalke. Sehr selten in dieser Gegend anzutreffen. Dieser hier ist zweiundfünfzig Zentimeter groß, das ist ganz ordentlich, und seine Flügel haben eine Spannweite von hundertzwölf Zentimetern. Sehen Sie sich den Kopf an, er ist auffallend hell, das ist eines seiner Merkmale. Er ist vier Jahre alt und ich habe ihn selbst großgezogen."

Er nickte anerkennend und sah sie mit offenem Interesse an, ja richtig neugierig, sodass sie sich ermutigt fühlte, weiterzusprechen.

„Achten Sie darauf, wie er guckt, diese großen Augäpfel, mit denen er auch die kleinste Bewegung wahrnimmt und sie über große Entfernung fixieren kann. Er bekommt alles mit. Sie können bei ihm wahre Aufmerksamkeit lernen."

„Und seine Ohren?"

Sie musste schmunzeln, der Mann stellte ja Kinderfragen.

„Hier! Seine Ohren liegen hier unterhalb, hinter den Augen. Sie sind durch diese langen, schmalen Konturfedern verdeckt. Sehen Sie? Hübsch, nicht wahr?"

Sie sah ihrem Falken ins Gesicht und von einem Moment zum anderen wirkte es so, als würde ein geheimnisvoller Dialog zwischen ihr und dem Tier stattfinden. Sie versank in ihre Betrachtung und schien vergessen zu haben, dass der Fremde überhaupt da war. Sie strich über die Federn des Falken, grau an der Oberseite mit undeutlich dunkleren Wellen, und flüsterte leise vor sich hin, als würde sie dem Tier eine Geschichte erzählen.

Er sah sie genauer an. Sie war eine schöne Frau. Das Auffälligste waren ihre Augen, ungewöhnlich grün, strahlend und wach, viel heller als üblich für die Menschen dieser Gegend. Sie war mit Sicherheit keine Inderin. Aber woher kam sie? War sie hierher geflohen? Oder hier geboren, ein Mischling, wie man sagte, mit Vorfahren aus einer anderen Welt, einer anderen Gegend? Ihre Haut war dunkel und sie hielt sich kerzengerade. Ihr Haar war ungewöhnlich kurz, insbesondere für eine Frau dieses Kulturkreises, und es verlieh ihr etwas Asketisches. Sie trug ein einfaches langes Baumwollhemd über einer weiten Hose, die einfache Kleidung der Frauen dieser Gegend, sodass man ihre Figur nur erahnen konnte. Das dunkle Grün machte einen natürlichen Eindruck und es spiegelte die Farben ihrer Augen wider. War sie klein und schmal oder eigentlich kräftiger, größer? Er hätte es nicht sagen können. Auf ihn wirkte sie vollkommen, alles schien irgendwie am richtigen Platz zu sein. An den Füßen trug sie einfache Sandalen aus schmalen Lederriemchen, die Nägel waren nicht lackiert, wie er es von anderen Frauen kannte, aber an einem der Zehen steckte ein kleiner silberner Ring.

Er sah wieder auf und ihre Blicke trafen sich.

„Hübsch, nicht wahr?“, wiederholte sie ihre Frage.

Und er sagte: „Ja, hübsch, sehr hübsch sogar.“

Sie waren beide irgendwie erleichtert, als sie Thuras Stimme rufen hörten, der jetzt auf sie zukam.

„Hallo! Willkommen.“ Er war etwas außer Atem. „Beim Haus ist es kühl. Im Schatten auf der Terrasse kann man es gut aushalten. Und dort gibt es auch Wasser zu trinken. Kommen Sie doch. Warten Sie, ich nehme das Pferd. Kommen Sie. Bitte.“

Er nahm ihm die Zügel aus der Hand und ging voran in Richtung Haus. Der Fremde beeilte sich, ihm zu folgen. Chandani rief ihnen hinterher, dass sie gleich nachkommen würde.

Der erste Moment ihrer Begegnung war vorbei.

Thura lud den Gast ein, auf die Terrasse zu gehen und dort Platz zu nehmen, und erklärte, er selbst werde sich nur kurz um das Pferd kümmern und dann sofort bei ihm sein.

„Danke, Sie sind sehr freundlich“, rief der Gast ihm hinterher, nahm Platz und schloss für einen Moment die Augen.

Schon ein paar Minuten später schenkte Thura ihm ein Glas Wasser ein. Dann reichte er ihm ein kleines weißes Handtuch.

„Hier, ein Tuch mit warmem Wasser und etwas Zitronenaroma, das wird Sie erfrischen.“

Thura ermahnte sich innerlich selbst: „Du sprichst zu viel.“ Aber der Gast nahm das warme feuchte Tuch gerne entgegen und legte es sich kurz auf sein Gesicht, rieb sich über die Augen und die Wangenknochen, säuberte sich abschließend die Hände und reichte es zurück. Thura nahm es ihm ab und ging ins Haus.

Chandani, immer noch Skamar auf der Hand, war zögernd zum Haus gekommen. Als sie ihren Vater darin verschwinden sah, verlangsamte sie ihre Schritte noch mehr, denn sie wollte nicht allein mit dem Fremden sein. Sich allmählich nähernd, beobachtete sie ihn. Er saß in einem der Sessel, aber er schien nicht gut stillhalten zu können. Vielleicht war er nervös und fühlte sich unwohl. Aber nein, dafür wirkte er zu ausgeglichen. Vielleicht war er auch einfach neugierig. Ja, so wirkte er. Als suche er etwas. Und er schien aus irgendeinem Grund jede Gelegenheit zu nutzen, um sich zu bewegen. Er beugte sich zu seinen Sandalen, rückte das Kissen im Nacken zurecht, sah nach oben zum Himmel, nahm sein Glas zur Hand, stellte es wieder ab, drehte sich nach irgendetwas um. Chandani musste unwillkürlich schmunzeln und dachte wieder, wie vorhin schon, als er sich räuspern musste, dass der Fremde menschlich wirkte.

Als sie auf die Terrasse kam, stand er sofort auf, aufmerksam, abwartend. Chandani setzte den Falken auf einem Gestell ab, zog den ledernen Handschuh aus und setzte sich in einen der Sessel. Auch er nahm wieder Platz. Der Falke thronte zwischen ihnen. Der Gast spürte die Energie, die von dem Tier ausging, und den Abstand zu der fremden Frau, mit der er gerne weiterreden würde.

Thura trat aus dem Haus auf die Terrasse und hielt eine Platte mit Gebäck und eine Schale mit Obst in den Händen.

„Hier, greifen Sie zu. Sie müssen hungrig sein. Sie kommen wohl von unten, aus der Stadt?"

Der Fremde bejahte das. Chandani fragte sich kurz, was eigentlich heute mit ihrem Vater los war. Wo war denn seine Ruhe geblieben? Er wirkte ja ganz aufgekratzt, ganz anders als sonst, wenn Besuch zu ihnen kam. Seine vielen schnellen Worte und die zappelige Art ihres Gastes führten dazu, dass sie nahezu unweigerlich eine ruhigere Haltung einnahm, wie um die Situation auszugleichen oder vielleicht auch aus lauter Trotz.

Thura ergriff wieder das Wort und fragte den Fremden: „Sie sind gekommen, um einen Falken zu kaufen?"

Chandani schüttelte leicht den Kopf. Woher wollte er das denn wissen, fragte sie sich, und verdrehte innerlich die Augen. Er bemerkte ihren Blick und meinte: „Warum soll er sonst hier sein? Hier gibt es nicht viel anderes, hm?"

Sie hielt es nicht aus und unterbrach ihn: „Er könnte zu dir gekommen sein, um zu meditieren. Oder", fügte sie trotzig hinzu, „vielleicht ist er ja auch hier, weil er ein Versteck braucht."

Thura nickte. „Ja, Chani. Du hast recht. Das könnte auch sein. Aber so ist es nicht, nicht wahr? Ich habe recht. Er sucht einen Falken."

Zufrieden sah er jetzt den Gast an, der dem Gespräch von Vater und Tochter neugierig zugehört hatte und sich aufgefordert fühlte, sich zu erklären.

Nur ganz ungern wollte er Chandani in den Rücken fallen, aber sie wusste ja bereits, dass ihr Vater recht hatte. Also sagte er tapfer: „Ja, es stimmt, ich bin wegen der Falken gekommen." Er ermahnte sich selbst, es vorsichtiger zu formulieren, um bei der Wahrheit zu bleiben, und ergänzte: „Ich habe eine lange, weite Reise hinter mir, die mich irgendwann zum Kloster geführt hat, auf dem anderen Berg, vor ein paar Tagen erst, um genauer zu sein. Ob ich einen Falken kaufen möchte, weiß ich gar nicht, aber ich habe einige Fragen. Und dieser Priester, Pran, hat mir zugehört. Er war seit Langem der erste Mensch, der zu verstehen schien, was mich umtreibt. Er hat mir den Rat gegeben, mich an diesen Ort zu begeben. Ich wusste nicht, was oder wen ich antreffen würde. Aber hier bin ich jetzt."

Chandani wurde hellhörig, denn was er sagte, klang sehr vertraut. Sie fragte sich, ob seine lange Reise nur ein Weg über große Entfernungen und äußere Grenzen gewesen war oder er wohl auch von einer inneren Reise sprach. Für sie hörte es sich jedenfalls fast so an.

Thura sah ihn freundlich an.

„Und", fragt er, „sind Sie am richtigen Ort angekommen?"

Chandani nahm die Antwort vorweg. „Das kann er doch noch gar nicht sagen. Wir wissen nicht, wer er überhaupt ist. Und welche Fragen genau er hat. Und ob wir sie überhaupt beantworten können."

„Wir?", lachte Thura fragend. „Ich freue mich immer über Besuch, ich bin nahezu berühmt dafür, und ich lasse mich gerne auf Fragen ein. Aber du, Chani, wir wissen nicht, ob *du* seine Fragen beantworten kannst." Und leise lachend fügte er hinzu: „Vor allem wissen wir nicht, ob du sie beantworten *willst*! Hm?"

Vater und Tochter warfen sich nur einen kurzen Blick zu und warteten dann beide ab, ob ihr Gast das Wort ergreifen würde. Dieser fragte schließlich: „Chandani – ist das ein Hindi-Name?"

Sie fragte belustigt zurück: „Sie fragen sich, wo ich herkomme?"

Er erklärte: „Sie sprechen Hindi, wie nur wenige Menschen in dieser Gegend. Aber Sie sehen nicht aus wie …"

„Ich bin auch weit gereist, wissen Sie. In Hindi würde mein Name Fluss bedeuten. Aber mein Vater", sie zeigte mit einer kleinen Handbewegung zu Thura, „hat einen birmanischen Namen für mich ausgewählt und hier bedeutet er Stern."

Thura schaltete sich wieder ein und ergänzte: „Und Thura bedeutet Sonne, wussten Sie das?"

Mit einem kleinen Lachen meinte Chandani: „Mein Vater ist Sonne, ich bin Stern, kleine Sonne."

Mit einem Schnaufen zeigte Thura, wie wenig er den Kommentar seiner Tochter billigen konnte. Aber obwohl er es ihr wohl schon oft erklärt hatte, wirkte er ausgesprochen geduldig und als läge ihm viel daran, dass man ihm zuhören würde, als er sagte: „Eine der Grundregeln der Meditation liegt darin, etwas nicht nur aus einer Richtung zu betrachten. Von der Erde aus wirkt die Sonne größer als ein Stern, weil er weiter weg ist. Sobald du aber einen anderen Standpunkt einnimmst, könnte es nahezu umgekehrt sein und dann wäre die Sonne irgendein Stern und dein Stern wäre ein großes Licht."

Als Außenstehender konnte man nur erahnen, dass sich hinter diesen Schäkereien zwischen Vater und Tochter Geschichten verbargen, Gespräche, die schon lange vorher angefangen hatten, Geheimnisse. Wo war eigentlich die Mutter, die Ehefrau? Die Frage wurde plötzlich wach. Aber, so sagte es sich der Gast selbst, er würde behutsam sein und solche Fragen heute ganz sicherlich nicht stellen, später vielleicht.

„Skamar bedeutet übrigens ebenfalls Stern. Im Tibetischen", nahm Chandani ihr Gespräch jetzt wieder auf.

„Sie sind wohl wirklich gereist", sagte er. „Haben Sie dabei gefunden, was Sie gesucht haben?"

Chandani konnte sich nicht entscheiden, ob sie seine Fragen zulassen wollte, ja, sie sogar mochte, oder ob sie sich schützen müsste, und sie antwortete daher wieder nur langsam.

„Ich habe hier gefunden, was ich suchte. Nach langer Zeit. Aber", sie sah ihn direkt an und ihr Kopf ging ein Stückchen höher, „ich kann Ihnen nicht versprechen, dass es Ihnen genauso ergehen wird."

Hätte sie es lauter gesagt oder kälter, er hätte sich sofort ausgeladen gefühlt und zurückgewiesen, aber weil sie es so sanft gesagt hatte, glaubte er ihr, dass sie ihm die ehrlichste Antwort gegeben hatte, die ihr momentan möglich war.

„Und?", fragte er weiter, „wie sind Sie an genau diesen Ort hier gekommen?" Er deutete auf das Haus und das weite Gelände und man sah ihm an, dass ihm gefiel, wo er war.

Chandani versuchte, es mit seinen Augen zu sehen: Die Holzterrasse mit weißen Korbmöbeln und zitronengelben Kissen, das weiße, lang gestreckte, zweistöckige Haus mit den kleinen Fenstern mit den drahtigen Netzen, um Moskitos abzuhalten, die wilden Orchideen, die entlang der Wände rankten, das alles fügte sich in die Gegend ein wie ein Fels, der seit Jahrhunderten hier ruhte. Das Gelände oder zumindest der Teil, den er von hier aus einsehen konnte, die verschiedenen Bäume, der Garten, der Brunnen, Hühner, Ziegen und Pferde, Garage und Pferdeställe, mussten ihm einen großzügigen, geschäftigen Eindruck vermitteln. Und dabei hatte er noch nicht gesehen, was ihnen beiden am wichtigsten war: die Falknerei und die kleine Kapelle mit dem Gebetspfad im kleinen Wäldchen am Ende des Gartens.

„Wie haben Sie diese Insel gefunden, eine Insel mitten in den

Bergen? Es ist einfach ganz wunderschön hier, grün, lebhaft und gleichzeitig ruhig."

Chandani und Thura sahen sich an, um zu klären, wer von ihnen beiden diese Frage beantworten würde. In Chandanis Blick lag die Bitte, diese Aufgabe jetzt nicht erfüllen zu müssen, und so antwortete ihr Vater und sie wunderte sich wieder einmal, dass er nicht müde wurde, die Geschichte ihrer Herkunft kurz zusammenzufassen und sie zum wiederholten Mal einem Fremden zu erklären.

„Diese Insel, wie Sie sagen, ist unser Zuhause im Exil. Wir sind, wie Sie mittlerweile und nachdem Sie unsere Namen gehört haben, wohl erahnen, Birmanen, genauer gesagt Chin. Kennen Sie sich vielleicht ein wenig aus? Wir kommen aus dem Nordwesten des Landes, der Chin-Staat grenzt an Ihren indischen Bundesstaat Mizoram." Er zögerte kurz. „Ja, da haben wir einmal gelebt. Wir hatten dort ein Haus und ein bisschen Land, nicht sehr weit von Hakha, am Rung-Berg."

Der Fremde schüttelte den Kopf.

„Verzeihen Sie bitte, aber ich habe immer an der Westküste gelebt, also genau auf der anderen Seite Indiens, einmal quer über den Kontinent. Birma ist weit weg, wenn ich ehrlich bin."

Thura nickte.

„In Birma herrscht eine Militärdiktatur, um es kurz zu sagen, die politische Situation unserer Heimat ist sehr angespannt. Wir mussten gehen und es sieht zurzeit nicht so aus, als würden wir bald zurückkehren können, zumindest ich werde es wahrscheinlich nicht mehr erleben. Wir Birmanen sind eigentlich keine großen Reisenden, wir sind sesshafte Leute, sagt man uns nach. Und auch wenn ich solchen nationalen Zuschreibungen sonst nicht viel abgewinnen kann, muss ich sagen, dass es in meinem Fall stimmt und es mir sehr schwergefallen ist, unsere Heimat zu verlassen. Es ist wohl kein Tag vergangen, an dem ich nicht einen Moment von Heimweh erlebt habe. Aber Indien ist unsere zweite Heimat geworden, nicht das, was eine erste Heimat ist, aber inzwischen doch ein neues Zuhause. Wir, oder besser gesagt ich habe jahrelang unten in Kanchipuram gelebt, Kanchi, wie wir hier sagen, am Rand der Stadt, aus der Sie wohl gerade kommen.

Aber als meine Tochter dann eines Tages entschied, ebenfalls in Indien sesshaft werden zu wollen, haben wir nicht allzu weit entfernt von der Stadt dieses Stück Land gefunden. Wir suchten einen ruhigen, weitläufigen Ort für die Falknerei und ein Haus, in dem wir Gäste empfangen können. In Kanchi wird vor allem mit Seide gehandelt, allerbester Seide, was eine Menge Händler anzieht, Schneidereien, Textilindustrie. Aber vor allem herrscht deshalb das ganze Jahr über ein großer Andrang, weil die Stadt von Pilgern besucht wird, sie zählt wegen ihrer Schreine aus allen Epochen zu den sieben heiligen Städten Indiens. Ironischerweise sind Sie in dem einzigen buddhistischen Kloster gelandet, hm? Sicher haben Sie aber auf Ihrer Reise hierhin auch die Tempeltüren, die berühmten Gopurams, gesehen."

Der Fremde nickte und erzählte, er sei zu Fuß von Chennai nach Kanchipuram gekommen. Thuras Worte machten ihn unruhig – Textilindustrie und Pilger, was sollte er von sich preisgeben? Aber zunächst wurde nicht von ihm erwartet, dass er mehr sagte, Thura sprach weiter.

„Das Klima hier oben ist angenehm für Menschen und auch für Tiere, Pflanzen, Bäume und Gemüse."

Ihr Gast nickte anerkennend und meinte: „Man muss Ihnen gratulieren. Sie haben den perfekten Platz gefunden, an dem sich Ihre Wünsche gut verwirklichen lassen."

Thura und Chandani nickten und bedankten sich für seine freundlichen Worte. Einen Moment lang sagte niemand etwas. Dann stand Thura auf. „Sie sind herzlich willkommen. Bleiben Sie gerne als unser Gast bei uns. Ihre Tasche und den Beutel mit Ihren Sachen habe ich bereits hineingetragen. Ich bereite Ihnen ein Zimmer hinten im Haus, ein Gästezimmer mit eigenem Bad, und dann werde ich ein einfaches Abendessen für uns kochen. Vielleicht zur Feier des Tages oder um unsere Erinnerungen zu würdigen etwas nach einem birmanischen Rezept."

Es war klar, dass er keinen Widerspruch dulden würde. So verbeugte er sich leicht und war im nächsten Moment im Haus verschwunden.

Chandani, unschlüssig, was genau sie tun sollte, machte ihrem Gast, der ganz offensichtlich nicht länger sitzen bleiben wollte, das Angebot, ihm das Gelände zu zeigen. Sofort sprang er auf und schloss sich ihr begeistert an.

Thura sah den beiden von seinem Platz am Fenster hinterher, wie sie nebeneinander, wenn Chandani auch auf Abstand zu achten schien, auf dem ausgetretenen Pfad am Garten entlang zu den Pferdeställen gingen und von dort aus dann wohl weiter zum Neubau, zu den Gestellen und großen Käfigen. Er wusste, dass er das Richtige tat, und spürte Unruhe in sich aufsteigen. Vorsichtig öffnete er die erste Tasche des Gastes. Er wagte es, diese persönlichen Dinge zu berühren, in die Hand zu nehmen, er wollte nicht wühlen, keine Spuren hinterlassen, aber vielleicht einen Hinweis finden. Eine Hose, ein Shirt, ein Longyi, ein Kurta, Waschzeug, das nach Pfefferminz und Amber roch, eine Geldbörse, eine Landkarte, ein Buch. Er schlug es auf. Es war eine Art Gebetbuch mit Noten und Texten in Hindi, er konnte es lesen. Und da stand auch der Name. Falak F. W. Er nickte. Tränen schossen ihm in die Augen. Er hatte es geahnt, ja gewusst. Falak – ein schöner Hindi-Name für jemanden, der einen Falken sucht. Er schmunzelte. Falak, das Hindi-Wort für Himmel. Ein interessanter Name für einen Gast von Sonne und Stern. Wahrhaft hintergründig, verbunden. Er lachte jetzt und schüttelte ein paar Mal den Kopf. Dann setzte er sich an den Küchentisch. Er sprach ein kurzes Gebet und einen Segen. Seine guten Ahnungen wurden erfüllt. Der Gast war ein Bote. Jeder Gast war das, aber dieser brachte etwas Neues. Diesem kam heilige Bedeutung zu. Er schlug das Gebetbuch irgendwo in der Mitte auf. Mit einem Bleistift schrieb er vorsichtig und sehr sorgfältig ein paar Worte, nur eine Zeile, an den unteren Rand des Blattes.

Wenn er dieses Buch wirklich benutzte, was Thura aus tiefem

Herzen hoffte, würde er die Zeile entdecken. Wann, das bliebe geduldig abzuwarten. Und ob er den Hinweis in den Worten dann richtig verstehen würde, wäre eine weitere Frage. Eine Freude machte sich in Thura breit, wie bei jemandem, der weiß, dass er eine Belohnung verdient hat. Wann sie ausgezahlt und ob er das noch erleben würde, war nicht mehr seine Aufgabe, sondern stand in der Macht eines anderen.

Kapitel 2

Chandani konnte nicht schlafen. „Mach dir nichts vor“, sagte sie zu sich selbst, „nach so einem Tag ist es schwer, zur Ruhe zu kommen, da würde jeder wach liegen und nicht aufhören können, zu grübeln.“ Ja, sie wusste nur zu genau, dass es nicht allein die Wärme war, die sie daran hinderte, einzuschlafen, sondern dass sie noch eine Weile über den Fremden nachdenken musste.

Sie sah ihn vor sich. Er hatte etwas Leidenschaftliches an sich, das sie gleichzeitig lockte und zurückschrecken ließ. Sein Gesicht wirkte meistens ernst, nicht verschlossen, vielmehr nachdenklich und so – sie suchte nach einem treffenden Wort – so versunken. Ja, so würde sie ihn beschreiben, er wirkte auf sie, als horche er tief in sich hinein. Aber in seinen Augen blinzelte auch immer wieder unverhohlene Neugier auf und er schmunzelte oft. Dann senkte er den Kopf, als wolle er sein Lachen verbergen, und es wirkte, als lugte er über den Rand seiner eigenen Stirn hinaus, die sich dabei in viele kleine Falten legte, und dieses Schielen gab ihm etwas Jungenhaftes.

Und dann waren da noch seine vielen Gesten und wie er ständig in Bewegung zu sein schien. Als wüsste er nicht, wohin mit seiner Kraft. Die meisten Menschen versuchten, in der Hitze jede überflüssige Bewegung zu vermeiden, aber er – er schien immer noch einen kleinen Knicks oder Wink hinzuzufügen, eine Verbeugung des Oberkörpers, eine Drehung seines Kopfes, eine ausladende Handbewegung, jeweils wie die kleine Zugabe eines Tänzers. Das ließ ihn gewandt wirken, lebhaft und geschickt. Diese Mischung, das Verspielte und seine Nachdenklichkeit, faszinierte sie. Obwohl sie an diesem Tag kaum etwas über ihn persönlich erfahren hatte, war ihr Interesse geweckt.

Ihre Fantasie spielte ihr einen Streich und für einen Moment schien es ihr, als sähe er sie an, läge hier neben ihr in ihrem Bett. Mit der einen Hand berührte sie kurz die weiße Steinwand, als streichele sie über seinen Kopf. Sie seufzte. Diese hohe Stirn war vermutlich ein gutes Versteck für eine ganze Menge von Geschichten und Geheimnissen. Dann drehte sie sich, bevor sie die Wand noch küssen würde, auf die andere Seite, rückte ihr Kopfkissen zurecht und blickte in das leere dunkle Zimmer.

„Wer bist du?", flüsterte sie. „Wer bist du wohl?"

Sie versuchte, sich ihre Gespräche in Erinnerung zu rufen. Er musste irgendetwas von sich preisgegeben haben, auch wenn er wenig von sich geredet hatte.

Beim Abendessen aber hatte er ein wenig mehr erzählt. Sie musste unwillkürlich lächeln, als sie an seine komische Offenbarung dachte. Thura hatte einen Reiseintopf gekocht, mit vielen frischen Kräutern und in ganz dünne Scheiben geschnittenem Hühnchenfleisch, das er vor dem Anbraten lange in Sojasauce eingelegt hatte. Er hatte ihren Geschmack getroffen und sie hatten zunächst schweigend und mit Genuss gegessen, ganz wie es sich für Birmanen gehörte, die beim Essen niemals redeten, eine Tradition, die als Würdigung der Nahrungsmittel geachtet wurde – als würde man durch eine Unterhaltung das Essen beleidigen, weil man es in die zweite Reihe rückte. Sie erinnerte sich, wie ihre Eltern ihr diese Tradition als kleines Kind beigebracht hatten, und immer wieder, wenn sie eine ihrer drängenden Fragen hatte stellen müssen, einen Finger an den Mund legten, um ihr dann nach einer Weile zu erklären, dass eine warme Mahlzeit niemals selbstverständlich war und gewürdigt werden sollte, dass man schmecken sollte, was man genau aß, um dem Wunder nachzuspüren, dass die Erde Früchte und Kräuter preisgab und ihre Quellen Wasser und Salz. Als Kind hatte man ihr verziehen, wenn ihr Eifer diese Regel vergaß, aber auf Dauer hatte sie sie verinnerlicht und dann eines Tages auch ihre Schönheit entdecken können.

Nach einer Weile, als sie sich alle ihre erste Portion hatten schmecken lassen, hatte Thura an diesem Abend aber fast ohne Unterbrechung alte Geschichten aus Birma erzählt. Dabei hatte er kleine Bemerkungen eingestreut wie: „Meine Großmutter, eine wahre Chin, dunkelhäutig und aufrecht, hat mir, als ich gerade einmal vier Jahre alt war, das Reiten beigebracht, auf einem Esel …"

Chandani war ins Träumen geraten, als ihr Vater schöne, alte, sinnliche Erinnerungen mit ihnen geteilt hatte.

„Dieses Rezept – es ähnelt vielleicht Ihrer indischen Biriyani – haben wir in Birma immer gekocht, wenn jemand nach längerer Zeit der Abwesenheit wieder nach Hause zurückkam, es wurde über die Jahre sozusagen unser Willkommensessen, ein wahres Festmahl. Aber je nachdem, wer es zubereitete, schmeckte es immer ein bisschen anders. Meine Mutter zum Beispiel fügte immer noch etwas frischen Koriander hinzu. Mein Vater, der auch sehr gut kochen konnte, wie alle Männer in unserer Familie, wenn ich das so sagen darf, schmeckte das Ganze mit geriebenem Ingwer ab und streute, wenn er den Eintopf servierte, ein paar zerhackte Erdnüsse auf den Reis. Meine Eltern hatten nämlich eine kleine Garküche in Hakha."

Und ihr waren Tränen in die Augen gestiegen, weil Thura auch die dunkleren Kapitel nicht ausgespart hatte. Sie musste kurz überlegen, wie er von ihrem Abschied damals erzählt hatte, und erinnerte sich dann an den bitteren Satz von Thura:

„Stellen Sie sich das vor", hatte er den Gast aufgefordert, „nur zu sagen oder zu schreiben, dass Birma zu den ärmsten Ländern der Erde gehört, war damals in bestimmten Situationen schon lebensgefährlich, und das ist es immer noch." Er wartete, dass der andere nickte. „Als wir gehen mussten, war das ein recht schneller Abschied, was man als Gnade empfinden kann, weil es uns sonst wohl noch sehr viel schwerer gefallen wäre. Aber an dem Tag, als ich ein letztes Mal den Schlüssel in der Haustür umdrehte, sah ich ein Spinnennetz in der linken Ecke des Eingangs und ich dachte, dass ein Teil unserer Mitbewohner bleiben würde. Und das bestärkte mich in dem Gedanken, dass unser Zuhause, damit meine ich unser Haus, aber auch unser Land insgesamt, niemals ganz gesäubert werden kann von uns, von denen, die verjagt wurden, von unseren Gedanken, Träumen und unserem Glauben. Wir haben dort doch unsere bleibenden Spuren hinterlassen."

Sie konnte sich nicht erinnern, ihren Vater jemals zuvor so erlebt zu haben, und hatte sich über seine Redseligkeit gewundert, es aber sehr genossen, ihm zuzuhören. Sie hätte seine Hand streicheln wollen und hatte sich dann doch zurückgehalten und die kleine Geste nicht zugelassen.

Thura war leidenschaftlich gewesen.

„Gerade einmal hundert Jahre haben aus einer wohlhabenden Schönheit eine geschlagene Bettlerin gemacht. Birma konnte immer stolz auf sein Bildungswesen sein und Armut kannte das Land eigentlich nicht. Man nannte uns ‚Kornkammer Südostasiens'. Aber nach einem Jahrhundert, in dem wir Teil des British Empire waren und Kronkolonie, im Krieg von Japanern besetzt, dann von Briten zurückerobert, und nach mittlerweile mehr als vierzig Jahren Militärregierung ist Birma berühmt für Menschenhandel, Menschenrechtsverletzungen und Misswirtschaft. Dass die Bevölkerung hungert, liegt nicht etwa am Klima oder an den Launen der Natur, sondern ganz allein die Regierung hat den Mangel zu verantworten. Offensichtlich für alle im Land und auf der ganzen Welt, sorgt das Regime mit Unterdrückung und Gewalt dafür, dass die breite Bevölkerung nicht einmal die lebensnotwendigsten Grundbedürfnisse stillen kann. Man kann in Birma gezwungen werden, sein Dorf zu verlassen, und zu unbezahlter Arbeit verpflichtet werden. Man kann für das Schreiben eines Gedichts ins Gefängnis kommen, ohne Anspruch auf Verteidigung oder überhaupt einen Prozess. Man kann gefoltert und getötet werden, von Polizei und Armee. Man kann dir die Einreise verweigern, auch wenn deine Familie jahrhundertelang in Birma gelebt hat."

Chandani hatte mit ihren Worten zusammengefasst, was ihr Vater erklärt hatte, und sich ihm dabei sehr nah gewusst.

„Die Willkür macht einen so hilflos, die Dummheit und die

Gewalt so zornig. Wir sind berühmt als ‚Land der Pagoden', aber das viele Blattgold auf den heiligen Türmchen hat auch etwas von Tünche, denn Gold kann man nicht essen, es verteidigt einen nicht vor Gericht, lässt einen nicht reisen und nicht die Wahrheit in den Zeitungen lesen."

Aber da hatte Thura sich die Hände gerieben und war ins Schwärmen geraten.

„Ja! Bleiben wir doch bei dem, was Birma bis heute besonderen Zauber verleiht. Wussten Sie zum Beispiel, wie unsere berühmten Pagoden überhaupt entstanden sind?", hatte er ihren Gast gefragt.

„Nun", hatte dieser vorsichtig eine Antwort versucht, „so viel ich weiß und ohne anmaßend klingen zu wollen, entwickelte sich die Birmanische Pagode aus dem indischen Stupa." Und als Thura eifrig genickt hatte, war er fortgefahren: „Ursprünglich war der Stupa mal ein einfacher Erdhügel, der über einer verstorbenen Person aufgehäuft wurde, einer verehrungswürdigen Person. Dann wurde ein Stab in die Mitte gesetzt, der die Verbindung zum Zentrum des Universums symbolisierte, und fertig war das Heiligtum."

Thura hatte anerkennend gelächelt.

„Ja, das haben Sie gut gesagt. Ihr indischer Stupa oder die thailändische Chedi, der Chörten in Tibet oder der That in Laos und die Pagoden Ostasiens, nennen Sie es, wie Sie wollen, haben alle diesen Ursprung. Aus dem Erdhügel wurde ein Holzgebäude und, weil mit der Zeit auch wertvolle Schriftstücke oder andere Gegenstände hierin aufbewahrt wurden, ein richtiges gemauertes Monument aus Stein, das dann mit der Zeit immer aufwendiger gestaltet und verziert werden konnte."

Er hatte ihrem Gast aus einer großen Kanne Wasser in seinen Becher nachgegossen. Die beiden Männer hatten sich gegenübergesessen und im Laufe des Abends immer mehr die Köpfe zusammengesteckt, sodass Chandani mehr in die Rolle einer Zuschauerin geraten war, in der sie sich aber ganz wohlgefühlt hatte. Thura war immer ein guter Koch und eifriger Gastgeber gewesen und an diesem Abend auch derjenige, der die Unterhaltung bestritt und das

Gespräch in der Hand hatte. Ob sich ihr Gast gefragt hatte, wo die Frau des Hauses war, ihre Mutter? Wenn ja, dann hatte er seine Verwunderung jedenfalls mit keiner Silbe angedeutet. Sie hatte die Augen zusammengekniffen, den Gedanken an ihre Mutter verscheucht und versucht, sich auf Thura zu konzentrieren.

„Nun", war der mit seinen Ausführungen fortgefahren, „das erklärt ja noch nicht, wie die Pagode zu solch einem bedeutungsvollen Symbol des Buddhismus werden konnte, nicht wahr? Also, wie sind unsere Pagoden entstanden? Hm, wissen Sie es?"

Er hatte gelacht, als ihr Gast den Kopf schüttelte, und in einem Fluss weitergesprochen.

„Eine Legende erzählt uns, wie es gewesen sein mag: Buddha war alt geworden und stand mit seinen achtzig Jahren kurz vor seinem Tod. Eines Tages, nachdem er wie üblich ein einfaches Mahl zu sich genommen hatte, tat er etwas Überraschendes: Er drehte seine Essschale um und durchbohrte sie mit einem Stab. Einfach so. Stellen Sie sich die Szene vor! Wäre es nicht so ungewöhnlich gewesen und nicht so kurz vor seinem Tod geschehen, man hätte es vielleicht gar nicht beachtet, für Zufall gehalten oder als kleine Laune abgetan. So aber, das müssen Sie sich einmal klarmachen, wurde dieser kleine Vorfall quasi das Vorbild für architektonische Meisterwerke, an denen man, als würde das allein noch nicht reichen, obendrein auch noch die vier Elemente des Buddhismus ablesen kann: Auf einem quadratischen Sockel, der die Erde symbolisiert oder den Sangha, die Gemeinschaft, ruht eine Halbkugel, die für den Himmel steht und für das Dhamma, die buddhistische Lehre. Oben ragt eine Spitze auf, für den Erleuchteten, den Buddha, die schließlich mit einem Juwel abgeschlossen wird, der das Höchste, eben das Nirwana, versinnbildlicht. So konnte die Pagode ein Zeichen werden für den Geist Buddhas und ein Sinnbild auch für die Gemeinschaft der Gläubigen. Interessant, nicht wahr? Was auch immer man persönlich mit der religiösen Bedeutung verbindet, allein unter ästhetischen Gesichtspunkten sind Pagoden formvollendete und ausdrucksstarke Kunstwerke."

Die Bilder des Abends standen ihr deutlich vor Augen, die Begegnung hatte Eindruck hinterlassen, der, wie sie jetzt überrascht feststellte, körperlich spürbar war, in ihrer Brust, ihrem Herz war eine ziehende Sehnsucht. Der Fremde hatte sich als ausgesprochen angenehmer Zuhörer erwiesen, der mit seinen aufmerksamen Blicken und der Bereitschaft, auf Thuras Art einzugehen, dazu beigetragen hatte, dass dieser gerne weitererzählte, und so war es ein langer Abend geworden. Chandani rief sich die Szene wieder und wieder vor Augen: die nervösen Hände ihres Gastes, seine zappeligen Bewegungen, die Neugier, die aus seinen Augen strahlte. Und daneben Thuras Gelassenheit, seine Größe, die seelische Ruhe, die er ausstrahlte. Chandani hatte mehrmals gedacht, dass sie ihren Vater in der Rolle des Erzählers sehr mochte, seine Liebe zum Detail und seinen ganz eigenen Humor. Immer wieder war es merkwürdig für sie, ihn in einer der fremden Sprachen des Exils sprechen zu hören – Hindi, immer noch die offizielle Nationalsprache Indiens, und Tamil, die Sprache der Menschen dieser Gegend, in der sie jetzt lebten. Er beherrschte sie wohl mittlerweile ebenso gut wie Bamar, ihre Muttersprache, außerdem hatte er immer Englisch gesprochen und die Sprache der Chin, aber sie wusste von sich selbst, dass ihnen immer wieder Worte fehlten, bestimmte Ausdrücke schwer zu übersetzen waren. Das war es, was das Exil am Ende bedeutete: ständig das Ersetzen üben zu müssen.

Irgendwann war Thura aufgestanden und hatte ihnen als Nachtisch je eine kleine Schüssel mit Papayastücken gebracht, die er ein wenig geeist, gezuckert und mit Limonensaft beträufelt hatte. Wieder hatten sie zunächst schweigend gegessen. Es hatte zu regnen begonnen, erst leicht, dann immer heftiger. Die Fenster des Hauses hatten weiße Holzrahmen, in die feinste Netze aus Draht gespannt waren, sodass keine Insekten ins Haus kommen konnten, Moskitos und Falter, wohl aber immer frische Luft. Ein gusseisernes Fensterkreuz gab dem Ganzen etwas Künstlerisches, die weiß lackierten Außenläden dagegen wirkten ebenso schlicht wie die gläsernen Innenfenster, die fast nie geschlossen wurden. An diesem Abend hatte der Regen die Luft im Haus sofort klamm gemacht. Immer bei diesem Klima wellte sich bereits nach einer Weile die Zeitung, die Kissen nahmen die Feuchtigkeit an und sie kroch die Wände hoch wie das helle grüne Moos an der Außenwand.

„Wie war es dann genau zu der Offenbarung gekommen?“, fragte sie sich jetzt und musste sich wieder konzentrieren. Ihr Gast hatte plötzlich innegehalten und gesagt: „Ich habe mich Ihnen ja noch gar nicht richtig vorgestellt.“

Sie hatten ihn beide aufmerksam angesehen, ein bisschen überrascht, vielleicht weil er sich ihnen jetzt oder *erst* jetzt bekannt machte.

„Mein Name ist Falak.“

Sie hatten beide genickt und gewartet, dass er mehr sagen würde. Aber er hatte ihnen ebenfalls nur zugenickt.

„Falak“, hatte Thura wiederholt, „ein schöner indischer Name.“

„Ja“, hatte ihr Gast gesagt und über das ganze Gesicht gestrahlt, „ich mag ihn sehr, er ist sehr indisch und sehr himmlisch, wenn Sie verstehen.“

Sie hatten gut verstanden und sich mit ihm mitgefreut, sie beide legten ebenfalls Wert auf die Bedeutung ihrer Namen. Aber die Stimmung war angespannter gewesen als vorher. Chandani hatte sich gefragt, warum er nicht einfach weitersprach, ein paar mehr Informationen preisgab und erzählte, was sie doch ganz offensichtlich wissen wollten. Thura hatte insgeheim überlegt, wofür seine Initialen stehen könnten, und hatte schließlich einfach gefragt.

„Und weiter? Falak wer?“

Ihr Gast hatte kurz den Blick abgewandt und auf seine halbvolle Nachtisch-Schüssel gesehen, ihnen dann aber wieder in die Augen geschaut und mit fester Stimme geantwortet: „Falak Francis Williamson aus Mumbai.“

Sie hatten ihn ungläubig angesehen. Thura hatte sich verschluckt und husten müssen, Chandani hatte sich befohlen, nicht zu lachen. Da war ein breites Grinsen über Falaks Gesicht gehuscht und er war wieder munter geworden.

„Los! Raus damit! Sagen Sie, was Sie denken. Nun lachen Sie schon!“, hatte er sie aufgefordert. Und da hatte Chandani nicht anders gekonnt, als über ihn zu lachen.

„Mister Williamson“, hatte Thura dann nach einer Weile schmunzelnd und kopfschüttelnd gefragt, „wie sind Sie denn bloß an Ihren merkwürdigen Namen gekommen? Ich sehe hier einen Mann vor mir, der wie ein Inder aussieht und wie ein Inder spricht und zumindest einen indischen Vornamen hat.“

Falak hatte mit den Schultern gezuckt.

„Das ist kein großes Geheimnis. Meine Adoptiveltern sind Briten, daher Williamson, und Katholiken, daher wohl der heilige Francis. Ich verspreche Ihnen, die Geschichte ist nicht halb so interessant wie das, was Sie heute Abend erzählt haben.“

Sie hatten akzeptiert, dass er offensichtlich nicht mehr sagen wollte, und wohl beide gedacht, dass sie ja morgen sicher noch Gelegenheit finden würden, nachzufragen.

„Verstehen Sie“, hatte er dann aber doch noch erklärend hinzugefügt, „sobald ich meinen Namen sage, verändert sich etwas bei meinem Gegenüber. Egal, wem ich mich vorstelle, das Bild von mir wandelt sich unmittelbar, von einem Moment auf den anderen, wird besser oder schlechter. Und das ist gar nicht so einfach, wenn man sich gerade erst kennenlernt. Die Unvoreingenommenheit, wenn es so etwas überhaupt gibt, ist sofort wie weggefegt. Ob ich Indern begegne, Landsleuten, Briten oder anderen Menschen aus dem Westen, Hindus, Buddhisten oder Christen, sie alle können anhand eines Namens entscheiden, ob man für sie dazugehört oder nicht. Deshalb tue ich mich schwer, meinen Namen preiszugeben. Vielleicht können Sie das verstehen und mir verzeihen, dass ich Sie im Ungewissen gelassen habe?“

Er hatte sie unsicher angesehen, aber dann wohl gemerkt, dass sie ihn durchaus verstanden, und sich wieder wohler gefühlt. Sie alle hatten sich entspannt und Thura hatte gesagt:

„Ja, ich gebe es offen zu: Man sieht, dass Sie Inder sind. Als Birmane, der in Ihrem Land Asyl gefunden hat, empfinde ich natürlich sofort eine gewisse Verbundenheit. Mit den Briten verbinde ich als Birmane aber auch eine ganze Sammlung an Erlebnissen. Und dass ich überhaupt eine Schule besuchen konnte, verdanke ich dem baptistischen Missionar, der sie leitete, also verbindet mich etwas mit Ihnen als Katholik. Damit habe ich vielleicht noch kein Urteil gefällt über Sie oder irgendetwas bewertet, allerdings haben Sie recht: Ein Name regt die Fantasie an und grenzt sie gleichzeitig sehr schnell ein, wie unsere Hautfarbe und ob wir Männer oder Frauen sind oder die Erwähnung des Landes oder der Gegend, aus der wir kommen, unsere Religionszugehörigkeit, die Vorliebe für eine Partei oder die Leidenschaft für eine Überzeugung. Das alles ruft bestimmte Bilder in uns wach und sie können uns den Blick verstellen auf den Menschen vor uns. Ich verstehe, dass Sie vorsichtig damit sind, sich vorzustellen, und kann erahnen, dass Sie mit Ihren drei Namen schon sehr unterschiedliche Erfahrungen gesammelt haben, wahrscheinlich gute und weniger gute, nicht wahr?"

Falak hatte, dankbar für so viel Verständnis, genickt und zustimmend gesagt: „Ja, es ist genau so, wie Sie sagen."

Er war jetzt entspannter gewesen und zum Ende des Abends doch noch ein wenig ins Plaudern geraten. Sein Urlaub, wenn er diese Auszeit so nennen wollte, hatte vor sechs Wochen begonnen. Er hatte keine Reisepläne gehabt, nicht gewusst, wohin. Also hatte er einfach nichts getan, abgewartet, ausgeschlafen, gelesen und abends Freunde zu sich eingeladen oder sie besucht. Sein bester Freund Santosh meinte, er solle nach Goa fahren und einmal richtig Urlaub machen, die schönen Seiten des Lebens genießen, den Strand und die Sonne, das Leben eines Touristen, der nicht einmal sein Bett selbst machen musste. Shiv dagegen, sein Freund aus der Nachbarschaft, hatte ihm geraten, sich nicht einfach abzulenken, sondern tatsächlich auch innerlich zur Ruhe zu kommen. Er war Hindu und wie seine ganze Familie sehr religiös und gehörte einer sogenannten „hohen Kaste" an. Sie hatten bisher immer vermieden, über ihre persönlichen Glaubensüberzeugungen zu sprechen, jetzt aber riet sein Freund ihm, zu einem der sieben heiligen Orte Indiens, nach Varanasi oder Haridwar zum Ganges zu pilgern oder zu den Tempelanlagen von Kanchipuram, wie er selbst es schon gemacht hatte. Wenn ihm die Riten wohl auch fremd wären und die dargestellten Götter, könne so eine Reise trotzdem eine reinigende Wirkung haben. Diese Idee war Falak zunächst nicht nur absurd, sondern auch überhaupt kein bisschen attraktiv erschienen.

Also war er nach Goa geflogen. Für einige Tage hatte er den bunten Trubel aus Einheimischen, Touristen und Hippies aus aller Welt, Gurus, Künstlern und indischen Urlauberfamilien genossen, hatte sich treiben lassen und versucht, das Leben einmal als ein einziges großes Happening zu betrachten. Er hatte bis mittags geschlafen, war nachts an den Strand gegangen und hatte getanzt, aber es hatte ihn nicht zufrieden gestimmt, im Gegenteil, er war nur immer launischer geworden. Er hatte stundenlang beobachtet, wie die Fischer ihren Fang einfuhren, ihre Netze flickten, die größten Tiere zerlegten und für den Markt vorbereiteten, hatte zugehört, wie die Restaurantbesitzer mit den Marktverkäufern um die Preise für frische Meeresfrüchte feilschten, er hatte sich einladen lassen, Krabben, Muscheln und Hummer gegessen und war mit allerlei Leuten ins Gespräch gekommen. Der junge Mann an der Hotelrezeption erzählte ihm eines Abends von seinem Liebeskummer und sie philosophierten eine Weile über die Vor- und Nachteile einer „Arranged Marriage“. Ein Kellner setzte sich zu ihm, als die letzten Gäste gegangen waren, und klagte über Heimweh. Er kam aus Kandla, oben im Norden, war die Küste entlanggewandert und hatte schließlich in Goa Arbeit gefunden, aber er vermisste seine Leute. Eine alte Frau, die Ananas für ihn schälte, behauptete, sie sei in ihrem letzten Leben eine rachsüchtige Prinzessin gewesen, und hatte ihn, wie um es zu beweisen, feindselig angesehen, als sie ihm aus ihrer Vergangenheit erzählte. Irgendwann hatte er gemerkt, dass er, statt ausgeschlafen zu sein, nur immer müder wurde und, statt inspiriert zu werden, gelangweilt war.

Zwei Tage später war er nach Chennai weitergeflogen, hatte nur zwei kleine Taschen gepackt, den großen Koffer am Flughafen in Verwahrung gegeben und war zu Fuß nach Kanchipuram gewandert. Er war sich wie ein echter Pilger vorgekommen und hatte sich zum ersten Mal seit Langem wieder frei gefühlt, hatte sein Mobiltelefon ausgeschaltet und es genossen, dass niemand wusste, wo er war. Er war langsam gegangen, hatte in einfachen Unterkünften geschlafen, in den Garküchen direkt an der Straße gegessen und war weitergewandert. Als die berühmten Tempeltürme dann zu sehen waren, war er mit noch leichterem Schritt weitergegangen, hatte gewusst, dass er jetzt bald sein Ziel erreicht haben würde. Einige Kilometer vor der Stadt gingen mehr und mehr Pilger denselben Weg wie er und in der Stadt kam es an manchen Heiligtümern zu einem wahren Gedränge. Tausend Tempel sollten einmal in der Stadt gestanden haben, von denen jetzt noch hundertvierundzwanzig übrig waren. Falak hatte die Schilder gesehen, die zeigten, dass es zum Tempel Kailasanatha nach links ging, zum Dewarajaswami zwei Kilometer weiter geradeaus, und er hatte wieder nicht gewusst, wohin. Da die Stadt nicht nur für ihre vielen Schreine, sondern auch für die Herstellung hochwertiger Seide berühmt war, hatte er kurz überlegt, aus seiner Pilgerreise eine Geschäftsreise zu machen, aber dann hatte er überrascht eine ganze Reihe Europäer und Amerikaner getroffen, längst nicht so viele wie in Goa, aber doch eine erstaunliche Menge, und war mit ihnen ins Gespräch gekommen. Nick, ein Neuseeländer, hatte ihn auf das buddhistische Kloster auf dem Berg aufmerksam gemacht, eine Attraktion vor allem für westliche Pilger, und so war er dort gelandet. Das Gespräch mit dem Leiter des Klosters, Pran, der von allen „der Priester" genannt wurde, hatte sich dann so entwickelt, dass er von dort schließlich zu ihnen hier oben auf den gegenüberliegenden Berg weitergereist war. So hatte Falak die Zusammenfassung der letzten Wochen müde abgeschlossen und bald danach hatten sie dann auch ihren gemeinsamen Abend beendet.

Chandani hatte sich als Erste verabschiedet, um zu Bett zu gehen. Als sie ihnen beiden eine gute Nacht gewünscht hatte, hatte sie, einem ungewohnten Impuls folgend, ihren Vater kurz umarmt und er hatte seine bärtige Wange an ihre gehalten, als wolle er ihr Wärme schenken. Dann hatte sie Falak die Hand gereicht. Der hatte sie ganz bedächtig ergriffen, als habe er einen feierlichen Moment vor sich, und sie ein bisschen länger festgehalten, als es üblich war. Sie hatte ihn fragend angesehen, sich dann schnell abgewandt und war gegangen. Und er hatte ihr sehnsüchtig nachgeschaut.

Kapitel 3

Sie wusste also, dass er Falak hieß, aus Mumbai kam, adoptiert war und eine lange Reise hinter sich hatte. Na und? Das alles sagte immer noch nicht viel. Ob es Grund zur Vorsicht gab oder zur Sorge? Sie merkte, dass sie eigentlich nicht argwöhnisch sein wollte, und suchte, um sich selbst zu überzeugen, nach Argumenten, ihm trauen zu können. Sie dachte an den Moment, als er auf sie zugekommen war und sie begrüßt hatte. Der Gedanke an Skamar half ihr, sich das Bild vor Augen zu führen. Sie spürte, wie die Anspannung dieses Augenblicks ihr wieder den Nacken hochkroch. Aber da war etwas gewesen, das sie beruhigt hatte. Sie sah ihn vor sich, einen fremden Reiter, der ihre Ruhe störte. „Der Priester schickt mich", hatte er gesagt.

Dieser Satz hatte Vertrauen ausgelöst und war in der Lage gewesen, ihre Angst zu bezwingen. Und dieser Satz nahm sie jetzt mit sich fort, denn die kleine Bemerkung hatte die Macht, sie aus dem Hier und Jetzt zu entführen in eine ganz andere Zeit, weiter zurück in die Vergangenheit, als sie selbst den Priester nach einigen Umwegen kennengelernt hatte.

Es war jetzt mehr als zehn Jahre her, dass sie es eines Tages nicht mehr ausgehalten hatte und wissen wollte, wo ihre Mutter war. Sie war nach Indien zurückgekehrt, weil sie nach ihren langen Reisen das Gefühl hatte, endlich so etwas wie Heimat finden zu müssen. Wie sagen die Weisen? „Wo du auch hingehst, dich selber nimmst du immer mit." Egal, wie neu, wie fremd, exotisch und herausfordernd das gewesen war, was sie gesehen hatte, die USA, Europa, ihre Lieblingsstadt Paris, Tibet, sie hatte es alles als Chandani erlebt, ohne damals allerdings wirklich sagen zu können, wer sie selbst denn genau war, was ihre Identität wirklich ausmachte.

In den USA und in Europa hatte sie Verbündete für ihre Anliegen eines freien Birma finden können. Sie wusste, dass viele von ihnen Schwierigkeiten gehabt hätten, Birma auf einer Weltkarte zu finden, aber die Bereitschaft, sich für Demokratie und Menschenrechte zu engagieren, hatte sie beeindruckt. Nicht nur an der Universität, auch in kleinen informellen Gesprächen auf Partys hatte oft schon eine kurze Vorstellung ihrer Person und der Situation Birmas gereicht, um eine leidenschaftliche Diskussion auszulösen, und man hatte ihr sein Mitgefühl ausgesprochen, ihr Mut gemacht und Glück gewünscht. Auf Dauer aber hatten die USA sie gelangweilt. Egal, um welches Thema es ging, man schien sich hier immer für allein maßgeblich zu halten und für allein unterhaltend. Und so schienen ihr die Staaten vor allem das zu sein: allein. Irgendwann hatte sie selbst sich hier ebenfalls einsam gefühlt und als ihre Freundin Ye dann nach Indien zurückgegangen war, hatte sie sich auf den Weg nach Europa gemacht.

Aber Europa, das alte Europa, hatte sie geschockt. Der Kontinent und die Insel hatten auf sie gewirkt, als habe eine ganze Kultur ihre Seele verkauft. So wie Birma seine Pagoden hatte Europa wohl seine sakralen Gebäude, Kirchen und Kathedralen, aber die meisten Menschen schienen von der uralten oder ewigen Kraft, die sich mit ihnen verband, kaum etwas zu ahnen. „Stress" war das Wort, das sie unwiderruflich mit Europa verband. Stress und eine rastlose Suche.

Besonders merkwürdig war es für sie gewesen, mit anderen über ihre Glaubensbekenntnisse zu sprechen. Religionsfreiheit, das Recht, selbstständig zu entscheiden, welcher letzten Größe man sich verantwortete, ein Recht, das es in ihrer Heimat nicht gab, und eine Freiheit, die sie, weil sie immer zur religiösen Minderheit gehört hatte, hoch schätzte, schien es weder hier noch da wirklich mehr zu geben. Andersdenkende mussten entweder mit Feindseligkeit oder mit Gleichgültigkeit rechnen. Diese Erfahrung irritierte sie bis heute. Zum ersten Mal hatte sie als Christin nicht mehr zu einer Minderheit gehört und hatte gemerkt, dass es etwas vollkommen anderes war, in der Mehrheit zu sein, und der Glaube nicht unberührt blieb von der Erfahrung, Macht zu haben, Positionen und selbstverständliche Rechte.

Dass sie trotzdem immer wieder gerne zurückkommen würde, zumindest als Gast für eine Weile und nach Europa ebenso wie in die USA, lag an einzelnen Menschen, die sie hier kennengelernt hatte. Zwischen all dem „Hello", „How are you?", „Bonjour" und „Nice to see you", zwischen den vielen sogenannten No-goes und Tabus, zwischen der Fremde und dem Wunsch, dazuzugehören, waren sie wie ihre Lieblingsblumen, wilde Orchideen in einer Menge oft allzu gleich aussehender Gewächshauspflanzen. Freundinnen und Freunde, einzelne liebenswürdige und gastfreie Menschen, die ihr geholfen, sie respektiert und sogar Dankbarkeit und Verständnis für ihre Fragen und Beobachtungen aufgebracht hatten. Ja, ihre Bereitschaft, sich über Birma, Pressefreiheit, Globalisierung und Demokratie auszutauschen, und, wenn möglich, in Aktion zu treten, hatte sie immer wieder beseelt. Trotzdem war sie weitergereist.

Tibet war ihre große Hoffnung gewesen. Zurück in ihrem eigenen Kulturkreis hatte ihr das kleine fremde Land zunächst das Gefühl vermittelt, angekommen zu sein. Aber auf Dauer hatte sie sich immer mehr wie in einer Kunstwelt gefühlt, wie betäubt. Der Alltag hier schien mit seinen ewig vorhersehbaren Abläufen durch nichts erschüttert werden zu können. Der Gleichmut, der sie irgendwann aus jedem Gesicht anzugrinsen schien, hatte sie fast wahnsinnig gemacht. Ihr war, als würden alle um sie herum glücklich träumen, aber sie hatte leider die Gutenachtgeschichte verpasst oder es versäumt, die Schlaftabletten zu nehmen. Und so hatte sie die Erkenntnis, dass da draußen, außerhalb von Tibet, eine ganze Wirklichkeit ohne sie weiterging, wieder aus diesem Land hinausgetrieben. Ihr Respekt vor Tibet und ihre Solidarität mit denen, die sich Freiheit wünschten, waren größer als je zuvor, aber sie schien diesem Lebensstil nicht gewachsen zu sein. Und wieder hatte sie sich fragen müssen, wohin.

Ein Exilkind bleibt ein Exilkind, hatte sie oft gedacht. Vielleicht war sie dazu verurteilt, eine Weltenbummlerin zu sein, eine Grenzgängerin, ständig unterwegs und immer ein wenig auf der Flucht. Irgendwann aber hatte sie sich gedacht, dass man überall auf der Welt schreiben konnte, das Internet machte inzwischen das Leben leichter und Entfernungen unwichtiger. Ja, über die Jahre war das eigentlich eine ihrer Lieblingsideen für die Demokratisierung: allen Menschen einen Internetzugang zu verschaffen und auch arabische Frauen, alle Söldner und Jugendliche in die weltweiten Chat-Räume einzuladen, Horizonte zu erweitern, die grenzenlose Verständigung, den friedlichen Austausch mit Fremden zu suchen. Für sich selbst hatte sie entschieden, dass sie versuchen wollte, sesshafter zu werden.

Die einzigen Menschen, denen sie sich wirklich nah gewusst hatte, waren ihre Eltern und ihre Freundin Ye, die mittlerweile alle in Indien lebten, weil es für niemanden von ihnen einen Weg zurück nach Birma gab. Sie hatten es geschafft, heimisch zu werden. Auch Ye liebte es, zu reisen, aber sie hatte Indien als Zweitheimat erwählt und es war ihr gelungen, eine glaubhafte Vertrautheit mit dem Land, seinen Leuten, Geschichten und Sitten zu entwickeln.

Und da hatte Chandani entschieden, ebenfalls diesen Weg zu gehen oder es wenigstens zu versuchen. Ob das Exil jemals zu einem Zuhause werden konnte, hatte sie damals nicht gewusst, und bis heute war sie sich nicht sicher. Ganz egal, was geschah, ein freies Birma würde immer ihre erste Wahl bleiben, wenn sie eine hätte. Birma war ihr Zuhause. Wie oft sie sich danach sehnte, ihre Muttersprache zu sprechen, sich in ihr zu unterhalten und Lieder in ihr singen zu hören! Wie sie sogar die Pagoden vermisste, die ihr persönlich zwar nicht aus eigenen religiösen Gründen heilig waren, deren Anblick aber ihr Land so sehr prägte, dass ihr jetzt jede Landschaft ohne die kleinen kunstvoll geformten Tempel leer vorkam. Meistens aber waren es die Kleinigkeiten, der Geruch von verbranntem Bambus, dieses intensive Blaugrau des Himmels am frühen

Morgen, das es nur dort zu geben schien, das gemeinsame Teetrinken, diese kleinen Gesten der Gastfreundschaft.

So war sie nach Jahren also wieder in Indien angekommen. In Chennai gelandet, hatte sie direkt am Flughafen den Zug genommen, dann den Bus und noch einen Bus und war die letzten Meter zu Fuß gegangen. Die Angebote, ihre Koffer tragen zu lassen, hatte sie alle abgelehnt. Sie hatte sich angekündigt, aber es war ihr wichtig gewesen, den Nachhauseweg allein zu finden. Die Straße, in der noch einige andere Exil-Birmanen lebten, hatte sich kaum verändert. Auch ihr Elternhaus war genauso, wie sie es in Erinnerung hatte, aus langen Ferienzeiten, wenn sie damals als junges Mädchen aus dem Internat nach Hause gereist war. Ein kleiner hellgelber Bungalow unter hohen Bäumen. Frisch gestrichene weiße Fensterrahmen, ein großer Briefkasten, das Namensschild, der Name ihres Vaters, Chaprassi, eine Art Künstlername, ein Zugeständnis an die Sitte, Nachnamen zu haben, die sie in Birma nicht kannten. Sie hatte den Moment, angekommen zu sein, sehr bewusst wahrgenommen. Alles sah aus wie in ihrer Erinnerung, war ihr aber kleiner erschienen als früher. Lag das nur daran, dass sie gewachsen war? Da hatte sie bemerkt, dass ihr Vater in der Tür stand, hatte die Koffer stehen gelassen und war zu ihm gelaufen, in seine Arme. Und er hatte sich ganz offensichtlich sehr gefreut, sie wiederzusehen. „Chani“, hatte er gesagt, „wie wunderschön, dass du wieder da bist. Herzlich willkommen.“

Innen hatte alles neu auf sie gewirkt, die Wände und der Holzboden waren gestrichen, die Möbel aus dunklem Holz und Leder, schlicht und schwer. Der Geruch von dicken Zigarren hätte hierhin gepasst, aber etwas anderes hatte in der Luft gelegen, Erde oder Regen, der Geruch von Garten. Sie hatte sich erinnert, dass er ihr in einem Brief geschrieben hatte, wie er das Haus renoviert hatte. Ihr altes Zimmer war inzwischen um zwei Wände ärmer und erweiterte so den Wohnraum. In einer Ecke, unter einer Art Dachfenster, stand eine ganze Reihe großer Blumentöpfe mit Orchideen, eine schöner als die andere, wilde rostrote und zarte hellgelbe, weiße großblättrige. Daher der Geruch. Sie hatte Tränen aufsteigen gespürt, es hatte so sehr nach Heimat geduftet. Sie war es seit jeher aus ihrem Elternhaus gewohnt, dass birmanische Traditionen mit einer großen Offenheit für westliche Ideen und westlichen Geschmack verbunden wurden, und ihrem Vater war es wieder gelungen, auch hier beides gekonnt und ausgewogen zu vereinen.

Thura hatte sie in ein kleines Gästezimmer geführt. Sie hatte sich nicht erinnern können, wozu diese Kammer früher gedient hatte, sich dort aber sofort wohlgefühlt. Hier war alles ganz in Weiß gehalten, das Bett, die Kissen und das Laken, ein Korbsessel am Fenster, der Boden und die Wände, der einzige Farbtupfer war eine alte Truhe mit ihrem grünlich lasierten Holz. Behutsam hatte sie angefangen, ein paar Sachen aus den Koffern zu holen. Dann hatte ihr Vater sie gerufen. „Chani?" Es klang fast schüchtern und er hatte gefragt, ob sie Tee mit ihm trinken wolle.

Er hatte ihr in diesen ersten Tagen genügend Zeit gelassen, um anzukommen, hatte nach ihren letzten Reisen, Projekten und Erlebnissen gefragt und interessiert zugehört. Sie hatte gerade einen Text über Min Ko Naing geschrieben, eine Art politischen Essay, mit dem sie den Anführer der Studentenaufstände von 1988 vorgestellt hatte, auch mit dem Ziel, Birma in der Öffentlichkeit noch ein anderes Gesicht als nur das von Suu-Kyi zu geben. Wenn sie jetzt zurückdachte, war ihr Text inzwischen zum Glück in weiten Passagen überholt, denn in den vergangenen Jahren hatte sich einiges getan. Ende des Jahres 2004 war Min Ko Naing überraschend aus dem Gefängnis entlassen worden, wurde zwei Jahre später aber wieder verhaftet und an einen unbekannten Ort zu Gesprächen mit der Staatspolizei gebracht, um genau einen Tag, bevor der „Fall Myanmar" im Weltsicherheitsrat verhandelt wurde, aber wieder freigelassen zu werden. Aber damals war Min Ko Naing noch im Gefängnis gewesen und das Regime hatte auf die Bitte, Gefangene zu entlassen, zwar in drei Schüben jeweils ein paar Tausend Kleinkriminelle begnadigt, aber nur selten politische Gefangene. Thura hatte ihr aufmerksam zugehört, ja, hatte immer großes Interesse an ihren

Texten gezeigt und ihr vermittelt, wie wichtig das war, was sie tat. Ob er eines Tages sagen würde, dass er stolz auf sie war?

Sie hatte sich an die Geräusche im Haus gewöhnt und schnell gelernt, Thuras Tagesablauf zu verstehen: Er verbrachte viel Zeit im Garten und mit den Blumen, ging regelmäßig auf den Markt, um frische Lebensmittel einzukaufen und wohl auch, um unter Menschen zu kommen, und er zog sich mehrmals am Tag in sein Zimmer zurück. Sie hätte es niemals von sich aus betreten und er hatte sie lange Zeit nicht aufgefordert, es sich anzusehen. Es war, als umgäbe jeden von ihnen eine Zone des Ungefragten, der persönlichen Geheimnisse, wie das Recht auf etwas ganz Eigenes.

Ganz selbstverständlich hatten sie die Mahlzeiten, die er kochte, zusammen eingenommen und waren dann immer wieder lange am Tisch sitzen geblieben, um zu erzählen. Es hatte sie erstaunt, wie viel Besuch er bekam, und sie hatte erst nicht zu fragen gewagt, wer all diese Leute waren, was sie zu ihm führte und warum er sie mit auf sein Zimmer nahm. Etwas hatte ihr gesagt, dass er darüber sprechen würde, wenn es so weit war. Einmal wöchentlich, am Mittwoch, so hatte sie dann irgendwann gemerkt, kam eine ganze Gruppe, und weil sein Zimmer für sie alle wohl zu klein war, benutzten sie das Wohnzimmer. Wenn sie genau zu dieser Zeit ebenfalls im Haus gewesen war, hatte sie immer sofort das Gefühl gehabt, sie würde stören. Im Vorbeigehen hatte sie gesehen, dass die zwölf, fünfzehn Leute zusammen beteten, meditierten, sich unterhielten, etwas lasen oder schwiegen, und aus den Augenwinkeln ihren Vater als Gastgeber und ganz beteiligt wahrgenommen.

Er hatte ihr regelmäßig frische Blumen in ihr Zimmer gestellt, kleine rote Dahlien, wilde Nelken oder Lilien, die stark dufteten. Ja, er hatte die Rolle der Frau übernommen und strahlte elterliche Energie aus, nicht nur väterliche, als wolle er unbedingt, dass die Lücke, die ihre Mutter hinterlassen hatte, nicht spürbar war. Nach einer Weile dann hatte er, auf eine offene, einladende Weise, die sie ihm nicht zugetraut hätte, angeboten, über eine gemeinsame Zukunft unter einem Dach zu sprechen. Der Zeitpunkt war ihr sehr früh erschienen, aber der konkrete Auslöser erklärte ihr, warum die Frage dringend für ihn war. Am Morgen jenes Tages war ein Brief an Thura in der Post gewesen, in dem er gebeten wurde, einen Beitrag über Birmas demokratische Bewegung zu schreiben und in diesem Zusammenhang zu einem Symposium nach Genf zu reisen. Ein guter Freund, ein Schwede, der in Birma ein paar Mal an ihren Salonabenden teilgenommen hatte und mittlerweile bei der UNO arbeitete, hatte ein paar persönliche Zeilen handschriftlich unter den Brief gesetzt: „Mein lieber Thura, ich hoffe sehr, dass du der Einladung folgen wirst und mit deinem Scharfsinn und deiner Rhetorik unser Treffen bereicherst. Es grüßt dich herzlich, Joel."

Thura hatte ihr den Brief vorgelesen und gemeint: „Ich wünschte, du könntest für mich reisen. Ich fühle mich zu alt. Du kennst dich aus in Europa, du sprichst die Sprachen. Was denkst du?"

Chandani, die in der Vergangenheit zwar immer wieder vom Namen und Renommee ihres Vaters profitiert hatte und sich über jeden Beitrag, den sie für Birma leisten konnte, gefreut hatte, war bei diesem Gedanken doch zurückgeschreckt.

„Wie kann ich für Birma sprechen?", hatte sie gefragt.

Thura hatte um sie geworben.

„Denk an dein Land, an den Wunsch nach einer Heimat, auf die man stolz sein kann und die als Nation einen Beitrag leisten kann in der Staatengemeinschaft. Denk an deine Sehnsucht nach Freiheit, die Ehrfurcht vor dem Schatz unserer Kultur. Denk nicht nur an das, was dich unterscheidet, oder daran, dass dein Weg dich von ihnen weggeführt hat. Denk an all die Artikel, die du schon geschrieben hast, die Essays über unsere Geschichte, die Vorträge an der Universität, die anderen etwas vermittelt haben vom Reichtum und von der Not und Armut Birmas."

Sie hatte ihm erklärt, dass sie nicht seine Autorität habe, die eben auch dadurch verbürgt war, dass er als Regimekritiker im Gefängnis gesessen hatte. Aber diesen Einspruch hatte Thura nicht gelten lassen.

„Die Werte, für die wir einstehen, gehen weit über uns selbst hinaus und die Wahrheit dieser Werte gibt ihnen Recht und verleiht ihnen Kraft. Die Autorität, von der du sprichst, hängt immer nur zu einem Teil an unserer eigenen Person, unserem Charisma, unserer Glaubwürdigkeit. Das alles ist nicht unwichtig, aber wichtiger ist die Energie der Werte selbst, Gerechtigkeit, Anteilnahme, Würde, Freiheit, Güte, Menschlichkeit, Gleichberechtigung. Sie berufen *dich* und wenn du es zulässt, kannst du dich auch auf *sie* berufen."

Er hatte sich nach vorne gebeugt, war ihr so plötzlich näher gewesen und hatte ihr direkt in die Augen gesehen.

„Wenn es nicht so wäre, könnte nie wieder irgendein Brite, Europäer, Amerikaner, irgendeine Imperialmacht etwas über Menschenrechte sagen. Ja, nie wieder könnten die allermeisten Menschen etwas über Menschlichkeit sagen. Aber das Geheimnis ist, dass Menschlichkeit ihrem Wesen nach göttlich ist und sie daher nicht zerstört werden kann von unserem unmenschlichen Verhalten, unserer Geschichte. Sorg also für deine eigene Wahrhaftigkeit und birg dich dabei in der größeren Wahrheit."

Chandani war ihm aufmerksam gefolgt und hatte ihm versprochen, darüber nachzudenken. Sein Zutrauen ehrte sie und machte sie gleichzeitig unruhig. Denn sie ahnte, dass hinter dieser einen konkreten Anfrage eine größere Herausforderung lag, die Aufforderung, ihre Lebensberufung zu benennen und ihr zu folgen. Um dem Ganzen eine leichtere Note zu geben und auch, weil es tatsächlich ihre Meinung war, hatte sie ihm dann noch gesagt:

„Aber du bist keineswegs zu alt für diese Aufgabe und dein Englisch ist hervorragend."

Sie hatte ihn herausfordernd angesehen und er hatte erwidert:

„Ja, danke. Vielleicht geht es also gar nicht darum, dass ich zu alt bin, sondern darum, dass du jetzt alt genug bist, hm?"

Sie hatte an ein Gespräch mit ihrer Freundin Ye zurückgedacht, als sie sich damals in den USA im Studium über ihre Zukunftspläne unterhalten hatten. Ye wollte Chandani schon immer ermutigen, den Spuren ihres Vaters zu folgen und ebenfalls zu schreiben und

Vorträge zu halten. Chandani hatte zu dieser Zeit schon einiges veröffentlicht, erklärte jetzt aber ihrer Freundin, was sie zurückhielt und warum sie so einen großen Respekt vor dieser Aufgabe hatte.

„Die Suche nach den passenden Worten ist wie die Arbeit einer Künstlerin, eines Künstlers. Allmählich nur wird aus einem Holzklotz eine Skulptur, zeigt sich auf einer Leinwand ein bestimmter Ausdruck, ergeben Pinsel- und Bleistiftstriche ein erkennbares Ganzes, Töne und Rhythmus fügen sich ineinander, bis ein Lied entstanden ist. Passende Worte zu finden, kostet Fantasie und Empfindsamkeit. Einen Gedanken auszuformulieren, ist echte Arbeit, die in ihrer Entstehung vielleicht tatsächlich der eines Liedes gleicht. Bis ich genau das Wort finde, das zu meinem Eindruck passt, muss ich in mich hineinhören, als verberge sich manches Wort irgendwo in einem langen Tunnel. Wenn ich es dann gefunden habe und es wirklich stimmig ist, bin ich unglaublich erleichtert, manchmal nahezu euphorisch, fasziniert, aber die Suche kostet mich Mühe. Oft fällt mir ein Ausdruck erst im Birmanischen ein und dann muss ich ihn übersetzen. Üb-ersetzen – wenn man seine Muttersprache nicht mehr sprechen kann, muss man das Ersetzen üben, verstehst du? Und manchmal dauert das. Und auch so werden wir noch oft genug missverstanden oder haben vielleicht das passende Wort, aber treffen den Ton nicht, oder unsere Gesten machen unsere Worte unglaubwürdig. Deshalb habe ich meinen Vater immer bewundert. Schon die Überschriften seiner Artikel konnten alles sagen, brachten es auf den Punkt. Ich weiß nicht, wie lange er darüber nachgedacht hat. Aber seine Überschriften waren Kunstwerke für mich und ich habe sie eine Zeit lang ausgeschnitten und aufgeklebt. Er verstand es immer schon, die Nuancen zu erfassen, sodass er scharf trennen kann und genau trifft, was er sagen will und was eben nicht. In unseren heiligen Texten wird das göttliche Wort mit einem Schwert verglichen, das messerscharf unterscheidet. Solche Worte gibt es tatsächlich, aber sie zu finden, ist harte Arbeit."

Als sie damals gemerkt hatte, dass Ye ihr aufmerksam zuhörte, war sie begeistert aufgesprungen und zu ihrer Musikanlage gegangen und einen Moment später hatte laute Orgelmusik den Raum erfüllt. „Hör genau hin!“ Sie hatte die Musik noch einmal gestartet, sie etwas leiser gedreht und dann das Lied kommentiert, ganz wie ein Reporter ein Fußballspiel.

„Hörst du? Diese sanfte Eröffnung, die dann schnell zu einer Klangfülle anwächst, die dich sofort an eine große Orgel in einer beeindruckenden Kathedrale erinnert, fast eine ganze Minute lang, und du selbst stehst da in einem gotischen oder barocken Bau, kommst dir klein vor, schaust zu der bemalten Decke hoch und siehst das Licht durch bunte Fenster fallen. Und dann, nach dieser scheinbar endlosen Minute, fallen die Gitarre und dann der Bass und das Schlagzeug ein, sehnsüchtig erwartet und doch überraschend, und sie entführen dich in die Katakomben, denn der Beat erreicht dich, wo die Orgel nicht hinreichen konnte. Es kommt dir vor, als würde der Boden schwanken, ein Beben geht durch deinen Körper und dein Herz schlägt schneller. Die Trommeln und die Becken und der Bass konfrontieren dich mit der Dringlichkeit, die das Lied vermitteln möchte, diese pausenlosen Achtel und Sechzehntel ziehen dich in ihre Spannung. Und dann rennst du raus auf die Straße und hörst die Stimme von Bono, den Kontrast. Du hörst ihn singen, aber du siehst ihn eigentlich laufen, er ist außer Atem und rennt, ruft dabei um Hilfe, singt und will alle Aufmerksamkeit erwecken. Und dann hörst du, wie eine einzige große Anklage aus ihm herausschreit, ‚burning down love‘, der höchste Ton des Liedes gehört dem zerstörerischen Verbrennen der Liebe, ist der Höhepunkt des Liedes. Und mit der Wiederholung hörst du noch etwas anderes, die eine Zeile, auf die alles hinausläuft, die Ruhe und Erlösung versprechenden Worte ‚where the streets have no name‘. Und du weißt, das ist der Traum, da musst du hin, in diesen Straßen ohne Namen möchtest du unbedingt wohnen.“

Sie hatte die Musik ausgestellt und leidenschaftlich weitergesprochen.

„Wie lange braucht man, um so ein Intro zu komponieren? Manchmal hat man Glück und es entsteht einfach, solche Erlebnisse gibt es ja. Aber meistens ist es eben harte Arbeit. Aber vor allem frage ich mich, wie lange Bono nach diesem einen Ausdruck gesucht hat, diesem Bild von einer Stadt, in der die Straßen keine Namen haben, um seine Vision treffend zu beschreiben: eine Stadt, in der du nicht mehr an den Straßennamen erkennst, in welcher Gegend du wohnst, ob du reich bist oder arm, schwarz oder weiß, Katholik oder Protestant. Das ist Kunst. Verstehst du?"

Chandani hatte ihre Freundin angesehen, suchend, dabei glücklich und so erschöpft, als sei sie selbst soeben durch die Straßen gelaufen. Und Ye hatte sich spontan zu ihr gebeugt und ihr einen Kuss auf die Wange gegeben.

„Sternchen, was du eben gesagt hast, zeigt mir nur umso mehr, dass du schreiben und sprechen musst."

Chandani aber hatte weiterhin gezweifelt.

„Es braucht Disziplin, innere und äußere Aufmerksamkeit. Und anderen scheint es so sehr viel leichter zu fallen. Sie scheinen die Worte einfach zu haben, nach denen ich erst stundenlang suchen muss. Sie schreiben, sie sprechen und du siehst sie fast niemals zögern. Aber ich ringe um kleinste Sätze."

Ye hatte ihre Hände in ihre genommen und gesagt: „Deine Ehrfurcht vor den Worten mag dir wie Zügel erscheinen, aber damit wird nur verhindert, dass du einfach drauflosgaloppierst. Diese Zügel sind dein Schatz. Glaub mir!"

„Und du, Ye?", hatte Chandani damals gefragt und mit Erstaunen festgestellt, dass ihre Freundin sich sehr gut einschätzen konnte und ihre Pläne bereits ganz konkrete Formen angenommen hatten.

„Ich bin anders. Ich studiere die Kunst und habe die Fähigkeit, mich von ihr faszinieren zu lassen. Es ist, als würde ich spüren, ob ein Kunstwerk oberflächlich geblieben ist oder ob es eine Seele hat, ob es den Künstler oder die Künstlerin etwas gekostet hat. Und weil ich die Kunst liebe, werde ich Räume für sie schaffen und sie fördern. Und ich werde insbesondere solche Kunstwerke unterstützen, die es schaffen, unsere sozialen und politischen Anliegen zu vermitteln, unsere spirituellen Schätze. Und unser birmanisches Erbe."

Heute konnte Chandani nur darüber staunen, wie gradlinig Ye ihren Weg gegangen war und diesen Traum verwirklicht hatte. Sie selbst aber hatte einige Umwege hinter sich. Ye hatte ihr mit dem Bild von den Zügeln tatsächlich sehr geholfen und sie hatte gelernt, ihren Stil zu finden. Dabei hatte sie sich von der Verbindung und dem Namen ihres Vaters begleiten lassen und es schien, als sei jetzt der Zeitpunkt gekommen, an dem er sie aufforderte, aus seinem Schatten zu treten. Sie spürte, dass er ihr helfen würde, ihre Lebensberufung zu finden und auszuüben, dass er aber gleichzeitig Wünsche an sie hatte. Und sie wusste auch, dass seine Hoffnungen nicht nur in seinen persönlichen Träumen wurzelten, sondern in der Liebe zu Birma, in der Sorge um seine Heimat wegen der wachsenden Spannung angesichts der Menschenrechtslage dort.

Wie sehr er sich verändert hatte! Das war ihr vordringlichster Gedanke in diesen ersten Tagen und Wochen gewesen. Er wirkte vollkommen ausgeglichen. Sie merkte, dass ihr Respekt vor ihm wuchs, ja mehr noch, dass sie ihn wirklich mochte. Seine grauen langen Haare, sein gepflegter kurz gestutzter Vollbart und die weiße Kleidung verliehen ihm etwas Unberührbares, ansonsten sah er einfach aus wie ein typischer Chin, dunkelhäutig und drahtig. Und sie dachte, dass er auch jetzt noch, fast fünfzehn Jahre später, mit Ende sechzig ein gut aussehender Mann war und sich, wohl ein typisches Merkmal der Chin, immer noch sehr aufrecht hielt.

Sie hatte schnell gewusst, dass sie gut in seiner Nähe würde sein können. Seine sanfte Art, sie willkommen zu heißen und bei sich aufzunehmen, ohne ihr das Gefühl zu geben, ein Gast zu sein, hatte ihr dann schließlich auch die Kraft gegeben, ihrer dringendsten Frage nachzugehen. Erst wenn sie darauf eine Antwort hätte, das war ihr klar gewesen, würde sie die Freiheit haben, über die Zukunft nachzudenken. Und so hatte sie eines Abends wissen wollen: „Wo ist Ma? Weißt du, wo sie ist? Wie es ihr geht?"

Thura hatte tief Luft geholt und leise geantwortet, er vermute, dass sie lebe, könne es aber nicht mit Sicherheit sagen. Und dann hatte er sie direkt angesehen und gesagt:

„Chani, wenn du mir einen großen Gefallen tun möchtest, dann verlang nicht von mir, über sie zu sprechen. Ich habe nichts dagegen, dass du zu ihr gehst, wie könnte ich? Ich würde mich freuen, wenn Mutter und Tochter sich wiedersehen würden. Aber ich möchte nicht weiter über sie nachdenken."

Sie hatte ihn erschrocken angesehen und ihre Worte waren ohne Überlegung, heftig, grollend aus ihr herausgebrodelt.

„Das kannst du nicht mit mir machen! Sie ist meine Mutter. Du kannst nicht so tun, als habe es sie nie gegeben. Sie war dir doch auch einmal wichtig! Ich bin eure gemeinsame Tochter! Du hast sie geliebt! Willst du sie etwa totschweigen?" Und dann hatte sie noch hinzugefügt: „Reicht es dir denn nicht, dass du sie fast umgebracht hättest?"

Seitdem hatte sie diesen Kommentar bereut, ihn aber nicht mehr zurücknehmen können. Ihr Vater war zusammengezuckt, als habe sie ihn mitten ins Gesicht geschlagen. Und sie, erschrocken über sich selbst, hatte plötzlich weinen müssen und mit einer schrillen, verlorenen Stimme gefragt: „Mit wem soll ich sonst über sie reden? Ich habe doch sonst niemanden. Niemanden, der sie kennt."

Thura hatte sich nicht gerührt, wusste, dass er nicht in der Lage war, sie zu trösten. Aber er war geblieben und hatte gewartet, dass sie sich wieder beruhigte. Nach einer Weile hatte er noch einmal bittend gesagt: „Ich will nicht über sie nachdenken. Zwing mich nicht dazu."

Sie hatte ihn angesehen, die Endgültigkeit in seiner Stimme wahrgenommen und langsam genickt. Dann hatte sie allen Mut zusammengenommen und es gewagt, noch eine Frage zu stellen: „Wo ist sie? Ist sie in der Nähe?"

Er war bereits aufgestanden und im Gehen, hatte sich aber noch einmal umgedreht und schlicht gesagt: „Ja. Sie ist in der Nähe."

„Wo?", hatte sie hoffnungsvoll gefragt. Und während er das Zimmer verließ, hatte er gemurmelt: „Höher oben kann man nicht leben. Du wirst sehen."

„Verdammt!", hatte sie gerufen und dabei war ihre Faust auf den Tisch geschnellt und hatte einen Porzellanteller zerstört, ihn in der

Mitte geteilt. Dann war sie aufgesprungen, aus dem Zimmer gelaufen, hatte die kleine Baumwolltasche gepackt und war aus dem Haus gerannt. Sie war gelaufen, bis sie nicht mehr konnte, war langsamer geworden und hatte den Bus hinter sich kommen hören, war die letzten zwei Stationen bis in die Stadt gefahren, durch die Läden geirrt und vorbei an den engen Marktständen. Sie war allmählich wieder ruhiger geworden, hatte sich getrockneten süßen Ingwer gekauft und eine Zeitung und sich, um irgendetwas zu tun, verschiedene Sorten Bettwäsche angesehen, sich aber nicht für eine entscheiden können. Hin und wieder hatte sie gemeint, ein Gesicht zu erkennen, aber die Gewissheit hatte nie ausgereicht, um jemanden anzusprechen. Sie war froh darüber gewesen, denn sie hatte allein sein wollen, um nachzudenken. Irgendwann hatte sie sich nur noch müde gefühlt und schwindelig und sich an einem kleinen Marktstand einen Tee gekauft. Die Verkäuferin hatte sie mit einem breiten zahnlosen Lachen angesehen und etwas auf Tamil gemurmelt, das sie nicht verstanden hatte, das aber wohl eine Nettigkeit oder ein Kompliment sein sollte, was sie mehr gefreut hatte, als sie sich hatte erklären können.

Hier war sie endlich etwas zur Ruhe gekommen, hatte sich auf einen kleinen Plastikhocker gesetzt und die Titelseite der Zeitung überflogen. Und hier hatte sie dann auch entdeckt, dass Thura es ihr keinesfalls schwer machen oder ihr Rätsel aufgeben wollte, sondern sein Hinweis durchaus ausreichend war. Sie hatte den Berg mit dem Kloster vor sich gesehen und sich die Augen gerieben wie ein kleines Kind, das gerade wach geworden ist. „Höher oben kann man nicht leben. Du wirst sehen." Sie hatte den Blick nicht abwenden können. Kanchi, geprägt von Türmen, Tempeln und Pilgern, berühmt für seine Hindu-Heiligtümer und seine Seide, hatte noch eine Attraktion zu bieten, das Kloster oben auf dem Berg. Auch wenn niemand unten in der Stadt wohl so genau wusste, was hinter den Mauern vorging. Wieso war sie nicht gleich darauf gekommen? Wieso nicht? Weil die Idee, ihre Mutter könnte in einem Kloster leben, ihr damals vollkommen absurd erschienen war.

Sie hatte genauer hingesehen. Ein schmaler Weg führte hinauf bis zu einem Bau, der wie eine weit ausgestreckte Burg wirkte. Auf den kleinen Türmen winkten Fähnchen wie weiße Tauben, Friedenszeichen hoch oben über der Welt. Das breite Dach war mit orangeroten Ziegeln bedeckt, sehr ungewöhnlich für diese Gegend, und leuchtete in der Sonne. Und hinter einem dieser Fenster sollte ihre Mutter leben? Sie war sich vorgekommen wie in einem verwunschenen Märchen, hatte überlegt, ob man ihre Mutter entführt haben könnte und gegen ihren Willen dort festhielt und versteckte, aber dann hatte sie sich ermahnt, ihre Fantasie zu zügeln. Wenn ihre Mutter tatsächlich oben auf dem Berg leben sollte, dann würde sie freiwillig dort sein. Und sie, Chandani, würde sie besuchen und mit ihr sprechen, Erklärungen für alles bekommen und wieder ruhig schlafen können. Genau so würde es geschehen. Mit diesem Plan im Kopf hatte sie sich damals erst einmal zurück auf den Weg nach Hause gemacht. Vielleicht würde sie am Ende nicht nur ihre Mutter, sondern auch ihren Vater und damit auch sich selbst besser verstehen. Dieser Gedanke hatte ihr damals Hoffnung gegeben.

Ihr Vater hatte kleine Okraschoten in Stücke geschnitten, als sie zurückkam. Er hatte zum Kochen ein buntes Baumwolltuch um seine Stirn gebunden und damit irgendwie jünger ausgesehen und ein wenig verwegen. Er hatte sie mit einem Lachen begrüßt und mit einem Blick auf den kaputten Teller ironisch gesagt: „Früher habe ich das Geschirr zerschlagen."

Sie war sich in dem Moment wieder gemein vorgekommen und hatte sich entschuldigt.

„Es tut mir leid, was ich vorhin gesagt habe."

Er hatte sie fragend angesehen.

„Dass du Ma fast umgebracht hättest. Verzeih. Ich wollte dir nicht wehtun."

Er hatte einen kleinen gusseisernen Topf auf den Herd gestellt und gemeint: „Es tut weh, weil es wahr ist. Mein Zorn hätte sie tatsächlich beinahe das Leben gekostet. Aber es ist lange her und es ist am Ende nicht passiert. Du glaubst mir sicher, dass ich unendlich dankbar dafür bin, dass sie sich retten konnte."

Mit einem Schwung hatte er die Okrastücke in das heiße Öl geworfen, sodass es zischte.

„Hat sie sich in das Kloster auf dem Berg gerettet?"

Chandani hatte die Frage stellen müssen, obwohl es ihr inzwischen so erschienen war, als könne es gar keine andere Lösung mehr geben. Thura hatte erst mit den Schultern gezuckt und dann kurz genickt, ihre Vermutung allerdings mit keinem Wort bestätigt.

„Das muss reichen, Chani", hatte er gesagt. Und sie hatte es diesmal stillschweigend akzeptiert.

Als an jenem Abend Besuch gekommen war, zwei Männer, ein Japaner und ein Inder, die sie natürlich beide nicht kannte, hatte sie einen Anflug von Eifersucht in sich aufsteigen gespürt, denn sie war davon ausgegangen, dass ihr Vater nur für sie beide kochen würde und sie den Abend gemeinsam und nur unter sich verbringen würden. Was sie sich nur gedacht hatte? Sie war jahrelang durch die ganze Welt gereist, das war zum Teil noch die Vor-E-Mail-Zeit, und wenn sie in den ersten Jahren noch manchmal die Ferien bei ihm verbracht hatte, auch ein paar Mal gemeinsam mit Ye, so hatte sie ihm in den vergangenen Jahren keinen einzigen Besuch abgestattet und sie hatten sich zwar jedes Jahr bei Ye in Delhi getroffen, um gemeinsam Weihnachten zu feiern, aber ansonsten hatte sie sich nur hin und wieder gemeldet, unregelmäßig geschrieben, gelegentlich angerufen und erwartete jetzt, dass ihr Vater sein Leben ändern würde, nur weil sie wieder zu Hause war. Natürlich hatte er ein *eigenes* Leben. Sie würde lernen, ihn kennenzulernen, und sehen, ob sie beide zusammen leben wollten, jedenfalls vielleicht für eine Weile.

Thura hatte ihr den jungen Japaner als Keisuke vorgestellt und ein wenig zu begeistert von ihm gesprochen, von seiner Arbeit in der IT-Branche, seinen spirituellen Interessen, seiner Aufgeschlossenheit und seinen politischen Ansichten. Chandani hatte sich gefragt, ob ihr Vater auf einmal eine Neigung entwickelt hatte, wie die Inder ihre Kinder zu verheiraten, ihre Ehen zu „arrangieren“, wie man hier sagte, eine Sitte, die in Birma vollkommen undenkbar war, und sie war innerlich sofort auf Abstand zu Keisuke gegangen. Der allerdings hatte ihr kaum eine Chance gegeben, sich zurückzuziehen, hatte sie sofort mit in ihr Gespräch einbezogen, ihr Fragen gestellt und sich keinerlei Mühe gegeben, sein Interesse an ihr irgendwie zu verheimlichen. War das die japanische Zurückhaltung? Aber in ihrem Zuhause hatte man noch nie etwas auf Klischees gegeben. Sie hatte ihrem Vater zuliebe am Tisch Platz genommen und, während er noch das Essen zubereitete, ein bisschen mit ihnen geplaudert.

Der Inder, ein Mann im Alter ihres Vaters, war ihr als Swagat vorgestellt worden, ein Lehrer aus Kanchi. Er war sehr zurückhaltend gewesen und hatte es Keisuke überlassen, die Unterhaltung zu führen. Der hatte Chandani gefragt, in welchem der Länder, die sie besucht hatte, es ihr am besten gefallen hatte und ob sie auch schon einmal in Japan gewesen war, und hatte sie, als sie die Frage verneint hatte, sofort herzlich eingeladen, seine Heimat doch einmal zu besuchen. Er hatte zugegeben, dass es ihm zunächst nicht leicht gefallen war, sich von einem Birmanen einladen zu lassen, da die schreckliche Vergangenheit ihrer beiden Länder ihn sehr beschämte. Er hatte tatsächlich plötzlich ganz geknickt ausgesehen, war dann aber mit einer Art, die sie in den kommenden Monaten und Jahren als typisch für ihn kennenlernen sollte, mit der Situation umgegangen und hatte eine Anekdote zum Besten gegeben.

Er kenne da eine hässliche kleine Geschichte, die die Kolonial- und Besatzungsgeschichte Birmas unter einem gewissen Gesichtspunkt erhellte, hatte er gesagt und dann erzählt.

„Es ist eine Legende, die in den Dörfern tradiert wird. Ein britischer Kolonialverwalter kam nach dem Krieg nach Birma zurück, als das Land nach der Besatzung durch uns Japaner von den Briten zurückerobert worden war. Er war überrascht, dass die Frauen jetzt einige Schritte vor ihren Ehemännern herliefen, denn bisher waren immer die Männer vorgegangen und die Frauen mit respektvollem Abstand gefolgt, mit Einkäufen, die sie auf dem Kopf balancierten. Der Verwalter wollte wissen, wie es zu dieser eingreifenden Veränderung gekommen war und wie so ein schneller sozialer Wandel unter den Japanern möglich sein konnte, dass Frauen jetzt vormarschierten und Männer sich ihnen anschlossen. Aber keiner beantwortete seine Frage, sodass er schon dachte, niemand habe überhaupt eine Erklärung. Bis ihn eines Tages ein alter Mann darüber aufklärte, dass viele Landminen auf den Wegen in die Dörfer verborgen waren, Hunderte noch nicht gezündete Minen."

Keisuke hatte Chandani angesehen und sie hatte nicht einschätzen können, ob er jetzt erwartete, dass sie ihm für die Geschichte danken würde oder mit ihm gemeinsam über sie weinen. Also hatte sie nur gesagt, dass es wohl wichtig sei, solche Geschichten auch weiterhin zu erzählen. Damit nicht in Vergessenheit geriet, wie grausam ungerechte Machtverhältnisse und die Folgen von Kriegen waren. Keisuke hatte sie mit tiefgründigem Blick angesehen und seine auffällig buschigen Augenbrauen hatten sich zusammengezogen. Sie hatte seinen Gesichtsausdruck nicht zu deuten gewusst.

Thura hatte das Essen serviert und sie hatte sich einen der Teller gefüllt, um für sich auf ihrem Zimmer zu essen. Da hatte Swagat sie kurz zurückgehalten und gefragt, ob sie schon entschieden habe, nach Genf zu reisen. Chandani, die sowohl der Themenwechsel überraschte als auch die Einsicht, dass ihr Vater offensichtlich mit seinem Freund über die Angelegenheit gesprochen hatte, hatte zunächst nicht gewusst, wie sie antworten sollte. Thura hatte sie entschuldigend angesehen, aber da hatte sie gemeint:

„Ich kann mir vorstellen, dass ich auf lange Sicht ganz sicher den Spuren meines Vaters folgen werden, aber vorher muss ich ein paar andere Fragen für mich klären."

Swagat hatte diese Antwort akzeptiert und sie war in ihr Zimmer gegangen und dann an diesem Abend nicht mehr aufgetaucht.

Schlafen hatte sie nicht können. Es war eine jener Nächte, in denen sie lieber wach blieb, um nicht träumen zu müssen. Denn immer, noch heute war es so, wenn sie die Vergangenheit weckte, reichten die Berührungen aus dieser Zeit bis in die Nacht hinein und malten ihren Schrecken aus, sodass sie schon oft vollkommen verängstigt wach geworden war. Und dann brauchte sie immer eine Weile, bis sie wieder im Gleichgewicht war und verstand, dass die Vergangenheit vorbei und Gegenwart und Zukunft ihr Aufgabe waren.

Am nächsten Morgen hatte sie sich schnell eine rötliche süße Banane genommen, ein großes Stück Kokosnuss und eine Flasche Wasser und war wieder aus dem Haus gelaufen, in die Stadt. Sie trug eine Sudithar über einfachen Hosen, beides in dunkelgrüner Baumwolle, und dazu leichte Turnschuhe, in denen sie schnell vorankam. Am Fuß des Berges blieb sie einen Moment stehen, wie um sich körperlich auf die Anstrengung vorzubereiten, aber wohl auch, um sich innerlich zu wappnen, und dann hatte sie sich an den Aufstieg gemacht. Der Weg, der von unten fast gerade aus gesehen hatte, führte in Wahrheit in kleinen Schlangenlinien den Berg hinauf. Sie war nur langsam vorwärtsgekommen und es hatte ihr geschienen, als wollte dieser Weg einen zwingen, sich selbst zu verlangsamen. An diesem Morgen war sie die Einzige gewesen, die hier unterwegs war, und sie war sich ihrer Einsamkeit mit jedem Schritt mehr bewusst geworden.

Kurz vor dem Ziel hatte sie eine längere Pause gemacht und sich zum ersten Mal überlegt, was sie eigentlich wollte. Wie könnte sie ihre Bitte formulieren, ihr Anliegen vortragen? Und wem? Wer würde sie dort oben erwarten? Plötzlich hatte sie Zweifel bekommen. Was, wenn alles ein Irrtum war und ihre Mutter nie hier gewesen war, sie niemand hier kannte? Oder, dieser Gedanke hatte ihr damals einen kurzen kalten Schrecken eingejagt, was, wenn ihre Mutter wohl hier war, sie aber gar nicht sehen wollte? Sie hatte sich aufgerafft, sich das sinnlose Nachdenken verboten und war die letzten Meter bis zum großen Eingangstor gegangen.

Wenn sie jetzt, hier in ihrem Zimmer, in ihrem neuen Zuhause, gegenüber auf dem Berg bei den Falken, an diesen Tag damals zurückdachte, stand ihr sofort alles wieder vor Augen. Die zerbrochene Untertasse, der Moment ihrer Entdeckung, der steile Weg zum Kloster. Aber das alles war unwichtig im Vergleich zu dem, was dann kam, im Vergleich zu ihm, dem Priester. Sie erinnerte sich an jedes einzelne Wort, das sie gewechselt hatten, denn sie hütete die Erinnerungen an ihre Begegnung wie einen Schatz.

Kapitel 4

Sie hatte damals versucht, zu hören, was hinter dem Tor geschah, aber keinen einzigen Laut vernehmen können. Also hatte sie geklopft und nur einen Moment später war ein Mönch gekommen, um das Tor zu öffnen. Sie hatte angenommen, dass es ein Mönch war, denn er trug ein langes Gewand, eine einfache Robe, und sein Kopf war kahl geschoren. Er hatte sich leicht vor ihr verbeugt, mit zusammengelegten Handflächen vor dem Oberkörper, sie hereingewunken und ihr bedeutet, ihm zu folgen. Sie hatten einen großen Innenhof durchquert bis zu einem weiteren Tor, hinter dem der Klostergarten lag. Erst hier hatte er begonnen, zu reden. Er hatte sie auf Englisch angesprochen. Natürlich, wenn auch nicht ihre Kleidung, so mussten doch ihre Turnschuhe, ihr Haarschnitt, ihr Make-up und ihr Schmuck, vielleicht auch irgendetwas an ihrer Haltung wohl westlich auf ihn wirken. Sie hatte ihm gesagt, dass sie auch Hindi sprechen könnten oder Tamil, wenn sie das auch nicht so gut beherrschte. Er hatte sie wählen lassen und sie hatte sich, weil sie sah, dass er selbst auch kein Inder war, entschieden, sich nach einer weiteren Alternative zu erkundigen.

„Oder sprechen Sie vielleicht auch Birmanisch, Bamar?"

Er hatte bestätigt, auch das wäre eine Möglichkeit, und sie war selig gewesen, dass sie sich in ihrer Muttersprache mit ihm unterhalten konnte. Allein dieses Erlebnis hatte ihr damals das Gefühl gegeben, ihr Weg den Berg hinauf habe sich bereits gelohnt.

Sie hatten sich auf eine Bank am Eingang gesetzt und er hatte sie gebeten, ihm ihren Namen zu sagen.

„Chandani", hatte sie gesagt.

Er selbst hatte sich mit einer weiteren Verbeugung als Pran vorgestellt.

„Hier nennen mich alle nur den ‚Priester' und ich habe mich im Laufe der Zeit daran gewöhnt."

Dann hatte er begonnen, ein wenig zu plaudern, hatte über Dinge gesprochen, die ihm wohl gerade durch den Kopf gegangen waren.

„Neuerdings kommen so viele Menschen aus dem Westen hierher, dass ich fast nicht mehr damit rechne, einen Einheimischen zu treffen. Diese Menschen sind müde oder suchend oder einsam oder überlastet oder verletzt. Sie wollen bleiben oder nur Pause machen oder bringen eine Frage mit, die sie klären möchten. Früher haben fast nur Menschen angeklopft, die um eine Schale Reis baten, heute betteln viele, weil ihre Seele Hunger hat. Wie auch immer, uns sind alle Menschen willkommen, das ist ja klar."

Er hatte ihr zugezwinkert und den Kopf schräg gelegt.

„Sie haben im Westen gelebt?"

Sie hatte genickt. Aufmunternd hatte er sie angesehen, abwartend und erwartungsvoll, als könne er sich nichts Schöneres vorstellen, als sie reden zu hören, und als gäbe es nichts Wichtigeres als das, was sie zu sagen hätte. Sie hatte gemerkt, wie sie rot wurde, weil er sie so anzog. Er hatte in jedem Fall etwas überaus Attraktives an sich.

Und so hatte sie erzählt, hatte mit der Internatszeit begonnen, hatte ihm ihre Freundin Ye beschrieben und er hatte dazu angemerkt, sie müsse eine ausgesprochen nette Person sein und sie beide wären sicher dankbar dafür, mit so einer Freundschaft beschenkt zu sein. Sie hatte die USA, Europa und Tibet kurz gestreift, er hatte ihre Darstellung mit einigen eigenen kleinen Anekdoten bereichert und sie hatten einander zugehört, hatten hin und wieder ein paar nachdenkliche Pausen eingelegt und zusammen gelacht. Sie waren sich sogar kurz in die Arme gefallen, als sie festgestellt hatten, dass sie beide ursprünglich aus Birma kamen. Und nach einigen kleinen Nachfragen hatte sie dann gedacht, dass es allmählich Zeit war, zu dem eigentlichen Grund ihres Besuchs zu kommen. Sie hatte verstanden, dass er es ihr hatte leicht machen wollen, ins Gespräch zu kommen, aber dann hatte sie trotzdem nicht weitergewusst oder einfach keinen Anfang gefunden. Also hatte sie geschwiegen und sich ein wenig umgesehen und er war ihren Blicken aufmerksam gefolgt.

„Wie lange leben Sie schon hier?“

Fast hätte man seinen Blick als durchdringend empfinden können, aber seine Augen strahlten Wärme aus und Anteilnahme und er hatte mit einer Gegenfrage geantwortet:

„Wollen wir wirklich über mich sprechen? Oder was kann ich tun, damit Sie Ihre wichtigste Frage stellen?“

Sie hatte lächeln müssen, weil er sie durchschaut hatte, und sich gefragt, wie oft er dieses Spiel wohl schon erlebt hatte. Sie hatte vorgeschlagen:

„Vielleicht reden wir ein bisschen über Sie, nur eine kleine Weile, sodass ich mich noch wohler fühle?“

Er hatte genickt.

„Einverstanden. Und was möchten Sie gerne von mir wissen?“

Sie hatte ihre Frage wiederholt.

„Wie lange leben Sie schon hier? Sind Sie wirklich ein Mönch oder haben Sie auch einen richtigen Beruf? Und haben Sie ein Gelübde abgelegt?“

Er war aufgestanden und hatte gefragt: „Gehen wir ein Stück?“, und sie eingeladen, ihm auf einem kleinen Weg weiter durch den Garten zu folgen. Er hatte sehr leise und bedacht gesprochen, sodass sie dicht neben ihm hatte gehen müssen, um verstehen zu können, was er sagte.

„Ich bin Mönch, gehöre zu diesem Orden – Namen, Schulen, Richtungen spielen momentan einmal keine Rolle, meiner Erfahrung nach lenken sie vom Wesentlichen oft nur ab – und ja, ich lebe hier, habe die allermeiste Zeit meines Lebens im Kloster verbracht, jeweils zehn Monate des Jahres und jeweils zwei außerhalb. Wir unterscheiden zwischen denen, die ein lebenslanges Gelübde ablegen und damit voll ordinierte Mönche oder Nonnen werden, und denen, die aus verschiedenen Motiven jeweils nur für eine Zeit dem Orden angehören. Beides ist bei uns möglich. Ich habe eine ganze Reihe von Gelübden abgelegt. Ihnen wahrscheinlich bekannt und wohl den meisten Orden auch anderer Religionen gemeinsam, sind die Gelübde der Armut, des Gehorsams und der Keuschheit. Ganz existenziell ist für mich auch, die Stille zu suchen, zu meditieren und das Versprechen, den Armen zu dienen."

Er war mit langsamen Schritten gegangen und hatte seine Worte sehr bewusst gewählt. Hin und wieder hatte er sie angesehen, als wolle er sicherstellen, dass sie ihm noch zuhörte und folgen konnte. Dann war er fortgefahren:

„Bevor Sie weiterfragen, denn diese Frage kommt immer und ich möchte Sie Ihnen sozusagen direkt abnehmen: Ich vermisse nichts, was die Macht hätte, mich lange abzulenken. Ich empfinde die innere Welt, der ich mich hier widmen kann, als eine überaus faszinierende Welt. Ich fühle mich sehr beschenkt und beschenke damit wiederum andere. Um ehrlich zu sein, staune ich, je älter ich werde, wie viele Menschen ich beschenken darf. Ich bin mir durchaus bewusst, dass ich Verzicht übe und Dingen entsage, die als reizvoll gelten und überaus befriedigend, aber ich habe meine Lebenszeit Gott, den Suchenden und den Armen geweiht, freiwillig versteht sich, und etwas Größeres gibt es für mich nicht."

„Und was tut man den ganzen Tag in so einem Kloster? Vierundzwanzig Stunden lang? Jede Woche, lebenslänglich?"

Sie hatte nicht gewusst, ob ihre Frage frech in seinen Ohren klingen musste oder naiv, aber er hatte einfach freundlich geantwortet:

„Der Tag beginnt früh für unsere Gemeinschaft morgens um halb sechs mit einer zweistündigen Gebetszeit. Dafür treffen wir uns in unserer großen Versammlungshalle und ich liebe den Moment, wenn von allen Seiten die Mönche angelaufen kommen, manche noch müde, manche, die sich noch im Laufen erst richtig anziehen, und dann setzen sie sich in langen Reihen in Meditationshaltung auf den Boden und wir beten. Danach gibt es ein Frühstück, indisch, denn wir richten uns nach den Gepflogenheiten des Landes, in dem wir leben, Idlis, Upuma, Pongel, etwas Einfaches, was aber nahrhaft ist. Danach haben wir Unterricht, für Einzelne oder in Gruppen, Jüngere lernen bei Älteren, die gelehrten Meister haben so etwas wie besondere Sprechstunden und am Nachmittag hat jeder Zeit, das Gelernte für sich zu erinnern, zu reflektieren und zu verinnerlichen. Daneben haben wir hier ein Gelände zu pflegen, pflanzen selbst Gemüse an, haben einen Gästetrakt, der gesäubert werden muss, und eine Küche, in der drei Mahlzeiten zubereitet werden für alle. Und am Abend treffen wir uns zu einer Art Vorlesung, würden Sie vielleicht sagen, wir debattieren Fragen der Lehre und in diesem Kloster hier wird auch die Auseinandersetzung mit anderen spirituellen Traditionen und Religionen angeregt sowie die Beschäftigung mit politischen und sozialen Fragen. Dieser Diskurs hat etwas äußerst Lebendiges und ich ermutige vor allem die Jüngeren und die Gäste, ihre Fragen zu stellen, auch die kritischen."

Chandani hatte den Atem angehalten, als er aufhörte, zu sprechen. Sie hatte sich gewünscht, dass er weiterreden würde und sie ihm stundenlang zuhören und immer weiter mit ihm durch diesen Garten gehen könnte. Auf einmal war ihr das Leben in einem Kloster überhaupt nicht mehr absurd erschienen. Aber warum nicht, hatte sie sich gefragt. Der Tagesablauf musste auf Dauer öde sein, die Auswahl an Gesprächsthemen war eingeschränkt, er konnte nicht reisen, nicht shoppen gehen und, das durfte man ja auch nicht vergessen, er hatte keinen Sex. Sie hatte ihn angesehen und wieder gespürt, wie sie rot wurde. Warum fühlte sie sich so angezogen von dem, was er sagte? Vielleicht, weil er so glücklich wirkte und so überzeugend? Oder weil er so unabhängig wirkte und so attraktiv, einfach so unbeschreiblich attraktiv?

Er hatte sie kichernd in die Seite gestupst.

„Was überlegen Sie denn? Dass meine Welt langweilig ist, weil ich nicht zwischen zwanzig Sorten Frühstücksflocken wählen kann, jeden Tag meine Tracht anziehe, statt mich für eine von fünfzig Krawatten entscheiden zu dürfen, nicht nach Hawaii reise und kein Haus habe, das ich weitervererben könnte?"

Sie hatte genickt.

„Ja, so ungefähr."

„Und", hatte er hinzugefügt, „fragen Sie sich nicht auch, wie ich es aushalte, dass keine Frau neben mir im Bett liegt? Ist es das?"

Sie war noch tiefer errötet und hatte überlegt, was sie jetzt bloß sagen sollte und dass er nicht ernsthaft eine Antwort von ihr erwarten konnte. Sie hielt sich wirklich nicht für prüde, aber diese direkte Art, verbunden mit seiner Ausstrahlung, hatte sie tatsächlich aus dem Konzept gebracht.

Um die peinliche Pause zu überbrücken, hatte sie also damals einfach schnell gesagt: „Ich suche meine Mutter." Und, wo sie es einmal gesagt hatte, war es leichter gewesen, direkt weiterzusprechen: „1981 habe ich sie zuletzt gesehen. Ich habe Gründe, zu vermuten, dass sie sich hier aufhält."

Er hatte genickt.

„Verzeihen Sie, bitte. Das mit dem Sex ist ein alter Trick. Wenn immer wir Mönche anfangen, darüber zu reden, wechseln andere gerne das Thema und wagen es dann oft auch, über ihre eigentlichen Anliegen zu sprechen. Also die Suche nach Ihrer Mutter hat Sie hierhin geführt?"

Chandani musste auch jetzt noch, Jahre später, kurz lachen, wenn sie an dieses erste Gespräch zwischen ihnen zurückdachte. Sie war damals tatsächlich für einen Moment sprachlos gewesen. Aber dann waren sie weitergegangen. Und sie hatte nur gedacht, dass sich dieser Mann einiges herausnahm. Souverän war er, klug und mit einer gehörigen Portion Menschenkenntnis gesegnet. Sie hatte ein schnaufendes Lachen von sich gegeben und dann noch einmal gesagt: „Ja, also, ich suche meine Mutter."

Er hatte zurückgefragt: „Und warum suchen Sie sie?"

Sie hatte ihn irritiert angesehen. Warum suchen Sie *hier*?, wäre eine passende Frage gewesen. Aber warum suchen Sie überhaupt?

Was sollte diese Frage? Sie hatte ihre Entrüstung nicht verbergen können, als sie geantwortet hatte: „Weil ich ihre Tochter bin. Weil ich sie brauche. Weil sie weggegangen ist und einfach nicht wiederkam. Weil ich nachts Albträume habe. Weil ich verstehen will, was geschehen ist, meine Herkunft begreifen, meine Geschichte."

Er hatte sie angesehen, verständnisvoll, und dann knapp gesagt: „Also suchen Sie im Grunde gar nicht Ihre Mutter. Sie suchen sich selbst."

Es war keine Frage, es war eine Feststellung gewesen. Chandani war still geworden. Was genau wollte er ihr sagen? Sie war stehen geblieben und hatte die Hände in die Hüften gestützt. War das etwa wahr?

Er war ein paar Schritte weitergegangen, aber dann auch stehen geblieben. Wieder hatte er den Kopf schräg gelegt und hatte gesagt: „Haben Sie gehört, wie oft Sie ‚ich' gesagt haben? ‚Ich bin ihre Tochter, ich brauche sie, ich habe Albträume, ich will meine Geschichte verstehen …' In Wirklichkeit suchen Sie sich. Und Sie haben ja recht. Tun Sie das. Das ist ein guter Anfang. Suchen Sie!" Und er hatte ihr aufmunternd zugenickt.

Chandani war inzwischen sehr aufgewühlt gewesen.

„Nein! So können Sie mich nicht gehen lassen! Wie können Sie meine Frage einfach so verändern? Und wovon reden Sie eigentlich? Ich habe keine Ahnung, worum es hier überhaupt geht. Was für ein Anfang, was für eine Suche und wo werde ich denn fündig?"

Ihr waren die Tränen gekommen, so wütend war sie in diesem Moment gewesen.

Er war auf sie zugekommen, hatte sich flink bei ihr untergehakt und sie mit sich gezogen, weiter den Weg entlang. Sie hatte es geschehen lassen. Er hatte sich zu ihr gebeugt und ihre Gesichter waren sich sehr nah gewesen. Sie hatte ein paar dunkle Stoppeln auf seinem glatten Kopf sehen können. Er hatte mit Nachdruck gesprochen, als habe sie eine bedeutende Spur gefunden, die nicht wieder aufgegeben werden dürfte, und hatte gesagt:

„Das sind alles sehr gute Fragen. Wirklich sehr gute Fragen.

Gehen Sie ihnen nach! Machen Sie sich auf die Reise nach innen. Lassen Sie sich nicht ablenken. Glauben Sie mir, es lohnt sich."

Sie hatte gespürt, dass sie ihm gerne glauben wollte.

Da war er plötzlich wieder stehen geblieben, hatte sich von ihr gelöst und kurz ein paar Mal in die Hände geklatscht, wie ein kleines Kind, das sich freut. Begeistert hatte er vorgeschlagen: „Ich gebe Ihnen eine Hausaufgabe, wenn Sie erlauben, ja?"

Sie hatte nur genickt und während sie weitergegangen waren, hatte er sehr langsam gesprochen, als solle sie mitschreiben.

„In jedem Menschen gibt es einen heiligen Raum. Wir können ihn Seele nennen, Identität oder Wesenskern. Suchen Sie diesen Raum. Er ist da. Stellen Sie sich vor, wie er aussieht, der Boden, die Wände. Vielleicht ist es ein Zimmer, ein Zelt, eine kleine Kirche, eine Kathedrale oder eine weite Ebene. Malen Sie sich Ihren Raum genau aus. Wecken Sie Ihre Vorstellungskraft auf, Ihre Fantasie. Wonach riecht es? Woher kommt das Licht? Wie warm ist es? Vergessen Sie dabei nicht: Dieser Raum ist heilig, das bedeutet unberührbar. Das ist sehr wichtig! Nichts, keine Idee oder Größe, die nicht an sich selbst heilig wäre, wird diesen Raum jemals betreten können. Also niemand außer Gott, dem, was Gott an Göttlichem mitbringt, und Ihnen selbst. In diesem Raum gelten andere Gesetze als überall sonst. Es regiert die Gnade. Die liebevolle Achtung. Und Sie selbst sind hier, ganz, aufmerksam."

Sie hatte ein paar Mal genickt, während er ihr das Bild vom inneren Raum vor Augen malte.

„Meinen Sie, dass Sie diese Hausaufgabe angehen können? Obwohl die Vorstellung von einer Seele uns im Buddhismus eher fremd ist und diese Übung daher nicht meiner eigenen Tradition entspringt, erlebe ich sie als sehr bereichernd. Also, werden Sie es angehen?"

Für sie war nicht wichtig gewesen, wo diese Übung herkam, sie hatte die Würde darin gespürt, und deshalb hatte sie genickt und gesagt: „Ja. Ich will es versuchen. Gerne sogar. Es hört sich interessant an. Und irgendwie würdevoll."

Er hatte sich über diese Antwort ganz offensichtlich gefreut. Als ob sie plötzlich ungeduldig geworden wäre, hatte sie wissen wollen: „Wie lange werde ich brauchen?"

Da hatte er lachen müssen und geseufzt: „Ach, geplagte Welt der Uhren und Kalender!" Er hatte den Kopf geschüttelt. „Wie lange? Wer kann das schon sagen? Ein paar Monate, Jahre, Ihr Leben lang? Ich weiß es nicht und es ist überhaupt nicht wichtig."

Sie hatte gedacht, er würde ungeduldig mit ihr, aber er hatte weiterhin gelassen gewirkt.

„Vielleicht", hatte er dann doch noch hinzugefügt, „sozusagen als ein kleines Zugeständnis an die Messbarkeit, nehmen Sie sich zu Anfang vierzig Tage, um auf der Schwelle zu stehen und von dort aus Ihren Raum zu betrachten. Und dann gehen Sie, nach Ablauf dieser Zeit, bewusst hinein. Vierzig Tage." Erklärend hatte er noch hinzugefügt: „Man sagt, der Buddha erlangte die letzte Erleuchtung, nachdem er vierzig Tage meditiert hatte. Jesus zog sich zu Beginn seiner öffentlichen Wirksamkeit für vierzig Tage in die Wüste zurück, ganz wie ein Prophet, und dann wandte er sich den Menschen zu, der Wüste in ihrer Seele. Nennen wir es eine göttliche Zeit der Vorbereitung. Vielleicht weihen Sie die kommenden vierzig Tage einmal dem heiligen Raum, der Suche, dieser Reise, also sich selbst sozusagen, und auch Gott, wenn Sie es so ausdrücken mögen."

Und damit waren sie, wie sie überrascht festgestellt hatte, wieder am Tor angekommen und er hatte sie über den Innenhof hin zum Ausgang geführt. Erst hier hatte sie den Vers wahrgenommen, der in mehreren Sprachen über dem Tor geschrieben stand: „Folge dem Zeichen des Himmels." Sie hatte von dem Vers weg zu ihm hingesehen und er hatte genickt. Dann hatte er das große Tor geöffnet und den Berg hinuntergesehen.

„Auf Wiedersehen, Chandani. Es hat mich gefreut, mit Ihnen zu sprechen."

Sie wäre gerne noch geblieben, hatte sich nicht verabschieden wollen von diesem Ort, diesem Moment, diesem Mann, hatte aber gesagt: „Auf Wiedersehen, Pran."

Sie hatten sich voreinander verbeugt und er hatte sie spontan für einen Moment in den Arm genommen. Dann war sie gegangen, hatte sich noch einmal kurz umgedreht, um ihm zuzuwinken, und war den Berg hinuntergelaufen. Ohne die Antwort, die sie sich erhofft hatte, aber mit einer Aufgabe, die ihr vielversprechend erschienen war.

Was Chandani damals nicht hatte sehen können, war, dass Pran zu einem Raum in der obersten Etage gelaufen war, in dem eine Frau am Fenster stand. Er war neben sie getreten und beide hatten verfolgt, wie Chandani den Berg hinunterlief, als würde sie fliegen, ohne jede Zögerlichkeit. Leise hatte er gesagt:

„Sie sieht genauso aus wie du damals. Sie ist dir wie aus dem Gesicht geschnitten. Sie hat einen Körper wie du und bewegt sich ganz so wie du damals. Wunderhübsch, stark und anmutig. Und", hatte er noch hinzugefügt, „sie hat ein suchendes Herz."

Mit seinem Gesicht hatte er sich ihrem Kopf genähert und ihr einen sanften Kuss auf die Schläfe gegeben. Dann war er einen Schritt zurückgetreten, hatte seine Hände in den Taschen seines Gewandes vergraben und gespannt gewartet, was sie sagen würde.

„Betrug, Verlust, Verzicht, das alles ist herausfordernd. Aber einen Weg zurück gibt es nicht", hatte sie leise gesagt. „Danke, dass du mit ihr gesprochen hast. Das bedeutet mir viel. Du wirst ihr sicher etwas Gutes mit auf den Weg gegeben haben." Sie hatte sich ihm zugewandt und er sah, dass sie geweint hatte. „Danke für dich", hatte sie leise gesagt. Sie hatten sich in die Augen gesehen, ohne weitere Worte, hatten sich nicht berührt, sich nur einfach für einen Moment gegenübergestanden. Dann hatte sie sich als Erste aus dieser Begegnung gelöst, sich vor ihm verneigt, was er mit einer Verneigung erwidert hatte, und war aus dem Zimmer gegangen. Er hatte noch einmal aus dem Fenster gesehen. Chandani war nur noch ein kleiner Punkt gewesen.

Sie hatte ihrem Vater damals nicht erzählt, wo sie gewesen war, und er hatte nicht gefragt. Es war wohl auch so klar gewesen. Eines Tages, so hatte sie gedacht, würde sie sicherlich mit ihm darüber sprechen. Über den Priester und irgendwann auch über ihre Mutter.

Das Gespräch im Klostergarten hatte sie sehr verändert, denn sie hatte die Aufgabe, die darin lag, angenommen und sich auf die innere Reise begeben. Es war ihr vorgekommen wie eine ausgesprochene Berufung, zu leben. Immer häufiger war sie jetzt auf ihrem Gelände in die kleine Kapelle gegangen, die Thura hatte bauen lassen, ein kleiner runder Bau aus Natursteinen der Gegend, mit einem Mosaikboden, der sich aus Steinen in allerlei Grüntönen zu einer Rosette oder einem Mandala zusammensetzte, Kerzen in den Nischen an der Wand, aber ansonsten vollkommen leer bis auf ein paar Kissen und, das war das Außergewöhnlichste, einem gewölbten Glasdach, sodass man den Himmel sehen konnte. Sie ging hierhin, wenn sie allein sein wollte, und zog sich dann auch gedanklich in ihren heiligen Raum zurück. Die Vorstellung von „Unberührbarkeit" hatte einen ganz neuen Sinn bekommen, bedeutete hier Schutz für jede Identität. Hinter der Kapelle schlängelte sich ein künstlich eingeebneter Weg unter dem Schatten hoher Bäume zu einer kleinen Ebene. Hier meditierte Thura am frühen Morgen, hierhin zog er sich auch oft mit seinem Besuch zurück. Chandani freute sich, wenn sie dort einmal allein sein konnte, auch sie liebte diesen friedlichen kleinen Weg. Und so hatte sie mit der Zeit, mithilfe der Ruhe in der Kapelle und des inneren Bildes, eine ganz neue Erfahrung von Geborgenheit gefunden. Der Priester hatte sie auf ihren neuen Weg gebracht und sie würde ihm dafür immer dankbar sein. Er schien einfach ein Mann zu sein, der diese Reise schon vor langer Zeit angetreten hatte und um seine eigene Identität wusste. Als sie ihn etwas später noch einmal besucht hatte, hatte er sie fast noch mehr fasziniert. Und er schien sich über alles zu freuen, was sie zu erzählen hatte.

Sie spürte die Erinnerung an ihn, jetzt, Jahre später, in der Mitte ihres Körpers aufblühen. Mit einem unwilligen Ruck drehte sie sich wieder zur Wand. Ob es vielleicht einfach an der Zeit war, mal wieder einen Mann kennenzulernen? Sie schmunzelte und merkte, dass ihr der Gedanke eigentlich gefiel. Dann legte sie sich gerade auf den Rücken und sah zur Decke. Sie würde sich zum Abschluss dieses Tages in den inneren heiligen Raum begeben, wo niemand sie störte, wo sie aufmerksam für sich war und ihre Würde unbedingt sicher.

Kapitel 5

Jeden Tag, seit sie gemeinsam auf ihrem kleinen Anwesen in den Bergen lebten, trafen sich Chandani und Thura am frühen Morgen in der Küche, um eine erste Tasse Tee miteinander zu trinken, Thura nur mit einfachem Hemd und Longyi bekleidet, Chandani, der man in solchen Kleinigkeiten doch ihr Leben im Westen anmerkte, in einem leichten Morgenmantel, beide immer recht schweigsam.

War das Wohnzimmer ganz im klassisch birmanischen Stil gehalten, mit Matten ausgelegt, um auf dem Boden zu sitzen, so machte sich in der Küche der westliche Einfluss bemerkbar, denn an der einen Wand stand eine lange Bank und davor ein Tisch mit einigen Stühlen. Je nachdem, wer zu Besuch kam, hielten sie sich lieber hier oder nebenan auf und je nachdem, in welches Zimmer man trat, eröffnete sich eine andere Welt. Als sie ihr Haus einrichteten, hatte Thura die meisten Möbel mitgebracht, und als einige Wochen später zwei Überseekisten für Chandani angekommen waren, hatten die vor allem Bücher, an die zwanzig Paar verschiedenster Schuhe, die sie hier alle nicht gebrauchen konnte, und ansonsten nur allerlei Kleinkram enthalten.

Thuras Arbeitszimmer war fast leer, ganz offensichtlich vor allem ein Rückzugsort zum Nachdenken. Seine Vorliebe für Weiß zeigte sich auch hier und Gästen ging es fast immer so, dass sie erst einmal tief durchatmeten, wenn sie den großen hellen Raum betraten. Die Gruppe, die sich weiterhin zur Mittwochs-Meditation traf, fand jetzt Platz in seinem Zimmer. Mit einigen schnellen Griffen allerdings konnte er das Schreibpult vor einem der großen Fenster zum Arbeitsplatz eines Journalisten umwandeln, denn immer noch schrieb er, meist politische Kolumnen, für einige große internationale Zeitungen und auch für die „Myanmar Times", wie die in Englisch erscheinende Wochenzeitung seiner Heimat heute hieß, bei der er als junger Mann nach seinem Studium die ersten journalistischen Schritte gegangen war.

Chandani hatte sich einen geräumigen Büroraum in dem kleinen Neubau bei der Falknerei eingerichtet. Hier erledigte sie die schriftlichen Verwaltungsarbeiten, die die Falknerei mit sich brachte, und empfing hin und wieder Kunden. Hier schrieb sie nebenbei auch weiterhin Fachartikel, politische Kommentare, manchmal auch Essays über birmanische Kultur, Buchrezensionen, Beiträge rund um das Thema Menschenrechte, lieferte auf Anfrage Fakten und Hintergrundinformationen. Und so waren diese unregelmäßigen Arbeiten wenigstens etwas, das sie momentan dazu beitragen konnte, dass Birma nicht aus dem Gedächtnis der internationalen Aufmerksamkeit verschwand. Die Reise zur UNO nach Genf war sie damals nicht angetreten. Aber sowohl sie als auch ihr Vater hatten gewusst, dass sie bei der nächsten Einladung nicht so leicht würde absagen können. Es war nur eine Frage der Zeit.

Hier im Haus bewohnte sie nur ein Zimmer, eine Art Bibliothek mit Bett, als sei der Schlafgelegenheit ihr Antrag auf etwas Platz nur äußerst unwillig bewilligt worden. Ihre Mitbringsel aus der ganzen Welt hatte sie großherzig über das ganze Haus verteilt und so fanden sich in den Bädern französische Seifenspender neben Handtüchern mit birmanischen Ornamenten, auf den Matten im Wohnzimmer lagen in Tibet gewebte Decken und indische Kissen und eine italienische Kaffeemaschine, die allerdings nur sie selbst benutzte, eine französische Pfeffermühle und ein altes deutsches Waffeleisen bereicherten die Küche.

Wenn man das Haus von der Terrasse aus betrat, fand man sich direkt hier in der Küche wieder. Rechts waren der große Gasherd, die selten benutzte offene Feuerstelle mit Kamin, ein Kühlschrank, Blechkisten mit Gewürzen, Kräutern und Teeblättern, Kaffeebohnen für Chandani, eine Kiste mit frischem Obst und Gemüse, von der Decke hingen Körbe mit Zwiebeln, Knoblauch und Ingwer, Töpfe, Pfannen und bunte Baumwolltücher, in einem Block standen Messer in allen Größen, daneben eine Obstpresse und eine Waage und es gab genügend freie Fläche – das hier war vor allem Thuras Reich.

Links waren der Tisch mit Bank und Stühlen, sodass sie sich, wenn Chandani abends die Zeitung las oder ihrem Vater beim Kochen zusah, unterhalten konnten. Über der Küchenbank hing ein beeindruckendes Bild: Die Schwarz-Weiß-Fotografie, anderthalb Meter hoch und einen Meter breit, in einem schmalen einfachen weißen Holzrahmen, zeigte zwei Kinder, beide etwa sieben Jahre alt, einen afrikanischen Jungen und ein asiatisches Mädchen, die sich an den Händen hielten. Der Junge trug eine Schuluniform, wobei seinem Hemd der linke Ärmel fehlte und sie insgesamt recht schmutzig wirkte, das Mädchen ein einfaches Kleid, das ihm zwei Nummern zu groß zu sein schien. Einziger Farbklecks und Hingucker war die kleine rote Schleife, die sie beide trugen, eine dezente, versteckte Botschaft, indirekte Aufforderung, mehr zu sehen als nur zwei Kinder. Ye und ihr Mann Ben hatten ihnen das Bild zum Einzug geschenkt.

Ben, Aktionskünstler und Musiker, sogenannter Afroamerikaner, hatte ihnen außerdem eine Geschichte dazu geschenkt.

„Ich liebe dieses Bild, das Ungesagte, das doch jeder sofort wahrnimmt, als würden die beiden Kinder darüber sprechen, dass sie Aidswaisen sind, infiziert, ängstlich, schwach. Denkt an die alten Gospels, die meine Leute gesungen haben. Zum Beispiel ‚Wade in the water, children'."

Und dann hatte er gesungen, mit lauter tiefer Stimme und geschlossenen Augen und hatte mit den Fingern den Rhythmus geschnipst, hier in ihrer Küche. „Watet durch das Wasser, Kinder. Jordan's water is chilly and cold. Das Wasser des Jordan ist frostig und kalt. Wade in the water …"

Sie hatten kurz dem Lied nachgelauscht und dann geklatscht und er hatte sie angestrahlt und erzählt:

„In einer Zeit, in der es für einen gewissen Teil der Bevölkerung keine Pressefreiheit gab – euer Thema, meine beiden birmanischen Lieben! –, wurden zum Beispiel diese Lieder verwendet, um mit dem Text verschlüsselt eine Nachricht weiterzugeben. ‚Wade in the water' war eine Fluchtanweisung für die Sklaven im amerikanischen Bürgerkrieg. Der Song ist eine Anweisung, im Wasser zu waten, um die Verfolgung durch Spürhunde zu verhindern. Der besungene Fluss Jordan ist der Ohio, über den man in die Freiheit fliehen konnte. Chilly and cold, denn im Winter war er zugefroren. Tricky, he? Musiker und Journalisten sollten also unbedingt zusammenarbeiten, wer weiß, was für Zeiten kommen, he?"

Sie hatten das Bild aufgehängt, sahen es täglich, und wer sie besuchte, sollte sie meistens darauf ansprechen. Und so hatte es sich schon oft als wahres Geschenk erwiesen.

Ihre kleine Zeremonie zum Tagesanbruch bestand darin, dass Thura lose Teeblätter in einer großen Kanne aufbrühte, nicht drei bis fünf Minuten, wie Chandani es immer wieder auf westlichen Teepackungen gelesen hatte, sondern wesentlich länger, mindestens eine halbe Stunde lang, währenddessen Ingwer und Limonen schälte und presste, schließlich alles durch ein feines Sieb in eine zweite Kanne goss, einen großen Löffel grobkörnigen braunen Zucker hinzufügte und zwei bauchige Tassen damit füllte. Sie hatten sich angewöhnt, den Tee draußen auf der Terrasse zu trinken und dabei wenn nötig ein paar Absprachen zu treffen. Meistens aber standen sie einfach nur schweigend nebeneinander, teilten sich manchmal ein hart gewordenes süßes Brötchen vom Vortag, tunkten es in den Tee und tranken ihre Tassen leer. Chandani merkte, dass es ihr guttat, früh wach zu werden, und dass ihr Schlaf tiefer wurde. Ihr Tagesablauf und ihre Arbeit hier oben richteten sich sehr nach dem Stand der Sonne und ihr Körper hatte sich offensichtlich gerne daran angepasst. Thura dagegen hatte seine Gewohnheit, den frühen Morgen über ganz allein zu sein und wenn möglich einige Stunden mit Gebet und Meditation zu verbringen, auf später verschoben, auf die Zeit nach dem gemeinsamen Tee. So war es: Sie hatten beide gelernt, aufeinander zu achten, aufeinander einzugehen und doch auch unabhängig voneinander ihr Leben zu gestalten.

Kapitel 6

Als sie an diesem Morgen auf die Terrasse kamen, zuckten sie beide zusammen, als sie sahen, dass ihr Gast bereits in einem der Sessel saß. Er aber schien sie nicht zu bemerken, denn er saß mit geschlossenen Augen da. Ob er schlief? Thura räusperte sich und sagte fröhlich mit seiner tiefen Stimme, die fast klang, als würde er singen:

„Guten Morgen, Falak!"

Wenn sie erwartet hatten, dieser würde hochschrecken, wurden sie nicht enttäuscht. Mit einem Ruck war er auf den Beinen, schaute verwirrt um sich, als wisse er überhaupt nicht, wo er sei, schüttelte seine Arme aus, um wieder Leben in sie zu bringen, erfasste dann wohl die Situation, sah sie an und musste lachen. Er wirkte so komisch, dass Thura und Chandani unwillkürlich mit einfielen. Sie lachten alle drei laut heraus und konnten sich nicht beruhigen und immer, wenn sie gerade aufgehört hatten, fing doch einer von ihnen wieder an, als habe ein Gedanke ihn gekitzelt, bis sie schließlich erschöpft durchatmeten und sich jeder in einen Sessel fallen ließ.

„Guten Morgen", sagte Thura noch einmal.

„Guten Morgen zusammen!", erwiderte ihr Gast. „Entschuldigen Sie bitte, ich muss wohl wieder eingeschlafen sein."

„Sie haben aber wohl nicht die ganze Nacht hier draußen verbracht, oder?", wollte Chandani wissen und sah, dass er dieselben Kleider trug wie gestern Abend. Irgendwann vor dem Essen hatte er Reithosen und Hemd gegen weite Hosen und einen einfachen dunklen Kurta getauscht. Um den Hals trug er die ganze Zeit über schon ein rotes Baumwolltuch, das ihm etwas Kühnes verlieh, wie Chandani cmpfand. Er sah sic an.

„Nein, ich habe in meinem Bett gelegen. Wand an Wand mit

Ihnen, haben Sie nichts gehört? Ich bin froh, wenn ich Sie nicht gestört habe, denn ich konnte nur sehr schlecht schlafen und bin ein paar Mal aufgestanden."

Chandani wurde jetzt deutlich, wie nah er gewesen war – nur eine Wand hatte sie getrennt. Das Haus hatte mehr Zimmer, als sie brauchten, und sie hatten nur die untere Etage überhaupt eingerichtet. Hier lagen alle Zimmer sehr eng beieinander und der lange Flur machte das Haus hellhörig. Bevor sie irgendwie reagieren konnte, äußerte Thura sein Bedauern darüber, dass ein Gast in ihrem Haus eine schlaflose Nacht verbracht hatte, aber der winkte ab.

„Machen Sie sich um mich bitte keine Sorgen, ich komme schon durch den Tag. Und sollte ich wirklich zu müde werden, kann ich mich ja heute Mittag vielleicht für ein Stündchen hinlegen."

Als wäre ihm erst in diesem Moment bewusst geworden, dass er ihre Gastfreundschaft sehr selbstverständlich in Anspruch nahm, sagte er etwas kleinlaut:

„Natürlich nur, wenn ich überhaupt bleiben darf. Wenn ich Sie nicht störe, wenn das Bett nicht für einen anderen Gast reserviert ist oder …"

Aber Thura fiel ihm ins Wort.

„Da wiederum machen Sie sich jetzt einmal keine Sorgen. Sie sind wirklich herzlich eingeladen, zu bleiben, aber …"

„Ja? Was?" Was erwarten Sie von mir?" Falak sprach schnell und es war ihm anzumerken, dass ihm die ganze Situation unangenehm war. „Soll ich für meinen Aufenthalt zahlen oder eine Arbeit übernehmen, mich nützlich machen? Sagen Sie mir nur, was ich tun kann, damit ich Ihnen nicht zur Last falle!"

„Nein, nein, nein", sagte Thura lachend, „bitte, fühlen Sie sich willkommen. Aber, sagen Sie uns vielleicht, was Sie von *uns* erwarten. Mit welchem Anliegen sind Sie denn nun eigentlich hier? Wenn Sie uns das sagen würden, dann könnten wir uns darauf einstellen und sehen, was wir für Sie tun können. Dass Sie wegen der Falken hier sind, haben Sie ja bereits gesagt, aber Sie haben sich doch, wenn ich das bemerken darf, etwas rätselhaft ausgedrückt."

Chandani hatte sich bisher nicht in das Gespräch eingeschaltet. Sie sah Falak an und in diesem Moment tat er ihr leid, denn er wirkte auf sie so irritiert und irgendwie verloren. Und genau das drückte er mit seinen nächsten Worten auch aus.

„Ich bin verwirrt, wissen Sie. Ich weiß ja selbst nicht genau, was ich suche. Oder wie Suchen überhaupt geht. Ich warte auf irgendetwas, auf Impulse, Eindrücke, Geschichten …"

„Auf Zeichen", sagte Chandani in diesem Moment. Er sah sie erleichtert an.

„Ja. Da haben Sie recht. Auf Zeichen. Wissen Sie, was ich meine?"

Sie nickte.

„Dieser Priester hat nur angedeutet, dass ich hier bei Ihnen Unterstützung finden würde. Aber er hat nicht näher erläutert, in welcher Form Sie mir helfen könnten. Und verzweifelt, wie ich war, vielmehr immer noch bin, habe ich mich einfach auf den Weg zu Ihnen gemacht. Ich weiß selbst – das alles muss sich total verrückt anhören." Er schüttelte den Kopf.

Thura sagte: „Wenn der Priester, wenn Pran jemanden zu uns schickt, hat er mit Sicherheit gute Gründe dafür. Sie müssen wissen, er ist ein Mensch, den wir beide sehr schätzen."

Chandani traute ihren Ohren nicht. „Du auch?", hätte sie am liebsten laut gefragt. Aber sie hielt sich zurück. Innerlich wurde durch diesen einen Satz ihres Vaters eine Kette von Fragen in ihr ausgelöst, als sei ein Dominostein in einer langen Reihe umgekippt und würde jetzt andere mitreißen. Sie hatte nicht gewusst, dass auch ihr Vater den Priester überhaupt kannte. Woher denn bloß? War er auch oben im Kloster gewesen? Ging er vielleicht öfter dorthin, ohne ihr etwas davon zu sagen? Hatte er deshalb unbedingt in der Nähe wohnen bleiben wollen? Oder vermutete er weiterhin, er könne ihre Mutter dort treffen, und hoffte, ihr irgendwann dort zu begegnen? Was hatten die beiden Männer miteinander zu besprechen? Beriet vielleicht einer den anderen? Und hatte Thuras Veränderung, seine Ausgeglichenheit, etwas mit dem Priester zu tun?

Aber warum hatte er ihr nichts davon gesagt? War ihre Begegnung vielleicht schon so lange her, dass er es nicht für wichtig gehalten hatte, mit ihr darüber zu reden? Oder wollte er vermeiden, dass sie über den Priester auch auf ihre Mutter zu sprechen kämen? Und wie konnte er sich eigentlich so sicher sein, dass sie den Priester kannte und schätzte? Hatten die beiden etwa über sie gesprochen? Umgestürzt lagen die Steine da. Sollte sie weiterspielen und einen nach dem anderen auflesen oder sollte sie das Chaos in ihrem Kopf einfach so belassen? Wann würde sich eine Gelegenheit ergeben, diese Fragen anzusprechen? Und würde sie Antworten bekommen? Sie schüttelte den Kopf, warf ihrem Vater einen suchenden Blick zu, der aber nicht von ihm bemerkt wurde. Manchmal dachte sie, dass sie ihn doch kaum kannte.

In diesem Moment klingelte das Telefon. Thura sprang auf und lief ins Haus.

„Entschuldigen Sie mich bitte", rief er noch.

Da Chandani hier nur sehr selten angerufen wurde und davon ausging, dass Thura sich für eine Weile seinem Gespräch widmen würde, schlug sie Falak vor, zu den Falken zu gehen. Sie bat darum, ihr einen Moment Zeit zu geben, um sich richtig anzuziehen, lief ins Haus und kam eine Weile später zurück, in einen einfachen Baumwollsari gekleidet, hellblau mit kleinen gestickten weißen Ornamenten, über einer weißen Choli und etwas kürzer gewickelt, knapp über den Knöcheln, damit sie mehr Bewegungsfreiheit hatte.

„Also, gehen wir zur Falknerei. Das ist ein Anfang, vielleicht entdecken Sie ja irgendetwas, das Ihnen eine Spur eröffnet", rief sie ihm entgegen.

Auf dem Weg dorthin stellte Falak zunächst fest, dass der Garten viel größer war, als er erwartet hatte und als er gestern bei ihrem ersten kurzen Rundgang hatte wahrnehmen können. Als sie jetzt am Zaun entlanggingen, sah er, dass hier alle möglichen Gemüsesorten und eine Vielzahl von Kräutern angebaut wurden. Aus der Ferne sah er die Kapelle und den kleinen Wald dahinter. Chandani erklärte ihm, dass alles, was jenseits des Gartenzauns lag, Thuras Gebiet war und es sich lohnen würde, diesen Teil des Geländes gemeinsam mit ihm zu erkunden. Sie gingen weiter in Richtung Falknerei. Er wurde davon überrascht, dass sie nicht so allein auf dem Gelände waren, wie er angenommen hatte. Zwei Männer waren damit beschäftigt, in einer Ecke des Pferdestalls große Heuballen zu stapeln, eine ältere Frau fegte den Weg mit einem Reisigbesen und sammelte kleine Zweige und Blätter auf. Sie alle grüßten Chandani freundlich und sehr respektvoll. Sie stellte sie ihrem Gast vor.

„Nirmal und Arasan kümmern sich hauptsächlich um die Tiere, um die Pferde, die Ziegen, Hühner, also um alle, außer um die Falken und die zwei Vorstehhunde. Rajama hilft meinem Vater im Garten, hält das Gelände sauber und springt auch manchmal im Haushalt ein, wäscht und bügelt. Sie hat sich auch schon als Köchin angeboten, aber davon will mein Vater nichts wissen. Alle drei wohnen hier irgendwo auf dem Berg, in einem der kleinen Dörfer. Sie kommen jeden Tag, sehr zuverlässig. Ich bin dankbar, dass sie uns helfen." Sie wandten sich zum Gehen.

„Wollen Sie kurz nach Ihrer Stute sehen oder reicht es, wenn wir später zu den Pferden gehen?"

Falak meinte, dass er sein Pferd in guter Obhut wisse und es nur später gerne ein bisschen bewegen würde. Sie nickte.

„Selbstverständlich. Ich werde auch ausreiten. Wenn Sie mögen, nehmen wir Skamar mit und ich zeige Ihnen ein paar Kunststücke."

Er antwortete, dass er das Angebot gerne annehmen würde. Chandani beobachtete sich selbst. Wo war denn ihre Vorsicht geblieben? Sie nahm sich vor, sich später im Laufe des Tages ein wenig Zeit für sich zu nehmen und der Frage auf den Grund zu gehen. „Menschenskind Chandani", sagte sie zu sich selbst, „es ist noch nicht einmal neun Uhr und du hast schon Fragen für eine ganze Woche gesammelt." Für acht Tage, wie die Birmanin in ihr sagte, denn der Mittwoch, so hatte sie es als Kind gelernt, zählte bei ihnen, unterteilt in Morgen und Nachmittag, doppelt.

In diesem Moment kam noch ein Mann den Weg entlanggelaufen. Er unterschied sich in seinem Erscheinungsbild und seiner ganzen Haltung von den drei anderen Angestellten. Sein schwarzes Haar glänzte und war elegant zurückgekämmt, er trug eine lange prächtige, überaus farbenreiche Tunika und an seinen Fingern mehrere goldene Ringe.

„Ah, guten Morgen, Tareq“, rief Chandani.

„Guten Morgen, Miss Chandani“, erwiderte er.

Die beiden Männer sahen sich an, kritischer als nötig, wie Chandani fand, und sie beschloss, ihnen ein wenig zu helfen.

„Tareq, das hier ist Falak, ein Gast aus Mumbai. Er interessiert sich für die Falken und wir werden uns alle Mühe geben, seine Fragen zu beantworten und seinen Wünschen, wenn möglich, nachzukommen.“

Sie sagte es so, dass unmissverständlich klar wurde, dass sie sich mehr als bloße Höflichkeit wünschte, sondern echtes Engagement erwartete. Tareq nickte galant und als er sie im „Wir“ reden hörte, war sein Lächeln eine Spur heiterer geworden.

„Und das hier“, sprach Chandani an Falak gewandt weiter, „ist Tareq, der mir bei der Aufzucht der Falken hilft. Er hatte große Lehrer und konnte bereits mehrmals an der renommierten Falkenjagd teilnehmen, zu der Scheich Zahin jedes Jahr eine internationale Jagdgesellschaft zu sich einlädt.“

Falak, dem das alles nichts sagte, hörte aufmerksam zu und hoffte, er würde einigermaßen beeindruckt aussehen.

„Sein großer Traum ist, dass einer unserer Falken einmal bei einem dieser sportlichen Wettkämpfe sein Können beweisen darf.“

„Seine Eleganz, sein Geschick, seine Geschwindigkeit, Miss Chandani“, warf Tareq leise ein. Sie nickte.

„Er ist jedenfalls ein wahrer Künstler und Spezialist auf seinem Gebiet. Sie können ihm jede Frage zur Falknerei stellen, ob es um die sportlichen Aspekte geht, um medizinische, naturkundliche oder sogar um mythologische.“

Falak wusste sofort, dass er dieses Angebot ganz sicher nicht in

Anspruch nehmen würde, denn Tareq machte auf ihn einen arroganten Eindruck und er war überzeugt, dass er ihn nicht mögen und ganz bestimmt nicht um Rat fragen würde. Tareq schien umgekehrt genauso zu empfinden, denn als sie jetzt weitergingen, ließ er im Gespräch mit Chandani sofort einen kleinen bissigen Kommentar in Faraks Richtung los.

„Passen Sie auf, was Sie anfassen. Wenn man sich nicht auskennt, kann man sich schnell verletzen oder, was ungleich schlimmer wäre, den Falken Unannehmlichkeiten bereiten."

Falak hatte auch so verstanden, dass er offensichtlich nicht erwünscht war, ging aber mit etwas Abstand trotzdem hinter den beiden her. Chandani beschloss, sich erst einmal nicht einzumischen. Sollten die beiden das unter sich ausmachen.

„Miss, wir sollten uns als Erstes den kleinen Patienten ansehen. Vielleicht kann er heute schon einmal Probe fliegen, er scheint sich sehr gut erholt zu haben."

Chandani nickte zustimmend. „Das sind gute Nachrichten. Sie haben exzellente Arbeit geleistet. Der Besitzer wird sehr froh sein."

Tareq nahm ihr Lob zufrieden entgegen. Sie winkte Falak, ihnen zu folgen, und forderte ihn auf, nicht so zurückhaltend zu sein.

„Kommen Sie doch! Wir sehen uns als Erstes einen Falken an, der vor einigen Tagen verletzt zu uns gebracht wurde. Am Anfang waren wir uns nicht sicher, ob er je wieder jagdtauglich werden könnte, aber wir haben seinen Flügel gerichtet und ihn gut gepflegt, sodass wir heute vielleicht einmal testen, ob er wirklich schon wieder kräftig genug ist oder sogar ganz wiederhergestellt. Wir haben hier eine sogenannte Auswilderungsstation, in der verletzte Vögel genesen können und dann unter unserer Aufsicht und Fürsorge behutsam wieder zum Jagen gelassen werden. Man braucht dafür sehr viel Geduld und Geschick, aber die Besitzer danken es einem dafür auch sehr großzügig. Nur um Ihnen einen Eindruck zu vermitteln, um welche Summen es hier geht: Die edelsten Falken, die für Wettkämpfe gezüchtet und ausgebildet werden, können zehntausend Dollar und mehr kosten."

Diese Zahl beeindruckte selbst Falak.

„Hier leben unsere Falken. Sehen Sie?“

Aus dicken Bambusrohren war eine Art breiter Hochsitz gebaut worden, auf, an und unter dem sich inmitten von Gestellen, Kästen, Käfigen, Nestern und Netzen, Hauben und ledernen Handschuhen, Beuteattrappen und langen Seilen eine Menge Leben abzuspielen schien.

„Man gibt den Falken Bewegungsspielraum, hält sie aber immer mit einem Seil verbunden, sodass sie nicht entkommen können. Nachts ist das Seil kürzer gebunden. Und je nach Alter, Entwicklung und eben auch Gesundheitszustand werden sie unterschiedlich gehalten und behandelt.“

Tareq ging zielsicher auf einen der Nistkästen zu, fasste mit der rechten, behandschuhten Hand herein und holte geschickt einen Falken heraus. „Vielleicht möchte der fremde Gast besser ein bisschen Abstand halten“, schlug er vor und Falak entgegnete: „Wissen Sie was? Ich werde doch nach meiner Stute schauen. Die wird sich freuen, mich zu sehen.“

Tareq sah ihn herausfordernd an und hätte wohl am liebsten gesagt, dass er das für eine ausgezeichnete Idee hielt.

Falak hatte sich schon abgewandt, als Chandani sagte:

„Jetzt bleiben Sie schon. Sehen Sie mal! Unser Patient ist ein Wanderfalke.“

Sie bedeutete Tareq, ihrem Gast den Vogel zu zeigen, und er tat es widerwillig, mit äußerster Vorsicht, und behielt Falak dabei die ganze Zeit misstrauisch im Auge, als wäre der nur gekommen, um den Falken zu stehlen oder gleich umzubringen.

„Der Wanderfalke ist ein wahrer Kosmopolit, denn er kann überall zu Hause sein, auf jedem Kontinent. Sie erkennen ihn an seiner hellen Kehle und den weißen Wangen, auf denen sich ganz chic ein schwarzgrauer Bartstreifen abzeichnet. Seine Flügel sind ausgesprochen lang, sehen Sie?“

Sie sah ihn sich von allen Seiten an und meinte dann an Tareq gewandt:

„Sie haben recht. Er macht sich wirklich gut. Nehmen Sie ihn mit auf die Jagd. Versuchen Sie es ruhig. Und wenn es gut gegangen ist, sagen Sie dem Besitzer Bescheid, dass er ihn in ein paar Tagen abholen kann."

Falak sah sich das Ganze mit einer Mischung aus Faszination und Zweifel an. Chandani meinte, seine Gedanken erraten zu können. Wie kam eine Frau wie sie bloß dazu, diesen Beruf auszuüben? Wenn man ihr vor einigen Jahren gesagt hätte, dass sie einmal eine Falknerei leiten würde, sie hätte nur laut gelacht und nicht weiter darüber nachgedacht, so absolut abwegig wäre dieser Gedanke für sie gewesen. Sie kam auf ihn zu.

„Ich ahne, dass Sie Fragen haben. Haben Sie auch Lust, mir vielleicht wenigstens eine davon zu stellen?"

„Lust?", dachte Falak. „Ich habe sehr viel Lust, alles Mögliche mit dir zu unternehmen. Wenn dieser lackierte Beduine nicht so aussehen würde, als müsste ich damit rechnen, dass er mir gleich die Krallen in den Nacken schlägt." Laut sagte er nur:

„Wie wird eine Frau wie Sie bloß eine Falknerin?"

Er lächelte sie an, schuldbewusst oder schelmisch, sie hätte es nicht sagen können.

„Verzeihen Sie bitte, ich habe natürlich überhaupt keine Ahnung, aber ich verstehe nicht ..."

Tareq fiel ihm ins Wort und hatte offensichtlich eine Erklärung dafür, dass es Falak an Verständnis mangelte.

„Die Falknerei ist eine besonders herausfordernde Form der Jagd, weil Greifvögel insgesamt und Falken im Besonderen nur sehr schwer an die Zusammenarbeit mit Menschen gewöhnt werden können. Sie ist eine uralte und überaus noble Kunst. In vielen Ländern galt sie als Privileg des Adels, während das Fußvolk mit Hunden und Frettchen zu jagen pflegte. Man muss wohl selbst so etwas wie Edelmut in sich tragen, um überhaupt einen Zugang zu dieser Form der Jagd finden zu können."

Chandani wunderte sich über die kalte Frechheit ihres Mitarbeiters und sie merkte, wie Falak zornig wurde.

„Jetzt halt aber mal die Luft an oder sollte ich passender sagen: Halt mal deinen Schnabel? Du dämlicher Wüstenpapagei!"

Tareq schien sehr zufrieden mit sich zu sein und freute sich offensichtlich, dass Falak sich hatte provozieren lassen.

„Gleich werden Sie mir noch sagen, dass ich alter Beduine zurück zu meinen Zelten gehen sollte, habe ich recht? Sind Sie etwa ein bisschen rassistisch veranlagt? Das wird Miss Chandani aber gar nicht gefallen."

„Jetzt ist es aber gut", sagte Chandani ärgerlich. „Wenn Sie sich wie Gockel benehmen wollen, können Sie beide zu den Hühnern gehen."

Die beiden Männer warfen sich kurz giftige Blicke zu, ließen sich aber von Chandanis Kommentar zum Schweigen bringen.

„Tareq, wir sehen uns später. Ich habe keine Lust, mir von Ihnen beiden den Tag, meine Laune oder meine Arbeit verderben zu lassen. Ich nehme Skamar mit und reite aus."

Sie drehte sich um, griff sich einen der Lederhandschuhe und rief mehrmals den Namen ihres Falken.

„Kommen Sie, Falak", sagte sie etwas versöhnlicher. Und als er in ihrer Nähe stand, erklärte sie ihm: „Es ist wichtig, dem Falken früh einen Namen zu geben und ihn immer wieder damit anzusprechen und zu locken, damit er auch aus großer Entfernung hört, wenn er gerufen wird."

Sie öffnete die Tür eines der großen Käfige und mit einem Satz saß Skamar auf ihrer Hand.

„Gehen wir. Bis später, Tareq."

„Bis später, Miss", erwiderte er. Die beiden Männer nickten sich zum Abschied nicht einmal zu.

Sie gingen den Weg entlang, an den Ställen vorbei zurück zum Haus.

„Ich brauche einen Kaffee", sagte Chandani.

„Verzeihen Sie bitte, es tut mir leid, dass ich so schroff reagiert habe", sagte Falak beunruhigt.

„Er hat Sie provoziert", lenkte Chandani ein.

„Ja, aber er ist Ihr Mitarbeiter, ich hätte nicht ... es tut mir wirklich leid."

Chandani fing leise an zu lachen.

„Wüstenpapagei", wiederholte sie schmunzelnd und meinte: „Er ist Pakistani."

„Auch das noch", konnte es sich Falak nicht verkneifen.

„Sie sollten vorsichtig sein mit Ihren Äußerungen, manche Leute verstehen keinen Spaß."

Und damit hatte das Gespräch auf einmal eine ganz andere Richtung genommen. Falak war sehr ernst geworden.

„Es ist ja auch kein Spaß, wenn sich zwei Atommächte wie Indien und Pakistan gegenseitig bedrohen."

„Ja, da haben Sie recht. Ich werde nervös, wenn ich darüber nachdenke; und mein Vater würde sagen, dass die Deeskalation immer in einem selbst beginnt ..."

„Hab ich verstanden, ich werde in Zukunft freundlicher zu ihm sein, versprochen."

Aber damit war Falak noch nicht fertig mit dem Thema, sondern ging einem weiteren Gedanken nach.

„Man stelle sich nur kurz einmal vor, wir würden amerikanische Argumente für uns beanspruchen und allein wegen der Tatsache, dass Pakistan Atomwaffen hat, einen Präventivschlag verüben. Was dann?"

Aber Chandani wandte schnell ein: „Nein, nein. Die USA haben Indien und Pakistan gerade erst wieder zum Frieden ermahnt." Und ironisch fügte sie hinzu: „Richtig moralisch."

„Doppelmoralisch nennt man das wohl eher", erwiderte Falak resigniert. Er kickte gegen einen Stein. Dann streckte er sich plötzlich, als sei er müde. Und eine Erinnerung brachte ihn zum Grinsen. „Gockel war aber auch nicht schlecht." Er sah sie anerkennend von der Seite an.

„Ja", sagte sie, „aber damit waren Sie *auch* gemeint."

Er zog die Augenbrauen hoch und zögerte, das auszusprechen, was er dachte, tat es dann aber doch.

„Sie haben ja recht. Aber wenn eine schöne Frau ihre Gunst auf zwei Männer aufteilt, fühlt man sich eben herausgefordert, besser zu sein als der andere."

Sie sah ihn mit einem frechen Lachen an.

„Ach, Sie meinen, es ging um schlichte alberne Eifersucht?"

Er zuckte mit den Schultern, bejahte aber ihre Frage.

„Ja, zwei Männer umwerben eine Frau."

Chandani sagte: „Das alte Spiel! Da bin ich aber erleichtert. Ich dachte schon, es wäre etwas Ernstes und ich müsste mir Sorgen machen."

„Und wenn das nun kein Spiel, sondern etwas Ernstes wäre? Was wäre dann?"

Die Frage, die ihrem ganzen Gespräch plötzlich und wohl für beide überraschend wieder eine neue, ganz andere Richtung verlieh, blieb eine Weile zwischen ihnen in der Luft hängen. Dann sagte Chandani: „Ich weiß es nicht." Und wiederholte noch einmal: „Ich weiß es wirklich nicht."

Er merkte, dass sie ehrlich war, auch wenn diese Antwort alles bedeuten konnte. Dann fügte sie mit neuer Leichtigkeit hinzu: „Ach, was für eine wenig originelle Antwort. Ich werde die ganze Nacht wach liegen, mich ärgern und überlegen, was ich Intelligentes hätte sagen können. Ich glaube, ich habe völlig verlernt, zu flirten."

Sie sahen sich an, mit wachsender Neugier, und er sagte: „Wenn Sie wirklich nicht schlafen können, vergessen Sie nicht, dass ich im Zimmer neben Ihnen liege."

Er hatte es leise gesagt und sie fühlte sich eingeladen. Zu was eigentlich genau, darüber würde sie jetzt lieber nicht nachdenken.

„Später mehr", erwiderte sie nur lachend, denn in diesem Augenblick kamen sie am Garten vorbei, wo Thura neben einigen Bäumen stand, an denen Pfeffer hochrankte, und sich zu einer lautlosen Melodie hin und her wiegte. Sie winkten ihm zu und riefen ihn, aber er nahm sie nicht wahr.

„Er hört Musik", erklärte Chandani. „Er nimmt seinen MP3-Player mit, wenn er in den Garten geht, und dann merkt er meistens gar nichts mehr, er taucht völlig ab. Manchmal singt er laut mit, klatscht oder tanzt plötzlich." Sie schüttelte den Kopf.

„Ihr Vater ist ein wirklich interessanter Mann. Ein Sayagyi, wie wir sagen, ein ehrwürdiger Meister. Ein moderner Sayagyi mit MP3-Player. Ich würde mich gerne mit ihm unterhalten und ihm einige Fragen stellen."

„Ja, tun Sie das auf jeden Fall", ermunterte Chandani ihn. „Viele Leute kommen, um ihn um Rat zu fragen. Mittwochs kommt immer eine ganze Gruppe angepilgert. Und Sie haben recht, er ist ein moderner Weiser, macht sich alle Medien zunutze, ist immer gut informiert, hat aber eben auch einen Zugang zu sehr alten Traditionen und zu heiligen Texten und – das ist das eigentlich wohl Wichtigste – er ist ein echter Menschenfreund."

Falak dachte kurz an seinen Vater, sein Zuhause und meinte, sie hätten wohl beide Glück mit ihren Eltern gehabt. Er fragte: „War er schon immer so?"

Bei dem Wort „Eltern" war sie kurz zusammengezuckt und ging schnell auf seine Frage ein.

„Nein. Er war anders. Auf eine Weise zwar immer schon klug, aber er konnte früher ausgesprochen zynisch sein. Ich kann mich nur erinnern, dass er mir gegenüber meistens warmherzig war, manchmal streng, besonders wenn es um die Formulierung von politischen Ansichten ging, aber immer voller Zuneigung. Aber anderen gegenüber konnte er jähzornig sein und sogar brutal."

Falak sah sie ungläubig an.

„Das ist nicht Ihr Ernst? Zynisch vielleicht. Aber brutal?"

Chandani nickte nur.

„Verzeihen Sie – und was ist eigentlich mit Ihrer Mutter, wenn ich fragen darf?"

Die Frage hatte irgendwann kommen müssen und sie traf sie in diesem Moment einigermaßen vorbereitet.

„Ich wünschte, ich wüsste es", sagte sie nur knapp und an ihrem Tonfall merkte er, dass dies wohl ein großes Thema und jetzt nicht der Zeitpunkt war, um mehr zu erfahren.

Sie waren am Haus angekommen, zogen ihre Sandalen aus und Chandani setzte Skamar auf seinem Gestell ab.

„Was für Musik hört er denn?“, versuchte Falak eine unverfängliche Frage zu stellen.

„Johann Sebastian Bach, Bob Dylan, Van Morrison, Chuck Berry, U2, die Beatles, Zen-Klänge, Rockmusik, lateinische Messen, Jazz, aus Birma am liebsten Klaviermusik von Kit Young, eine verrückte Mischung.“

„Dann muss er Ohren haben, die ein ganz schön breites Spektrum mögen.“

Mit einer kleinen Handbewegung zum Oberkörper sagte sie: „Die Ohren sind eng mit dem Herzen verbunden, hm? Und seins ist weit, sehr weit sogar. Es ist kaum zu glauben, was und wer alles Platz in seinem Herz findet.“

Sie standen in der Tür und waren sich kurz sehr nah.

„Fragen Sie ihn danach!“

Aber er sah sie an, als würde er sie noch lieber nach ihrem Herzen und dem Platz darin fragen wollen.

Chandani sagte energisch: „Aber jetzt trinken wir erst mal Kaffee.“

Als sie in die Küche kamen, sah Chandani, dass ein Brief für Thura angekommen war. Der Postbote kam irgendwann im Laufe des Vormittags in einem klapperigen alten Toyota und brachte immer „The Hindu“, ihre Tageszeitung, oft auch andere Zeitschriften, aber nur sehr selten Briefe, sodass ihr der Luftpostumschlag sofort ins Auge fiel. Sie sah nach, wer der Absender war, und las den Namen der Organisation Reporters sans frontières mit einer Adresse in Paris. Ach, Frankreich! Thura hatte den Brief nicht geöffnet und mitgenommen und sie ahnte, warum. Er wollte, dass sie ihn aufmachte und las, ja, er wollte wahrscheinlich, dass sie ihn beantwortete. Sie würde später mit ihm darüber sprechen. Jetzt zog sie den Lederhandschuh aus, machte Milch warm und kochte Kaffee. Aber immer wieder ging ihr Blick zu dem ausländischen Umschlag und sie spürte die Anspannung bei der Frage, welche Herausforderung wohl auf sie zukommen könnte, und gleichzeitig die Aufregung bei dem Gedanken, vielleicht tatsächlich einmal wieder nach Paris zu reisen.

Als sie sich einen Moment später gegenübersaßen, beide einen Becher Kaffee vor sich, wiederholte Falak seine Frage von vorhin, die noch auf eine Antwort wartete.

„Also, wie wird eine Frau wie Sie nun eine Falknerin?"

Chandani nahm einen großen Schluck aus ihrer Tasse und erklärte dann: „Die Jagd mit Greifvögeln ist eine der ältesten Jagdformen überhaupt, die schon vor 3 500 Jahren in Zentral- und Mittelasien entwickelt wurde. Sie war in der Steppe oder Wüste, also in Gegenden, wo man nicht in Deckung gehen konnte, zum Überleben wichtig, denn nur so hatte man überhaupt die Chance, Tiere zu erlegen und ab und zu Fleisch essen zu können. Natürlich haben sich die Zeiten geändert und was bei den armen Beduinenstämmen einmal ausschließlich Nutzjagd war, ist heute insbesondere in den Emiraten zu *der* Luxussportart überhaupt geworden." Sie unterbrach sich. „Hören Sie mir überhaupt zu?"

Als er nickte, fuhr sie weiter fort: „Heute besteht eine Aufgabe darin, Greifvögel zu schützen und zu züchten. Viele Sorten sind durch die Zerstörung der natürlichen Lebensräume und die Belastung der Umwelt vom Aussterben bedroht. Den sogenannten Auswilderungsprogrammen ist es zu verdanken, dass die Falken endlich wieder zahlreicher in der Natur vorkommen."

Weil sie den Eindruck hatte, dass es ihr nicht wirklich gelang, sein Interesse zu wecken, sagte sie nur noch: „Außerdem, das haben Sie ja gesehen, nehmen wir auch immer wieder die Aufgaben wahr, verletzte Vögel, alle möglichen Arten, zu heilen."

Falak nickte. Aber er sah sie weiterhin abwartend an, als habe die Antwort ihn irgendwie enttäuscht oder zumindest noch nicht ganz zufriedengestellt. Er wagte es, ihr zu sagen, was er empfand.

„Ich habe das Gefühl, dass Sie meine Frage nicht beantwortet haben."

„Oh“, sagte Chandani irritiert und fast ein wenig erschrocken. Sie stotterte und suchte nach Worten: „Aber ich habe versucht, zu erklären – ich meine, ich muss doch erst einmal – Sie haben doch gefragt …“ Sie wünschte sich, er würde sie anlächeln, aber er sah sie ernst an, mit diesem versunkenen Gesichtsausdruck, den er plötzlich bekommen konnte, wenn er nachdachte.

„Ich sage Ihnen ganz ehrlich, dass mich die Falkenzucht eher verunsichert, vielleicht sogar stört. Ich tue mich schwer damit, einen Zugang zu Ihrer Arbeit zu finden. Es sind nicht die einzelnen Vögel, es ist tatsächlich so, dass sie eine unbeschreibliche Faszination ausüben, auch auf mich. Aber die Jagd, der Sport, das alles wirkt irgendwie so ausgesprochen aggressiv auf mich. Und Sie“, und endlich lächelte er sie dann doch an, unsicher, weil er nicht wusste, wie sie auf seine offenen Worte reagieren würde und er sie nicht verletzen wollte, „Sie wirken auf mich ganz anders, freundlich und empfindsam. Deshalb frage ich mich, wie Sie eine Falknerin geworden sind.“

Sie hatte ihm aufmerksam zugehört, merkte, dass er vorsichtig war und dabei aufrichtig.

„Ich schätze Ihre Ehrlichkeit. Aber ich kann Ihnen nicht mehr sagen. Es tut mir leid.“

Er nickte und fragte sich, wie er mit dieser Antwort umgehen sollte. Bedeutete „nicht können“, dass sie momentan nicht mehr sagen konnte oder dass sie wirklich nicht wusste, wie sie es anstellen sollte, oder bedeutete es, dass sie nicht wollte? Er hätte es nicht sagen können und weder ihr Gesichtsausdruck noch ihre Haltung verrieten ihm mehr. Er suchte nach irgendeinem Anhaltspunkt und sah sie aufmerksam an, wollte sie ergründen. Ihre Blicke trafen sich und sie wichen beide nicht aus. Ihm war, als würde er in einen Spiegel sehen, einen Spiegel ohne Wand, durchsichtig und unbegrenzt. Auf einmal spürte er eine Ahnung in sich, die er vorher nicht gehabt hatte, einen Anfang von Gewissheit, auf der richtigen Spur zu sein. Die Vermutung, dass hinter dieser Geschichte etwas steckte, das er jetzt nicht sah. Und dass er, wenn sie ihm irgendwann mehr zeigen würde, er vielleicht sogar etwas Bedeutendes für sich selbst entdecken könnte. In jedem Fall war ihm klar, dass diese Frau nicht ohne Falken zu haben war. Und das, so sagte er zu sich selbst, würde die Mühe wert sein, noch ein wenig weiter auf diesem fremden Gebiet auszuharren.

„Sind Sie ärgerlich?", fragte sie jetzt.

„Nein", sagte er und schüttelte den Kopf. „Überhaupt nicht. Sie denn?"

„Nein, auch kein bisschen."

„Dann ist es ja gut und wir können zu den Pferden gehen, wollen wir?"

„Ja, gerne", sagte sie und klang jetzt wieder leichter. Sie fragte: „Darf ich Skamar mitnehmen?"

Etwas bestürzt sah er sie an. „Aber natürlich. Verstehen Sie mich doch bitte richtig ..."

Aber sie lachte ihn an. „Das war nur ein kleiner Scherz."

Er seufzte und schüttelte den Kopf.

„In zehn Minuten hier, ja?"

Mit diesem Satz lief sie in ihr Zimmer.

Als sie zurückkam, mit Reithosen und weißem Hemd, vergaß er kurz alles andere und dachte: „Ob sie überhaupt weiß, wie attraktiv sie ist? Oder müsste ihr das mal jemand sagen?"

Sie blieb neben ihm stehen und sagte: „So viel kann ich vielleicht doch sagen: Es hängt mit einer spirituellen Erfahrung zusammen. Und deshalb ist es schwer, Worte dafür zu finden. Geheimnisse wären keine, wenn man sie erklären könnte, verstehen Sie?"

Kapitel 7

„Man sollte seinen Sohn nicht Francis nennen, wenn man nur eine gewisse theoretische Verehrung für Heilige pflegt. Man muss doch damit rechnen, dass ein Kind irgendwann wissen will, was hinter seinem Namen steckt. Es mag Eltern geben, die dabei nur nach Mode und Klang entscheiden, aber Namen haben eben Bedeutung und darüber hinaus verbindet man mit ihnen Geschichten von anderen mit demselben Namen. Meine Eltern jedenfalls sind eigentlich keineswegs gedankenlos, aber als ich anfing, mich ernsthaft für den heiligen Franz von Assisi zu interessieren, waren sie erst vollkommen irritiert."

Falak sprach engagiert und Thura und Chandani hörten ihm aufmerksam zu.

Er war jetzt bereits seit über einer Woche bei ihnen zu Gast und immer wieder hatten sie sich nach dem Abendessen Zeit genommen, um sich zu unterhalten und einander Geschichten zu erzählen. An einigen Abenden waren auch noch andere Gäste anwesend gewesen, Freunde aus der Stadt und der Kunde von Chandani, dem der kleine Patient gehörte. Er war auch über Nacht geblieben, aber nicht besonders gesprächig gewesen und hatte sich bald nach dem Essen zurückgezogen.

Chandani verstand sich selbst nicht. Die Ahnung, Falak würde bald gehen, machte sie unruhig, im nächsten Moment fürchtete sie, er würde noch länger bleiben und ihr Leben komplett durcheinanderbringen. Aber sie war in den vergangenen zwei, drei Tagen gelassener geworden, denn sie hatte sich eine innere Erlaubnis erteilt, die Freiheit, sich Zeit zu lassen, ihn kennenzulernen, es zu genießen, sich einfach zu freuen, dass er da war. Und sie hatte die Stimme, die ihr sagte, dass ein erwachsener Mann und eine erwachsene Frau, die noch dazu beide in einem Alter waren, in dem andere, wenn sie denn überhaupt geheiratet hatten, meist schon längst verheiratet waren, unweigerlich eine komplizierte Mischung ergeben mussten, gebeten, ein wenig leiser zu sprechen. Dass er heute Abend so viel von sich erzählte, von seinem Zuhause, seiner Arbeit und seiner Kindheit, freute sie sehr, denn sie wusste, dass sie auf jeden Fall herausfinden wollte, wer er war.

Thura nahm wahr, dass die beiden Jüngeren viel Zeit miteinander verbrachten und sich gut zu verstehen schienen, er bekam aber auch mit, dass Chandani immer wieder in ihrem Zimmer verschwand oder in der Kapelle, am frühen Abend nachdenklich durch den Garten streifte, meist mit Skamar auf der Hand, und sich immer als Erste verabschiedete, um schlafen zu gehen. Aus kleinen Randbemerkungen, die Falak hin und wieder in seine Gedankengänge einflocht, entnahm er, dass ihm die Falknerei eher fremd blieb und er weiter auf der Suche nach „Zeichen" war, wie er es nannte. Beide waren ausgesprochen gute Reiter, und das schien sie sehr zu verbinden, sie genossen es offensichtlich, Nachmittage lang gemeinsam über die Berge zu jagen. Thura dachte, dass er selbst die Gegenwart dieses Gastes als nahezu wohltuend empfand, ahnte, dass dieser sie jetzt bald verlassen würde, und nahm sich vor, wenn Falak wiederkommen sollte, wovon er eigentlich sicher ausging, unbedingt ein Gespräch mit ihm zu suchen, unter vier Augen, wie man so sagte.

Falak war erleichtert, dass er an diesem Abend endlich einen guten Einstieg gefunden hatte, um etwas von seiner Geschichte zu erzählen. Besonders nach seinem unglücklichen Auftakt, als er stundenlang nicht gewusst hatte, wie er sich mit Namen vorstellen könnte, ohne sofort zu Beginn ihrer Bekanntschaft unliebsame Fragen beantworten zu müssen, war es ihm wichtig, nicht den Eindruck zu erwecken, als wollte er unbekannt bleiben oder als hätte er etwas zu verbergen. Und er ahnte, dass er auch auf seiner inneren Reise nur dann weiterkäme, wenn er sich nicht verstellte – eine

Gefahr, die er immer wieder aufkommen sah, wenn er Chandani beeindrucken wollte. Viel schöner wäre es ja aber, dachte er, wenn sie sich auch so von ihm gewinnen ließe. Er merkte, dass sie lockerer geworden war, aber oft zog sie sich zurück und wirkte dann wie in sich selbst versteckt. Er hatte noch keinen Weg gefunden, wie er sich ihr in solchen Situationen nähern konnte. Und wenn er sie dann in die kleine Kapelle verschwinden sah, hätte er so gerne gewusst, was sie dorthin zog, was sie dort wohl erlebte. Aber weil er wusste, dass er bald weiterreisen musste, beschloss er, diesen Abend für sich zu nutzen.

Chandani hatte das Essen zubereitet, was nur vorkam, wenn Thura Besuch hatte und es ihm nicht gelang, sein Beratungsgespräch rechtzeitig zu beenden. Sie hatten den großen Topf mit der dickflüssigen Kürbissuppe, die zuerst süßlich schmeckte, dann aber einen überaus scharfen Geschmack entwickelte, ganz leer gegessen und zum Nachtisch noch mehrere kleine Mangos genossen.

„Es ist Juni, mein Lieblingsmonat, denn es ist Zeit für Mangos, meine Lieblingsfrucht", hatte Chandani gesagt, als sie die sorgfältig zurechtgeschnittenen Obststücke auf den Tisch gestellt hatte. „Selbst geerntet!"

Falak hatte den Blick nicht von ihr abwenden können, so schön sah sie an diesem Abend aus. Strahlend und wieder nur in einem einfachen Baumwollsari, goldgrün, einfach gewebt, ohne Muster, über einer dunkelgrünen Choli. Sie trug nie viel Schmuck, heute Abend nur eine kurze Kette mit drei kleinen goldenen Perlen, die auf- und abwippten, wenn sie lachte. Er hatte sie noch nie in einem Seidensari gesehen, sondern meistens in einfachen Baumwollsaris, in Sudithars, den schlichten Hemdkleidern, in Reithosen oder in ihrem Morgenmantel. Sie schien ihre Kleidung mit Bedacht zu wählen, ohne ihr aber mehr Interesse als gerade nötig zu schenken, und vielleicht war es diese Gelassenheit, die sie noch schöner machte. Auf jemanden wie ihn, der mit Mode sein Geld verdiente, übte das eine ungewohnte Faszination aus.

Thura hatte es sich nicht nehmen lassen, den Tee zu kochen,

und so saßen sie jetzt alle drei vor ihrer Tasse mit der dampfenden süßen Flüssigkeit und Falak erzählte.

„Als Kind hatte ich ein Bilderbuch, das die Geschichte von Franziskus erzählte, ich glaube, es war ein Taufgeschenk. So ein Heiliger hat etwas Niedliches, wenn man ihn auf diesem bunten kindlichen Niveau hält. Aber er bekommt etwas radikal Herausforderndes, wenn man ihn ernst nimmt und plötzlich merkt, dass er einem über die ganzen Jahrhunderte hinweg etwas Wichtiges zu sagen hat. Ich habe seine Biografie gelesen, mehrere Bücher verschlungen, ich war eine Zeit lang fast süchtig danach, und dann habe ich angefangen, seine Lebensgeschichte mit meiner zu vergleichen."

„Und", fragte Thura bedächtig, „gibt es Ähnlichkeiten?"

„Ha!", rief Falak. „Einige! Wir sind beide einzige Söhne, haben beide reiche Eltern, arbeiten im Unternehmen des Vaters, Tuchhandel im weitesten Sinne, mögen Pferde, Partys, Klamotten und", er sah kurz entschuldigend zu Chandani, „schöne Frauen. Und sind an einem Punkt im Leben angekommen, wo wir merken, dass das alles uns nicht glücklich macht. Wenn Franziskus den Eindruck hatte, dass er das Spiel einfach nicht mehr mitspielen wollte, habe ich beschlossen, dabeizubleiben. Allerdings nicht, ohne ein paar Spielregeln zu verändern. Und jetzt frage ich mich, wie ich es schaffen soll, wie ich es durchhalten kann. Wie ich meine Ideale verwirklichen und Verantwortung übernehmen kann, ohne daran irgendwann total zu verzweifeln."

Er rutschte unruhig auf der Bank hin und her.

„Soweit ich mich erinnere, hatte Franz ein spirituelles Erlebnis, das ihn auf seinen neuen Weg brachte."

Thura stellte diese Bemerkung einfach so in den Raum und Falak nahm sie gerne auf.

„Ja, als er eines Tages in einer alten zerfallenen Kapelle saß, hörte er eine Stimme und brachte sie mit Christus in Verbindung, der ihm sagte, er solle seine Kirche wieder aufbauen. Was er zunächst als sehr konkreten Auftrag für die kleine Kapelle verstand, dann aber wohl allmählich als etwas Größeres begriff, nämlich als die umfassende Lebensberufung, jesuanisch zu leben. Und damit seine Kirche zu verwandeln und alle, die gierig sind nach Macht und Sicherheit. Er hat einen Leprakranken, Menschen, vor denen er sich sein Leben lang geekelt hatte, umarmt, und es hat ihn mit Glück erfüllt. Er hat sich auf dem Marktplatz vor allen Leuten nackt ausgezogen und für immer auf feines Tuch verzichtet. Er hat sich von seinem Vater gelöst, ist erwachsen geworden und seinen eigenen Weg gegangen. Er hat andere fasziniert und mit der Zeit wurde aus der Gruppe seiner Fans eine verbindliche Gemeinschaft, schließlich ein Orden. Er hat sein Leben mit den Armen geteilt und hat angeblich mit den Vögeln gesprochen."

Als er merkte, was er sagte, hielt er kurz inne und sah dann glücklich Chandani an.

„Diesen Teil der Geschichte hatte ich bisher immer eher für eine Legende und für unglaubwürdig gehalten, aber jetzt …"

Sie legte den Kopf schräg und lächelte ihn an. Falak erzählte weiter von Franz.

„Ja, er wusste sich aufs Tiefste mit der Schöpfung verbunden. Er hat gesungen, gebetet, getanzt und wusste sich von Gott geliebt, gerufen, gehalten. Aber angefangen hat es auch bei ihm damit, dass er unzufrieden war. Übersatt und gleichzeitig hungrig. Verwöhnt und sehnsüchtig und traurig. Warum sonst saß er in dieser kaputten Kapelle? Was hatte er dort zu suchen?"

Chandani sah ihn an und in ihrem Blick lag Anerkennung und der erwartungsvolle, drängende Wunsch, mehr zu erfahren.

„Und bei Ihnen? Wie war es bei Ihnen? Gab es da auch so eine Kapellen-Erfahrung?"

Er wurde still, zuckte mit den Schultern, spielte mit seiner Teetasse. Thura wollte ihm helfen.

„Irgendein Aha-Erlebnis, ein innerer Impuls, der über das hinausging, was Sie von sich aus immer schon gewusst und gedacht hatten?"

Falak zögerte und rieb nervös seine Handflächen aneinander.

„Ich bin mir nicht sicher, ob man es als spirituelles Erlebnis bezeichnen würde, aber ja, es gab einen Moment, der mich nachhaltig berührt hat."

Sie sahen ihn beide fragend an, jetzt wirklich neugierig, was er zu erzählen hatte, aber er musste sie um Geduld bitten.

„Um das verstehen zu können, muss ich leider etwas weiter ausholen. Ist das in Ordnung? Ich glaube, man muss ein bisschen von meiner Familie verstehen, um es überhaupt nachvollziehen zu können."

Sie sagten beide, dass sie ihm gerne weiter zuhören würden. Und so erzählte Falak seine Geschichte.

„Stellen Sie sich ein Haus vor, in dem zwei Generationen leben. Ein Paar britische Großeltern, das 1930 nach Indien kam, die Veränderungen des Landes miterlebte und nach der Unabhängigkeit entschied, zu bleiben. Bombay wurde Mumbai, aber für sie blieb eigentlich sehr viel beim Alten. Sie blieben vollkommene Briten, ja, ich nehme an, sie waren wesentlich britischer als viele ihrer Landsleute, aber auf ihre Weise liebten sie Indien und sie liebten Bombay. Die Baumwollindustrie hatte hier Mitte des neunzehnten Jahrhunderts einen Boom erlebt, als Amerika wegen seines Krieges, des Bürgerkrieges, die englische Tuchindustrie nicht beliefern konnte. Bombay hatte von diesen Engpässen profitiert, dann war der Suezkanal eröffnet worden und der Seeweg nach Hause kürzer, Bombay wurde der bevorzugte Hafen, das sogenannte ‚Tor Indiens'. Die britische Zoll- und Wirtschaftspolitik unterstützte natürlich die Einfuhr englischer Produkte, das ist ja wohl der Hauptgrund für so ein Imperium, und konnte damit eine ganze Weile die eigenständige Entwicklung der indischen Industrie behindern. Meine Großeltern kamen, als dieser Aufschwung in der Phase des Imperialismus schon fast vorbei war, aber sie haben in diesem Land sehr viel Geld verdient. Allmählich übergaben sie ihr Haus, ihren Besitz und ihre Firmen in die Verantwortung ihres Sohnes, der eines Tages alles erben sollte. Sie haben dafür gesorgt, dass ihr Sohn, mein Vater, mein Adoptivvater, zwar in Indien eine Privatschule besuchte, dann aber zum Studieren nach England ging, auf eine der traditionsbewussten Universitäten. Wohl auch, um dort eine Frau zu finden, eine Britin versteht sich, die er heiraten würde. Meine Großeltern nahmen ihre Schwiegertochter, meine Adoptivmutter, herzlich in die Familie auf und stellten sich darauf ein, ihre letzte Lebensphase zu erleben, in Frieden und umgeben von ihrer Familie.

Aber dann lief zum ersten Mal im Leben der alten Leute nicht mehr alles so wie geplant, denn sie bekamen keine Enkel. Sie müssen sehr darunter gelitten haben und taten alles, was in ihrer Macht stand. Für Menschen, die es gewohnt sind, dass man alles bekommen kann, wenn man nur will, sich anstrengt oder genug Geld dafür bezahlt, muss es eine äußerst irritierende Erfahrung gewesen sein. Sie haben meine Eltern in Urlaub geschickt und als das nichts half zu den besten Ärzten. Ich glaube, vor allem für meine Mutter müssen diese Jahre eine echte Qual gewesen sein, körperlich und seelisch. In dieser Zeit hat sich ein Schatten über alle gelegt. Meine Eltern wollten einfach ihr Leben so unendlich gerne mit Kindern teilen. Und irgendwie scheint es wichtig zu sein, weiterzuvererben, was man aufgebaut hat, und die eigenen Werte an die nächste Generation weiterzugeben. Vielleicht weil man denkt, dass man in den eigenen Kindern auch selbst weiterlebt, was einem somit sozusagen wie eine westliche Form der Idee von Reinkarnation erscheinen kann."

Chandani und Thura hatten jetzt Bilder von Falaks Familie vor Augen. Inwieweit sie mit der Realität übereinstimmten, wussten sie nicht, aber nach der Art zu urteilen, wie er erzählte, ahnten sie, dass er jetzt als Nächstes ganz sicher von irgendeiner Art von Krise berichten würde.

„Meine Eltern tauchten aus ihrem Schmerz auf, wägten die Möglichkeiten ab, die ihnen blieben, und beschlossen schließlich, Kinder zu adoptieren. Sie waren sich einig und wunderten sich wohl nur, dass sie nicht schon viel eher auf diese Idee gekommen waren. Es muss sich eine ganz neue Lebensfreude in ihnen ausgebreitet haben, die ihrer Ehe guttat und die viele Menschen um sie herum ihnen anmerkten. Aber meine Großeltern fanden kein Ja zu diesem Schritt."

Falak hatte das entscheidende Gespräch natürlich nicht miterlebt.

„Adoptieren?", hatte die alte Mrs Williamson mit einem schrillen Aufschrei gefragt. Und ihr Mann hatte es wegwerfend wiederholt, als würde er das Wort ausspucken: „Adoptieren. Was für ein abnormer Gedanke."

Ihr Sohn hatte erklärt: „Aber es ist eine Möglichkeit. Eine andere sehen wir nicht mehr. Und wir würden unser Leben so gerne mit Kindern teilen. Das müsst ihr doch verstehen."

Sie hatten eine Weile diskutiert, es hatte Tränen gegeben und sie hatten sich angeschrien und angeschwiegen, dann aber hatten sie sich ein wenig annähern können. Vielleicht war der Gedanke einfach zu neu, vielleicht war es falsch gewesen, die alten Leute so zu überfallen, und man hätte sie mehr mit in die Entscheidungsfindung einbeziehen sollen, vielleicht war aber auch einfach der Schmerz über das Ausbleiben eigener Erben noch zu frisch. Dieser letzte Gedanke hatte sie einander für einen kurzen Moment nähergebracht. Und schließlich hatte ihre Schwiegertochter gesagt: „In diesem Land gibt es so viele Kinder, die kein Zuhause haben."

Eine unheimliche Stille hatte sich ausgebreitet und die alte Dame hatte nur schneidend kalt gefragt: „Eingeborene?"

Danach hatte niemand von ihnen gewusst, was er sagen oder wie sie sich jemals wieder in die Augen sehen sollten. Als hätten sie zum ersten Mal in ihrem Leben realisiert, und so war es wohl tatsächlich, dass es unüberbrückbare Gegensätze zwischen ihnen gab, die bisher nur noch nie so offen zur Sprache gekommen waren.

Etwas schwach sagte Falak: „Sie sind sicherlich, auf ihre Art, ganz reizende Leute."

Thura stand auf. „Reizende Rassisten eben. Gibt es so was nicht?"

Er holte eine Kanne mit frischem Wasser und sagte: „Mir wäre nach einer Pfeife oder einer Zigarre, was meint ihr?"

Sie schmunzelten beide und lehnten das Angebot ab, sagten aber, es würde sie nicht stören, wenn er rauchte. Thura kam mit Wasser, drei Gläsern, seiner Pfeife und Tabak zurück an den Tisch.

„Das ist das Einzige, was dieser Insel hier noch fehlt", sagte er und deutete auf den Tabak, „aber für den Anbau von Tee und gutem Tabak liegen wir hier noch nicht hoch genug. Aber bitte, erzählen Sie unbedingt weiter."

„Ein Familienkrieg begann. Meine Eltern fanden mich, als ich gerade einmal drei Jahre alt war, in einem von Mumbais vielen Waisenhäusern. Das klingt immer ein bisschen so, als hätten sie mich eingekauft, nicht wahr? Aber es war eine ganz ordentliche Adoption. Und was soll ich sagen? Ich habe keine Erinnerungen an die ersten drei Jahre, aber wie durch ein Wunder habe ich sie überlebt, war irgendwann von der Straße weg in das Kinderheim geholt worden und hatte das unglaubliche Glück, eine Familie zu bekommen. Die Geschichte hätte auch ganz anders ausgehen können. Man kann als Kind in Indien auf der Straße leben, man kann auch auf der Straße sterben. Zur Schule gehen kann man dort sicher nicht und man hat nicht jeden Tag zu essen, ein Bett, ein eigenes Zimmer und vor allem hat man oft niemanden, der sich überhaupt kümmert – wenn man Bauchschmerzen hat oder Fieber oder seinen Geburtstag feiert. Es gibt einfach keine Sicherheit."

Seine Stimme wurde schwer und für einen Moment musste er mit den Tränen kämpfen, bevor er weitersprechen konnte.

„Nun, die alten Leute waren unter keinen Umständen bereit, unter einem Dach mit der neuen Familie zu leben, und meine Eltern zogen in ein eigenes Haus. Die beiden Männer kämpften um das Unternehmen. Mein Großvater versuchte mit allen Tricks und der Hilfe einer Menge Anwälte zu verhindern, dass sein Besitz jemals in die Hände von Indern geraten würde, und mein Vater tat umgekehrt das Seine, um sicherzustellen, dass meine kleine Schwester und ich eines Tages würden erben können."

„Es gibt eine Schwester?", fragte Chandani neugierig und dachte, dass sie ihn wirklich noch kaum kannte.

„Ja", bestätigte Falak freudestrahlend, „Tanushri Teresa Williamson, keine leibliche Schwester, aber eine Schwester."

„Teresa wie Mutter Teresa?", fragte Thura.

Falak lachte. „Ja, ich nehme es an.“

Thura erwiderte: „Das ist ja ebenso gefährlich wie Francis, oder?“

„Warten wir es ab. Wir nennen sie Tari, weil sie selbst sich als kleines Kind immer so genannt hat. Sie ist ein Model, lebt in London, ist inzwischen verheiratet, Mutter von zwei Kindern und macht einen ganz vergnügten Eindruck.“

„Verheiratet“, dieses Wort hatte Chandani kurz aufhorchen lassen und sie zögerte, ob sie ihn danach fragen sollte, ob es auch eine Frau gab, wusste aber nicht, wie sie mit der Antwort umgehen würde. Vielleicht wäre es besser, er würde seinen ursprünglichen Gedankengang wieder aufnehmen, und deshalb fragte sie: „Und wer hat den Streit um das Erbrecht gewonnen?“

„Im Grundsatz mein Vater, aber mein Großvater hat noch einen Teil seiner Aktien und die Firmenanteile, über die er allein verfügen konnte, an westliche Firmen verkauft. Er wollte sie wohl lieber in den Händen der Konkurrenz sehen als in meinen.“

„Ein schweres Erbe“, bemerkte Thura.

Falak sah ihn hilfesuchend an und einem spontanen Impuls folgend, rutschte Thura auf der Bank etwas näher an ihn heran und legte ihm kurz seinen Arm um die Schultern. Dann sah er ihn, jetzt wieder mit mehr Abstand, sehr direkt an und meinte: „Aber Ihr aktueller Konflikt hat mit dieser Generation nichts mehr zu tun, nehme ich an, sondern mit Ihren Adoptiveltern.“

Falak nickte.

„Das Ganze wird eben dadurch erschwert, dass meine Eltern einmal alles riskiert und viel geopfert haben, um mit mir leben zu können, und ich deshalb eine noch größere Dankbarkeit ihnen gegenüber empfinde, als Kinder es vielleicht ohnehin tun. Meine Herkunft und diese Verpflichtung, das alles macht mein Leben so schwer. Ja, die Schwere ist es, die ich nicht aushalte.“

„Moment noch“, schaltete sich Chandani ein, „bevor Sie weitererzählen. Haben Sie Ihre Großeltern jemals kennengelernt?“

Falak lachte bei der Erinnerung kurz auf.

„Meine Eltern haben versucht, ihnen zunächst mich und dann zwei Jahre später auch meine kleine Schwester vorzustellen, haben sie zur Taufe eingeladen, zu Geburtstagsfeiern und jedes Jahr zum Weihnachtsfest, aber sie haben gar nicht reagiert. Meine Mutter war immer davon überzeugt, so hat sie mir oft gesagt, dass man Kinder einfach gern haben *muss*. Und mein Vater, der wohl eine Spur realistischer war, dachte zumindest, dass sie uns beiden nicht widerstehen könnten, denn meiner Schwester sah man angeblich schon als Baby ihre Modelkarriere an und auch ich soll ganz niedlich gewesen sein. Na ja."

Er grinste etwas unsicher. Thura sah ihn gespielt skeptisch von der Seite an, boxte dann kurz auf seinen Oberarm und lachte ein männlich freundschaftliches Lachen.

Falak sah Chandani an, weil sie die letzte Frage gestellt hatte.

„Einmal haben meine Großeltern ein Gartenfest ausgerichtet und ich bekam zufällig davon mit, weil meine Eltern darüber sprachen. Sie hatten tatsächlich eine der aufwendig gedruckten Einladungskarten bekommen, waren aber ausdrücklich ohne Kinder eingeladen worden. Ich war gerade achtzehn geworden und habe mich bei dem Catering-Betrieb als Aushilfskellner beworben. Ich dachte, das wäre eine Gelegenheit, sie mal aus der Nähe zu erleben. Es lag natürlich auch Rache darin, ich wollte ihnen zeigen, dass sie nie hundertprozentig dafür würden sorgen können, dass ich nicht doch in ihre Nähe komme. Aber ich bekam den Job nicht, weil der Catering-Chef mich von einer unserer eigenen Partys kannte. Er sagte nur: ‚Lass es bleiben. Tu es dir einfach gar nicht erst an.' Als sie beide gestorben waren, in nur kurzem Abstand voneinander vor ungefähr zehn Jahren, bin ich in ihr altes Haus gezogen. Und weil ich es bewohnen wollte, habe ich es auch entrümpelt. Dabei habe ich eine Menge über sie gelernt. Aber ich habe nie persönlich mit ihnen gesprochen. Manchmal frage ich mich, was schlimmer ist: dass ich meine leiblichen Eltern nicht kenne oder dass meine Adoptivgroßeltern sich mir so verweigert haben …"

Falak hatte keine Ahnung, wie spät es inzwischen geworden war, aber er schätzte, dass es längst nach Mitternacht sein musste. Trotzdem wollte er noch erzählen, wie er dahin gekommen war, wo er heute stand, und da er den beiden anmerkte, dass sie noch aufmerksam waren, machte er also weiter.

„Ich überspringe einmal den Teil meines Lebens, der aus Schule und Universität bestand, ein Studium der Ökonomie, Praktika, Stationen, bei denen ich im Wesentlichen den Spuren meines Vaters folgte. Und auch, wenn es für mich als Inder nicht immer so selbstverständlich Zugang zu allen Möglichkeiten gab, verlief doch alles einigermaßen unaufregend, ja fast vorhersehbar. Mein Vater holte mich vor etwa zehn Jahren, nach dem Tod meiner Großeltern damals, in die Leitung des Familienunternehmens und es machte mir sehr viel Spaß, als Junior ein paar erste Ressorts übertragen zu bekommen."

Weil ihm auffiel, dass er bisher nicht erwähnt hatte, um was für eine Art von Geschäft es sich handelte, erklärte er kurz: „Wir produzieren und handeln mit allem, was im weitesten Sinne mit Textilien zu tun hat, mit Stoffen und Kleidung. Also: Weben, Spinnen, Färben, Gerben, Schneidern, Nähen, Vertrieb und Verarbeitung von Jute, Baumwolle, Leder und Seide."

Er sah Thura an. „Sie sprachen vorhin von Zigarre und Pfeife, hätten Sie vielleicht auch eine ganz ordinäre Zigarette? Ich glaube, die könnte ich jetzt wirklich gut gebrauchen."

Chandani stand auf und sagte: „*Ich* habe Zigaretten, einen Augenblick, ich muss sie nur eben aus meinem Zimmer holen."

Thuras Gesicht drückte aus, dass er nicht gewusst hatte, dass seine Tochter rauchte, er sagte aber nichts. Einen Moment später war Chandani wieder da und reichte Falak die angebrochene Packung, in der auch ein Feuerzeug war. Da Thuras Gesichtsausdruck sich nicht verändert hatte, sagte Chandani in seine Richtung: „Die sind noch von Ye. Hast du mich etwa jemals rauchen sehen?" An Falak gewandt sagte sie: „Ich habe dem Rauchen nie etwas abgewinnen können, obwohl ich es redlich versucht habe, glauben Sie mir. Meine Freundin Ye ist eine Gelegenheitsraucherin und ich wollte eine Zeit lang unbedingt so cool sein wie sie. Hier, die sind für Sie, lassen Sie sie sich ruhig schmecken!"

Falak zündete sich eine Zigarette an, zog genüsslich ein paar Mal und sagte dann: „In den letzten drei, vier Jahren wurde alles komplizierter. Es begann damit, dass mein Vater mich zu einem Zulieferer nach China schickte. Ich fühlte mich gleichzeitig geehrt und überfordert, war aber vor allem neugierig. Wohl deshalb ließ ich mir einige der Betriebe zeigen und sah sie mir genauer an, als es für jemanden in meiner Position sonst üblich ist. An einem Tag sah ich eine Halle, in der Kinder in langen Reihen saßen und kleine Pailletten auf Seidenstoffe nähten. Elfjährige, Siebenjährige, sogar Fünfjährige. Wie nennt man Kinder, die keine Kindheit haben? Die eigentlich mit Bällen oder Puppen spielen sollten, Aufsätze schreiben und Rechenaufgaben lösen, Bilder malen und auf Bäume klettern und Geschichten hören sollten? Stattdessen saßen sie da auf dem Boden, auf dünnen Strohmatten, in langen Reihen, in einer stickigen Halle mit trübem Licht, und erledigten diese langweilige Arbeit, konzentriert und stumpfsinnig. Keine Spur von einer liebevollen Mutter, die mit ihnen Lieder singt, kein stolzer Vater, der Pfeil und Bogen mit ihnen bastelt, keine Geschwister, kein Grund zum Lachen, keine Kaugummis oder Luftballons, eben einfach keine Kindheit. In meinen ungeübten Augen sahen sie alle irgendwie gleich aus und dass sie so austauschbar wirkten, war vielleicht das Schlimmste. Ich konnte mich gerade noch so zusammennehmen, dass ich unsere Mitarbeiter vor Ort nicht völlig brüskierte, aber zu Hause machte ich meinem Vater große Vorhaltungen. Wir beschlossen, auch wenn es uns mehr kosten würde, nur noch in Indien zu produzieren. Ich dachte, dann könnte ich die Zustände besser kontrollieren.

Wir gehörten damals mit zu den Initiatoren eines ersten Labels, das Produkten verliehen wird, deren Hersteller versichern, dass sie ohne Kinderarbeit gefertigt worden sind. Ich habe wirklich versucht, ein paar grundlegende Veränderungen in der Firmenpolitik umzusetzen, und wir beteiligten uns zunehmend an der Produktion von sogenannten Fair-Trade-Produkten, unterstützten mehr und mehr auch kleinere Genossenschaften und gründeten ein eigenes Programm zur Vergabe von Kleinkrediten. Das sieht auf den ersten Blick vielleicht harmlos aus. Aber ich bin überzeugt davon, dass wir eine ‚Globalisierung von unten' brauchen, das Engagement der vielen kleinen Initiativen und Nichtregierungsorganisationen, die zum Beispiel bereits beim Schuldenerlass oder beim Zustandekommen der Landminenkonvention ihre Kraft bewiesen haben."

„Und jetzt überlegen Sie, auszusteigen?", fragte Thura.

Da sah Falak ihn fast entrüstet an und entgegnete: „Nein. Nein, das gar nicht. Ich habe den Eindruck, dass ich genau an der richtigen Stelle bin. Ich suche nicht nach dem Sinn in meinem Leben oder so was. Das hat der Priester auch falsch verstanden." Er hielt inne und sah zu Thura, als flehte er ihn an, doch zu verstehen. „Ich habe meine Lebensberufung gefunden, wenn Sie das Wort verstehen?"

Thura nickte.

Und dann sagte Falak müde: „Ich frage mich nur, wie ich sie durchhalten soll. Was ich tue, damit ich nicht verrückt werde. Die Arbeit scheue ich nicht, aber das Wissen, die größeren Zusammenhänge, die Ethik ..."

Thura hakte nach: „Sie fragen sich, woher die Kraft kommt? Was Ihre Motivation nähren könnte? Wer Sie unterstützt?"

Falak nickte eifrig und Thura bat ihn, weiterzuerzählen.

„Vor ein paar Monaten schließlich besuchte ich Trivandrum, eine Stadt hier im Süden Indiens, in der wir einige Gerbereien unterhalten, für Leder, das wir vor allem für Schuhe brauchen. Wieder führten mich meine wissbegierigen Fragen zu einer schockierenden Wahrheit. Die beiden Flüsse der Region sind so verseucht von den Abwässern aus den Gerbereien, dass fast keine Aussicht besteht, sie könnten jemals wieder sauberes Wasser führen, und sie verbreiten zurzeit einen entsetzlichen Gestank. Ein sehr belastender Gedanke. Mit einem Franziskus-Buch in der Tasche noch schwerer zu ertragen."

Er zündete sich eine weitere Zigarette an, sah sie dann aber irritiert an, als habe er nicht bemerkt, was er getan hatte, und drückte sie wieder aus.

„Wir fällten wieder ein paar unpopuläre und kostspielige Entscheidungen und beteiligten uns schließlich auch noch an einem Öko-Label. Soll ich Ihnen was sagen? Ich kann Labels nicht mehr sehen. Sie sind zurzeit richtig angesagt, fast hip. Aber ich sollte nicht so zynisch sein. Labels sind ein Anfang. Besser als nichts."

Er wirkte auf einmal sehr müde. Dann schien er sich innerlich wieder aufzuraffen.

„Anfang dieses Jahres wurde uns ein Preis verliehen, der diese Veränderungsmaßnahmen würdigte. Ich freute mich vor allem deshalb, weil mir das gegenüber Aktionären und Aufsichtsräten ein starkes Argument an die Hand gab, und ich bekam wieder neue Energie. Meine Eltern bestanden darauf, den Preis zu feiern, und da mein Geburtstag im Februar anstand, gaben wir eine kleine Party. Ich kenne mein richtiges Geburtsdatum natürlich nicht, es ist der Tag, an dem ich im Kinderheim aufgenommen wurde, na ja. Ich war an dem Abend in spöttischer Stimmung und trank zu viel. Ich hatte überschlagen, dass das Preisgeld reichen würde, um fünfzig Kindern für ein ganzes Jahr Unterkunft, Verpflegung und Ausbildung zu bezahlen, dachte aber, dass sich schnell fünfzig andere finden würden, um Pailletten anzunähen, und dass das Geld nicht ausreichen würde, um zwei Flüsse zu retten.

Mein bester Freund Santosh, ich freute mich sehr, dass er kam, schenkte mir einen Wandkalender mit Schwarz-Weiß-Fotografien von Kindern aus der ganzen Welt. Ich blätterte ihn etwas unaufmerksam durch, sah aber, dass die Bilder allesamt sehr ausdrucksstark waren. Dann blätterte ich zum aktuellen Bild, zum Februar, dem Monat also, in dem ich meinen Geburtstag feiere." Er machte eine Pause und es kostete ihn sichtlich Mühe, ruhig weiterzuerzählen. „Sie können sich nicht vorstellen, wie fassungslos ich war. Das Foto zeigte einen kleinen Jungen, ohne Zweifel ein Inder. Und das Bild wirkte, als habe man mein Passfoto um ein paar Jahrzehnte verjüngt. Ich dachte, ich sehe mich selbst. Oder meinen kleinen Bruder. Oder meinen Sohn – aber der würde kein löchriges Unterhemd tragen."

In diesem Moment begann Falak heftig zu schluchzen. Er vergrub sein Gesicht unter seinen Armen, seine Schultern bebten und er zog ein paar Mal die Nase hoch. Thura legte ihm wieder vorsichtig die Hand um die Schultern, Chandani holte Taschentücher.

„Verzeihen Sie bitte", sagte er nach einer Weile. Er wischte sich die Tränen weg, nahm dankbar ein Taschentuch und putzte sich die Nase.

„Seitdem weiß ich einfach nicht mehr, wie ich es schaffen soll. Das viele Wissen ist mir zu viel. Die Not endlos groß. Ich weiß, dass ich niemandem helfe, wenn ich ‚aussteige', wie Sie sagen. Das würde in meinem Fall nur bedeuten, dass ich mich weigern würde, meine Verantwortung zu übernehmen. Und am Ende würde ich damit ja den Markt auch nur anderen überlassen. Ein großer Teil meiner Motivation rührt natürlich daher, dass ich mich täglich frage, wo ich heute wäre, wenn meine Eltern mich nicht zu sich geholt hätten, und das Gefühl der Dankbarkeit, aber auch der Verpflichtung ihnen gegenüber spornt mich an. Aber ich merke, dass das nicht reicht. Es muss doch möglich sein, in dieser Welt Ideale zu leben, ohne dabei selbst wie eine Maschine zu werden, die einfach alle Erwartungen erfüllt und gewissenhaft funktioniert. Ich wünsche mir, erdgemäß zu leben und zu arbeiten, menschlich zu sein für Familie Mensch. Ich kann nicht vergessen, was ich weiß, aber ich kann mit dem ganzen Wissen auch nicht leben – es ist mir zu viel. Was mache ich jetzt also mit meinem kleinen Bruder, der mich aus einem Kalender ansieht wie aus einem Spiegel?"

Die Fragen, so groß und so persönlich, standen im Raum und, wie um sie zu würdigen und weil es wohl die einzig angebrachte Reaktion war, schwiegen alle für einen Moment.

Dann fragte Thura: „Und jetzt? Haben Sie irgendeine Ahnung, wie es weitergehen *könnte*? Irgendeine Spur, die sich andeutet?"

Falak zuckte mit den Schultern. „Mein Vater hat mir gesagt, ich solle Urlaub machen. Auch er befürchtet, ich wolle aussteigen, und er glaubt mir noch nicht, dass das überhaupt nicht meine Absicht ist. Er hat nur gesagt, wenn ich aussteigen wolle, solle ich das tun, aber seine Bitte war, es zunächst auf Zeit zu tun. Um ein paar Fragen zu klären und herauszufinden, was ich will. Ich achte ihn sehr für seine Unterstützung. In gewisser Weise treiben ihn auch ähnliche Fragen um und er ist in den letzten Jahren für jede Neuerung offen gewesen. Seine Frage ist immer, ob sich Neues auch rechnet, aber das ist ja das Verrückte: Es ist keineswegs so, als würde man verarmen, wenn man fair ist." Abschließend sagt er: „Ich habe jedenfalls den Eindruck, dass ich gerade noch rechtzeitig ausgestiegen bin, um nicht einfach alles rücksichtslos hinzuschmeißen."

Thura sagte sehr sanft: „Sie haben eine spannende Suche vor sich, eine Reise, die niemand anders für Sie unternehmen kann. Ich glaube, Sie sollten als Erstes einmal sehen, dass Sie schon eine ganze Menge erreicht haben! Die Neuerungen, die Sie eingeführt haben, werden ja sicher nicht nur auf Gegenliebe gestoßen sein, oder?"

Falak nickte nur.

„Dankbar zu werden für das, was man erreicht hat, ist eine erste Kraftquelle. Kraft werden Sie brauchen. Und Aufmerksamkeit. Ich wünsche Ihnen beides. Es ist spät geworden und wir sollten bald schlafen gehen, aber ich würde Ihnen gerne noch etwas aus meiner Arbeit erzählen. Nicht aus dem journalistischen Teil, sondern aus meiner Meditations- und Beratungspraxis."

Falak sah ihn offen an, seine Augen noch etwas verweint, aber er war sehr aufmerksam.

„Meiner Erfahrung nach ist so ein Aha-Erlebnis von unschätzbarem Wert. Es ist ein heiliger Moment. Denn es ist kaum etwas schwieriger für uns, als der Herausforderung der Veränderung nachzukommen: Veränderung also zuallererst überhaupt zu wünschen, sie dann auch für möglich zu halten, sie dann tatsächlich anzufangen und sie schließlich auch durchzuhalten. Die Gewohnheitsenergie ist eine ausgesprochen starke Kraft und es braucht sozusagen eine überzeugende Gegenenergie, um ihr zu entkommen."

„Und, gibt es so eine Gegenenergie?“, wollte Falak wissen.

Thura sah ihn an und schwieg. Dann sagte er: „Zunächst würde ich mir die Gewohnheitsenergien genau ansehen und sie verstehen lernen. Wovon werden sie gespeist? Mit anderen Worten: Was motiviert Sie, was treibt Sie an? Woher kommt, was augenblicklich da ist?“

„Aber eine Gegenenergie“, wiederholte Falak seine Frage ungeduldig. „Sagen Sie mir nur, ob es eine gibt.“

„Die Beste, die ich kenne, ist die Liebe“, erwiderte Thura.

Sie schwiegen eine ganze Weile. Müde, nachdenklich und weil sie den vielen Worten nachlauschten.

„Ja“, bestätigte Falak, „die Liebe als Gegenenergie entdecken, interessant hört sich das an.“

„Also – lieben Sie!“, forderte ihn Thura herzlich auf.

Falak nickte bedächtig und zwang sich, in diesem Moment nicht zu Chandani hinüberzusehen. Die aber sagte beherzt: „Ich bewundere, was Sie erreicht haben. Sie haben das Spiel nicht mitgespielt, jedenfalls nicht ohne ein paar der Spielregeln radikal zu ändern.“ Und dann suchte sie seinen Blick und sagte leiser: „Danke, dass du deine Geschichte mit uns geteilt hast.“

Sie duzte ihn zum ersten Mal und er freute sich sehr darüber, empfand es als ein Zeichen von Nähe und neuer Vertrautheit.

„Danke für diesen Abend“, sagte er.

Chandani dachte: „Er ist ein Kämpfer. Er will zeigen, dass es geht, er darf nur die Hoffnung nicht verlieren.“ Sie fragte sich auf einmal, ob es ihr vielleicht doch gelingen würde, ihm etwas von ihrem „heiligen Raum“ weiterzugeben.

Bevor sie zu Bett gingen, teilte Falak ihnen noch mit, dass er am kommenden Tag weiterreisen werde. Thura hatte wohl mit dem Abschied gerechnet und bat ihn, bald wiederzukommen, und Falak versprach es.

„Sie können uns wirklich jederzeit besuchen. Aber jetzt noch länger zu bleiben, würde bedeuten, auszuweichen und nur aufzuschieben. Ich bin froh, dass Sie weiterreisen, denn es bedeutet, dass Sie weitersuchen und nicht andere die Entscheidungen für sich treffen lassen."

Chandani spürte die merkwürdige Mischung aus Enttäuschung, Erleichterung und Sehnsucht, weil sie ihn vermissen würde und sich gleichzeitig fast noch mehr wünschte, ihn irgendwann neu hier begrüßen zu dürfen.

Sie fragte ihn: „Wohin wirst du von hier aus gehen? Wie geht es weiter?" Und sie wusste, dass die Frage auch meinte: „Wie geht es weiter mit *uns*?"

Thura verabschiedete sich leise und wünschte ihnen eine gute Nacht. Sie warteten, bis er die Tür zu seinem Zimmer, das direkt neben der Küche lag, hinter sich geschlossen hatte.

„Ich denke, ich werde morgen als Erstes zum Kloster zurückreiten, vermutlich die Gelegenheit wahrnehmen, noch einmal mit dem Priester zu sprechen, und dann versuchen, möglichst schnell einen Flug nach Hause zu bekommen."

Sie nickte wieder und musste jetzt einfach fragen: „Meint ‚Zuhause' auch eine Frau?"

Sie hatte versucht, möglichst unbeschwert zu klingen. Er schaute kurz irritiert und als er verstand, sagte er: „Ach so. Nein, keine Frau." Und erklärend fügte er hinzu: „Es gibt eine aufgelöste Verlobung, die ein paar Jahre zurückliegt, ein paar hilflose Versuche meiner Eltern, mich mit passenden Frauen zusammenzubringen. Als Inder und Brite lebe ich zwischen den Welten – zu Hause in einer Gesellschaft, in der Ehen arrangiert werden, und erzogen von Menschen, für die eine Liebesheirat selbstverständlich ist."

Er sah sie an, als wollte er sie bitten, dieses große Thema heute nicht auch noch zu eröffnen. Chandani nickte beruhigend, wie um zu zeigen, dass ihr diese paar Hinweise vorerst reichten, und er sprach weiter.

„Also, ich weiß nicht, was kommt. Ich werde mit meinen Eltern reden, Bilanzen ansehen, beten, mein altes Bilderbuch anschauen, dich anrufen, wenn ich darf?"

Sie nickte bestätigend.

Dann sagte er auf einmal unvermittelt: „Ich will gar nicht gehen, Chandani. Ich meine, nicht nur, dass ich Angst habe, die Routine zu Hause könnte mich mitreißen, die ‚Gewohnheitsenergie', wie dein Vater sagte, nicht nur, dass ich mich wirklich vor dem Gedanken scheue, meine Eltern vielleicht enttäuschen zu müssen, ich möchte nicht weg von *dir.*"

„Ja, ich weiß", sagte sie leise und auf einmal sehr weich und charmant. Er sah sie verlegen an. Da sagte sie nervös, als koste es sie Überwindung, ihre Bitte zu äußern: „Falak? Tust du mir einen Gefallen? Fragst du den Priester nach dem heiligen Raum?"

Er verstand zwar nicht, nickte aber trotzdem, froh etwas für sie tun zu können, und hakte dann nach: „Für dich? Oder für mich?"

Sie sagte verschmitzt: „Das eine muss das andere ja nicht ausschließen, oder?"

Und damit ging sie.

In der Nacht regnete es. Der Südwestmonsun brachte ihnen zu dieser Jahreszeit manchmal ergiebige Regenfälle. Chandani schlief unruhig, aber traumlos. Falak lag wach und wusste nicht, welcher Frage er sich zuerst widmen sollte, einer seiner eigenen oder der, wie ein so sanftmütiger Mann wie Thura einmal brutal hatte sein können, oder wie man bloß auf die Idee kam, Falken zu züchten, oder wie es sich wohl anfühlen würde, Chandani zu küssen. Und ob er das alles jemals herausfinden würde.

Kapitel 8

Es war merkwürdig gewesen, sich von ihm zu verabschieden, aber schließlich hatte er den letzten Schluck aus seiner Tasse getrunken, war aufgestanden, hatte sie kurz umarmt, nur ein „Wir sehen uns bald wieder“ gemurmelt, war auf sein Pferd gestiegen und losgetrabt. Sie hatte ihm nachgeschaut und stand jetzt noch immer auf der Terrasse und sah auf den Weg, der zum Tor führte. Würde er wirklich wiederkommen? Wann? „Bald“ war ein dehnbarer Begriff. Sie merkte, wie Zweifel an ihr nagten, und dachte: „Was für ein schreckliches Bild, aber wie treffend.“ Es fühlte sich an, als würden lauter kleine freche Nagetiere sie mit ihren spitzen Zähnen zwicken und kneifen.

Thura trat neben sie. „Es geht mich ja nichts an …“, begann er vorsichtig und Chandani sah zu ihm auf, stupste ihm mit dem rechten Zeigefinger auf den Brustkorb, zog die Augenbrauen hoch, sagte knapp: „Stimmt!“, und ging weg, in Richtung der Ställe. Thura sah ihr kopfschüttelnd nach und dachte, dass seine Tochter liebenswert, aber ein Biest war. Er rief hinter ihr her: „Aber was ist mit dem Brief aus Paris?“

Sie drehte sich um, zögerte und kam zurück.

„Ja, was ist damit? Er war an dich adressiert. Hast du ihn mittlerweile gelesen?“

Thura berichtete kurz, dass Reporters sans frontières zu einer internationalen Konferenz zum Thema Pressefreiheit nach Paris einlade, wo auch der Sitz der Organisation sei.

„Du hast dreißig Minuten, um einen birmanischen Blick auf das Thema zu werfen.“

„Ich?“, lachte Chandani. Und Thura sah sie schelmisch an.

„Ich wusste, du würdest mir nicht glauben, deshalb werde ich jetzt gleich den Brief holen, zum Beweis. Sie laden tatsächlich dich ein, wussten aber nicht, dass du unter derselben Adresse zu finden bist wie ich." Sie sah ihn ungläubig an und er sagte, gespielt betrübt: „Ja, sie suchen eine junge Frau, keinen alten Kerl wie mich."

Chandani konnte nicht verhindern, dass die unterschiedlichsten Bilder vor ihren Augen auftauchten: Nach Europa fliegen. In einem Straßencafé sitzen, Zeitung lesen und Café au Lait trinken. Jeans und Blusen tragen, Strickjacken und Blazer statt Sudithars und Saris. Die Franzosen mit ihren Französischkenntnissen überraschen. Mit Herzklopfen an ein Rednerpult treten. Worte finden, sprechen müssen. Die anschließenden Fragen aushalten und die Blicke, Zustimmung und Kritik. In den kommenden Wochen einen Vortrag entwickeln, mit dem sie bis zuletzt nicht zufrieden sein würde. Und, dachte sie: erwachsen werden. Sie wollte sich verstecken, unter der Decke verkriechen. Aber Thura ließ sie nicht.

„Chandani Chaprassi." Sie sah ihn erschrocken an, wachgerüttelt, alarmiert. Er hatte sie bei ihrem vollen Namen genannt, nicht mit dem zärtlichen Chani, und funkelte sie an.

„Was hast du denn vor? Willst du die nächsten dreißig Jahre Vögel züchten? Oder willst du vielleicht doch noch heiraten? Oder sogar Mutter werden – dann allerdings musst du dich allmählich beeilen. Willst du weiter diesen grünen Lebensstil hier pflegen, den du dir nur leisten kannst, weil du so flexibel bist und deine Kunden unangemessen hohe Preise für ihr Spielzeug bezahlen? Unangemessen meine ich im Verhältnis zu dem, was Sheila in ihrem kleinen Sweet-Shop oben im Dorf verdient. Ich beglückwünsche dich zu deinem Erfolg, aber verzeih, wenn ich fragen muss, ob das alles sein soll. Würde ich glauben, dies sei das Größte, was du jemals erreichen kannst, ich würde nicht so mit dir sprechen. Aber ich habe deine Texte gelesen, Ye hat mir erzählt, wie du sie an der Uni alle mit deinen Vorträgen aufrütteln konntest, mit deiner Unabhängigkeit, deiner Sicht auf Macht und Freiheit. Und, nur um das auch noch kurz zu fragen, was muss noch mit Birma passieren, damit du unserer Heimat wieder mehr Aufmerksamkeit schenkst? Worauf wartest du eigentlich?" Er war aufgebracht und schnaubte: „Und sag mir nicht, dass mich das nichts angeht!" Damit drehte er sich um und ging ins Haus. „Den Brief lege ich dir auf den Tisch."

Sie kümmerte sich sorgfältig um die Vögel und verbrachte dann den ganzen Nachmittag mit Tareq, ging Bestellungen, Rechnungen und Anträge mit ihm durch, sah, dass der Schmied ihnen eine unangemessen hohe Abrechnung geschickt hatte, und sie besprachen, ob man auf einen heimischen Schmied hier aus der Bergregion zugehen solle. Dann diskutierten sie zum wiederholten Male, ob sie Skamar für einen Wettbewerb vorbereiten sollten, aber wieder konnte sich Chandani zu keiner Entscheidung durchringen. Sie merkte, dass es Tareq Geduld kostete, das Thema ständig aufzuschieben, aber sie ignorierte es.

„Mister Falak ist abgereist, Miss?", warf Tareq irgendwann so nebenbei wie möglich in ihr Gespräch ein und sie fragte sich, was eigentlich alle von ihr wollten und erwiderte knapp: „Sie scheinen es doch offensichtlich selbst mitbekommen zu haben, wozu fragen Sie also noch?"

Sie war es gewohnt, dass ihre unwirschen Kommentare an Tareq abperlten, überlegte aber, was sie tun könnte, um die Atmosphäre zwischen ihnen wieder zu verbessern.

„Wann haben Sie eigentlich Geburtstag, Tareq?", fragte sie ihn im nächsten Moment spontan. Und er, von so einer vertraulichen Frage ganz überrascht und geschmeichelt, antwortete: „Am elften Februar, Miss."

Nein, ihre Laune würde sich heute nicht mehr bessern, dachte sie. „Wieso ausgerechnet Februar?"

Auf dem Rückweg zum Haus erkundigte sie sich bei Nirmal und Arasan, ob sie einen guten Schmied aus ihrem Dorf kennen würden, der nach den Hufen der Pferde sehen könnte, und sie versprachen, ihn direkt morgen mitzubringen. Dieses letzte Gespräch munterte sie wieder ein wenig auf und sie dachte, dass sie sich irgendetwas überlegen sollte, um ihrem Vater etwas Nettes zu sagen, eine Art kleines Gaw-Daw, wie die birmanische Tradition, die Eltern zu ehren oder um Verzeihung zu bitten, genannt wurde.

Aber als sie im Haus ankam, bemerkte sie, dass ihr Vater Besuch hatte. An der Tür zu seinem privaten Wohnraum hing der Schmetterling, den er immer dort aufhängte, wenn er nicht gestört werden wollte. Auf dem Küchentisch lagen die Zeitung und wieder ein Brief an Thura, diesmal von Khin aus Birma. Er würde sich freuen und hatte den Moment, ihn zu lesen, in diesem Fall wohl noch aufgeschoben, um die Vorfreude etwas länger auszukosten. Sie merkte, dass sie Hunger hatte, sah lustlos in den Kühlschrank, schloss ihn wieder, schnitt sich ein großes Stück von einer Ananas ab und nahm sich dann der Einfachheit halber noch eine Packung Pistazienkekse. Ihr Blick fiel auf den leeren Topf von gestern Abend und sie hätte jetzt gerne ein Schüsselchen der dicken Suppe gegessen. Überhaupt war gestern alles besser gewesen, dachte sie, ging in ihr Zimmer und legte sich auf ihr Bett.

Als sie die Zigarettenpackung sah, kamen ihr kurz die Tränen, und das brachte sie jetzt endlich richtig in Rage. „Du dummes Huhn“, sagte sie zu sich selbst und merkte, dass Geflügelvieh bei ihr in diesen Tagen nicht besonders gut wegkam. Was wollte sie denn eigentlich? Sie dachte an den Moment, als Falak vor einigen Tagen hier bei ihnen angekommen war. Als hätte sie es geahnt: Ein Fremder brachte immer Neuigkeiten mit. Und was sollte sie mit dem Neuen jetzt anfangen? Was als Nächstes tun? Ihren Alltag weiterleben wie immer? Als sei nichts geschehen? Heiraten? Sich erst mal richtig verlieben vielleicht? Nach Paris reisen? Weiter ihre Mutter suchen? Mit ihrem Vater sprechen? Noch einmal gerieten die Zigaretten in ihr Blickfeld und da kam ihr eine wunderbare Idee. Sie würde Ye anrufen. Sie sprang auf, holte sich das Telefon, war im nächsten Moment wieder in ihrem Zimmer verschwunden und kam sich plötzlich um Jahre jünger vor.

Ye und sie hatten sich im Internat in Mumbai kennengelernt, wo sie sich in ihrem ersten Jahr ein Zimmer teilen *mussten* und im zweiten bis vierten Jahr auch gerne ein Zimmer teilen *wollten*. Chandani war zu dem Zeitpunkt ein verstörtes junges, etwas linkisches Mädchen gewesen, irritiert vom Verhalten ihrer Eltern und bisher immer deren Lebensdramen ausgeliefert. Ihr Vater war wegen seines Engagements als Journalist, seiner christlichen Einstellung und seiner insgesamt regimekritischen Haltung verhaftet worden, als sie neun war, und als er vier Jahre später wieder nach Hause kam, hatten sie Birma verlassen müssen und in Indien gemeinsam einen Neuanfang versucht, aber schon ein Jahr später war ihre Mutter von zu Hause weggegangen, weggerannt traf es wohl genauer. Thura hatte entschieden, dass er überfordert sei mit der Erziehung einer Vierzehnjährigen, und sie in das Mädcheninternat gebracht, eine Entscheidung, die sowohl für seine Selbsteinschätzung sprach als auch für seine Großzügigkeit ihr gegenüber. Sie war ihm bis heute dankbar, dass sie nicht mehr in die Schule in Kanchi, in der sie die einzige Fremde war, hatte gehen müssen und er ihr eine gute Ausbildung ermöglicht hatte. Wie eine ganze Reihe von Kinderheimen und Schulen hatte das Internat eine christliche Leitung, denn in Indien genoss die christliche Pädagogik auch bei Hindus und Angehörigen anderer Religionen großen Respekt und Eltern vertrauten ihre Kinder gerne diesen Einrichtungen an.

Als sie das kleine Doppelzimmer betreten hatte, war ihr klar gewesen, dass ihr Leben von jetzt an eine andere Richtung nehmen konnte. Ye war die erste Frau mit Locken, die Chandani jemals gesehen hatte. Sie hatte sie mit weit ausgestreckten Armen begrüßt, ihren Namen gesagt und ihr die Hand entgegengestreckt. Chandani hatte schüchtern reagiert. Dann hatten die beiden sich für eine Weile gegenübergestanden und sich gemustert.

„Woher kommst du?“, hatte Ye das Wort ergriffen.

„Aus Kanchipuram, aber eigentlich aus Birma, aus der Nähe von Hakha. Und du?“

Ye hatte sie misstrauisch angesehen und, statt ihre Frage zu beantworten, zurückgefragt: „Du willst aus Birma sein? Und wo liegt eigentlich Hakha? Ganz bestimmt nicht in einer Division, he?“

Da hatte sich Stolz in Chandani geregt und sie hatte erwidert: „Ich bin eine Chin. Unser Staat liegt im Nordwesten. Dein Problem, wenn du dich nicht auskennst."

Ye hatte etwas beleidigt gesagt: „Ich bin auch aus Birma, eine Bamar aus der Hauptstadt Yangon." Und etwas süffisant hatte sie hinzugefügt: „Das liegt im Süden, aber um das zu wissen, muss man sich nicht auskennen."

Wahrscheinlich, weil sie sich klargemacht hatten, dass sie es nun ein Jahr miteinander würden aushalten müssen, hatten sie eine Weile beide einvernehmlich nebeneinander ihr Zimmer in Besitz genommen. Ye hatte bereits vorher angefangen, die Kleider aus ihrem riesigen Koffer in den Schrank zu räumen, dem aber schon jetzt anzusehen war, dass er niemals Platz für ihre ganze Garderobe bieten würde. Chandani hatte Ye verstohlene Blicke zugeworfen. Sie hatte Locken, so viel war sicher. Außerdem war sie groß und schlank und hatte ein ausgesprochen hübsches Gesicht. Sie wirkte elegant, von ihren Ohrringen und Haarspangen bis zu ihren Sandalen und ihrem Nagellack, schon mehr wie eine kleine Dame als wie ein Kind. Nur wenn sie sich über etwas wunderte oder etwas nicht sofort verstand, streckte sie einem kurz die Zunge raus und rollte mit den Augen, sodass sie auf einmal etwas kindlich Clownhaftes an sich hatte.

Chandani wusste nicht, ob sie sich wie ein verschlafener Bauerntrampel oder wie die wache Tochter eines Regimegegners fühlen sollte. In den kommenden Wochen sollte sie feststellen, dass beides stimmte und sie sowohl einiges verpasst hatte als auch zu einem kritischen Denken erzogen worden war. Als Chandani ihre Tasche ausgeräumt hatte, waren noch ganze zwei große Fächer ihres Schranks frei gewesen. Sie besaß einfach nicht viel mehr als nötig und es wäre ihr nie in den Sinn gekommen, dass sie vielleicht zu wenig Kleidung haben könnte.

Ye hatte zu ihr hinübergesehen und Chandani hatte ihren Blick richtig verstanden und ihr freundlich angeboten: „Ich dachte gerade, dass du deine restlichen Sachen doch einfach in meinem Schrank mit unterbringen könntest."

Ye hatte sie dankbar angestrahlt und in wenigen Minuten waren auch die beiden leeren Fächer vollgestopft mit Sachen gewesen. Chandani hatte gedacht, dass ihr Schrank vielleicht eine Lebenswirklichkeit Birmas widerspiegelte: Wer es gewohnt ist, zur Mehrheit zu gehören wie die Bamar, nimmt sich auch leicht den meisten Platz.

Für den Rest des Tages war Ye in einer Traube anderer Mädchen unterwegs gewesen, während Chandani sich allein ihren Weg gesucht hatte.

In der ersten Nacht hatte Chandani unruhig geschlafen und war plötzlich mitten in der Dunkelheit aufgewacht, weil Ye sie heftig schüttelte.

„Wach auf! Du schreist sonst noch die ganze Schule zusammen."

Chandani hatte sich im Bett aufgesetzt und im ersten Moment nicht gewusst, wo sie überhaupt war.

„Entschuldige, ich muss einen Albtraum gehabt haben. Tut mir leid, dass ich dich geweckt habe."

Ye hatte sie angesehen und gemeint: „Schon okay. Aber was musst du bloß erlebt haben?"

Sie hatte wohl nicht wirklich eine Antwort erwartet und war wieder in ihr Bett gegangen.

Als sie am ersten Morgen wach geworden war, hatte Chandani zu ihrer Überraschung festgestellt, dass Ye im Lotussitz kerzengerade und mit geschlossenen Augen auf ihrem Bett saß. Fasziniert sah sie, dass ihr rechter Fuß auf dem linken Oberschenkel und der andere auf dem rechten ruhte, sodass die Fußsohlen nach oben zeigten und ihre Knie nicht das Bett berührten. Als sie selbst einige Wochen später versucht hatte, diese Sitzhaltung einzunehmen, hatte sie gemeint, Ye müsse aus Gummi sein.

In den kommenden Tagen war Chandani klar geworden, dass Ye, die wie fast neunzig Prozent aller Birmanen, Buddhistin war, ihren Glauben ausgesprochen ernst nahm. Sie hatte ihr von einer Pilgerfahrt nach Mandalay vorgeschwärmt, auf der sie in einem bekannten Einkaufszentrum bezauberndes religiöses Zubehör gekauft hatte, hatte ihr einen Räucherstäbchenhalter in Form eines fein geschnitzten Mandalas, eine kleine Klangschale, eine Kette mit emaillierten rosafarbenen Gebetsperlen und zum krönenden Abschluss eine winzige vergoldete Buddha-Statue gezeigt und dann gefragt: „Bist du denn etwa nicht religiös?“ Dann hatte sie bekundet, dass sie nicht verstehen könne, wie man ohne Meditation und Anbetung leben konnte. Als Chandani ihr erklärt hatte, sie sei Christin, war Ye sofort ganz versöhnlich geworden und mit einem „Besser eine Religion als keine“ war das Thema fürs Erste erledigt gewesen.

Aber auf Dauer hatten sich merkwürdige Situationen ergeben, denn in einer christlich geführten Schule war Chandani, die es bislang gewohnt gewesen war, auch auf diesem Gebiet zur absoluten Minderheit zu gehören, auf einmal klar im Vorteil gewesen. Sie kannte Rituale und Texte und wurde damit außerdem, ohne dass sie selbst es wollte, oft in die Nähe der westlichen Diplomatentöchter gerückt. Das wiederum wurde von anderen als ein Zeichen ihrer Modernität bewertet und schien ihr Pluspunkte einzubringen auf einer heimlich geführten Liste, die sie weder kannte noch interessierte – was ihr wiederum eher Minuspunkte einhandelte … Ye und sie allerdings hatten mit der Zeit immer häufiger über ihren je eigenen Glauben gesprochen und es sollte auf Dauer ihr größtes Thema und ihre wichtigste Gemeinsamkeit werden.

Sie waren nicht die einzigen Birmaninnen auf der Schule, aber in ihrem Jahrgang mit Mädchen aus Pakistan, Malaysia, Nepal, Butan, Bangladesch und Sri Lanka, vielen Inderinnen und einigen Diplomatentöchtern aus der ganzen Welt gab es sonst keine. Dieser Umstand führte wohl dazu, dass sie von nun an oft im Doppel genannt, zu zweit in Listen eingeteilt, zusammen für Aufgaben verpflichtet oder gemeinsam Kursen und Hobbygruppen zugeordnet wurden.

Ye war allseits beliebt, bei ihren Mitschülerinnen ebenso wie beim Lehrpersonal, eine recht gute Schülerin und vor allem immer fröhlich und äußerst großzügig. Sie ließ sich für jedes Thema gewinnen und für jedes Spiel begeistern. Ihr einziges Problem war, dass sie sich schnell ablenken ließ, deshalb oft zu spät kam oder plötzlich mit Erstaunen feststellte, dass keine Zeit mehr war für das, was auch noch alles ihr Interesse geweckt hatte. Sie besaß die Allgemeinbildung und das Benehmen einer Diplomatentochter und sagte oft von sich selbst, dass sie für Orte wie Internate gemacht worden war, denn nichts liebte sie mehr, als mit unterschiedlichen Menschen zusammen zu sein.

Chandani dagegen zog es vor, allein zu sein oder alles aus sicherer Entfernung zu beobachten. Mit ihr freundete man sich an und gewann eine treue Fürsprecherin oder man ließ es und ging ihr aus dem Weg. Dazwischen gab es nichts und die erste Gruppe war zu Beginn auf jeden Fall die kleinere und sollte erst mit der Zeit anwachsen. Sie brauchte lange, um sich zu öffnen, sich auf Neues oder Unbekanntes einzulassen. Aber sie lernte schnell und überholte sie oft alle. Ihre Unabhängigkeit erlaubte es ihr, unkonventionell zu denken, und da es ihr nichts ausmachte, lange Zeit nur in der Gegenwart von Büchern zu verbringen, löcherte sie ihre Lehrerinnen und Lehrer mit Fragen, bis diese manchmal selbst nicht mehr weiterwussten.

Das ungleiche Paar gewöhnte sich aneinander, stritt und vertrug sich, zankte erneut, diskutierte, lernte sich kennen und mit der Zeit schätzen. Als sie sich am Ende der vier Jahre voneinander verabschiedet hatten, hatten sie beide gewusst, dass man bei keinem der anderen Mädchen sicher sein konnte, sie jemals wiederzusehen, aber dass sie in Kontakt bleiben würden, war für sie ganz offensichtlich gewesen.

Und so waren sie schon ein Jahr später für ihre ersten Auslandssemester in die USA nach New York ans Sarah Lawrence College gegangen und hatten sich auch hier wieder ein Zimmer geteilt. Schon nach wenigen Monaten aber war es, wohl für beide unerwartet, zu einem heftigen Streit zwischen ihnen gekommen, als Ye eines Abends fragte: „Musst du eigentlich immer Ärger suchen? Wird es mal eine Diskussion geben, in der du nicht deine steilen Thesen zu Vietnam, Hiroshima und zum amerikanischen Imperialismus anbringen musst? Merkst du nicht, dass wir uns damit nur unbeliebt machen?“

Chandani hatte den Angriff zunächst nicht verstanden, denn sie selbst nahm sich anders wahr, wohlwollender als Ye sie beschrieb. Und dann hatte sie entgegnet: „Aber die bissigsten Kommentare kommen doch von ihnen selbst und eine ganze Reihe unserer amerikanischen Freundinnen und Kommilitonen reagieren sehr verärgert, wenn man sie mit der Politik ihrer Regierung identifiziert.“

Aber Ye hatte nicht lockergelassen.

„Und siehst du gar nicht, was die Amerikaner alles Gutes bewirkt haben?“

Da hatte Chandani ihr erzählt, dass sie den Amerikanern mehr verdanke als sie, Ye, sich wahrscheinlich vorstellen könne, denn wäre ihr Vater, der aus einer vollkommen mittellosen Familie kam, nicht von dem Lehrer der amerikanischen Missionsschule für ein Stipendium vorgeschlagen worden, wie anders wäre ihr Leben verlaufen? Aber Ye hatte, ausgelöst durch die aktuelle Diskussion in einem Kurs an diesem Vormittag, gemeint: „Aber du übertreibst immer so. Was denkst du dir bloß dabei? So ein Kommentar, die USA sollten ihre Streitkräfte aus den – was hast du behauptet? – weit über 100 Ländern abziehen, in denen sie militärisch präsent sind, ist doch einfach vollkommen unnötig.“

Und Chandani hatte nur trocken gesagt: „Es ist die Wahrheit, Ye. Mach die Augen auf.“

Ye aber hatte ihr nur weiter vorgeworfen, einseitig und ungerecht zu sein. Das hatte Chandani nun wirklich nicht akzeptieren können und im Gegenzug gemeint, vielleicht sei ja vielmehr Ye die Einseitige von ihnen beiden, die mit ihrer uneingeschränkten Schwärmerei für alles Amerikanische jegliche Fähigkeit zur Kritik verloren habe. In diesem Gespräch war wohl etwas von ihrer jeweiligen Geschichte deutlich geworden und werbend hatte Chandani, die es so als Erste wahrnahm, gesagt: „Wenn wir zu Hause nicht sagen dürfen, was wir denken, ist das schlimm genug. Aber hier, in einer Demokratie, in vielleicht *der* Demokratie überhaupt, muss ich meine Fragen stellen dürfen. Wo sonst?"

Ye hatte eingelenkt, aber ihr in einem kleinen unvorsichtigen Nachsatz vorgeworfen, ihre antiamerikanische Art nerve einfach oft nur. Da hatte sich Chandani nicht mehr zurückhalten können und mit Schärfe reagiert.

„Mir Antiamerikanismus vorzuwerfen, ist einfach dämlich von dir! Bloßer Ausdruck deiner Fantasielosigkeit. Du meinst also, wer bloß die Maßlosigkeit der amerikanischen Militär- und Wirtschaftsmacht hinterfragt oder wer erwartet, dass Amerika politisch als ein Land unter anderen auftritt und sich nicht nur innen-, sondern auch außenpolitisch demokratisch verhält, Achtung zeigt und das Gespräch sucht, der sei auch automatisch gegen die Amerikaner oder gegen Freiheit, also ‚anti', also böse und ein Feind, ja? Diese Gleichung ist so anmaßend!"

Da hatte Ye gejammert: „Lass uns aufhören. Du klingst so kalt und du redest zu schnell für mich."

Und Chandani hatte müde gesagt: „Einverstanden. Genug für heute. Aber darüber reden wir noch."

In den kommenden Wochen waren sie vorsichtiger miteinander umgegangen, als wagten sie beide nicht, ihren guten Erfahrungen zu trauen. Ihr gemeinsames Interesse für Geschichte hatte dazu geführt, dass sie denselben Studiengang absolvierten. Und auch hier war es immer wieder zu erbitterten Diskussionen gekommen, quer durch alle Beteiligten.

Aber eines Tages, als eine Studentin, interessanterweise keine Einheimische, sondern eine junge Frau aus Nepal, Chandani eine antiamerikanische Haltung vorgeworfen hatte, war Ye ihr zu Hilfe gekommen und hatte auf eine für sie sehr typische, charmante Art gesagt: „Aber Chandani *liebt* Amerika, sie trägt fast nur noch Bluejeans, sie hört den ganzen Tag Jazzmusik oder Bob Dylan, ‚Die Farbe Lila' ist eins ihrer Lieblingsbücher, sie mag Coca-Cola und kalifornischen Wein, Charlie Chaplin, die Mississippi-Dampfer, die Freiheitsstatue und ihr neues Apple-Notebook."

Chandani hatte sie dankbar angesehen und dann die gesamte Klasse gebeten, ihr jetzt gut zuzuhören. Dann hatte sie ruhig, aber mit Leidenschaft gesagt: „Glaubt mir, ich empfinde Respekt und Wärme für dieses Land. Und gerade wenn ich es mit meiner Heimat vergleiche, werden alle Kräfte in mir wach, die sich nach Meinungsfreiheit sehnen. Und deshalb empfinde ich es als bösartig, einseitig oder einfach unsachlich, die Kritik an der Politik mit meiner Liebe und Bewunderung für Amerika zu vermischen."

Ein junger Amerikaner hatte sie angegrinst und gesagt: „Ich bin zwar nicht in allem deiner Meinung, aber ich würde immer dafür kämpfen, dass du sie äußern darfst."

Chandani hatte ihn dankbar angelacht. Und Ye hatte ihr zugezwinkert. Für ihre Freundschaft war dieser Tag sicher einer der ganz bedeutenden gewesen.

Und noch etwas veränderte sich. Sie beide hatten immer Respekt vor jeder religiösen Äußerung der anderen gezeigt, aber als sie älter wurden, wuchs ihr Interesse an philosophischen Fragen und die Gemeinsamkeiten und Unterschiede der Weltreligionen beschäftigten sie. Nach einer ersten Phase, in der sie beide ihre Ansichten erklärt und manches Mal auch verteidigt hatten, hatte Chandani eines Tages eingestanden, dass sie die Ethik des Buddhismus oder das moralische Verhalten seiner Gläubigen als sehr herausfordernd empfand und als sehr überzeugend, und Ye hatte erwidert, dass sie das Christentum dagegen philosophisch als sehr inspirierend empfand und ebenfalls als überzeugend. Und dann war eine merkwürdige Zeit gefolgt, in der sie selbst jeweils genau die Traditionen kritisierten, mit denen sie aufgewachsen waren. Immer wieder hatten sie seitdem Menschen kennengelernt, die sich so verhielten, auf allen Seiten konnten diejenigen, die eine neue Überzeugung gewannen, andere Religionen schlechtmachen, besonders dann, wenn sie ihr früher einmal selbst angehört hatten; allen Religionen schien es so gehen zu können.

In der nächsten Zeit dann aber hatten sie Gemeinsamkeiten entdeckt, weil sie sich vor allem über ihre Werte unterhalten hatten, über den ethischen Aspekt der Religionen, und sie waren darüber auch mit vielen anderen ihrer Kommilitoninnen ins Gespräch gekommen. Wortführerinnen waren Miriam Block, Jüdin und New Yorkerin, von der Chandani liebevoll „Massel" genannt wurde, ihr jiddisches Wort für Stern und Glück, und Shirin, die mal mehr als Muslimin, dann wieder mehr als Frauenrechtlerin mitdiskutierte. Am Ende waren sie begeistert von der Idee, einen weltweiten Werteschatz zu entwickeln, in dem jüdische Ideen wie eine regelmäßige Entschuldung, islamische Werte wie die verbindliche Armensteuer, die aus den asiatischen Religionen kommende Vorstellung von Gewaltfreiheit, Ahimsa, und die Nächstenliebe wie die Entfeindungsliebe Jesu vereint werden sollten.

Im Laufe der Zeit war Ye ganz in Kunstgeschichte aufgegangen, ein Nebenfach, das Ben in ihr Leben gebracht hatte, ein Afroamerikaner und Reggae-Fan, mit dem sie heute verheiratet war. Sie hatte sich mehr nebenbei auch für Fotografie interessiert, dabei aber festgestellt, dass für eine gesellige Person wie sie eine Dunkelkammer eine echte Strafe war, und hatte stattdessen angefangen, davon zu träumen, Ausstellungen zu inszenieren. Gemeinsam mit Ben, der allmählich erste Erfolge mit seiner Musik hatte und der die Kunst der Performance in ihr Leben brachte, ihr politisches Interesse noch verschärfte und sie in ihrem Traum unterstützte.

Zu einem weiteren besonderen Moment ihrer Freundschaft war es dann auch bei dem gemeinsamen Besuch einer Ausstellung gekommen. Von einem der Kunstwerke, einem Triptychon, hatten sie sich beide nicht lösen können, so sehr hatte es sie in seinen Bann gezogen. Erstaunt hatte Chandani gesehen, dass Ye tatsächlich weinte. Sie ließ die Tränen einfach so ihre Wangen herunterlaufen und sah das Bild an. Als sie sich zu ihr drehte, sagte sie: „Ich glaube, ich habe noch nie etwas so Schönes gesehen."

Das erste Bild des Triptychons links war eine knallrote Leinwand, die nur bei genauem Hinsehen ein Kreuz offenbarte, das sie ansonsten in ihrem massiven, leidenschaftlich knalligen Rot umhüllt hielt. Das Mittelbild war eine Platte aus Panzerglas, in die drei Nägel eingeschlagen waren, links und rechts oben in der Ecke und unten in der Mitte. Um die Nägel herum war das Glas zersplittert und offenbarte so, obwohl kein Kreuz und kein menschlicher Körper zu sehen waren, die Zerbrechlichkeit des Lebens, Gewalt und Schmerz. Das dritte Bild rechts zeigte eine dunkle Leinwand, die, unten tiefschwarz, nach oben langsam etwas grauer aufhellte. Leicht zu übersehen lagen drei Nägel, mit einem Faden zusammengebunden, in der rechten unteren Ecke des Bildes. Auch Chandani hatte gestaunt. Die Liebe, der Tod und die Überwindung von Jesus offenbarten sich in einer Dichte und Stimmigkeit, dass sie eine Gänsehaut bekam. Sie hatten sich an der Hand gehalten und sicher für eine Stunde vor dem Bild gestanden, gestaunt und dann ihre Gedanken dazu ausgesprochen. Sie hatten sich keins der anderen Objekte mehr angesehen und verabredet, gleich am kommenden Tag noch einmal hinzugehen, Ben mitzunehmen und Miriam, in jedem Fall die Freundin, die wirklich etwas von Bildern verstand.

Wie beschrieb man die Bedeutung solcher Momente für eine Freundschaft? Sie waren nicht planbar, nicht wiederholbar, unbezahlbar. Kostbare Momente, als habe ein Engel sie berührt und ihre Seelen beschenkt. Eine Einmütigkeit gestiftet, die zu den seltensten Schätzen der Welt gehörte. Einen Wunsch erfüllt, den niemand aussprechen konnte, weil man erst in dem Augenblick von seiner Existenz erfuhr, in dem er erfüllt wurde. Nähe, die einem Raum ließ für die andere Persönlichkeit, ja, die das jeweils Eigene zutiefst wollte und deshalb respektvoll, ja nahezu pietätvoll Platz machte. Harmonie, die dadurch entstand, dass zwei Stimmen ein Lied sangen, nicht notwendigerweise dieselbe Melodie, aber dieselbe Tonart. Eine Zuneigung, das hatten sie wohl an jenem Tag vor dem Triptychon erlebt, mit der zwei sich bei aller Erfahrung von eigener Verlässlichkeit auch gegenseitig an die ewige Dimension der Liebe erinnern ließen.

Chandani hatte damals unbedingt Europa, insbesondere Frankreich und Paris kennenlernen wollen und Ye hatte ihr geholfen, sie auf die Sprachprüfung vorzubereiten. Dann hatten sich ihre Wege getrennt und Ye war mit Ben zurück nach Indien gegangen, hatte in Neu-Delhi eine Galerie für asiatische Kunst eröffnet und später auch ein Kind bekommen, während Chandani weiter durch die Welt geirrt war, die Geschichte ihrer Heimat erforscht hatte, an teilweise – der Name ihres Vaters hatte ihr manche Tür geöffnet – hochkarätigen Forschungsprojekten zur birmanischen Kultur beteiligt wurde und immer wieder zu neuen Reisezielen aufgebrochen war.

Jetzt wählte Chandani Yes Nummer. Nach drei Rufzeichen antwortete am anderen Ende wie erwartet die Haushälterin der Familie. Sie erkannte Chandani und versprach, Ye sofort Bescheid zu sagen. Einen Moment später freuten sich die Freundinnen, die Stimme der anderen zu hören, und in der nächsten halben Stunde tauschten sie die neuesten Neuigkeiten aus. Ye erkundigte sich nach Thura und den Falken, dem Garten und dem Granatapfelbaum, den sie selbst vor mittlerweile sieben Jahren dort gepflanzt hatte. Chandani fragte nach Ben und Yes kleiner Tochter Marie-Suu. Alle waren wohlauf.

Sie sprachen eine Weile über die Galerie, für die Ye eine Fotoausstellung plante, vornehmlich mit Werken, die Birma zeigten, nicht notwendigerweise von birmanischen Künstlerinnen und Künstlern, aber mit der doppelten Absicht, Fotografen ihrer Heimat wenn eben möglich zu fördern, aber auch die Herausforderungen und die Schönheit ihres Landes dem interessierten Publikum zu zeigen. Chandani erzählte ihr von der Einladung nach Paris und wie sie es nicht anders erwartet hatte, war Ye sofort begeistert. Aus ihrer Sicht gab es keine Hindernisse, kein einziges Argument, das dagegen sprechen könnte, diese Herausforderung anzunehmen.

„Du wirst großartig sein. Ich wünschte, ich könnte mitkommen, um dich anzufeuern!“

Chandani beschloss, dass sie erst noch selbst darüber nachdenken musste, ehe sie mit Ye weiter darüber diskutieren konnte. Und so plauderte Ye fröhlich weiter und erzählte begeistert von einem

Projekt in einem der großen Slums, das verschiedene internationale Künstler und Kinderhilfsorganisationen zusammenbrachte, um auf HIV, Trinkwassermangel und Bildungsarmut aufmerksam zu machen. So war Ye: Wenn sie von etwas überzeugt war, gab sie alles. Chandani konnte über die Entfernung ihren Elan spüren und sagte: „Erst gestern erwähnte jemand die Schwarz-Weiß-Fotos eines Kalenders mit beeindruckenden Kinderporträts aus der ganzen Welt."

„Jemand?", fragte Ye zurück.

„Ja", antwortete Chandani und sprach schnell weiter: „Das könnte etwas für dich sein."

Ye hielt kurz inne und war dann sofort begeistert. Ihre Art, auf einen Zug aufzuspringen, egal in welche Richtung er fuhr, hatte sich wirklich nicht verändert.

„Weißt du auch, wer die Bilder gemacht hat?"

Chandani versprach, es für sie herauszufinden.

„Du wirst sicher *jemand* fragen können", meinte Ye und Chandani hatte wohl bemerkt, dass sie das „Jemand" überdeutlich betont hatte. Sie fragte sich, wodurch sie sich verraten haben könnte.

Thura klopfte an die Tür.

„Chani? Bist du da? Möchtest du etwas essen?"

Chandani bat Ye, einen Moment zu warten, und rief: „Ich telefoniere mit Ye!"

Thura trug ihr auf, die hübsche mutige Bamar herzlich von ihm zu grüßen. Chandani versprach, es sofort zu tun, und fügte hinzu: „Aber ich komme gleich. Und ich habe Hunger. Lass uns bitte etwas essen."

Jetzt steckte Thura doch den Kopf zur Tür hinein, sehr dezent, denn er wusste nur zu genau, in welcher Stimmung sie sich zuletzt erlebt hatten.

„Ich könnte Tofu-Bällchen braten", sagte er. Chandani strahlte ihn an.

„Du bist der Beste!"

Thura konnte sich nicht verkneifen, zu erwidern: „Ich wäre mit dem Platz des Zweitbesten zufrieden, aber das geht mich ja nichts an …“

Und damit war er wieder verschwunden und die Zigarettenschachtel, die Chandani nach ihm warf, prallte an der Tür ab.

„Alles in Ordnung?“, fragte Ye am anderen Ende, fast zwei Flugstunden entfernt. „Ist *jemand* in deiner Nähe?“

Da war es schon wieder, das überbetonte „Jemand“ und die ironische Art von Ye. Chandani sagte: „Ich soll dich von Thura grüßen. Er nannte dich soeben ‚die hübsche mutige Bamar‘.“

Thura spielte immer wieder auf ihren Namen an, Ye, die Mutige. Aber wenn es darauf ankam, ließ sich Ye eben doch nicht ablenken, und sie wusste in diesem Moment ganz genau, worüber sie sprechen wollte.

„Chani, meine Liebe, grüß den großen Star von mir“, sagte sie, ebenfalls mit einer Anspielung auf den Namen ihres Vaters – die beiden würden wohl niemals die Lust an diesem Spiel verlieren. „Aber vorher erzähl mir bitte, bitte von *jemand*.“ Sie bettelte jetzt. „Du weißt doch, wie schrecklich beleidigt ich sein kann, wenn ich das Gefühl bekomme, von wichtigen Informationen ausgeschlossen zu sein. Bitte, bitte.“

Chandani musste lachen.

„Menschenskind Ye, was meinst du denn, warum ich dich mitten in der Woche anrufe? Ich will es dir ja erzählen. Ich wollte nur nicht sofort mit der Tür ins Haus fallen.“

Ye lachte erfreut auf.

„Ach, es gibt etwas zu erzählen, das klingt vielversprechend. Aber was hast du gesagt? Warum würde deine Tür in dein Haus fallen? Warum sollte eine Tür so etwas tun? Du hast zu lange im Westen gelebt und dir merkwürdige Sprichwörter angewöhnt, die überhaupt keinen Sinn machen“, schimpfte sie.

Chandani war glücklich, ihre Freundin zu hören, und beglückwünschte sich selbst zu der Idee, sie angerufen zu haben. Ja, Ye hatte Locken und war fröhlich und schien sich überhaupt nicht verändert zu haben. Und doch, wenn sie überlegte, was seit ihrem Schulabschluss vor über zwanzig Jahren alles geschehen war, musste sie eigentlich sagen, dass sie damals zwei ganz andere Frauen gewesen waren als heute.

„Hörst du jetzt endlich zu?“, rief Chandani belustigt und versuchte, sie zu unterbrechen.

Ye bejahte es, rief aber gleichzeitig: „Marie-Suu, Ma ist am Telefon. Möchtest du Tante Chandani guten Tag sagen?“ An Chandani adressiert sagte sie: „Glaub bloß nicht, dass ich vergesse, bei welchem Thema wir eigentlich waren, du kennst mich, nichts interessiert mich mehr als jemand, der dich nervös macht, Sternchen.“

In diesem Moment hörte sie die kindliche Stimme von Marie-Suu.

„Hallo, Tante Chandani. Wie geht es dir? Ich gehe in die Schule und Ma sagt, dass ich lerne wie du. Deshalb brauche ich vielleicht bald eine Brille. Bye-bye.“ Die beiden Frauen lachten. Ye nahm den Hörer wieder in die Hand und sagte: „So, nun bist du aber an der Reihe. Raus mit der Sprache!“ Und Chandani erzählte ihr ausführlich von ihrer Begegnung mit Falak und den Geschehnissen der letzten Zeit. Prüfend hörte sie ihren Worten nach und fügte hinzu: „Denk einfach in den kommenden Tagen ein bisschen öfter an mich. Schick Kraft in meine Richtung, ja? So wie wir es früher immer gemacht haben. Ach, meine liebe Ye, wir sind ja keine Teenager mehr. Da besucht mich jemand – und ich bekomme sofort Angst, verlassen zu werden. Ich fürchte mich, zu langsam zu sein und hinter ihm zurückzubleiben, dann wieder denke ich, ich hab es zu eilig und ich könnte ihm davonrennen. Versprichst du, dass du an mich denkst?“

Ye hatte aufmerksam zugehört.

„Du weißt, ich denke täglich an dich“, sagte sie jetzt ernst. „Vielleicht kann ich dich Anfang Juli besuchen, bald, wenn Marie-Suu Ferien hat, was denkst du? Melde dich nur schnell wieder. Und sag mir, wenn du etwas brauchst. Wirst du das tun?“

Chandani versprach es und verabschiedete sich.

„Sei behütet, mutige Ye. Es wäre wunderbar, dich zu sehen, und es war schon sehr schön, mit dir zu sprechen."

Ihre Freundin antwortete: „Mögen die Engel allem Beifall klatschen, was deiner Seele Glück bringt."

Sie legten auf und Chandani horchte dem letzten Satz nach. Wo hatte sie diese Idee nur wieder her? Sie schüttelte den Kopf. Aber eine schöne Vorstellung war es doch.

Kapitel 9

Die Albträume kamen immer wieder, vor allem dann, wenn Chandani am Tag von der Vergangenheit berührt worden war. Sie überfielen sie im Schlaf und ihre Füße waren immer nackt.

Es war ein Augustabend im Jahr 1967 mitten in der Regenzeit und der Monsun hatte mittlerweile Dächer aufgeweicht und Straßen unterspült. Aye-Aye und Thura freuten sich auf ihr erstes Kind und nannten es zärtlich „unser Weihnachtsbaby", denn sie hatten ausgerechnet, dass es ihnen wohl in jener Nacht zum Ende des letzten Jahres geschenkt worden war. Gleichzeitig waren sie besorgt, weil die größte Kraft, die Birma zurzeit beherrschte, kalte Willkür war. Je näher die Geburt kam, desto häufiger bat Aye-Aye ihren Mann, doch etwas zurückhaltender mit seinen Aussagen zu sein, die Regierung nicht noch mehr zu provozieren und jetzt, wo sie eine kleine Familie werden würden, nicht mutwillig sein Leben aufs Spiel zu setzen. Aber die Geburt seines Kindes schien Thura nur erst recht anzustacheln und so erklärte er ihr seine Position: „Wenn du willst, dass unser Kind in Freiheit aufwachsen kann, dann müssen wir für diese Freiheit kämpfen. Und wir müssen vielleicht Opfer dafür bringen, denn hier geht es schließlich nicht nur um unser kleines privates Glück – das verstehst du doch, oder?"

Aye-Aye stand in der Küche und sah zufrieden zu, wie ihre Nachbarin süße Gebäckkringel in heißem Erdnussöl wendete. Thura kam zur Tür herein, küsste kurz Aye-Ayes Nacken und sah ihr über die Schulter.

„Das sieht lecker aus. Junn, achten Sie darauf, dass meine Frau sich nicht anstrengt und vor allem keine schweren Sachen hebt. An so einem Abend wie diesem ist sie fähig, zu vergessen, dass sie schwanger ist. Das Kind kommt jetzt bald und sie soll sich schonen."

„Ja, Babu", antwortete die junge Frau und Aye-Aye lachte.

„Noch ein ganzer Monat, mach mich nicht verrückt. Es geht mir gut."

Und dabei hatte sie vorsichtig über ihren Bauch gestreichelt, immer noch befremdet von der Vorstellung, dass in ihr selbst tatsächlich gerade ein anderer, vollständiger Mensch heranwuchs und sie bald Mutter sein würde.

Die ersten Gäste kamen und das Paar schenkte ihnen jetzt seine volle Aufmerksamkeit und begrüßte Sunati und Khin, langjährige Freunde von Thura und mittlerweile auch vertraut mit Aye-Aye, eine Gruppe von Musikern, zwei Journalisten, eine Schriftstellerin, einige Lehrer von der Universität, einen jungen Fotografen, eine bekannte Malerin, die ihre Bilder aber unter anderem Namen veröffentlichte und lieber inkognito blieb. Der Salon, zu dem sie regelmäßig einluden, diente der gegenseitigen Inspiration, der Ermutigung und auch dem Austausch von Informationen und lebte von der Art, wie das junge Paar diese Abende inszenierte. Geschichten und politische Debatten, Musik, ein gutes einfaches Essen, das Segensgebet von Thura und das Zusammentreffen von unterschiedlichsten Menschen machten diese Abende zu einem Genuss und vor allem für die Exponierten unter ihnen waren sie überlebenswichtig.

In einer dieser Runden hatte Khin einmal gesagt, er habe jetzt einen passenden Vergleich für das Gastgeberpaar gefunden, und lachend erklärt: „Ihr beide seid wie eine richtig gute Mohinga."

Und dann hatte er seinen Vergleich damit erklärt, dass diese Suppe erstens eben ein birmanisches Nationalgericht sei, also Birma ohne sie gar nicht denkbar. Und Mohinga sei die Hauptspeise ihrer Salonabende und ihre Runde ohne sie demnach auch nicht auszudenken. Aber vor allem sei sein Freund Thura wie Salz und grüner und roter Pfeffer allein vollkommen ungenießbar.

„Wer will schon einen ganzen Topf Salz essen, he?"

Aber Aye-Aye bringe ihm reines Wasser, Reisnudeln, Fisch, Kräuter und frisches Gemüse. Und so konnten sie gemeinsam viele auf wunderbare Weise sättigen. Alle hatten gelacht und zustimmend applaudiert und Khins Vergleich damit bestätigt. Ja, Aye-Ayes Gastfreundschaft, ihre Rezepte, ihre Ausstrahlung und nicht zuletzt die frischen Köstlichkeiten, die sie ihnen aus ihrem Garten servierte, und Thuras Intellekt und seine vielen Beziehungen verbanden sich zu einer Einheit, die sie selbst und andere sehr beglückte.

Von Anfang an hatten sie sich ergänzt. Sie hatte von ihrer Familie das kleine Haus mit einem Stück Land mit in ihre Ehe gebracht, er hatte einen Namen und eine feste Anstellung. Aber sie wussten auch, dass sie für ihre Zukunft nicht garantieren, vielmehr jederzeit in Gefahr geraten konnten, und wie viele andere hofften auch sie auf bessere Zeiten. Solange würden sie sich zusammentun und Aye-Ayes Wärme und jugendliche Leichtigkeit würden Thuras Zynismus zum Schmelzen bringen und seine Zähigkeit würde sie beflügeln, größer zu denken als bisher.

Er bewunderte ihre Art, wie sie auf ihrem kleinen Stückchen Land pflanzte, säte und erntete, als lebe sie in vollkommener Einheit mit der Natur, in einem Rhythmus mit den Jahreszeiten, mit Sonne, Wind und Monsun. Sie las seine Artikel und war begeistert von seinem Querdenken, seiner Wortgewalt und seinem Mut. Und so waren ihre Ahnung von der Verwobenheit aller Dinge und seine unglaubliche innere Unabhängigkeit wie zwei Magnete, die ein Kraftfeld der Gegensätze schufen und für sich und andere eine ungewöhnliche Anziehungskraft ausübten.

Sie sprachen gerade über Joel, einen Schweden, der jahrelang an ihren Treffen teilgenommen hatte und jetzt ausgewiesen worden war. 1966 war ein dunkles Jahr in Birma gewesen. Nach der Verstaatlichung aller Wirtschaftsunternehmen hatte das aktuelle Militärregime dann als Nächstes alle christlichen Missionare, Lehrer und Ärzte ausgewiesen. Große, auch bekannte Bildungseinrichtungen wurden geschlossen, die teilweise seit hundert Jahren im Land waren. Aber die Aggressionen richteten sich nicht nur gegen Ausländer, sondern auch gegen die eigene Bevölkerung, ganz besonders gegen die Volksstämme der Karen, der Shan und der Chin.

Khin warnte Thura: „Du musst aufpassen, denn sie beobachten dich ganz bestimmt. Unser Staat gibt die Hälfte seines Etats für Militär, Polizei und Geheimdienste aus. Was glaubst du, was die alle den ganzen Tag lang tun? Ich weiß, dass du wütend bist, und *du* weißt, dass ich auf deiner Seite bin, aber sei vorsichtig!"

Thura war nicht auf seine Warnung, wohl aber auf die anderen Informationen eingegangen.

„Ja, die Hälfte des Etats reservieren sie für Kontrolle und Gewalt und nicht einmal ein Zehntel dieser Summe haben sie für Gesundheit und Soziales übrig. Und da sollen wir stillschweigend zusehen?"

Einer der Professoren, Thet-Nay, sagte: „Vielleicht wäre die beste Lösung doch, Shan und Karen etwa würden einen eigenen Staat gründen."

Sein Einwurf löste eine kontroverse Diskussion aus. Die Befürworter dieser Idee erinnerten daran, dass die Minderheiten und Randstaaten Birmas schon zu Empire-Zeiten ausgenutzt worden waren, denn was wie eine Bevorzugung ausgesehen hatte, war letztlich nur aus machtpolitischem Kalkül der Briten geschehen und hatte sie weiter isoliert. Sie wiesen auf zahlreiche Beispiele hin, wo Minderheiten auch auf lange Sicht nur geduldet worden waren und es ständig zu internen Konflikten gekommen war.

Thura hatte die Idee eines eigenen Staates immer abgelehnt. Ihm schien nur eines sicher zu sein, dass eine derartige Bemühung auf jeden Fall Blutvergießen bedeuten würde. Nicht aus Angst lehnte er die Kleinstaaterei ab, auch wenn er wusste, dass die Militärs brutal gegen alle separatistischen Bestrebungen, die die nationale Einheit gefährdeten, vorgehen würden. Nein, er war überzeugt davon, dass die Menschen in Birma lernen mussten, zusammen zu leben. Indien, früher ein Land mit vielen kleinen regionalen Königreichen, hatte diese Herausforderung vor sich, Afrika ebenfalls, Europa genauso, ja, diese Welt eben. Minderheiten und Mehrheiten, Religionen, Sprachen und Traditionen mussten lernen, zu teilen. Seine Leute, die Chin, konnten sich noch in Tedim, Falam und Hakas unterteilen, und das waren nur die drei größten Gruppen. Manche legten Wert darauf, von sich nicht als Chin, sondern als „Chin-Kuki-Mizo“ zu sprechen, um ihre vielfältigen Ursprünge zu benennen. In Birma waren 153 Ethnien zu Hause, die teilweise ihre eigene Sprache sprachen – sollte man etwa für jede von ihnen einen unabhängigen Staat schaffen? Und was bedeutete diese Freiheit dann in einer Welt, in der für Handel und Kommunikation Grenzen auf Dauer sowieso immer unwichtiger wurden?

Deshalb sagte er: „Die Herausforderung liegt nicht darin, immer mehr Grenzen zu schaffen, als könnten die uns Sicherheit geben, denn in Zukunft werden die Grenzen verschwinden und wir müssen dafür sorgen, dass sich dabei nicht nur Geld, Rohstoffe und Waren, Patente und Arbeit weltweit ausbreiten, sondern auch heilige Ideen und die Menschenrechte.“

Aye-Aye hatte sich auf eine der Matten gesetzt und war mit der Zeit stiller geworden. Jetzt krümmte sie sich plötzlich vor Schmerz zusammen und stieß einen kurzen spitzen Schrei aus. Thura und Suu waren sofort bei ihr.

Aye-Aye jammerte: „Irgendetwas stimmt nicht. Es fühlt sich an, als sei es nach unten gefallen, ein ganzes Stück tiefer ins Becken. Ich habe Angst.“

Alle sprachen auf einmal durcheinander und machten Vorschläge, was zu tun sei. Sie diskutierten, ob man es riskieren könne, auf den unebenen Straßen zu einem Arzt oder Krankenhaus in die Stadt zu fahren, aber Aye-Aye geriet bei dem Gedanken, sich in der Dunkelheit auf die schlecht ausgebauten, vom Regen aufgeweichten Straßen zu begeben, in Panik, und so half Thura seiner Frau, sich auf ihr Bett zu legen und Sunati und Junn kümmerten sich darum, alles für eine eventuelle Geburt vorzubereiten.

Tatsächlich setzten wohl langsam die Wehen ein und man beschloss, den Salonabend zu beenden, verabschiedete sich noch ausführlich, wünschte einander Glück und bedachte besonders Thura mit Ermutigung und dem Zuspruch von Segen. Als Thura seine Frau laut schreien hörte, stürzte er in ihr Zimmer. Sunati und Junn wollten ihn wieder hinausschicken und erklärten ihm, dies sei Frauensache. Aber Thura wollte von dieser Sitte nichts wissen und schimpfte laut: „Wo bleibt denn da die Gleichberechtigung? Ich lasse mich doch nicht diskriminieren. Noch dazu in meinem Zuhause! Sexismus ist das! Ich will sofort zu meiner Frau und meinem Kind!"

Die Frauen mussten nachgeben, ließen ihn aber deutlich spüren, dass er gegen alle Traditionen verstieß, sie seine Gegenwart als störend empfanden und nicht gutheißen konnten. Thura interessierte überhaupt nicht, was die Frauen dachten, er wollte dabei sein. Wer wusste denn, ob er es jemals noch einmal erleben würde, Vater zu werden? Und so massierte er seiner Frau in den Pausen zwischen den Wehenschüben die Füße, unterhielt sie mit kleinen Geschichten und fieberte mit.

Die ganze Nacht hindurch kämpfte die kleine Chandani, bis sie endlich bei Sonnenaufgang mit lautem Schreien und mehrere Wochen früher als erwartet zur Welt kam. Als Thura sie auf den Armen hielt, sagte er weinend und überglücklich: „Meine kleine Sonne."

Und er hielt sie Aye-Aye hin.

„Siehst du, wie unglaublich winzig sie ist? Aber als sie zur Welt kam, ging die Sonne auf. Sie ist eine wahre Chandani."

Fast genau neun Jahre später – in nur zwei Tagen sollte wie jedes Jahr Chandanis Geburtstag mit einem Salonabend gefeiert werden – klopfte es mitten in der Nacht laut an der Tür. Die kleine Familie, die in einem Zimmer schlief, schreckte hoch und im nächsten Moment standen bewaffnete Soldaten neben ihren Betten. Chandani fing vor Schreck an zu weinen und krallte sich intuitiv am Hals ihres Vaters fest. Aber Thura wurde von zwei Soldaten gepackt, einer riss sie von ihm weg, ihr Vater wurde aus dem Zimmer gezogen und man befahl ihm, sich anzuziehen und mitzukommen. Als er fragte, weshalb und wohin, versetzte ihm einer der Männer einen Schlag mit dem Gewehr gegen die Leiste und brüllte ihn an: „Du bist verhaftet."

Thura zwang der Schmerz kurz in die Knie, aber dann stand er auf und zog sich Hose und Hemd an. Aus dem Zimmer nebenan hörte man plötzlich, wie das Regal umfiel und das Klirren von Glas. Ein paar Befehle wurden gebrüllt, kurze brutale Sätze. Aye-Aye sah, dass einer von ihnen in der Küche war. Was wollte er da? Vom Garten her drang auf einmal der Geruch von Feuer zu ihnen. Sie hatte Chandani auf den Arm genommen und versuchte, sie zu beruhigen. Aber ihre größte Angst war Wirklichkeit geworden, sie würde allein sein, denn sie nahmen ihr den Mann weg. Sie fühlte sich vollkommen hilflos. Thura nahm die kurze Chance wahr, sie anzusehen.

„Pass auf dich auf. Halt Kontakt zu den Freunden."

Er gab ihr noch einen Kuss auf die Stirn, legte seine große Hand auf Chandanis Kopf, als bete er, und dann wurde er weggerissen, nach draußen gezerrt, auf den Rücksitz eines Autos gestoßen und von ihnen weggebracht.

Im Zimmer lagen zersplitterte Regalbretter, Büroklammern, Notizbücher und Stifte durcheinander auf dem Boden. Ein Tintenglas war ausgelaufen und der riesige blaue Fleck wirkte auf dem hellen Teppich wie ein Krater. Wo die Schreibmaschine gestanden hatte, klaffte eine Lücke. Die Bilder waren von der Wand gerissen und überall lagen Splitter. Einige Kassetten lagen auf dem Boden, die Bänder teilweise herausgerissen. Thuras Pfeife lag in der Tür auf dem Boden und Aye-Aye wäre fast ausgerutscht, als sie darüber stolperte. Da kamen die Tränen. Sie hockte in der Tür, streichelte seine Pfeife und konnte sich eine ganze Weile nicht beruhigen. Sie hatte immer gedacht, dass sie alles andere, Krankheiten oder Armut, würde ertragen können, aber nicht das hier, nicht als Frau verlassen zu sein, auf sich gestellt, und nun war es geschehen. Seit ihrer Hochzeit hatte sie geübt, sich zusammenzunehmen, hatte ihn gebeten, vorsichtiger zu sein, hatte ihre Angst bezwungen, hatte Geschichten von anderen gehört, die Gefängnis, Folter, Abschied und Tod erlebt hatten, war manchmal außer sich vor Sorge gewesen. Ohne ihn würde sie nicht wissen, wohin mit sich. Erst der immer stärker durchdringende Geruch von Feuer alarmierte sie. Sie rannte nach draußen und sah, dass man seine Bücher aufgetürmt und angezündet hatte, wohl mit Benzin, denn der große Stapel war schon fast heruntergebrannt.

In diesem Moment kamen ihre Nachbarn angelaufen und Aye-Aye erklärte kurz, was geschehen war. Zeya sagte, er werde das Feuer löschen, und Junn kam mit ihr ins Haus.

„Wo ist die Kleine?"

Aye-Aye wusste es nicht. Sie suchten nach ihr, riefen sie und entdeckten sie schließlich vor der Haustür auf dem Boden. Sie saß da, den Daumen im Mund, was sie sich eigentlich schon seit Jahren abgewöhnt hatte, auf dem Schoß die beiden Sandalen ihres Vaters, und weinte leise.

„Papa hat keine Schuhe an", sagte sie nur.

Junn entschied, die beiden mit nach nebenan zu sich zu nehmen. Aye-Aye nahm das Angebot dankbar an und auf einem notdürftig improvisierten Lager aus Matten und Decken schliefen sie vollkommen erschöpft nebeneinander ein.

Als sie wach wurden, war heller Tag. Junn brachte ihnen starken heißen Tee mit Milch und viel Zucker. Sie sprachen nicht viel, überlegten nur, ob es Sinn mache, sich bei der Polizei über Thuras Aufenthaltsort und das Verfahren zu erkundigen, und ob sie einen Anwalt zu Hilfe ziehen könnten. Khin kam vorbei. Er hatte gehört, was passiert war, das Informationsnetz funktionierte in solchen Fällen gut, und er versprach, Erkundigungen einzuholen. Aye-Aye bat ihn, die Salonfreunde zu informieren, und sie beschlossen, den Abend unter diesen Umständen abzusagen. Man würde abwarten, in Verbindung bleiben. Chandani hörte den leisen Gesprächen der Erwachsenen zu und wusste, dass es ohne ihren Vater in diesem Jahr keinen Geburtstag für sie geben würde.

Erst drei Tage später wagte Aye-Aye sich zurück und betrat vorsichtig ihr Haus und dann Thuras Zimmer. Ein widerlicher Gestank, den sie nicht einordnen konnte, stieg ihr in die Nase. Fassungslos entdeckte sie, dass der große Topf Mohinga, den sie für den Salonabend vorbereitet hatte, auf Thuras Sessel gegossen worden und in die dicken Polster gesickert war. Nach einigen Tagen Hitze stank das kleine Haus entsetzlich nach altem Fisch, Gegorenem und ranzigem Fett.

Diese zusätzliche unnötige Gemeinheit verletzte sie so sehr, dass sich in diesem Moment etwas in ihr veränderte. Als habe ihr Grundvertrauen einen feinen Riss bekommen und sie befürchte, er könne jederzeit dazu führen, dass sie vollkommen zerbrach. Eine Verhaftung war eine Maßnahme, mit der man rechnen musste, aber das hier war etwas anderes, es war menschenverachtend. Überflüssig und gerade deshalb so demütigend.

Wie betäubt saß sie da. Sie vergaß in den kommenden Tagen zu essen, schlief während der Nacht nicht und nickte tagsüber ein, wollte ihre Kleidung nicht wechseln und sich nicht waschen. Sie saß einfach da und starrte vor sich hin, sprach mit niemandem, stellte keine Fragen und gab keine Antworten.

Junn kümmerte sich um sie und um Chandani, Khin ließ das Haus wieder in Ordnung bringen. Den Sessel musste er wegschmeißen und es tat ihm in der Seele weh. Thura war weit weg in ein Gefängnis in der Hauptstadt gebracht worden und als die erste Nachricht von ihm kam, horchte Aye-Aye kurz auf, sagte aber auch diesmal nichts. Sie wusste, dass sie mit anderen sprechen sollte, aber etwas in ihr weigerte sich einfach. Das Reden hatte sie immer schon eher ihm überlassen, denn sie hatte eine Menge anderer Sprachen gesprochen, die ohne Worte auskamen, aber jetzt verstummte sie ganz. Ihre kleine Tochter kam ihr wie eine Fremde vor und sie zog sich immer mehr in sich selbst zurück. Was wollten alle diese Menschen? Warum ließ man sie nicht einfach schlafen? Als Khin sie besuchte, um einen nächsten Salonabend mit ihr zu planen, sah sie ihn an und presste zwischen den Lippen hervor: „Euer verfluchter Salon! Glaube, Birma, Freiheit, verfluchte Politik. Warum gibt es Männer, denen ihre verfluchten Ideale so wichtig sind und ihre verfluchte Arbeit, dass sie mich dafür allein lassen?“

Khin war zutiefst verstört, als er sie so reden hörte. Von wem sprach sie denn? Doch nicht von Thura? Oder nicht nur von ihm? Sie konnte ihn doch unmöglich so verwünschen? Ihn und sie alle? So weit von sich wegstoßen? Aber er musste einsehen, dass er sie scheinbar nicht erreichen konnte und dass Aye-Aye keine Gastgeberin des Salons mehr sein würde.

Erst nach mehreren Monaten, vielem guten Zureden und mit der Unterstützung ihrer Nachbarn, ihrer Familie, ihrer Freundinnen und Freunde konnte sie wieder in ihr eigenes Haus zurückkehren. Zum Glück war Geld da, Ersparnisse, Tantiemen von einem Buch, die Thura in Dollar ausgezahlt wurden, und das Preisgeld, mit dem eine seiner Kolumnen ausgezeichnet worden war, sodass sie genug zum Leben hatten. Ihr Garten half ihr, eine Struktur in ihren Alltag zu bringen, und allmählich gelang es ihr, ihr Leben wieder zu bewältigen. Aber sie blieb schweigsam und wirkte immer so, als müsse sie vorsichtig sein und vermute einen Hinterhalt. Sie kochte nie wieder Mohinga und beim Geruch von Fisch überkam sie unwillkürlich ein heftiger Brechreiz, einer der wenigen Momente, in denen sie die Kontrolle verlor und nicht verhindern konnte, vollkommen hilflos zu wirken.

Sie versuchte, nicht zu zeigen, was sie fühlte, wirkte nach außen wieder fröhlicher und merkte, dass ihre Umgebung wohlwollend darauf reagierte, sie so weniger Fragen beantworten musste, und spielte mit. Auch Chandani gegenüber blieb sie beherrscht, hielt Tränen und Zorn zurück und teilte eigentlich nie mit, wie es ihr wirklich ging. Sie tat dies mit besten Absichten und aus der Überlegung heraus, ihre Tochter nicht noch weiter verunsichern zu wollen, sondern ihr gegenüber besser Stärke zu zeigen. Sie schickte Chandani zur Schule, schien aber wenig Interesse daran zu haben, was sie lernte oder was sie beschäftigte. Die beiden lebten friedlich nebeneinander her. Und Chandani schlüpfte immer öfter bei Junn unter, um sich die Aufmerksamkeit zu holen, die sie brauchte.

Thura blieb für vier Jahre im Gefängnis. Chandani vermisste ihn und ihr gemeinsames Leben von früher, die Salons und Diskussionen, die

Geschichten. Sie wusste, dass ihre Mutter traurig und einsam war, und akzeptierte irgendwann, dass sie offensichtlich nicht darüber sprechen wollte. Manchmal näherte sich ihr eine Ahnung, das Gefühl, Aye-Aye mache ihrem Vater insgeheim Vorwürfe, mache ihn verantwortlich für ihre Situation. Dann wehrte sie sich, als wolle sie diesen fremden Gedanken nicht kennenlernen, ihm nicht die Hand reichen, sich nicht vor ihm verbeugen, und nahm ihren Vater innerlich vor Aye-Aye in Schutz. Beim Einschlafen dachte sie an seine warme große Hand und seine nackten Füße und wusste nicht, welchem Bild sie mehr trauen sollte und ob sie ihn jemals wiedersehen würde.

Aber zu Beginn des Jahres 1980 wurde er überraschend aus dem Gefängnis entlassen und kam nach Hause zurück. Sie konnten es zunächst kaum fassen, standen im Eingang ihres kleinen Hauses und für mindestens eine Stunde hielten sie sich einfach nur schweigend in den Armen, alle drei.

Thura ging in sein Arbeitszimmer, sah sich genau um, merkte, dass man versucht hatte, alles in Ordnung zu bringen, und stellte dann zwei Fragen: „Wo ist mein alter Sessel?" und „Was ist mit den Büchern passiert?" Sie erzählten es ihm und er ballte die Fäuste. Der Sessel war ein Einzelstück gewesen, von einer Reise nach Malaysia mitgebracht und unersetzbar. Das neue Regal war leer. Unter dem aktuellen Militärregime war das Bildungswesen nur immer noch weiter eingegangen, weitere Hochschulen waren geschlossen worden und es war fast unmöglich, Bücher zu bekommen. Selbst wenn Khin oder einer der anderen es versucht hätten, es wäre ihnen nicht gelungen. Thura kaufte nie wieder ein Buch und die paar, die er heute besaß, waren ihm geschenkt worden, es waren aber wohl kaum mehr als zehn.

Sie versuchten, ihren Alltag zu leben so wie früher, irgendwie dort anzuknüpfen. Aber sie merkten sehr schnell, dass sie einander kaum wiedererkannten. Thura war noch zynischer und härter geworden. Die Geste, auf die Aye-Aye wartete, war eine Entschuldigung. Wenn er nur sagen könnte, dass es ihm leidtat. Wenn er nur eingestand, dass er niemals hätte riskieren dürfen, sie so allein zu lassen. Aber sie wartete vergeblich. Nichts konnte ihn erweichen. Manchmal dachte sie, dass er gar nicht wusste, was sie von ihm erwartete. Das war früher anders gewesen, dachte sie, denn da hatte er sie verstanden. Nach einigen Wochen gab sie die Hoffnung auf, die Zeit würde ihn wieder zurückverwandeln in ihren alten Thura. Sie nutzte jede Kleinigkeit, um ihm Vorwürfe zu machen, und immer häufiger stand sie weinend neben ihm, beklagte sich über irgendetwas, das er getan, unterlassen, gesagt oder nicht gesagt hatte, nur um ihm irgendeine kleine Bitte um Verzeihen zu entlocken.

Da sie es versäumt hatte, sich selbst auch ohne ihn zu lieben, sah er sie ebenfalls an wie eine Fremde. Was hatte sie eigentlich die ganze Zeit über getan? Warum hatte sie den Salon nicht weiter eingeladen? Hatte sie irgendetwas gelesen? Warum war sie nie auf einer der Versammlungen gewesen? Was hatte sie ihrer Tochter beigebracht? Wie konnte sie alles, was ihnen einmal wichtig gewesen war, nur so vernachlässigen? Merkte sie nicht, dass sie ihn damit verraten hatte? Dass sie alles, was ihm im Gefängnis Hoffnung gegeben hatte, zu einer Lüge machte?

Er wurde jetzt oft sehr schnell ungeduldig, fuhr bei der kleinsten Störung aus der Haut und schrie sie an. Ihre Tränen und Forderungen machten ihn hilflos. Und es dauerte nur einige Tage, da schlug er sie zum ersten Mal so heftig, dass sie erst dachte, mit ihrem Unterkiefer nie wieder kauen zu können. Thura war darüber wohl ebenso erschrocken wie sie und betrank sich an diesem Abend, um sich nicht erinnern zu müssen.

Chandani bekam von all dem nicht viel mit, denn die meiste Zeit des Tages war sie in der Schule oder spielte draußen. Sie saß auch weiterhin oft nebenan bei Junn und fand hier eine Frau, die bereit war, die Fragen einer Dreizehnjährigen zu beantworten. Junn hatte erst vor einigen Wochen zu Aye-Aye gesagt: „Deine Kleine ist kindlich und wissbegierig, aber bald wird sie eine Frau werden, pass auf, du wirst sehen, es dauert nicht mehr lange."

Eines Abends, noch in der ersten Woche seiner Rückkehr, kam

Chandani in das Zimmer ihres Vaters, setzte sich etwas ungelenk, denn sie war jetzt dünn und lang, auf seinen Schoß, legte ihren Kopf an seine Brust und sagte leise: „Du hattest deine Schuhe vergessen. Ich habe sie auf der Treppe gefunden. Haben sie dir welche gegeben oder musstest du barfuß gehen?"

Er nahm sie fest in seine Arme und sagte: „Ich blieb die meiste Zeit barfuß, Chani. Aber das war nicht so schlimm, wie du vielleicht denkst." Und dann schlug er vor: „Weißt du was? Morgen hole ich dich von der Schule ab, wir fahren mit dem Bus in die Stadt und kaufen mir neue Schuhe, ja? Was hältst du davon?"

Sie nickte und antwortete instinktiv mit einer weiteren Frage.

„Kann Ma auch mitkommen?"

Er sagte: „Frag sie, ob sie weiß, was ein Bus ist. Wenn sie Ja sagt, ist sie dabei."

Sie verstand diese Antwort nicht, aber sie spürte, dass irgendetwas daran falsch war und dass ein Mann nicht so über seine Frau reden sollte.

„Hast du oft an uns gedacht?", wollte sie dann wissen.

„Jeden Tag."

Sie saßen eine Weile so da.

„Ich habe oft geweint", gestand sie ihm. „Und dann habe ich gebetet. Wie du immer abends mit mir gebetet hast."

Ihn rührte, was sie sagte, und er hielt sie fester. Chandani sprach leise weiter.

„Und dann habe ich mir immer vorgestellt, dass jede Träne ein kleiner Juwel wird und ich dir eine ganze Schatulle überreiche, wenn wir uns wiedersehen würden." Als sei ihr die kindliche Vorstellung auf einmal selbst unangenehm, sagte sie ein bisschen schroff: „Aber das war nur so eine Idee von mir."

Aber er sah sie vollkommen beglückt an und meinte: „Nein, Chani, es ist kostbar für mich, dass du so an mich gedacht hast." Und er sagte ihr, dass er ebenfalls geweint und gebetet habe. „So haben wir mit Gott aneinander gedacht. Das ist ein Schatz, wie du sagst. Das ist wirklich eine ganze Truhe voller Edelsteine, Chani."

Um sie aufzuheitern und auch, weil er es wirklich wissen wollte, fragte er sie jetzt eifrig: „Magst du die Schule? Was macht dir am meisten Spaß?"

Sie setzte sich gerade hin und strahlte ihn an.

„Ich liebe die Schule über alles. Sie ist ein Riesenspaß. Am meisten mag ich Geschichte." Gar nicht mehr begeistert, sondern mit einer Mischung aus Groll und Kummer fügte sie hinzu: „Aber die Lehrerin sagt manches anders, als ich es bei Onkel Khin und Tante Sunati lerne. Und wenn ich nachfrage, sagt sie, ich sei frech. Vielleicht werde ich deshalb in Geschichte keine gute Note bekommen."

Der Gedanke schien sie wirklich zu bedrücken. Thura wusste nicht, ob er Zorn auf die Lehrerin oder Stolz auf seine Tochter empfinden sollte. Vor allem aber wollte er wissen, wie es ihr ergangen war, und so fragte er, ganz erpicht auf solche Informationen, nach.

„Hast du Khin und Sunati häufig getroffen?"

Wieder strahlte sie ihn an.

„Jeden Freitag. Sie haben sich mit mir unterhalten und mir vorgelesen."

Er hörte es mit großer Dankbarkeit und beschloss, ihr seine Pläne anzuvertrauen.

„Wie wäre es, wir würden an einem Ort leben, an dem man Bücher kaufen kann? Was denkst du darüber?"

Sie sagte aufgeregt: „Das fände ich wunderbar." Und dann hakte sie nach: „Wäre dieser Ort weit weg? Könnte ich Junn dann nicht mehr besuchen?" Und nach einem weiteren Zögern fügte sie ihre Frage von vorhin auch diesmal an: „Ma würde doch auch mitkommen, oder?"

Am liebsten wollte er sagen: „Wenn sie weiß, was ein Buch ist, ist sie dabei …", aber er sagte es diesmal nicht. Und er nahm sich vor, der Nachbarin und Sunati und Khin dafür zu danken, dass sie sich so um seine Tochter gekümmert hatten. Chandani erklärte er: „Wir können nach Indien gehen. Dort sind wir frei. Ich kann schreiben, was ich denke. Und du kannst auf eine gute Schule gehen."

Thura war mittlerweile zu der Überzeugung gekommen, dass er mit seinen Begabungen besser von außen Druck auf die Regierung in Birma ausüben würde, als es weiterhin von innen her zu versuchen. Man hatte ihm Berufsverbot erteilt und zu verstehen gegeben, dass er kein Recht auf einen Telefonanschluss habe, und er wusste, dass man ihn beobachtete. Sie würden weiterhin Spitzel in seine Nähe schicken und das Misstrauen mischte sich in jedes Gespräch, jede Beziehung wie Gift, das langsam in den Boden sickerte und so auf Dauer verhinderte, dass etwas Gesundes wachsen konnte. Man hatte ihm nicht verboten, das Haus zu verlassen, hatte aber jeden Besuch von Ausländern untersagt und jede Versammlung. Die Definition der Militärregierung für eine Versammlung war eine Gruppe von mehr als vier Personen, was bedeutete, dass seine Familie immer genau einen Gast zu Besuch haben durfte. Aber das Schlimmste für ihn war, dass sie, würde er auch nur irgendetwas schreiben, seine Texte zensieren würden. Alles, was zu Papier gebracht wurde, musste, bevor es zur Veröffentlichung freigegeben wurde, erst in ein zentrales Büro für Publikationen geschickt werden, eingereicht zur Kontrolle, damit die Bevölkerung bloß nicht mit gefährlicher Wahrheit versorgt wurde. Er wusste, ein Text, der ausdrücken oder auch nur andeuten würde, was er dachte, hätte keine Chance, diesen Akt der Säuberung zu überstehen. Dann konnte er seinen Text auch gleich in Kreide auf die Steine vor dem Regierungsgebäude schreiben und warten, bis sie mit einem Eimer mit Seifenlauge kamen, um zu testen, ob seine Worte wasserfest waren.

„Was meinst du?", fragte er seine Tochter jetzt. Sie lehnte sich wieder an seine Brust.

„Ich überlege es mir, aber ich glaube, ich könnte es mögen."

Wieder musste er über sie schmunzeln. Sie wirkte wach, ein bisschen altklug, vielleicht auch vorlaut. Aber ihre Frage nach seinen Sandalen hatte ihm gezeigt, dass sie Mitgefühl kannte.

Dann sagte er: „Pass auf! Magst du noch Abzählverse? Ich sage dir einen Reim, den ich oft aufgesagt habe, ja? Also: Eins, zwei, drei, bald ist es vorbei. Und die vier, bald bin ich nicht mehr hier. Fünf, sechs, sieben, bald kann ich wieder lieben. Acht und neun, bald kann ich mich freun. Und die zehn, morgen lassen sie mich gehn."

Sie wiederholten es ein paar Mal gemeinsam, bis sie es allein auswendig aufsagen konnte.

Als Chandani schlafen ging, blieb Thura allein an seinem Schreibtisch sitzen. Er stützte seinen Kopf in die Hände und weinte. Warum hatte seine Frau noch nicht eine dieser Fragen gestellt? So sehr er sich über das Mitgefühl, das Interesse und die Mitteilungsfreude seiner Tochter freute, so sehr vermisste er, dass Aye-Aye sich ihm so zuwandte. Er ging zu seinem Kassettenrekorder und suchte Verständnis in der Musik. Roy Orbison sang ihm sein schwermütiges Lied „You may feel me crying" ins Herz. Thura sang leise mit: „Vielleicht spürst du ja, dass ich weine. Und ich hoffe, dass du eines Tages vor meiner Tür stehst. Das ist etwas, wofür ich lebe …"

Er nahm seine Arbeit wieder auf, schrieb jetzt für große internationale Zeitungen und teilte ihnen eines Tages mit, dass sie Birma verlassen würden. Er dachte, dass er auch Aye-Aye damit eine Freude machen würde, weil er sie von der Angst erlöste, er könne wieder verhaftet werden, aber irgendwie war es zu spät für diese Art von Geschenk und Aye-Aye konnte es nicht einmal als solches wahrnehmen.

An diesem Abend lag sie bereits im Bett, auf der Seite, und schien zu schlafen. Er legte sich neben sie, rückte ganz dicht an sie heran, sodass sie sich nah waren wie zwei Löffel in einer Schublade, umklammerte sie von hinten und fragte sie leise, ob sie schon schlafe. Als sie verneinte, begann er flüsternd zu erzählen.

„Als ich heute die Straße hinunterspaziert bin, standen die Kinder alle zusammen und bestaunten eine Ameisenstraße. Sie schlängelte sich quer über den Weg, aus dem hohen Maisfeld bis auf unsere Seite mit den Häusern, an Steinen vorbei und anderen Hindernissen. Die Kinder beobachteten sehr genau, bemerkten, dass die Ameisen in zwei Richtungen liefen, und lachten, als sie sahen, dass jede Einzelne die entgegenkommende Ameise kurz berührte. Und die Kinder riefen: ‚Sie überreichen sich etwas', und: ‚Nein, sie begrüßen sich', und: ‚Ich glaube, sie küssen sich'. Es war schön, ihnen zuzuhören."

Aye-Aye wand sich ungeduldig und löste sich aus seiner Umarmung.

„Thura, merkst du denn überhaupt nicht, dass ich müde bin?"

Er wandte sich ab und starrte an die Decke. Er hatte sie fragen wollen, ob sie glaube, dass die Ameisen ein Bild für das Militär seien, das ihm zeigen sollte, dass diese angepasste, engstirnige Armee nicht totzukriegen sei, oder ob im Gegenteil dieses Wunder der Natur ihnen Hoffnung geben durfte, weil es ein Zeichen dafür war, dass eine Gemeinschaft aus Verbündeten sich immer ihren Weg suchen würde. Aber sie war müde. Vielleicht war sie am Ende seiner müde?

Thura bereitete in allerkürzester Zeit den Umzug vor. Sie würden nur wenige Dinge mitnehmen können und in Indien in vielerlei Beziehung noch einmal von vorne anfangen müssen. Zum Abschied berief Khin bei sich zu Hause ein Treffen des Salons ein. Es war gefährlich und Aye-Aye weigerte sich, mitzukommen, aber Thura konnte nicht aus Birma weggehen, ohne seine engsten Freunde noch einmal gesehen zu haben. Sunati und Khin bewohnten eine kleine Zweizimmerwohnung in Hakha, die an diesem Abend über dreißig Leute beherbergte. Viele hatten riskiert, zu kommen, um Thura wiederzusehen und zu verabschieden. Seit dem Nachmittag waren sie einzeln hier eingetroffen, um keinen Verdacht zu erregen, und wussten doch, dass man sie beobachtete. Einige ließen sich entschuldigen und Thura nahm es niemandem übel, jeder musste für sich entscheiden, wie er sich in diesen Zeiten verhielt, er wusste, auch seine Entscheidung, ins Exil zu gehen, wurde unterschiedlich beurteilt und nicht von allen gutgeheißen oder verstanden. Er freute sich, seine Vertrauten wiederzusehen, und merkte, dass sie ihm so sehr fehlen würden, dass er sich tatsächlich noch einmal fragte, ob er das Richtige tat.

Sunati servierte ihnen Fischbällchen, Reis und Curry und sie aßen schweigend. Dann bat Khin Thura, eine kleine Rede für sie zu halten. Sie saßen auf Strohmatten im Schneidersitz auf dem Boden. Thura sah sich um. Konnte er jedem von ihnen trauen? Er überwand seinen Argwohn. Er würde vorsichtig sein, aus den ihm heiligen Texten höchstens versteckt zitieren, harmlose Bilder gebrauchen. Er begann: „Neulich bekam ich zufällig mit, wie einige Kinder über eine Ameisenstraße staunten."

Er erzählte von seinen Beobachtungen und wie die Kinder kommentiert hatten, was sie sahen. Die Erwachsenen schmunzelten.

„Ich dachte wieder einmal, dass Kunst, Theater, Musik und Literatur, Schreiben, Erzählen, Singen, Tanzen und Gestalten lebenswichtig für uns Menschen sind. Deshalb könnte man sie auch niemals auf Dauer verbieten. Ja, ich dachte an ein Sprichwort eines Menschen, der mich immer sehr inspiriert hat und der einmal sagte: ‚Wenn die Menschen zum Stillschweigen gebracht werden, werden die Steine schreien.' Manchmal denken wir vielleicht, dass sich ein eisiges Schweigen über uns legt. Dass viele Stimmen in Birma verstummt sind. Aber wisst ihr was, meine Lieben? Wenn es keine Bücher gibt, dann werden die Ameisen den Kindern Geschichten erzählen! Geschichten von einer Gemeinschaft, die sich ihren Weg sucht, über alle Hindernisse hinweg! Wenn es keine Konzerte gibt, wird jeder trotzige Schrei eines Babys nach Milch zu einer Hymne, die das Leben besingt. Wenn es keine Ausstellungen gibt, ist jede Gewitterwolke ein Gemälde, das eine prophetische Botschaft enthält, und jeder Sonnenaufgang ein Bild für Ausdauer und Schönheit. Jede Ruine ist schon jetzt ein Denkmal, das an Krieg, Zerstörung und Ignoranz erinnert. Jeder Kuss ist ein Tanz, jede Liebkosung eine Pantomime, die langen schwarzen Haare der Frauen werden zum Vorhang, unsere Betten zu der Bühne, in der wir die Legenden der Hingabe erzählen. Am frühen Morgen hören wir die Symphonie der Vögel, Frösche und Grillen und das Orchester der Schöpfung erinnert uns an das Paradies. Die süßen Mangos sind die Gedichte unserer Epoche, die uns zeigen, dass die Zeit reif ist, und wenn sie überreif ist, wird die Frucht einfach vom Baum fallen. Und wenn Kirchen eingerissen werden und Türme und die bronzenen Glocken eingeschmolzen, wird doch niemand verhindern können, dass unsere Herzen immer wieder die Veränderung einläuten und zu Gebet und Hoffnung einladen."

Noch vor Einsatz der Regenzeit verließen sie Birma und versuchten, im Süden Indiens ein neues Zuhause zu finden, und schon nach kurzer Zeit bezogen sie ihren Bungalow in Kanchipuram. Aye-Aye machte das Haus wohnlicher und Thura begann fast augenblicklich zu schreiben, mit einer Leidenschaft und einem Zorn, die beide tief in seiner Seele lagen. Es war, als müsse er platzen, wenn er keine Worte fände für seine Gedanken, als würde die Hülle aus Disziplin zerreißen, wenn er seine Erlebnisse nicht weitererzählen durfte, als würde er für immer aus der Haut fahren, wenn sein Ruf nach Freiheit und Gerechtigkeit kein Gehör fände, keinen Platz, keine Stimme.

Bald konnten Aye-Aye und Thura nicht mehr verbergen, wie sie zueinander standen. Immer häufiger kam es jetzt zum Streit. Aye-Aye war verletzt von Thuras zynischen Bemerkungen und fühlte sich nur immer weiter erniedrigt. Sie wäre bereit gewesen, einzugestehen, wie überfordert sie sich ohne ihn gefühlt hatte und dass sie dabei sicher Fehler gemacht hatte, aber er erschien ihr so unerbittlich, dass sie es nicht wagte, irgendein Zugeständnis zu machen. Sie träumte sich weg, woandershin.

Thura wurde klar, dass sie nicht bereit war, Mitgefühl für seine Erfahrungen im Gefängnis zu zeigen, ja, dass sie der Meinung war, er habe sich ja selbst in diese Lage gebracht. Niemand, sie jedenfalls ganz bestimmt nicht, habe ihn gezwungen, sich mit diesem Regime anzulegen. Und nicht nur, dass sie ihm kein Verständnis entgegenbrachte, sie beschuldigte ihn noch, an ihrem Unglück schuld zu sein. Thura dachte, dass sie teilweise recht hatte, denn er hatte alles riskiert. Aber er hatte auch den Preis dafür gezahlt und seiner Meinung nach das größere Opfer gebracht. Und sie hatte ja außerdem gewusst, wen sie heiratete, dass er ein Regimekritiker war. Wie froh waren sie gewesen, dass sie ihren Glauben und ihre politischen Überzeugungen teilten. Wie stark sie sich gefühlt hatten, zwei Liebende, mochten die anderen auch in der Mehrheit sein. Er fühlte sich verraten und Verrat war in diesen Zeiten und aus seiner Sicht unverzeihlich.

So erwarteten jeweils beide vom anderen, dass er Respekt zeige vor dem Leid, das sie erlebt hatten, aber sie fanden keinen Weg. Er wurde so wütend, dass er immer häufiger die Beherrschung verlor und sie zum wiederholten Male schlug. Sobald er sich ihr nur näherte, entzog sie sich ihm, und das machte ihn fast wahnsinnig. Nachts legte er sich manchmal auf sie und sie ließ es scheinbar völlig unbeteiligt geschehen. Er versuchte verzweifelt, ihr näherzukommen, und merkte nur, dass es ihm nicht gelang. Sie beschimpfte ihn, nannte ihn einen harten Klotz, einen eiskalten, brutalen Kerl und giftete ihn an: „Was haben sie bloß aus dir gemacht?"

Sie weinten, aber beide für sich. Wo war die Mohinga geblieben? Ihre Einheit? In wachen Momenten war ihnen beiden klar, dass es hier nicht um sie allein ging und dass Soldaten, Polizei, Schrecken, Demütigung, Verhöre, Zellen, Einzelhaft grausam waren und sie beide in ihrem Wesen getroffen und verändert hatten. Und trotzdem konnten sie einander nicht verzeihen.

Chandanis Leben war damit ausgefüllt, sich in ihrer neuen Welt zurechtzufinden. Sie musste Tamil und Hindi lernen, Thura bestand darauf, dass sie beide Sprachen können müsse, die offizielle Amtssprache Indiens und die ihrer Region. Sie musste in der neuen Schule und Nachbarschaft heimisch werden, neue Traditionen kennenlernen, Freundinnen suchen und nebenbei auch noch eine junge Frau werden. Das buddhistische Birma war vollkommen anders als das vom Hinduismus geprägte Indien und sie tat sich schwer damit, sich in der vom Kastendenken geprägten Gesellschaft zurechtzufinden, mit arrangierten Ehen, oft unselbstständigen Frauen und für sie unverständlichen Tabus. Nur die Schuluniform war ähnlich, eine dunkelblaue Sudithar für die Mädchen, mit weißem Schurz, das an Matrosen erinnerte und merkwürdigerweise auch an zu Hause. Aber ansonsten war sie die Außenseiterin, die Fremde, die Zugezogene, die merkwürdige Fragen stellte und die einfachsten Dinge nicht wusste. Weil sie die Frage, welcher Kaste sie angehöre, nicht beantworten konnte, machten die anderen Kinder sie einfach zu einer „Kastenlosen" und sie galt von nun an als unreine „Unberührbare". Und wussten die anderen auch, dass diese Bezeichnung irgendwie nicht wirklich treffend war, so spürte Chandani einerseits, dass ihr dieses System grundsätzlich ganz falsch vorkam und sie es mit aller Kraft ablehnte, es aber andererseits zurzeit die Wahrheit widerspiegelte, weil sie nicht dazugehörte, aus diesem System herausfiel, man keinen Platz für sie fand. Sie definierte „unberührbar" für sich selbst als „unangreifbar", und das verlieh ihr innere Stärke. Sie vergrub sich hinter Büchern und wenn sie allein in ihrem Zimmer war, malte sie sich aus, was sie entgegnet hätte, wenn sie nur schlüssig hätte begründen können, was sie empfand, und wenn ihr die Worte in der fremden Sprache nur schneller eingefallen wären. Dann hielt sie sogar Vorträge vor einem unsichtbaren Publikum und feilte für ihre Zuhörer so lange an ihren Argumenten, bis sie zumindest selbst endlich überzeugt war. Ihre Lehrerinnen und Lehrer wunderten sich, wie schwer sie es sich machte, denn sie konnte kaum eine Antwort geben, ohne sich selbst ins Wort zu fallen, schien nie zufrieden mit ihren Formulierungen zu sein und rang um die Schlüssigkeit ihrer Gedanken, als kämpfe sie mit kleinsten Aufgaben immer auch um etwas Großes. Man führte es auf die Sprachhindernisse zurück und war sich einig, dass sie lernen konnte, es aber schwer haben würde.

Eines Tages forderte eine Lehrerin sie auf, einmal eine Geschichte aus ihrer buddhistischen Kultur zu erzählen. Chandani wehrte sich und erklärte, sie sei als Christin aufgewachsen und wolle lieber eine Geschichte aus ihrer eigenen Tradition erzählen. Aber die Lehrerin, die noch mehr, als dass sie Chandani helfen wollte, nicht aus dem Konzept gebracht werden wollte, gab ihr zu verstehen, dass sie von einer Birmanin wohl eine buddhistische Geschichte erwarten könne. Chandani wagte es, noch einmal zu widersprechen, fühlte sich ungerecht behandelt und bot an, eine typisch birmanische christliche Geschichte zu erzählen, aber auch davon wollte die Lehrerin nichts wissen. Also, bitte.

Und dann geschah etwas Eigenartiges: Diese Situation, in der sich Chandani so in die Enge getrieben fühlte, wurde für sie zu einem ersten Erlebnis, das sie mit ihrer Leidenschaft in Verbindung brachte. Unter den Augen der ganzen Klasse, etwa dreißig vierzehnjährigen Mädchen und Jungen, und dem fordernden Blick ihrer Lehrerin versuchte sich Chandani in ihrer Befangenheit an das zu erinnern, was sie in ihrem Zimmer für sich allein durchdacht und geübt hatte. Und als ihr tatsächlich eine Idee kam, wurde sie plötzlich ruhig, stand auf, sah einmal in die Runde, streifte mit einem Blick ihre Zuhörer von links nach rechts und begann: „Hört also eine Geschichte, die von Buddha berichtet wird und die ich deshalb besonders schätze, weil sie auch zu meinem Meister, Jesus, passen würde."

Dieser einleitende Satz brachte ihr zwar einen tadelnden Blick von vorne ein, aber sie sprach weiter.

„Ein kleiner Hirtenjunge, der tagaus, tagein eine Herde Büffel weidete, ein sogenannter Unberührbarer, traf auf der Suche nach einem schattigen Platz für seine Mittagspause auf Buddha, der unter einem Baum saß. Er beobachtete ihn bei seiner Meditation und kam neugierig näher. Der kleine Junge hatte gut gelernt, leise auf nackten Fußsohlen zu schleichen, also bemerkte Buddha ihn zunächst nicht."

Chandani sprach jetzt leiser, um die Spannung zu erhöhen, und merkte, dass alle in der Klasse ihr tatsächlich zuhörten.

„Als der Hirte zu dem Baum kam, unter dem Buddha saß, erschrak der Junge."

Chandani wich zurück, um ihre Worte mit einer Geste zu unterstreichen, und merkte, dass einige ihrer Bewegung folgten.

„Denn neben Buddha saß die Tochter des Dorfvorstehers, ein Mädchen aus einer sogenannten höheren Kaste. Sie war so hübsch und trug ein edles Seidenkleid und eine Rosenblüte in ihrem langen geflochtenen Haar. Das Mädchen hatte Buddha etwas zu essen gebracht und plötzlich standen sich die beiden unterschiedlichen Kinder gegenüber. Und was tat Buddha?"

Chandani zögerte einen Moment, bevor sie die Antwort gab.

„Er lud sie beide ein, Platz zu nehmen, diese Mahlzeit gemeinsam zu erleben und das mitgebrachte Essen zu teilen. Deshalb hat auch Jesus so oft in einer Runde aus verschiedensten Menschen gegessen, denn dabei wurden Grenzen überschritten und Gemeinschaft wurde möglich."

Chandani bemerkte aus den Augenwinkeln, dass ihre Lehrerin unruhig wurde, und wusste, sie musste jetzt zum Schluss kommen.

„Aber noch etwas geschah", fuhr sie fort, „denn beim Abschied hatte das feine Mädchen einen Wunsch an den Hirtenjungen. Sie wollte gerne den Unberührbaren einmal berühren."

Chandani legte noch einmal eine kleine Pause ein und merkte, dass es ihr fast leidtat, die Geschichte gleich beendet zu haben.

„Buddha ermutigte sie und der kleine Junge reichte ihr die Hand und sie kam näher und strich ihm über den Kopf. So verhalf Buddha zwei Kindern dazu, das Prinzip des Mitgefühls zu demonstrieren. Und ich mag diese Geschichte, weil sie uns zeigt, dass wahrhaft heilige Ideen Menschen nicht ausgrenzen, sondern miteinander verbinden. Danke, dass ihr mir zugehört habt."

Damit setzte sie sich wieder auf ihren Platz. Nach einer Sekunde der absoluten Stille eröffnete ein erstes Paar Fingerknöchel, die auf ein Pult klopften, ein lautes Geprassel des Beifalls, bis die Lehrerin sie alle zur Ruhe rief und sich bei Chandani bedankte. Die saß auf ihrem Platz und fühlte ihr Herz so laut schlagen wie die Finger auf den Tischen um sie herum. Was war da soeben mit ihr geschehen? Es kam ihr vor, als habe ihre Begabung sie kurz besucht, nur um sich schon einmal vorzustellen und um zu sagen, dass sie sich später besser kennenlernen würden, bei einer Verabredung in einigen Jahren.

Dieses Erlebnis machte es für Chandani jetzt etwas leichter, mit den anderen umzugehen. Unberührbar, so ahnte sie, konnte in ihrem Fall am Ende auch so etwas wie Unabhängigkeit bedeuten, ihre Einsamkeit widerspiegeln und ihre Freiheit, ohne dieses System der Kasten leben zu können.

Aber von ihrem Heimweh ahnten sie alle nichts, es gab keine Vertraute, keine Freundin, keine Clique, und von der Situation in ihrem Zuhause wusste auch niemand etwas, wie sollten sie? Wenn sie aus der Schule zurückkam, ließ sie sich freiwillig zum Einkaufen schicken, machte ihre Hausaufgaben mit großer Sorgfalt und nachts, wenn sie unruhig schlief und manchmal Streit und Schreie hörte, hielt sie sich die Ohren zu und vergrub sich unter den Decken.

Als sie noch kein ganzes Jahr in Indien lebten, wurde sie eines Nachts von so lautem Krach geweckt, dass sie es nicht länger in ihrem Zimmer aushielt. Entsetzt sah sie, dass ihr Vater ihre Mutter mit einer Pfanne in der Hand bedrohte. Teller und Tassen lagen in Scherben auf dem Boden. Aye-Aye stand bettelnd vor ihm und versuchte, ihm auszuweichen. Chandani sah die Todesangst in ihren Augen. Aber dann war sie mit einem Sprung ganz plötzlich an der Tür, öffnete sie schnell und rannte hinaus. Thura sah sie überrascht entkommen, versuchte aber gar nicht erst, sie aufzuhalten. Er legte die Pfanne aus der Hand, setzte sich an den Küchentisch und brach weinend zusammen.

Chandani lief ihrer Mutter bis zur Gartentür hinterher und schrie: „Ma. Bleib. Geh nicht weg. Bitte!“

Aber sie sah schnell ein, dass ihre Worte völlig ohne Wirkung blieben. Da ging sie zum Haus zurück. Auf der Treppe blieb sie einen Moment erschrocken stehen, als sie die Sandalen ihrer Mutter sah. Es war, als griffe eine kalte Hand aus der Vergangenheit nach ihrem Herzen und hielte es in einer Faust erbarmungslos umschlungen. Sie bekam keine Luft und setzte sich kurz auf die Stufen. Dann ging sie hinein, setzte sich einfach neben ihren Vater und weinte ebenfalls.

Aye-Aye lief wie eine Irre barfuß die Straße entlang bis ins Dorf. Als sie merkte, dass er ihr nicht folgte, blieb sie stehen. Sie holte tief Luft und wusste nicht, wohin. Da sah sie das Kloster auf dem Berg und eilte hinauf, immer noch so, als würde sie gejagt, getrieben von dem Wunsch, ihm für immer zu entkommen, und angezogen von der Aussicht, hinter den dicken Mauern Sicherheit und Wärme zu finden.

Die Albträume kamen immer wieder, vor allem dann, wenn Chandani am Tag von der Vergangenheit berührt worden war. Sie überfielen sie im Schlaf und ihre Füße waren immer nackt.

Kapitel 10

Chandani kam in Tareqs Büro, wünschte ihm einen guten Tag und sprach direkt weiter.

„Ich habe gerade diesen Brief hier in meinen Unterlagen entdeckt. Eine Anfrage der indischen Flughafenbehörde. Können Sie mir etwas dazu sagen?"

Tareq zog die Brauen zusammen und sagte: „Ich meine mich erinnern zu können, den Brief gelesen zu haben, Miss. Was ist damit?"

Sie zeigte offen ihre Ungeduld.

„Sie meinen, sich erinnern zu können? Der Brief trägt ein Datum aus dem April, das ist zwei Monate her. Warum haben wir nicht längst darüber gesprochen? Jetzt wird es zu spät sein."

Auch Tareq musste sich offensichtlich beherrschen und sagte bemüht: „Falken werden nicht für Flughäfen gezüchtet. Sie sind nicht dafür gemacht, Vogelschwärme zu *ver*jagen, sie jagen! Was auch immer die Flughäfen für Probleme haben, sie müssen sie anders lösen. Der Brief ist eine Beleidigung für einen echten Falkner."

Chandani setzte sich und meinte: „Tareq, bei allem Respekt vor Ihrem beruflichen Ehrgefühl und Ihrem Talent, aber erstens können Sie das nicht einfach allein entscheiden und außerdem beantwortet man so einen Brief immer, schon aus reiner Höflichkeit, egal ob man der Bitte nachkommt oder nicht. Und jetzt erklären Sie mir, was daran so schlimm wäre, wenn wir hier helfen würden. Ach, noch ein Punkt: Wir würden sicher gutes Geld damit verdienen."

Tareq blieb einsilbig, entschuldigte sich allerdings dafür, dass er ihr den Brief nicht direkt gezeigt hatte, machte aber deutlich, dass er bei seiner Meinung bliebe und an diesem Projekt nicht beteiligt werden wolle, sollte es jemals dazu kommen.

„Falken sind für diese Art von Arbeit nicht gemacht. Man züchtet sie nicht, damit sie sich nützlich machen, und um sie wie eine Art Vogelscheuche gegen andere kleine Vögel einzusetzen. Sie sind auch keine Beamten, die von irgendeiner erbärmlichen staatlichen Dienststelle angeheuert werden könnten."

Er sprach mit Leidenschaft und sagte dann sehr ernst: „Sie sind einfach für Größeres geschaffen!"

Chandani erklärte, sie akzeptiere seine Haltung, werde den Brief aber auf jeden Fall beantworten und ihn natürlich auf dem Laufenden halten. Sie stand auf und sagte: „Falls wir diesen Auftrag bekommen sollten, würde ich Sie natürlich trotzdem um Rat fragen."

Tareq nickte.

„Das ist Ihr gutes Recht, Miss, dafür bin ich ja hier."

Mit Nachdruck und so theatralisch, dass Chandani jetzt darauf achten musste, nicht laut loszulachen, fügte er abschließend hinzu: „Überlegen Sie doch bitte, Miss. Nehmen Sie die Einladung des Scheichs an, schicken Sie Skamar auf internationales Terrain."

Sie sagte, sie werde es sich überlegen, und sie verabschiedeten sich für diesen Tag voneinander.

Ihr Kopf dröhnte. Es war stickig heiß und der Strom war heute ein paar Mal ausgefallen, sodass sie immer wieder auf den erfrischenden Luftzug des Ventilators hatte verzichten müssen. Obwohl sie einen leichten Sari trug aus dünnem hellgelben Stoff, war sie verschwitzt. Aber sie hatte trotzdem viel erledigen können und war ganz zufrieden. Rajama winkte ihr zu und die beiden unterhielten sich kurz. Chandani sehnte sich nach Schatten und einer Erfrischung, einer Mango vielleicht. Aber vorher sah sie noch bei den Vögeln vorbei. Sie bedachte jeden Einzelnen mit der nötigen Aufmerksamkeit, sah sich Schnabel, Augen, Krallen und Federn an, achtete auf Unregelmäßigkeiten oder Veränderungen. Dabei sprach sie die Tiere jeweils mit Namen an und redete ihnen gut zu, ja, sie hatte mit der Zeit ihre Art entwickelt, sich zärtlich mit ihnen zu unterhalten. Sie dachte, dass bald im Juli die Brutzeit beginnen und nach vier Wochen Brutdauer auch in diesem Jahr wieder zwei, drei, vier Jungfalken schlüpfen würden.

Für Skamar nahm sie sich mehr Zeit als für die anderen, blieb leise bei seinem Gestell stehen, flüsterte ihm ein paar liebevolle Worte zu. Im nächsten Moment wirkte sie auf einmal vollkommen abwesend, in Gedanken versunken, als sei sie innerlich an einen anderen Ort gereist. Skamars Ruf ließ sie wieder auftauchen und im Gehen dachte sie: „Vielleicht hat Tareq recht und Falken passen tatsächlich eher zum Flair eines sportlichen Wettkampfs als zu einer Flughafenbehörde." Aber warum musste sich das ausschließen? Möglicherweise könnte sie ja beides verwirklichen. Der Gedanke, ihre Falken könnten auf Indiens Flughäfen zum Einsatz kommen und für mehr Sicherheit sorgen, gefiel ihr im Grunde.

Und was hatte sie eigentlich bisher davon abgehalten, Tareqs Wunsch zu entsprechen und ihn mit einem der Falken an einem Wettbewerb teilnehmen zu lassen? Sie bewunderte die Eleganz und Schnelligkeit der Falken und wusste, dass sie sicher Spaß daran hätte, den Besten von ihnen zuzuschauen. Aber der Gedanke, als Frau zu einer Jagdgesellschaft zu einem arabischen Scheich zu reisen, ließ sie zögern. Würde es überhaupt möglich sein? Oder ging Tareq ganz selbstverständlich davon aus, dass er allein teilnehmen würde? Was bereits feststand, war, dass nur Skamar für so einen Wettkampf infrage käme. Und da gestand sie sich ein, dass ihr Zögern wohl eigentlich daran lag, dass sie ihren Falken niemandem anvertrauen und ihn nicht einen einzigen Tag missen wollte.

Mit diesem Gedanken im Kopf ging sie zurück zum Haus und war überrascht, Thura nicht im Garten zu finden, sondern auf der Terrasse sitzen zu sehen. Er winkte ihr zu. Keisuke hatte sich soeben verabschiedet und Chandani und er trafen jetzt am Brunnen zusammen, der durch den Regen der letzten Tage gut gefüllt war. Sie machten ein paar Bemerkungen über die teilweise heftigen Schauer der letzten Nächte, die dem Land guttaten, sprachen kurz über die

Falknerei und Keisukes Arbeit und er machte eine kleine Bemerkung, dass ihr Hellgelb ausgezeichnet stehe. Chandani, die nur dachte, dass sie verschwitzt aussehen musste, lächelte etwas linkisch. Und dann tauschten sie sich, wie eigentlich jedes Mal, wenn sie sich begegneten, kurz über ihre spirituellen Erfahrungen aus. Keisuke war für Chandani immer noch ein widersprüchlicher Charakter, der so viele scheinbare Gegensätze in sich vereinte, dass er schwer zu greifen war, und seine Gedankensprünge waren manchmal kaum nachvollziehbar für sie. Er erklärte ihr zum wiederholten Male, das bedeutendste Prinzip für den Zen-Buddhismus sei die Unterstützung des Lebens und damit auch die Vermeidung des Tötens. Er selbst stimme diesem Prinzip sehr zu, jetzt aber beschäftige er sich gerade damit, ob man diesen höchsten Grundsatz durch die Entwicklung der Fähigkeit des Mitgefühls auch tatsächlich verwirklichen konnte und ob man dazu in sich selbst suchen sollte oder auf irgendeine Art von Hilfe von außen hoffen konnte. Er sah nachdenklich aus und Chandani bewunderte ihn dafür, dass er neben seinem anstrengenden Arbeitsalltag immer noch Zeit fand, um über diese Art von Fragen nachzudenken. Sie freute sich eigentlich immer, ihn zu sehen, und wusste, dass Thura seine Fragen und Ideen sehr mochte, aber sie wusste nie so recht, was sie ihm sagen sollte.

„Wie würden Sie denn Ihr höchstes Prinzip beschreiben?“, fragte er sie jetzt und fügte hastig hinzu: „Aber sagen Sie bitte nicht einfach ‚Liebe‘.“

Sie schmunzelte.

„Dann werde ich es *etwas* anders sagen“, erwiderte sie. „Denn ja, ich glaube, das Größte ist, dass wir Liebende werden. Wenn Gott, die Liebe selbst, Mensch wird, kann auch der Mensch das werden, was er ist, ein Liebender. Das ist die Überzeugung und das Geheimnis von Christus.“

Keisuke suchte ihren Blick, als forsche er dort nach Argumenten oder Anzeichen für ihre Glaubwürdigkeit, und als Chandani nichts weiter sagte, verneigte er sich kurz vor ihr und bedankte sich für ihre Antwort. Und dann schien er es plötzlich eilig zu haben und verabschiedete sich, nicht ohne charmant seine Hoffnung zu äußern, sie würden sich bald wiedersehen und ihr Gespräch fortsetzen. Chandani sah ihm hinterher, winkte noch einmal und ging dann zum Haus.

Um die feinen Blüten und kleinen schachtelartigen Früchte des Spiräenbaums tanzten an die dreißig kleine blaue Schmetterlinge und veranstalteten einen Wirbel in der breiten Baumkrone wie Kinder, die an einem heißen Sommertag an einem Springbrunnen spielten und um das kühle Wasser herumhüpften, immer wieder angelockt von der Erfrischung. Chandani sah fasziniert zu. Immer wieder machte sie auf diesem grünen Gelände neue Entdeckungen.

„Chani", rief Thura jetzt und wirkte so fröhlich, dass sie neugierig wurde.

„Was gibt es denn?", fragte sie. „Hast du gute Nachrichten?"

Er strahlte sie an.

„Ich habe etwas für dich. Eine Art Geschenk, könnte man sagen. Ich habe heute nämlich eine kleine Entdeckung gemacht."

Manchmal kam es ihr so vor, als werde er mit dem Alter nicht nur weiser, sondern auch kindlicher, so natürlich wirkte seine Freude auf sie.

„Was ist es denn?", fragte sie und war wirklich gespannt.

„Ein Gedicht. Einer meiner Besucher hat es mir mitgebracht. Aber ich dachte, es passt noch weit besser zu dir als zu mir."

Chandani sagte, sie werde sich kurz etwas frisch machen, eine Kleinigkeit essen und wäre in einigen Minuten wieder bei ihm.

„Im Kühlschrank findest du Obstsalat", rief er hinter ihr her.

Als sie sich etwas später zu ihm setzte, wirkte sie schon viel entspannter. Sie trug jetzt eine lange luftige Sudithar, hielt eine große Tasse Kaffee in der Hand und sagte: „Danke für den Obstsalat. Genau die Erfrischung, die ich brauchte."

Thura sah zu ihrer Tasse hin und meinte: „Du solltest an so einem heißen Tag wie heute viel Wasser trinken."

Chandani schmunzelte. „Ja, aber das hier ist nicht gegen den Durst, sondern gegen die Müdigkeit."

Er nickte. „Du hast schlecht geschlafen."

Sie merkte, dass das keine Frage war, und um sicherzugehen, dass sie richtig verstanden hatte, hakte sie nach.

„Du hast mich gehört?"

Schon an seinem Zögern merkte sie, dass es stimmte. Es war ihnen beiden unangenehm.

„Das Haus ist hellhörig", sagte Thura, wie um sich zu entschuldigen, und meinte leiser: „Es tut mir leid, dass dich diese Albträume immer noch verfolgen."

„Was hast du gehört?", wollte sie wissen und sah ihn bittend an. „Ich weiß selbst nicht, was ich schreie, verstehst du? Ich wache nur irgendwann auf und weiß, dass ich geträumt habe, und ahne irgendwie auch, dass ich geschrien habe."

Sie wartete, was er sagen würde, und wusste nicht genau, ob sie es wirklich wissen wollte.

„Schuhe", meinte er, „du hast vollkommen panisch nach Schuhen geschrien."

Chandani schien in sich zusammenzuknicken und wirkte damit auf einmal viel kleiner. Sie sah ihren Vater an. Wie sollte sie mit ihm darüber sprechen? Wenn er sich weigerte, über ihre Mutter zu reden, über die Nacht, als sie gegangen war? Sie fühlte sich hilflos, sah auf ihre eigenen nackten Füße hinunter, stand auf, ging ohne ein weiteres Wort ins Haus in ihr Zimmer und legte sich auf ihr Bett. Sie dachte, dass sie weinen müsste und dass sie keine Lust mehr hatte, dauernd zu weinen, aber es kamen keine Tränen. Stattdessen schlief sie erschöpft ein.

Als sie wach wurde, setzte sie sich mit einem Ruck aufrecht in ihrem Bett auf und schnappte nach Luft. Einen Moment später stand ihr Vater in der Tür.

„Chani? Nay kaling lar?", fragte er ängstlich.

Und jetzt kamen die Tränen doch und Chandani ließ es zu und weinte. Und sie ließ auch zu, sich von ihrem Vater in den Arm nehmen zu lassen. Er hielt sie fest und sagte dann nach einer Weile, als sie ruhiger wurde: „Es tut mir leid."

Sie löste sich von ihm, putzte sich die Nase und atmete ein paar Mal tief durch.

„Ich sehe nackte Füße vor mir, die sich an Steinen schneiden, durch Moor waten und einsinken, über Scherben gehen und durch Dornen, durch eiskaltes Wasser, von Ameisen gebissen werden oder von Eisenketten gefesselt und unbeweglich geworden sind. Männerfüße, Frauenfüße, Kinderfüße. Meine eigenen Füße. Einzelne, ganz verlassen und allein. Oder massenweise Füße, aufgestellt wie eine Armee von Kriegsgefangenen, die über heißen Sand laufen, der auf einmal in Flammen aufgeht, sodass sie Brandblasen bekommen. Und ich stehe hilflos dabei und denke: Sieht denn niemand, dass sie Schuhe brauchen? Gebt ihnen doch Schuhe! Warum gebt ihr ihnen denn keine Schuhe? Ein paar einfache Sandalen wenigstens."

Sie sahen sich an. Er nickte ein paar Mal.

„Was tust du, wenn du wach wirst?"

Sie musste erstaunlicherweise schmunzeln.

„Aber nicht lachen, ja?"

Er sah sie überrascht an und sie sagte: „Eins, zwei, drei, bald ist es vorbei. Und die vier, bald bin ich nicht mehr hier. Fünf, sechs, sieben, bald kann ich wieder lieben."

Er fiel mit ein und gemeinsam sagten sie: „Acht und neun, bald kann ich mich freun. Und die zehn, morgen lassen sie mich gehn."

Kurz lächelten sie, aber sie wussten beide, dass es mit einem Abzählreim nicht getan war.

„Und auf Dauer? Ich meine, wird es besser? Oder ist es vielleicht sogar schlimmer geworden?"

Sie stellte sich vor, dass er so mit seinen Besuchern sprach, ruhig, interessiert, und vielleicht fiel es ihr deshalb leichter, zu antworten.

„Es war eine ganze Zeit lang besser. Ye hatte wohl irgendwann keine Lust mehr, jede zweite Nacht wach zu werden, und hat mir abends kleine Texte vorgelesen, die mich irgendwie berührt und beruhigt haben. Ich glaube, über Jahre kamen die Albträume nur noch dann, wenn ich im Laufe eines Tages intensiv an früher denken musste. Dann schien ich nachts immer weiterzugrübeln." Und auch, wenn sie nicht wusste, wie ihr Gespräch daraufhin gleich weitergehen sollte, sagte sie noch: „Und seit ich wieder hier bin, in Indien, seit ich nach Ma gefragt habe, schlafe ich wieder unruhiger."

„Aber das ist doch jetzt auch schon wieder einige Jahre her", sagte Thura vorsichtig.

„Ja", sagte Chandani schlicht. Was hätte sie sonst sagen können?

Weil sie nicht weiterwusste, fragte sie ihn: „Abgesehen von diesem Abzählreim, was hat dir am meisten geholfen? Ich weiß, du hast viel gebetet, und das hat, seit ich denken kann, immer wieder große Sehnsucht in mir geweckt, es auch zu tun ..."

Thura fragte: „Du meinst, damals im Gefängnis?"

Sie schüttelte den Kopf. „Auch darüber würde ich gerne irgendwann einmal mehr hören. Wir haben eigentlich nie so richtig darüber gesprochen, nicht wahr? Aber ich meine, auf Dauer? Wie hast du deinen Frieden gefunden?"

Da erzählte Thura.

„Damals im Gefängnis habe ich mir immer vorgestellt, ich würde mich in eine Höhle verkriechen können, in der mich niemand findet. Es hat irgendwie funktioniert, kann ich sagen, und ich habe mich nachts zum Beispiel einigermaßen sicher gefühlt. Aber als ich dann wieder nach Hause kam, merkte ich, dass ich immer härter wurde, manchmal wie versteinert war, als habe ich einen Bunker um mich herumgebaut. Da habe ich mir vorgestellt, die Höhle sei eine Blätterhöhle, eine Hütte aus Zweigen. Um wieder offener zu werden, erreichbar, zugänglich, verstehst du?"

Chandani hörte aufmerksam zu und nickte.

„Ich merkte, dass ich immer sofort unter große Anspannung geriet und aggressiv wurde, sobald jemand mir zu nah kam, mich angriff oder es an Respekt mangeln ließ. Dann stand ich sozusagen im Eingang meiner Höhle, verteidigte mich und schlug zu, verbal oder auch wirklich. Du weißt es ja selbst. Ich wusste, dass es nicht so weitergehen kann. Und da habe ich eines Tages beim Meditieren dieses Bildes gemerkt, dass die Schwelle zu meiner Höhle eine Grenze markiert, die überhaupt nicht überschritten werden *kann*, von niemandem. Weil diese Höhle, diese Hütte, meine Seele, so will ich es einmal ausdrücken, heilig ist, also ihrem Wesen nach unberührbar. Das war eine unglaubliche Entdeckung für mich. Und von dort aus ging es weiter."

Chandani sagte fasziniert: „Du sprichst vom ‚heiligen Raum'?"

Er sah sie überrascht an und konnte nur fragen: „Du weißt von dieser Idee?"

Und jetzt erzählte Chandani.

„Das erste Mal, dass ich davon hörte, war, als ich damals auf der Suche nach Ma im Kloster auf dem Berg landete und mit dem Priester sprach."

Thura unterbrach sie und wollte wohl sicherstellen, dass er richtig verstanden hatte.

„*Er* hat *dir* davon erzählt?"

Sie nickte bestätigend. „Ich wollte dich neulich schon fragen, ob ihr euch kennt."

„Ja, wir sind schon seit sehr langer Zeit befreundet. Er war sogar ganz früher ein paar Mal in unserem Salon."

Chandani meinte verblüfft: „So lange schon?", und hakte nach: „Aber er hat gesagt, er lebe immer schon im Kloster."

Thura widersprach: „Zehn Monate im Jahr. In den übrigen Monaten ist er unterwegs. Bevor er nach Indien gesandt wurde, ist er oft durch Birma gepilgert, hat Bücher für uns geschmuggelt, Briefe und manches andere. Ich habe zum Beispiel meine allererste Bibel von ihm bekommen. Von einem buddhistischen Mönch, komisch, hm? Warte, das muss 1964 gewesen sein."

Chandani dachte, dass sich mit manchen Antworten nur noch mehr neue Fragen auftaten. Für Thura offensichtlich auch und er wollte gerne wissen: „Und? Wie bist du mit dieser Idee vom ‚heiligen Raum' umgegangen?"

Chandani versuchte, die lange Geschichte in groben Zügen darzustellen.

„Mit Ye hatte ich das Meditieren entdeckt. Zunächst half es mir dabei, mich einfach besser zu konzentrieren. Dann habe ich dadurch das Beten neu entdeckt. Als sei ich durch die innere Aufmerksamkeit erst richtig hörend geworden. Früher hatte ich sehr viel geredet, eine Menge Bitten geäußert, jetzt schwieg ich mehr, wartete. Ich habe also dieses Bild von dem Raum in meine Gebetszeiten aufgenommen und mir vorgestellt, meine Seele sei ein heiliger Ort. Ich musste mich erst daran gewöhnen, dass hier bestimmte Regeln gelten: ‚Niemand tritt über die Schwelle' und ‚Alles wird mit Gnade angesehen'. Es war, als müsste ich diese Regeln richtiggehend einüben, was mir erst schwerfiel. Aber irgendwie wurde ich weicher, selbstbewusster und ruhiger. Ich konnte es selbst beobachten und andere merkten es. Wie du sagst: Es gab jetzt eine Schwelle, die Sicherheit bedeutete. Wenn ich betete, zog ich mich in meinen inneren Raum zurück und wartete hörend, innerlich sehend, aufmerksam, sehnsüchtig, was geschehen würde."

Sie blinzelte, als tauche sie auch jetzt gerade erst wieder aus diesem Raum auf, und es brachte sie irgendwie kurz aus der Fassung, dass Thura wohl sehr berührt war von dem, was sie sagte, und sie wusste nicht, wie sie reagieren sollte.

Thura dachte daran zurück, wie er seinen Freund vor langen Jahren einmal gebeten hatte: „Wenn Chani eines Tages hier auftaucht, und das wird mit Sicherheit passieren, dann kümmere dich bitte um sie." Er überlegte für sich, ob es wichtig war, wer der Urheber der Idee vom ‚heiligen Raum' war, und ob man das eigentlich so sicher sagen konnte. Aber vielleicht war gut, wie es gekommen war, und sie hätte es von ihrem eigenen Vater gar nicht annehmen können. Also sagte er nur: „Meine Erfahrung ist deiner sehr ähnlich. Es wäre spannend, sich irgendwann mehr darüber auszutauschen. Hat er dir auch das Beispiel von dem Apfel erzählt?"

Chandani sah ihn verwundert an.

„Nein, was ist das?"

Thura erklärte: „So wie im Apfel ein Gehäuse, liegt im Innersten des Menschen ein Raum, der seinen Kern umgibt, sein Allerinnerstes. Es ist wichtig, den Kern zu finden, denn im Kern liegt das Leben, die Verheißung für mehr Apfel sozusagen ..."

Chandani sagte, so höre sie es zum ersten Mal, und Thura schlug vor: „Wollen wir vielleicht lieber nach draußen gehen? Jetzt ist es nicht mehr so heiß."

Aber Chandani hielt ihn zurück.

„Warte bitte einen Augenblick. Noch etwas gehört unbedingt zu dieser Erfahrung mit meinem inneren Raum, etwas, dass du jetzt auch noch wissen solltest."

Er merkte, dass das, was sie ihm sagen wollte, bedeutend war, und wurde hellhörig.

„Eines Tages saß dort ein Falke auf seinem Gestell. Edel, aufmerksam, ruhig. Ich hatte überhaupt keine Ahnung von Greifvögeln und sie hatten in meinem Leben bis dahin keine Rolle gespielt, das musst du mir glauben. Aber ich wusste sofort, dass es ein Falke war. Kein Adler oder Bussard oder so. Er blieb und ich merkte, ich muss dieses Zeichen deuten lernen. Und damit begann *diese* ganze Geschichte ..."

Thura sah sie an, jetzt wirklich beeindruckt. „Tatsächlich?"

Sie nickte.

„Daher dein Interesse, die Ausbildung, die Falknerei, das alles?"

Sie nickte noch einmal und gestand ihm: „Was meinst du, wie irritiert ich war? Ich habe geforscht und gelesen, über die Bedeutung von Falken philosophiert ..."

Er schüttelte noch einmal den Kopf, aber in seiner Stimme lag Bewunderung. „Das ist unglaublich."

Sie lachte ihn an. „Es ist wahr."

Thura überlegte kurz, ob er ihr erzählen sollte, was er neulich in *seinem* Raum ‚gesehen' hatte, ein Eindruck, der so stark war, dass er ihn dazu gebracht hatte, in der Reisetasche eines Fremden zu wühlen, aber er wollte jetzt ihre Entdeckung würdigen und fröhlich sagte er: „Dann passt das Gedicht, das ich dir zeigen wollte, noch viel besser, als ich dachte. Und ich danke dir sehr dafür, dass du mir das erzählt hast."

„Komm", meinte sie, „gehen wir nach draußen. Dann kannst du mir das Gedicht noch bei Tageslicht vorlesen."

„Wie wäre es, wir würden in die Kapelle gehen?“, schlug Thura vor und Chandani stimmte gerne zu.

Sie verließen das Haus durch die hintere Tür, die am Ende des Gangs mit den Schlaf- und Gästezimmern lag, und waren mit ein paar Schritten bei dem kleinen runden Bau in der hinteren Ecke des Gartens. Um diese Uhrzeit, wenn nur gedämpftes Licht durch das Dach in den kleinen sakralen Raum fiel, mochte Chandani ihn am liebsten, denn die Atmosphäre vermittelte ihr Geborgenheit, durch das lichtdurchlässige Dach aber gleichzeitig auch Offenheit, und beides tat ihrer Seele gut. Sie spürte die kleinen Mosaiksteinchen unter ihren Füßen, nahm eines der kleinen Kissen und setzte sich. Thura zündete drei Kerzen an und setzte sich ihr gegenüber. Sie schwiegen beide und tauchten in den wohltuenden Raum ein.

Nach einer Weile fragte Thura: „Bist du bereit? Möchtest du es jetzt hören?“

Und als sie eifrig nickte, trug er das Gedicht feierlich, Zeile für Zeile, vor.

„Mein Herz sitzt auf Gottes Arm
wie ein gebändigter Falke,
plötzlich freigelassen,
aber immer noch verbunden
mit einer wundersamen
unsichtbar göttlich goldenen Kordel.
Ich warte auf dich,
damit du mich befreist,
in deine Unendlichkeit liebst
und ich vollends die Worte aller Gnade höre.
Flieg! Flieg in mich hinein!“

Chandani hatte die Augen geschlossen und öffnete sie erst jetzt wieder.

„Es ist wunderschön“, sagte sie leise. „Danke.“

Dann wiederholte sie: „Dieser Anfang – ‚Mein Herz sitzt auf Gottes Arm wie ein gebändigter Falke, plötzlich freigelassen‘ –, das ist zauberhaft.“

Und sie bat ihn, es noch einmal zu lesen. Er tat es gerne und Chandani schloss wieder die Augen und hörte zu.

„Mein Herz sitzt auf Gottes Arm
wie ein gebändigter Falke,
plötzlich freigelassen,
aber immer noch verbunden
mit einer wundersamen
unsichtbar göttlich goldenen Kordel.
Ich warte auf dich,
damit du mich befreist,
in deine Unendlichkeit liebst
und ich vollends die Worte aller Gnade höre.
Flieg! Flieg in mich hinein!"

Chandani machte die Augen wieder auf und wiederholte diesmal die Zeile mit der ‚unsichtbar göttlich goldenen Kordel' und meinte: „Da spricht jemand, der etwas von einer Verbundenheit weiß, die über unser normales Verstehen hinausgeht, als habe er tatsächlich erfahren, von einem Blick aus der Ewigkeit bedacht worden zu sein. Wenn ich Skamar oben am Himmel beobachte, geht es mir so: Ich spüre eine Verbindung zu ihm. Noch *ein* Mal, bitte!"

Wieder las Thura feierlich vor und Chandani blieb jetzt beim Ende des Textes hängen.

„‚Flieg in mich hinein', da spricht wohl wirklich sehnsüchtiges Begehren, es klingt ja beinahe erotisch."

„Ja", lachte Thura und teilte ihr jetzt seine Gedanken mit. „Das klingt nach Versenkung, Verschmelzung, Vereinigung des Menschlichen mit dem Göttlichen. Gemeinschaft trifft es nicht, es ist mehr. Es ist die vollkommene Verbundenheit, die Auflösung der Gegensätze, das Angekommensein im Heilen."

„Das wiederum klingt mystisch", kommentierte Chandani.

Thura stimmte ihr zu.

„Aus welcher Religion?", wollte sie wissen.

„Ist das wichtig?", fragte Thura. „Und je nachdem, wie die Antwort aussähe, wäre es dann weniger schön oder weniger wahr?"

Chandani wusste nicht genau, wie sie diese Frage für sich beantworten würde, meinte aber: „Interessehalber oder um den Verfasser zu ehren."

Thura erklärte: „Es ist von Hafiz, einem großen persischen Dichter aus dem vierzehnten Jahrhundert. Das Original, es trägt den Titel ‚Ein gebändigter Falke', ist noch etwas länger, ich zeige es dir, wenn es dich interessiert. Das hier waren die stärksten Zeilen."

Sie dachte daran, wie sie den Priester nach der Entdeckung des Falken ein zweites Mal besucht hatte. Er hatte sich über alles gefreut, was sie erzählte. Ihrer Idee, eine Falknerin zu werden, hatte er wohl nicht gänzlich folgen können, hatte ihr aber alle Freiheit gelassen, mit diesem Zeichen umzugehen. Er selbst hatte vorgeschlagen, den Falken mystisch zu sehen, als einen ‚Vermittler aus der Anderswelt', wie er es bezeichnete, wie Christus, ein Bote zwischen den Welten, zwischen Himmel und Erde. Sie hatte ihm zugestimmt und erzählt, dass sie manchmal den Einruck habe, ein Falke säße auf ihrer Schulter, sodass sie sich dann nicht mehr allein fühle und gerade stehen könne. Er hatte sie ermutigt, diesem Eindruck nachzuspüren, und sie hatte gesagt, dass sie deshalb angefangen habe, sich mit echten, lebendigen Falken zu beschäftigen. Es war ein kurzes Gespräch gewesen, aber ihr war nach dieser Vergewisserung wohler gewesen. Als sie beim Abschied über der Tür wieder den kleinen Vers ‚Folge dem Zeichen des Himmels' gelesen hatte, hatte sie gewusst, dass sie ihre Spur jetzt mit allem Elan weiterverfolgen würde.

„Denkst du an Falak?", fragte ihr Vater jetzt, „auch wenn es mich natürlich immer noch nichts angeht."

Sie schmunzelte.

„Nein, ich dachte, wie es wäre, ich würde den Priester, Pran, wieder einmal besuchen."

Thura erwiderte nur knapp, dass das eine gute Idee sein könnte, und Chandani beschloss, gleich noch einmal zum Büro zu laufen, um in ihrem Kalender nachzusehen, ob sie es schon bald möglich machen könnte.

„Und denkst du auch an Paris?“, fragte er weiter.

„Ich hab dich selten so sauer auf mich erlebt“, gab sie zurück.

„Ich bin nur engagiert“, sagte er einlenkend. „Das verstehst du doch? Du weißt doch, dass ich dir sagen wollte, wie sehr ich dich schätze, oder?“

Sie nickte und dann sagte er etwas, was für Chandani unbeschreiblich wichtig war.

„Ich meine, ich schätze dich als Kollegin, nicht nur als Tochter, das ist etwas anderes.“

Chandani war so erschüttert von diesem Satz, so bestürzt darüber, zu merken, wie sehr sie sich nach diesen Worten gesehnt hatte, dass sie jetzt nicht wusste, was sie sagen sollte. Es war wie ein Beben in ihr, erschüttert von der Sehnsucht, die sie wahrnahm, und die wohltuende, irritierende Erfüllung. Sie murmelte leise ein „Danke“ und wechselte schnell das Thema, um sich abzulenken.

„Du hast noch einen Brief bekommen. Was hat Khin geschrieben?“

Thura, der wohl nicht merkte, dass seine Tochter mit seinen Worten augenblicklich nicht umzugehen wusste, und dem sein Kompliment zu selbstverständlich war, als dass er hätte ahnen können, was es für sie bedeutete, war gerne bereit, auf ihre Frage nach dem Brief einzugehen.

Ein Brief von Khin. Der Freund, der sich um seine Tochter gekümmert hatte und um den Salon, der Freund, der in Birma geblieben war, weil er seine alten Eltern versorgte, Khin, der Thura bewunderte für seinen Mut, Birma zu verlassen, und der von Thura bewundert wurde für seinen Mut, zu bleiben. Ja, beim Lesen hatte Thura gedacht, dass Khin von Glück sprechen konnte, dass der Brief nicht abgefangen worden war. Er hatte seinen Zorn nicht verbergen können. Khin, der über Jahrzehnte treue Freund. Wann hatte er ihn zuletzt so aufgebracht erlebt?

Seit einigen Jahren waren die Einreisebedingungen nach Birma etwas gelockert worden. Hatten Besucher früher nur ein Visum für eine Woche erhalten, konnten Touristen jetzt für längere Aufenthalte kommen. Aber als am Jahresende 2004 das schwere Erdbeben im Indischen Ozean und die nachfolgenden Tsunamis die Küste entlang Verwüstungen angerichtet hatten, war die Militärregierung nicht bereit gewesen, internationale Hilfskräfte ins Land zu lassen, und hatte ihnen schlicht die Einreise verweigert. Khin hatte es nicht fassen können. Sanitäter, Ärztinnen und Ärzte, Freiwillige standen teilweise bereits an der Grenze und bettelten nahezu darum, helfen zu dürfen, und man schickte sie weg, sodass sie nichts tun konnten als wieder abzuziehen mit ihren Medikamenten, Plastikplanen, Trinkwasserfiltern, die die Menschen doch so dringend gebraucht hätten.

Wie arrogant und wie verliebt ins Lügen, wie unbarmherzig musste man sein, wenn man ablehnte, sich bei so einer Katastrophe helfen zu lassen? Wie überall hatte es auch hier die Allerärmsten am schlimmsten getroffen, die in Hütten wohnten, die weggespült wurden wie Papierschiffchen. Die offiziell von Birma gemeldeten Zahlen der Betroffenen waren so unrealistisch niedrig, dass niemand ihnen Glauben schenkte, und man fragte sich, wozu ein Regime noch in der Lage war, wenn es schon die Opfer eines Seebebens verheimlichte, für das es selbst nicht verantwortlich war, und wie selbstherrlich, wenn es meinte, bei einer Katastrophe dieser Dimension ohne Unterstützung auskommen zu können. Und so mussten sie sich allein um die Toten kümmern, um die Verletzten, die Kinder, die plötzlich Waisen waren, die ausgerissenen Bäume, die in weiten Gegenden unterbrochene Stromversorgung, und mussten versuchen, alles Menschenmögliche zu tun. Khin hatte geschrieben, dass das Regime aus seiner Sicht auf Hilfe verzichten *musste*, um sich selbst zu schützen, weil internationale Hilfsorganisationen meistens gute Fragen stellten und noch einmal anders mit der Bevölkerung in Berührung kamen als Touristen, das Regime daran aber kein Interesse haben konnte. Die Militärs taten alles, um zu verheimlichen, was aus ihrem Land geworden war. Der UN-Sondergesandte für Myanmar hatte zweiundzwanzig Monate lang keine Einreiseerlaubnis bekommen und seinen Vertrag nicht verlängert.

Wen wunderte das? Der zugesagte Besuch einer Delegation der Nachbarstaaten war mit dem Hinweis auf den Umzug in die neue Hauptstadt verschoben worden, ohne dass jemals ein neuer Termin genannt wurde. UN-Untersekretär Gambari hatte das Land im Mai 2006 zwar besucht und sogar mit Suu-Kyi sprechen dürfen, sodass er der Presse offiziell die gute Nachricht mitgeteilt hatte, Birma sei bereit zur Veränderung, aber nur neun Tage später war Suu-Kyis Hausarrest um ein Jahr verlängert worden.

„Früher waren wir das Land der Edelsteine, Jade, Saphire und Rubine, heute aber gleicht Birma immer mehr einer Abfalltonne, in der die Menschen zwischen Gräten und abgenagtem Obst vergeblich nach etwas Reis suchen."

Zwischenzeitlich waren harmlosere, vorsichtigere Briefe gekommen und er hatte von organisierten Massenversammlungen berichtet, mit denen die Regierung die Zustimmung der Bevölkerung demonstrieren wollte, von einer Militärparade in der neuen Hauptstadt und einer Rede des Premiers, die keinen Anlass zur Hoffnung auf Demokratisierung gegeben hatte. Die Nachricht, die Nationale Versammlung habe die Erarbeitung einer neuen Verfassung vertagt, wurde von ihnen mittlerweile als „Running Gag" behandelt.

Aber das war letztes Mal gewesen. Der letzte Brief, in dem er schrieb, dass Sunati sich von einem Herzinfarkt erhole, war vor drei Monaten gekommen und nur, wenn man Khin kannte, hatte man zwischen den Zeilen auch seine ohnmächtige Wut über ihre Behandlung im Krankenhaus entdecken können.

Diesmal schrieb er schonungslos von Mohn, Opium und Heroinherstellung, Geschäften, von denen viele in Birma und darüber hinaus wussten. Außerdem sollten angeblich in riesigen Fabriken, die in geschickt abgeriegelten Gebieten irgendwo im Dschungel lagen, Amphetamine produziert werden. Diese Nachrichten waren eigentlich nicht neu. Aber was Khin zutiefst erschüttert hatte, waren Gerüchte, die besagten, die Militärregierung habe in Verhandlungen mit einigen aufständischen Volksgruppen über einen Waffenstillstand offensichtlich angeboten, diese an den Einnahmen aus dem Rauschgifthandel zu beteiligen, und sie hatten das Angebot angeblich akzeptiert. Für Khin war Bestechlichkeit schlicht und einfach charakterlos. Für die, die sich allerdings mit Drogengeldern bezahlen ließen, fand er keine Worte mehr. Und er fragte sich, was passiert war und was geschehen würde, wenn man ihr Volk noch einmal zu Demonstrationen aufriefe. Würden die Anführer und die Angehörigen dieser Volksgruppen dann schweigen? Betäubt, bekifft und in Abhängigkeit gebracht von ihren Abmachungen mit den Generälen?

Thura sah Chandani traurig an und sagte müde: „Grüße aus Birma eben", und er erzählte kurz, was Khin derzeit bewegte. Chandani wollte ihn aufmuntern – oder auch sich selbst – und erwiderte deshalb schnell: „Aber trotzdem gibt es doch auch die gewaltlosen Kampagnen der Widerstandsbewegung. Und zahlreiche Appelle der internationalen Gemeinschaft. Viele, die für die Freiheit von Suu-Kyi aufstehen. Und unter den Fürsprechern große Persönlichkeiten wie Bischof Desmond Tutu und Václav Havel, die darauf hingewiesen haben, dass Birma einer humanitären Krise entgegengeht."

Aber Thura ließ sich nicht beirren und gab nur knapp zurück: „Bislang hat sich das Regime davon allerdings unbeeindruckt gezeigt."

Chandani hörte die Herausforderung in seinen Worten und fühlte sich angegriffen.

„Ach, und da soll ich jetzt kommen und meine Worte werden sie dann überzeugen, ja? Ich kann das nicht, ich bin nicht so wie du, ich bin ‚kleine Sonne'."

Aber da schüttelte Thura nur den Kopf.

„Nichts braucht die Welt weniger als Menschen, die sich auch noch selbst klein machen, Chandani. Unsere heiligen Texte nennen das ‚sein Licht unter den Scheffel stellen' statt zu leuchten. Niemand erwartet von dir, eine Sonne zu sein, du sollst nur du sein."

Chandani stand auf und meinte, sie werde jetzt kurz in ihr Büro gehen und in ihren Kalender sehen. Ob es dabei nur um ihren

Besuch beim Priester ging oder auch um Paris, ließ sie nicht durchblicken und Thura fragte nicht nach. Er teilte ihr mit, er wolle noch ein wenig in der Kapelle bleiben, und danach würde er ein kleines Abendessen vorbereiten. Weil er inzwischen die Augen geschlossen hatte, konnte sie einen Moment länger bleiben und ihn einfach ansehen. Unschlüssig stand sie da. Er saß in seiner Gebetshaltung und schien in eine andere Welt abzutauchen. Chandani beugte sich kurz zu ihm hinunter, streifte seinen Arm mit ihrer Hand und verließ die Kapelle.

Auf dem Weg dachte sie, dass sie, wenn jemals ein Beamter der Flughafenbehörde fragen sollte, wie sie auf die Idee gekommen sei, Falknerin zu werden, irgendeine andere Version der Geschichte würde erzählen müssen, weil man sie ansonsten wohl für verrückt erklären würde. Sie fragte sich, ob Falak den Priester nach dem ‚heiligen Raum' gefragt hatte und ob sie es wagen könne, bei ihrem Besuch im Kloster danach zu fragen. Aber da merkte sie, dass sie viel mehr Lust hatte, mit Falak persönlich darüber zu sprechen. Wenn sie heute Abend telefonierten, gäbe es ja vielleicht eine Gelegenheit, es anzusprechen. Und dann würde sie ihm gegenüber vielleicht auch andeuten, dass sie möglicherweise nach Paris reisen würde. Und sie würde ihm erzählen, dass ihr Vater sie als Kollegin bezeichnet hatte, und davon, welche widersprüchlichen Gefühle durch diesen Titel in ihr ausgelöst wurden.

Kapitel 11

Er war älter geworden und wirkte noch anziehender auf sie, denn er strahlte eine unglaubliche Gelassenheit aus und schien sich nur immer mehr bewusst geworden zu sein, wofür er lebte. Aber auch sie selbst hatte sich verändert. Bei ihrem letzten Gespräch war Chandani eine Frau Ende zwanzig gewesen, die gerade begonnen hatte, ein neues Zuhause zu suchen, jetzt ging sie auf ihre Lebensmitte zu, war heimisch geworden. Sie dachte, dass sie damals wohl dieselbe dunkelgrüne Sudithar getragen hatte, aber statt Sandalen Turnschuhe. So war es: Einige Dinge waren verschwunden, andere waren geblieben, waren nur älter geworden, wieder andere waren neu hinzugekommen. Trotz der Zeit, die vergangen war, erkannte er sie, wusste sogar noch ihren Namen und begrüßte sie mit einer Verneigung.

„Chandani, wie schön, Sie zu sehen."

Sie verneigte sich ebenfalls und begrüßte ihn.

„Wollen wir in den Garten gehen und Sie erzählen mir, was Sie diesmal zu mir geführt hat?"

Hier schien sich nichts verändert zu haben und Chandani fühlte sich, als würde sie in eine altvertraute Welt abtauchen, so oft war sie in ihrer Erinnerung diesen Weg entlanggelaufen, in ihren Gedanken Pran neben sich, der zuhörte und sie mit Fragen beschenkte. Aber wieder wusste sie nicht, wie sie anfangen sollte. Was genau wollte sie hier? Er sah sie aufmerksam an.

„Sie sehen gut aus, wenn ich das sagen darf, als würden Sie viel Zeit an der frischen Luft verbringen. Und Sie wirken ruhiger auf mich. Ist es Ihnen denn gut ergangen?"

Chandani erzählte ihm kurz, dass sie mit Unterstützung ihrer

Freundin Ye, einem sehr erfahrenen Angestellten und ein bisschen Glück mit ihren ersten Kunden tatsächlich eine eigene Falknerei hatte aufmachen können. Er gratulierte ihr und sie erklärte ihm, wo ihr neues Zuhause von hier aus gesehen lag, und beschrieb ihm, wie es dort aussah. Er hörte sich alles mit großem Interesse an.

„Ich lebe dort zusammen mit meinem Vater." Und dann fügte sie etwas unsicher hinzu: „Aber das wissen Sie ja wahrscheinlich."

Er sagte bestätigend: „Ja, Ihr Vater und ich sind seit langer Zeit befreundet, ja."

Sie war kurz irritiert, weil er so tat, als sei es vollkommen selbstverständlich, über Thura zu sprechen, und sie hätte ihm gerne mehr Fragen dazu gestellt: Wie oft treffen Sie sich? Worüber sprechen Sie dann? Haben Sie auch über mich gesprochen? Wann haben Sie ihn zum letzten Mal gesehen? Aber sie wusste, dass er heute wohl so wenig mit ihr über ihren Vater sprechen würde, wie er damals bereit gewesen war, ihre Mutter zum Thema ihres Gesprächs zu machen, also versuchte sie es diesmal gar nicht erst.

Sie waren ein Stück den Gartenweg entlanggegangen, als er stehen blieb und sie auf eine besonders schöne Blüte an einem Hibiskus hinwies, tieflila, wie aus Samt, im Inneren heller violett, die goldgelben Blütenstempel an langen zierlichen Fühlern.

„Sehen Sie? Eine Blume öffnet sich dem Licht und entfaltet sich dabei, Blatt für Blatt. Und sie wird dabei immer schöner. Eine Knospe ist ebenfalls schön anzusehen, aber weil sie verschlossen ist, gibt sie nichts weiter. So kann einem die Blüte zu einem Gleichnis werden. Je mehr wir uns unserem Innersten nähern, Blatt für Blatt, Frage für Frage, Erfahrung für Erfahrung, desto offener werden wir, desto erreichbarer, zum Beispiel für den Wind, die unsichtbare Kraft des Geistes, die uns etwas bringt und etwas von uns weiterträgt. Nicht wahr?"

Sie gingen langsam weiter.

Chandani sagte: „Ich habe das Prinzip verstanden und ich versuche, mich dem Wesen der Dinge zu nähern, dem Kern meiner Fragen und meinem eigenen Inneren."

Er nickte zustimmend.

„Ich verstehe, dass wir damals deshalb weder über Ihren Lebensstil hier noch über meine Mutter gesprochen haben, sondern über mich. Damit ich zu dem finde, was ich wirklich suche."

Sie erklärte es langsam und war froh, dass er mit kleinen Gesten seine Anerkennung äußerte.

„Und jetzt?", fragte er.

„Ich möchte mich gerne aussöhnen", sagte sie. „Mit meiner Geschichte. Sie annehmen und mich mit ihr vertragen. Auch mit dem, was daran dunkel war."

Der Priester fragte nach: „Ihre Vergangenheit verfolgt Sie?"

Sie nickte. „Ja, besonders nachts. Und damit nimmt sie mir Kraft für den Tag und erschreckt mich immer wieder."

Er fragte: „Was ist das Schwerste, das Dunkelste? Können Sie das sagen?"

Sie sah ihn an und wusste, sie würde sich der Antwort sehr behutsam nähern müssen.

„Mit meinem Vater habe ich Frieden geschlossen."

Er unterbrach sie. „Und wissen Sie noch, wie das möglich war?"

„Ja. Erst einmal gab es vielleicht nicht so viel zu verzeihen. Ich weiß, dass es für meine Mutter anders war, aber mir gegenüber war er immer liebevoll. Er konnte streng sein, er hat mich ermahnt, manchmal auch heftig, aber ich teile seine Ansichten über unsere Heimat und bewundere seinen Mut. Ich würde nie auf die Idee kommen, ihm vorzuwerfen, dass er im Gefängnis war, etwa weil er uns alleingelassen hat, denn ich weiß, dass er das auch irgendwie für mich riskiert hat, für meine Zukunft. Ich bin stolz auf ihn und auf das, wofür er steht. Außerdem hat er sich sehr verändert, sein Wesen ist freundlich, er hat investiert, in seine Seele, seinen Charakter."

Der Priester hakte sich bei ihr unter und meinte: „Lassen Sie uns heute einen anderen Weg gehen, ich möchte Ihnen etwas zeigen."

Er zog sie mit sich und sie ließ es bereitwillig geschehen. Dann sagte sie: „Aber mit meiner Mutter ist es anders. Ich verstehe sie nicht. Ich sehe, was sie erlitten hat, aber etwas in mir wehrt sich, sie nur als Opfer zu sehen. Außerdem entzieht sie sich mir, sodass ich mich nicht mit ihr auseinandersetzen kann. Das macht es noch schwerer."

Sie gingen eine Weile schweigend nebeneinander her, als er wieder stehen blieb. Chandani fiel zunächst nichts Ungewöhnliches auf und er gab ihr einen Moment Zeit, damit sie sich umsehen konnte. Dann entdeckte sie eine Bronzeskulptur, die zwischen einigen Bäumen stand und von Grün umrankt wurde.

„Gehen Sie näher. Sehen Sie sich die Figur genau an."

Chandani sah jetzt, dass die Skulptur eine Frau mit einem Kind auf dem Arm zeigte. Ob hier Maria dargestellt werden sollte? Die für eine bestimmte Kultur und andere Epochen typischen Heiligenscheine fehlten zwar, aber es könnte trotzdem sein. Andererseits könnte es sich auch einfach um irgendeine Mutter mit Kind handeln.

„Was denken Sie?", fragte er sie.

Sie drehte sich zu ihm um und meinte: „Ich fragte mich gerade, wer hier wohl dargestellt werden soll."

Er bat sie, sich die Figur noch einmal anzusehen. Sie wandte sich erneut der Skulptur zu. Er kam näher und stand jetzt sehr dicht hinter ihr.

„Ich glaube, dieses Kunstwerk stellt *Sie* dar."

Sie wagte nicht, sich umzudrehen, und fragte nur: „Wie meinen Sie das denn?"

Mit seiner rechten Hand ergriff er ihre, streckte ihren Arm aus, hoch, auf Augenhöhe, sodass er mit seinem Zeigefinger und ihrer Hand in seiner auf die Skulptur wies, und sagte leise: „Sehen Sie sich das Kind an!"

Er ließ ihren Arm wieder sinken, ließ auch ihre Hand los und trat einen Schritt zurück.

„Ich gebe Ihnen eine neue Hausaufgabe, wenn Sie einverstanden sind, ja?"

Sie drehte sich jetzt um und sah ihn an. Was machte er hier eigentlich mit ihr? Wie konnte er ihr so nah kommen? Sie so berühren? Innerlich so berühren? Sie nickte ihm zu, bedächtig, weil sie bereit war, sich auch dieses Mal seiner Idee anzuvertrauen. Er begann:

„Stellen Sie sich vor, wie Sie als ein ganz kleines Kind waren, als Dreijährige vielleicht. Wie lebendig Sie waren, unerfahren, arglos, gutgläubig, viel kleiner als jetzt, schwächer, bedürftig, vertrauensvoll, auf Schutz angewiesen und auf Hilfe. Ja? Können Sie das?"

Sie schloss die Augen, fühlte die Sonne auf ihrem Gesicht und nickte.

„Und jetzt stellen Sie sich vor, dass Sie dieses dreijährige Kind auf den Arm nehmen. Sie sind also so erwachsen wie heute, aber gleichzeitig halten Sie sich als Kind umarmt, ja?"

Sie nickte und folgte mit ihrem inneren Auge seiner Beschreibung.

„Sie beschützen das Kind mit Ihren stärkeren Armen. Sie singen ihm vielleicht ein Lied vor, spielen etwas, lachen mit ihm und erzählen ihm eine Geschichte. Und dann wiegen Sie sich selbst als Kind in Ihren erwachsenen Armen. So, dass es beruhigt einschlafen kann und sich sicher weiß. Und Sie selbst sind das Kind, das so geborgen ist."

Er machte eine Pause und sie öffnete die Augen.

„Denken Sie sich so lange in dieses Bild hinein – aber nicht jetzt, sondern zu Hause, in aller Ruhe –, bis Sie es nicht nur vor sich sehen, sondern sich die Erfahrung einstellen kann. Weil hinter dem Bild mehr liegt, eine Wahrheit, die über uns hinausgeht: dass wir in göttlichen Armen geborgen sind, geschützt, zutiefst bejaht. Können Sie mir noch folgen?"

Sie stellte sich bereits vor, wie sie am Abend in ihrem Zimmer in ihre kleine Meditationsecke gehen und diese Übung machen würde, und spürte eine Vorfreude, wollte sich aber weiter auf das konzentrieren, was er sagte.

„Also hinter dem, was wir mit Fantasie und Einbildungskraft selbst schaffen, können wir die Wirklichkeit berühren, dass uns göttlich elterliche Energie trägt."

Sie nickte.

„In dieser Erfahrung bleiben Sie eine ganze Zeit. Sie will den Grund Ihrer Seele erreichen. Ruhen Sie darin aus, bleiben Sie noch einen Moment länger. Und dann, aber wirklich erst dann, beginnt der zweite Teil der Übung."

Er hakte sich wieder bei ihr unter und meinte: „Gehen wir lieber ein Stück weiter. Bitte versuchen Sie nicht, die Übung jetzt hier direkt mitzuerleben. Sie müssen sich Zeit nehmen und die Reihenfolge der beiden Übungen ist ausgesprochen wichtig, ja?"

Sie schwieg, gespannt, was jetzt kommen würde.

„Wenn Sie sich um Ihre eigene kindliche Seele gekümmert haben, denken Sie an den Menschen, der sie enttäuscht hat. Also in Ihrem Fall vielleicht an Ihre Mutter. Oder eben an einen anderen Menschen, der Sie ärgert, wütend macht oder bedroht und mit dem Sie sich aussöhnen wollen."

Er sah sie an, direkt in ihre Augen.

„Und jetzt stellen Sie sich diesen Menschen ebenfalls als dreijähriges Kind vor. Nehmen Sie dieses kleine Kind auf Ihren Arm."

Sie konnte nicht verhindern, bei dem Gedanken kurz zusammenzuzucken. Er nahm es wohl wahr, ließ sich aber nicht davon irritieren.

„Stellen Sie sich vor, dass der andere ebenso kindlich ist, unerfahren, arglos, gutgläubig, viel kleiner als jetzt, schwächer, bedürftig, vertrauensvoll, auf Schutz angewiesen und auf Hilfe. Und stellen Sie sich vor, Sie sind so erwachsen wie heute und beschützen das Kind mit Ihren stärkeren Armen. Sie umarmen den Feind, die Feindin. Singen ein Lied, spielen, lachen, erzählen dem Kind eine Geschichte. Sie wiegen es so, dass es einschlafen kann und sich sicher weiß. Denken Sie sich auch in dieses Bild hinein, bis sich die Erfahrung einstellen kann: Der andere Mensch ist ein Kind wie Sie selbst, ein Kind aus Familie Mensch."

Er atmete ein paar Mal tief durch, als habe ihn selbst die Erklärung Kraft gekostet. Er wirkte jetzt erschöpft und sie sah ihn besorgt an. Eng gingen sie nebeneinander weiter den Weg entlang. Dann meinte er: „Das ist eine Übung, keine ‚Könnung'. Gönnen Sie sich Zeit. Beginnen Sie in keinem Fall mit der zweiten Übung. Das erste Bild ist das der Geborgenheit, die Ihre eigene Seele braucht. Von da aus finden Sie die Geborgenheit, die Sie weitergeben können. Solange wir noch denken, dass wir selbst verlassen sind, ist es schwer, es den anderen nicht vorzuwerfen. Oder: Solange wir nicht diesen ewigen Schutz erleben, fordern wir ihn verzweifelt von Menschen ein."

Als sie nichts sagte, fragte er: „Ist alles in Ordnung? Oder habe ich Sie mit diesem Vorschlag irgendwie verärgert oder gar verängstigt?"

Sie merkte, dass ihr Hals sich eng anfühlte, und schluckte.

„Die erste Übung hört sich wohltuend an. Und ich ahne auch, dass sie zwar Einbildungskraft braucht, aber darüber hinausreicht. Die zweite Übung allerdings ..."

Er lachte. „Ja, ja."

Sie lächelte jetzt auch. „Ich dachte gerade, dass ich beim letzten Mal gefragt habe, wie lange ich brauchen würde, und habe beschlossen, diese Frage dieses Mal lieber nicht zu stellen, denn ich ahne, dass die Übung mich Zeit kosten wird."

Er sah sie nachdenklich an. „Sie wollen sich aussöhnen und verzeihen. Der Wunsch allein ist kostbar. Sie sollten für möglich halten, dass Sie tatsächlich vergeben und frei werden können. Erwarten Sie doch ruhig, dass es Ihnen Freude macht, sich auf diese Übung, auf beide Bilder, einzulassen. Um es mit Worten Ihrer eigenen Tradition zu sagen: ‚Segnet, die euch verfluchen, und betet für die, die euch beleidigen.' Das sagt Ihr Meister Jesus und er traut es uns also zu."

„Stellt die Skulptur hinten im Garten Maria dar?"

Er schüttelte den Kopf. „Stellt die Hibiskusblüte denn unser Innerstes dar? Sie kann es, wenn wir es entdecken. Ansonsten ist sie einfach eine Blüte. Vielleicht zeigt die Skulptur Maria, vielleicht aber auch Chandani. Alles kann uns zum Bild werden für alles."

Er zwinkerte ihr zu.

„Wenn es Ihnen hilft, dann denken Sie doch an Maria und an Jesus, der von sich selbst als Kind aus Gott sprach und dem man diese tiefe Verbundenheit und Übereinstimmung wohl angemerkt haben muss."

Sie waren wieder am Tor angekommen. Er musste diesen Garten auswendig kennen, dass er immer genau im richtigen Moment wieder hier landete. Sie wollte schon weitergehen, als er sie bat, sich noch einen Moment mit ihm auf die Bank am Eingang zu setzen. Überrascht nahm sie mit ihm Platz.

„Chandani, ich möchte Ihnen heute noch etwas erzählen. Ich habe lange überlegt, ob und wie ich es Ihnen sagen soll."

Sie sah ihn abwartend an, unruhig, hatte aber keine Ahnung, was kommen würde, und sein nächster Satz traf sie vollkommen unvorbereitet.

„Ihre Mutter ist hier."

Sie dachte, sie habe nicht richtig gehört. Bei ihrem ersten Besuch war es denkbar gewesen, eine starke Vermutung sogar, aber diesmal? Wie durch einen Nebel hörte sie, was Pran ihr zu sagen versuchte.

„Sie lebt in diesem Kloster. Hier bei uns heißt sie Samaneri Nyein."

Chandani war fassungslos. Dann platzte sie heraus: „Sie ist hier? Die ganze Zeit schon? Auch bei meinen beiden anderen Besuchen? Und Sie wussten, dass ich Ihre Tochter bin? Und haben mir nichts gesagt?"

Sie boxte mit ihrer rechten Faust auf seinen Oberkörper ein, aber dann fing er sie mit seiner Hand ab und hielt sie fest.

„Ich verstehe, dass Sie wütend sind."

„Wütend? Ich? Wieso denn?", erwiderte Chandani schrill und riss sich von ihm los. „Nur, weil meine Mutter sich vor mir versteckt? Kann sie uns sehen? Ja?"

Sie sprang auf und sah hoch zu den Fenstern.

„Ma, bist du da? Hörst du mich? Siehst du mich? Bekommst du irgendetwas mit?"

Sie kam zu ihm zurück.

„Ist sie irgendwo da oben? Weiß sie, dass ich hier bin? Was denkt sie sich eigentlich dabei? Ich kapiere es einfach nicht."

Sie setzte sich wieder auf die Bank und hielt sich die Hände vors Gesicht. Mit einem Ruck wandte sie sich ihm zu.

„Warum heute? Warum haben Sie das Geheimnis nicht bewahrt? Ich wäre nach Hause gegangen und hätte die Übung gemacht. Was soll ich jetzt denken?"

Aber er kam nicht dazu, zu antworten, denn sie fragte schon weiter.

„Wie, sagten Sie, heißt sie hier? Wieso gibt sie sich einen neuen Namen? Wieso muss sie alles verlassen, was an früher erinnern könnte?"

Sie schlug mit der Faust auf ihr Bein.

„Ach, verdammt! Erklären Sie es mir, los, versuchen Sie es wenigstens!"

„Wir nennen sie Samaneri Nyein. Eine Samaneri ist eine Novizin, denn sie ist nun zwar schon sehr lange hier, aber sie ist immer noch eine verheiratete Frau. Der Name Nyein wurde ihr gegeben, weil sie die meiste Zeit über schweigt."

Chandani starrte ihn an. „Sie schweigt? Warum sollte ein Mensch so etwas tun? Es ist nicht richtig. Ein Mensch will sich mitteilen. Sie hat eine Stimme, also soll sie den Mund aufmachen."

„Sie betet", erwiderte er.

„Das ist nicht dasselbe."

„Da haben Sie recht. Aber es ist eine Art Gespräch. Und sie betet auch für Sie."

Chandani zischte ihn jetzt an: „Sagen Sie ihr, dass sie das lassen soll. Sie soll sofort damit aufhören. Ich will nicht, dass sie mit Gott über mich redet, solange sie nicht bereit ist, direkt mit mir zu sprechen. Ich will es nicht."

Dann kam ihr noch ein Gedanke.

„Weiß mein Vater, dass sie hier ist? Oder haben Sie es ihm gegenüber auch verschwiegen? Was für ein Freund sind Sie eigentlich? Wie können Sie hier mit ihr leben?"

Bei der letzten Frage war er zurückgewichen.

„Was?", flüsterte Chandani jetzt, „lieben Sie sie etwa? Spielen hier den Priester und leben heimlich mit der Frau Ihres Freundes zusammen? Ist es so?"

Er schüttelte den Kopf und wirkte sehr müde.

„Chandani, Sie sind aufgebracht, zu Recht, aber so kann ich nicht mit Ihnen sprechen."

Sie stand auf.

„Bekomme ich noch ein paar Antworten oder war das alles?"

Er zuckte mit den Schultern. „Ihre Mutter hat Schutz gebraucht, ihn hier gesucht und gefunden. Sie möchte hier leben. Ich denke, dass Sie das akzeptieren müssen. Thura weiß, dass sie hier ist, und er weiß, dass ich in ihrer Nähe bin und mich kümmere. Aber *sie* weiß nicht, dass ich heute mit Ihnen spreche."

„Warum tun Sie es dann?", fragte Chandani aufgewühlt. „Und was hätten Sie getan, wenn ich heute nicht gekommen wäre?"

Er holte tief Luft und sagte: „Ich spreche so mit Ihnen, weil sie krank ist, und ich dachte, Sie sollten das wissen."

Aber sie erwiderte nur: „Krank, versteckt, tot, meinen Sie denn, das macht für mich irgendeinen Unterschied?"

Da erklärte er: „Manchmal verändern sich Menschen, wenn sie die letzte Phase des Weges erreichen. Oder sie wünschen sich dann auf einmal doch, noch etwas zu klären oder wiedergutzumachen. Ich dachte, dass Sie sich darauf vielleicht einstellen sollten. Und überlegen, ob Sie bereit dazu wären. Unter Umständen kann Ihnen die Übung dabei helfen."

Chandani sagte nur unverbindlich: „Wir werden sehen." Und dann wieder hitziger: „Und jetzt muss ich hier raus. Sonst tue ich noch etwas, das mir nachher leidtut."

Und damit öffnete sie das Tor vom Garten und rannte von ihm weg über den Innenhof bis zum Eingangstor. Sie sah sich kurz um, ihre Blicke begegneten sich, ihre blitzenden und seine müden Augen, dann wandte sie sich ab und war im nächsten Moment verschwunden.

Er hatte gewusst, dass es nicht leicht sein würde, aber er war trotzdem froh, es ihr gesagt zu haben. „Wir werden sehen", hatte sie gemeint und er hoffte in diesem Moment, dass sie sich tatsächlich wiedersehen würden. Ja, er rechnete eigentlich fest damit, dass es nur so sein könnte.

Kapitel 12

Falak war froh, endlich angekommen zu sein, aber enttäuscht, als er nicht von Chandani, sondern von Thura begrüßt wurde.

„Herzlich willkommen“, rief dieser und fragte überrascht: „Sind Sie etwa zu Fuß unterwegs?“

Falak war außer Atem, ließ seine Reisetasche auf den Boden sinken und sie verbeugten sich leicht voreinander.

„Ich bin geflogen und von Chennai mit dem Bus gefahren und habe erst vergeblich versucht, eine Rikscha zu finden. Irgendwann hat mich ein Fahrer entdeckt und hat mich bis zur Kreuzung oben gebracht. Den Rest des Weges bin ich gelaufen.“

Thura lachte. „Na, dann kommen Sie mal.“

Er nahm ihm die Tasche ab und sie gingen gemeinsam in Richtung Haus.

„Essen wir doch eine Kleinigkeit zusammen, ja? Ich bin nicht so hübsch wie meine Tochter, aber ich koche besser.“

Falak musste lachen. „Da habe ich ja richtig Glück gehabt.“

Aber er konnte seine Enttäuschung darüber, sie nicht sofort zu sehen, nicht verbergen und Thura nahm es erfreut zur Kenntnis.

„Wo ist sie denn?“, fragte er.

Thura überlegte kurz, wie er am besten im Interesse von Chandani antworten sollte. Er wusste, wie wichtig ihr das Recht war, persönliche Angelegenheiten für sich zu behalten, aber dann sagte er sich, dass sie sicher nichts dagegen hätte, wenn Falak wüsste, wo sie sich aufhielt. Schließlich hatten die beiden, soweit er es bemerkt hatte, fast jeden Abend lange miteinander telefoniert. Also waren sie sich wohl irgendwie nähergekommen, hm? Warum eigentlich wusste seine Tochter dann nicht, dass ihr Gast wieder da war? Er schüttelte innerlich den Kopf, aber an Falak gewandt sagt er: „Sie ist auf dem anderen Berg, im Kloster, und besucht den Priester. Aber Sie können damit rechnen, dass sie heute Abend wieder hier ist. Sie hat das Auto genommen und wird sicher die Chance nutzen und ein paar Einkäufe machen, aber sie ist bestimmt zurück, bevor es dunkel wird."

Falak schien mit dieser Antwort zufrieden zu sein.

„Nehmen Sie einfach dasselbe Zimmer wie bei Ihrem letzten Besuch."

Mit diesem Satz gingen sie ins Haus und verabredeten, gleich gemeinsam zu essen.

Sie nahmen eine einfache Mahlzeit zu sich, Puri, kleine Reiskuchen, mit Kokosnuss-Chutney und Tomaten-Samba, und schwiegen zunächst. Falak erinnerte sich, dass es hier üblich war, erst einmal schweigend zu essen, und außerdem rechnete er damit, dass Thura ihm gleich eine Frage stellen würde, und war gespannt, mit welcher er einsteigen würde.

„Und, interessieren Sie sich nun für Falken?", fragte der alte Mann denn auch nach einer Weile.

Falak schüttelte den Kopf. „Nein. Ehrlich gesagt, frage ich mich immer noch, wie man überhaupt auf die Idee kommt, Falken zu züchten."

Thura sah ihn aufmunternd an. „Fragen Sie sie doch!"

Aber Falak zuckte mit den Schultern. „Das habe ich schon getan. Aber sie konnte mir keine Antwort geben."

Thura nickte und zog die Stirn in Falten. „Fragen Sie sie einfach noch mal!"

„Und Sie meinen, sie würde mir dieses Mal mehr sagen?"

Thura nickte. „Ja, das könnte durchaus sein. Und Sie sollten auch darauf bestehen, wenn Sie sie kennenlernen wollen." Verschmitzt fügte er hinzu: „Denn wenn Sie wiedergekommen sind, obwohl Sie sich nicht für Falken interessieren, dann ja vielleicht für Falknerinnen, oder? Und natürlich für mein gutes Essen, geben Sie es zu!"

Falak lachte kurz auf und sagte dann: „Falknerinnen interessieren mich im Allgemeinen eigentlich auch nicht. Nur ganz konkrete. Eigentlich nur eine."

Thura erwiderte: „Ich persönlich kenne auch nur eine, aber das ist genug, glauben Sie mir."

Falak strahlte ihn jetzt unverhohlen an. „Sollten wir etwa von derselben Frau sprechen?"

„Tja", seufzte Thura, „und jetzt ist sie nicht einmal da. Gibt es denn etwas, das ich für Sie tun kann?"

Die beiden Männer sahen sich an, beide mit einem Kurta bekleidet, Thura wie meistens in Weiß, Falak in dunklem Braun, wussten, dass es Ähnlichkeiten und Unterschiede gab. Falak dachte daran, wie er in der letzten Nacht unter diesem Dach wach gelegen und unterschiedlichste Fragen bewegt hatte. Nun, über Thuras Vergangenheit würden sie sicher noch zu einem anderen Zeitpunkt sprechen. Und wie es sich wohl anfühlen würde, Chandani zu küssen, würde er hoffentlich ohne seine Hilfe herausfinden. Während er noch überlegte, wie er ihm von seinen Begegnungen zu Hause erzählen sollte, kam Thura ihm zuvor und machte ihm den Einstieg leicht.

„Und wie haben Sie Ihre Eltern angetroffen?"

Falak erzählte ihm, dass sein Vater sehr erleichtert gewesen war, ihn zu sehen, und für den nächsten Tag sofort alle Termine abgesagt und sich einen Tag Urlaub genommen hatte, damit sie ungestört Zeit miteinander verbringen konnten. Sie hatten lange im Garten gesessen und am Ende die Verabredung getroffen, den Firmenauftrag und ihr Selbstverständnis um einen Wertekatalog zu erweitern, der künftig für alle Verhandlungen, jedes Geschäft und jedes Tochterunternehmen verbindlich sein würde. Sein Vater hatte ihm angeboten, dass er diesen Katalog erarbeiten könne, und damit zum ersten Mal von sich aus gezeigt, dass auch ihm daran gelegen war, ihr Unternehmen in Zukunft unter anderen moralischen Bedingungen weiterzuführen. Sie waren beide beseelt gewesen von dem Gedanken, dass ihr Miteinander weiterhin gelingen könnte.

„So einfach?", fragte Thura etwas ungläubig nach und Falak erwiderte: „Fürs Erste zumindest. Die grundlegende Frage, was ich an meinem Lebensstil ändern muss, braucht wohl einfach mehr Zeit. Ich weiß, meine Eltern verhalten sich ausgesprochen großzügig, und wohl nicht alle Mütter und Väter würden das tun. Aber", überlegte er laut weiter, „vielleicht ist es auch so, dass über die guten Erfahrungen heutzutage wenig gesprochen wird. Was schließlich ist der Nachrichtenwert einer glücklichen Familie? Oder meine Eltern sind tatsächlich etwas Besonderes. Möglicherweise hängt es ja auch damit zusammen, dass ihre Geschichte nicht so glatt ging, sodass sie auch jetzt zu Außerordentlichem fähig sind."

Thura bedankte sich lachend, dass er so großherzig und wohlwollend über Eltern sprach, und erzählte ihm: „Wissen Sie, Musik war immer wichtig für mich. Es gab Lieder, die so sehr den Nerv der Zeit trafen und meine eigene Gemütslage, dass ich ohne ihre Inspiration wohl tatsächlich ein anderer Mensch geworden wäre. Von Bob Dylan wird erzählt, dass seine Eltern sein musikalisches Talent durchaus gefördert haben, aber als er ihnen mit zwanzig Jahren eröffnete, er wolle Musiker werden, waren sie nicht gerade begeistert. Aber sie gaben ihrem Sohn ein Jahr Zeit, in dem er machen durfte, was er wollte. Wenn er keinen Erfolg haben würde, sollte er studieren, einen ordentlichen Beruf erlernen oder in das Geschäft des Vaters einsteigen. Sie haben gut daran getan, hm?"

Falak wirkte nachdenklich. „Ein Jahr ist lang."

Und dann erzählte er davon, wie seine Mutter ihn bei einem gemeinsamen Abendessen mit ein paar geschickten Fragen dazu gebracht hatte, von Chandani zu erzählen. Thura sah ihn neugierig an.

„Und?", fragt er.

Falak zuckte mit den Schultern.

„Ich weiß nicht, wie sie das angestellt hat, aber ich saß auf einmal da und erzählte, was für eine schnelle Reiterin sie ist, wie geschickt sie mit den Falken umgeht, beschrieb, wie sie aussieht, ja, ich glaube, man kann wohl einfach sagen, ich schwärmte von ihr."

Die Erinnerung daran schien ihn sowohl zu irritieren als auch zu beglücken. Thura sah sehr zufrieden aus.

„Vielleicht sind meine Eltern am Ende noch mehr an meinem persönlichen Glück interessiert als an meiner Karriere oder dem Erfolg des Familienunternehmens."

Thura sah ihn jetzt sehr direkt an. „Ich habe weiter über Sie nachgedacht. Sie haben viel Verantwortung und wegen Ihrer Ideale ist sie Ihnen fast unerträglich schwer geworden. Ich finde, Sie machen das großartig. Denken Sie an Ihren ‚kleinen Bruder' aus dem Kalender – Sie helfen Ihrem Spiegelbild nicht, wenn Sie nur arbeiten und niemals feiern, immer nur das Richtige tun, statt auch einmal etwas Sinnloses, Zweckfreies zu genießen. Sie helfen ihm nicht, wenn Sie irgendwann aufgeben, weil Sie keine Kraft mehr haben. Deshalb habe ich eine Idee, was Ihnen fehlt."

„Ja? Sie machen mich neugierig."

Thura schmunzelte ihn an. „Spaß, Schabernack, Freude, Schäkereien, Scherze, Gekicher, Vergnügen, Glück, Leichtigkeit, Lachen, Zärtlichkeit, Kinder. Um es in einem Wort zu sagen: eine Frau."

Als Falak ihn ungläubig ansah, lachte er.

„Ich meine es ernst. Holen Sie sich die Liebe in Ihr Leben! Küssen, Schmiegen und Kosen, all das."

Falak entrüstete sich, lachte dabei aber gleichzeitig. „Sie meinen, ich sollte mich verlieben? Und das wäre dann die Lösung?"

„Unbedingt."

Thura lachte noch immer. Dann wurde er ernster.

„Es würde wohl keine Ihrer Fragen beantworten. Und keine Ihrer Entscheidungen leichter machen oder weniger weitreichend. Die Herausforderungen, denen Sie sich als Geschäftsmann gegenübersehen, sind so groß, wie sie sind. Sie können nur ausweichen und die Verantwortung verweigern oder Sie lernen, sie auszuhalten. Damit Sie es schaffen, müssen Sie mehr Grund zum Lachen haben. Sie müssen die Lebenskunst der Balance lernen, Ihnen fehlt ein Ausgleich. Sie brauchen dringend Leichtigkeit."

Falak war unruhig. Mal verschränkte er die Arme vor der Brust, dann legte er sie hinter seinem Kopf zusammen, dann wieder rieb er die Hände nervös aneinander. Er legte die Stirn in Falten, räusperte sich und fragte: „Verzeihen Sie, ich hatte irgendwie einen anderen Rat erwartet. Wie ist es denn? Vermissen Sie selbst es auch? Das Lieben?“

Thura bedachte ihn mit einem langen, tiefgründigen Blick bevor er antwortete.

„Ja. Ich vermisse das Weiche, Leichte, Lustige.“

Er zwinkerte ihm zu.

„Verzeihen Sie, aber Sie irritieren mich. Das Lustige?“

Thura nickte und boxte ihm ein paar Mal auf den Oberarm.

„Sie sind zu ernst. Zu verbissen.“ Dann zwinkerte er wieder. „Wenn wir ehrlich sind, hat es doch auch etwas sehr Komisches, wenn zwei Menschen sich lieben. Wie sie sich ineinanderwinden und festkrallen, sich drehen, als versuchten sie, voneinander loszukommen und als sehnten sie sich gleichzeitig nach nichts mehr, als sich noch näher zu kommen. Hm?“

Falak schüttelte den Kopf, aber ein Grübchen verriet, dass er selbst glücklich amüsiert war von dem, was Thura da in ihm ermunterte.

Der alte Mann seufzte tief.

„Ach. Dieser heilige Tanz von zwei Seelen, die sich finden. Jemandem so vertraut zu sein.“ Und dann schwärmte er: „Zu wissen, unter dieser Falte ist eine kleine Narbe verborgen. Und wenn ich über diese Wölbung streichle, dann zuckt sie zusammen und etwas zeigt sich in ihrem Gesicht, das sonst nie da ist. Und wenn sie über mir kniet, sieht sie aus wie eine Kriegerin, die sich auf die Lauer gelegt hat und die weiß, dass sie sich jetzt gleich über ihren Fang hermacht.“

Die Erinnerungen nahmen ihn mit.

„Ich dachte, irgendwann weißt du ja, wie es sich anfühlt, du wirst dich daran gewöhnen, aber dann ist man doch jedes Mal wieder überrascht, wie überwältigend es ist, als hätte man vergessen, was mit uns geschieht. Ja, das Schöne am Sex ist, dass er keinen Zweck hat, außer dem, sich zu entdecken und zu beschenken. Und stellen Sie sich nur vor, auf dem Höhepunkt dieser großen Bitte um Harmonie und Verschmelzung kommen Sie und kommt auch ein Kind ins Leben. Oder es besteht zumindest der Wunsch. Das ist Hingabe. Ein Erlebnis, wo Kontrolle wirklich keinen Sinn mehr macht, sondern nur den wahren Spaß verhindern würde. Also", schloss er energisch, „Sie müssen sich regelmäßig durchkitzeln lassen. Sonst werden Sie es kaum durchhalten können."

Falak konnte nicht verhindern, das konkrete Bilder vor seinen Augen entstanden, und es wunderte ihn nicht, dass sie alle nicht ohne Chandani auskommen wollten. Er sah sie vor sich, wie sie ihn mit ihren grünen Augen anblitzte und ihm mit ihrem weichen Mund näher kam.

„Genug!", rief er. „Ich habe es verstanden. Sie verstehen es, Träume zu wecken. Wie halten Sie es aus, allein zu sein?"

Thura flüsterte in schelmischem Ton: „Ich lasse mich von Gott durchkitzeln."

Und wieder sah Falak ihn ungläubig von der Seite an, aber Thura war es auch diesmal ernst.

„Heute Morgen erst hat mich die Sonne zum Niesen gebracht und ich blinzelte in den Himmel und musste laut lachen und dachte: ‚Diese Liebe erlaubt sich, mit mir zu scherzen.' Es ist eine tiefe Erfahrung von Glück, die mich in diesen Momenten beseelt."

„Aber vermissen Sie Ihre Frau nicht manchmal?", fragte Falak leise und Thura veränderte sich, als sei mit einem Windzug eine Wolke vor die Sonne gezogen, sein Gesicht wirkte düster, die Augen sahen regnerisch aus und sogar seine Stimme klang jetzt grau.

„Ja. Sie fehlt mir. Immer noch, immer wieder, nach all den Jahren. Es ist ein ähnlicher Schmerz wie das Heimweh. Manchmal denke ich, ich werde verrückt ohne sie. Alles ist auf einmal schwer, die kleinsten Aufgaben sind mühsam. In den ganz einsamen Momenten habe ich Angst, weinen zu müssen, weil ich nicht versprechen kann, jemals wieder aufhören zu können."

Thura erlaubte sich erneut, seinen Erinnerungen zu folgen, und seine Stimme wurde wieder heller.

„Niemand hat mich jemals wieder so angesehen wie sie. Chandani sieht ihr sehr ähnlich, äußerlich, aber sie ist in ihrem Wesen ganz anders. Aye-Aye war frei und natürlich, man könnte auch sagen naiv. Es war nichts Künstliches an ihr. Sie lebte in Verbundenheit mit Sonne und Mond. Sie kannte ihren eigenen Zyklus ganz genau und sie spürte, wenn der Monsun näher kam. Sie fühlte sich mit allem verbunden. Für jemanden wie mich, der sehr auf Freiheit bedacht ist, übte sie eine große Faszination aus. Überlegen Sie nur: Für mich ist die Idee des Individualismus nicht nur irgendwie bereichernd, sondern sogar lebensnotwendig, aber sie ließ es zu, in ihrer Lebensliebe aufzugehen. Sie konnte mich damit erschrecken und lockte mich gleichzeitig. Heute denke ich oft, dass in dieser Ursprünglichkeit eine große Weisheit liegt."

Falak hörte gebannt zu und fragte noch einmal vorsichtig nach: „Und sind Sie nie auf den Gedanken gekommen, ein zweites Mal zu heiraten?"

Thura schluckte kurz.

„Ihre Fragen sind sehr direkt und gehen mir sehr nah. Aber ich finde es eigentlich richtig, wenn jüngere Menschen die älteren befragen. Also muss ich wohl auch bereit sein, zu antworten."

Aber Falak entschuldigte sich und versicherte ihm, er habe genug gehört und wolle ihn auf keinen Fall bedrängen. Thura winkte ab und sprach weiter.

„Noch einmal heiraten? Es gab wohl verschiedene Antworten auf diese Frage in meinem Leben. In der ersten Zeit habe ich sehr unter meiner eigenen Schuld gelitten. Mich hat beschäftigt, was mit uns geschehen ist. Heute ist es so, dass ich meine Sehnsucht ganz auf Gott gerichtet habe. Ich war irgendwann an einem Punkt angekommen, an dem mir klar wurde, dass meine Sehnsucht unendlich groß ist. Und einen Sprung weiter stellte sich die Erkenntnis ein, dass sie dann wohl auch nur mit Unendlichkeit gestillt werden kann. Verstehen Sie? Unendlich groß ist unser Verlangen, unser Wunsch, zu lieben und geliebt zu werden, aber als Menschen sind wir doch begrenzt, zu erfüllen, was wir ersehnen."

Falak fragte nach: „Trotzdem ermutigen Sie mich dazu, eine Frau zu suchen?"

Thura nickte mehrmals.

„Was nicht bedeutet, ich würde Sie nicht ebenfalls gerne dafür gewinnen wollen, sich der Gottesliebe auszuliefern. Und ich warne Sie davor, von einer Frau jemals zu erwarten, sie könne Sie unendlich glücklich machen. Wie soll sie? Wo sie selbst endlich ist? Niemand kann das und nichts."

In diesem Moment kam ein Auto an, sie konnten es nicht sehen, hörten aber, dass es in der Nähe des Tores hielt. Falak sprang sofort auf und Thura konnte einen Kommentar nicht zurückhalten.

„Oh, Sie interessieren sich aber wirklich!"

Sie sahen beide aus dem Fenster und dann sagte Thura: „Das ist nicht Chandani. Es ist viel zu früh für sie und außerdem würde sie nie so vorsichtig auf das Gelände fahren, sie rast! Das muss jemand anders sein."

Er fragte sich, welche Verabredung er vergessen haben könnte, als er in der Frau mit dem dunkelroten Seidensari erstaunt Ye erkannte. Sie kam auf das Haus zugelaufen und rief: „Hallo! Ist jemand da?"

Marie-Suu an ihrer Hand hüpfte neben ihr her und sah sich neugierig nach allen Seiten um.

Thura lief vor die Tür und rief: „Das ist ja eine Überraschung! Was führt dich denn zu uns? Und du hast deine Tochter mitgebracht." An Marie-Suu gewandt, sagte er: „Du bist ja schon richtig groß!"

„Ich bin sechs", antwortete Marie-Suu. „Und wie alt bist du?"

Thura lachte sie an. „Ich bin fast siebzig."

Offensichtlich beeindruckt von dieser Zahl, sah sie ihre Mutter an.

„Ja, da guckst du, hm?", sagte die und nahm dann Thura in den Arm, der sie für einen Moment an sich drückte.

„Mutige Bamar, es ist wirklich schön, dich zu sehen.“

„Große Sonne“, verneigte sich Ye vor ihm, „ich freue mich ebenfalls. Es ist vier Jahre her, dass wir uns zuletzt gesehen haben, hm?“

Sie strahlten sich an. Dann sah sie sich bewundernd um.

„Nicht nur meine Tochter, sondern auch die Bäume hier sind ganz schön gewachsen.“

Da sah Ye, dass Falak auf der Terrasse stand. Ihrer Intuition zufolge, konnte das wohl nur der ‚Jemand‘ sein. Thura, der ihren Blick bemerkte, sagte: „Oh, Verzeihung. Darf ich euch einander vorstellen.“

Aber auch Falak war längst klar, wen er vor sich haben musste. Chandani hatte ihm Ye treffend beschrieben.

„Sie müssen Ye sein“, sagte er höflich.

„Und Sie Falak, hm?“

Wieder dachte Thura, dass hier, wenn Chandani die beiden voneinander wissen ließ, offensichtlich etwas im Gange war, das ihm gefiel.

Sie räumten zusammen die Taschen aus dem Auto, Ye und Marie-Suu bezogen das zweite Gästezimmer und irgendwann fanden sich alle auf der Terrasse ein, wo sie von Thura mit Tee, Gebäck, Wasser und Obst versorgt wurden. Die Kleine schien müde zu sein und setzte sich fürs Erste auf den Schoß ihrer Mutter und beobachtete alles von hier aus.

Falak sah Ye genauer an, und waren ihm die Eleganz und die Locken sofort ins Auge gefallen, so entdeckte er jetzt auch, dass sie einem, wenn sie sich über etwas wunderte, tatsächlich irgendwie kurz die Zunge herausstreckte, was ihrer vornehmen Erscheinung manchmal für kurze Momente etwas Lustiges, ganz Mädchenhaftes verlieh. An ihrem Arm baumelte ein Gebetskettchen und auch ihr Interesse an Kunst meinte er erahnen zu können, denn in dem Korb mit den Spielsachen ihrer Tochter fanden sich vor allem Malbücher, Papier, Wachskreiden und Buntstifte. Marie-Suu sah vollkommen anders aus als ihre Mutter, ihre Haare waren nicht wellig, sondern gekringelt und saßen wie eine dichte Mütze um ihren Kopf und ihre Haut war dunkler. Er fragte sich, ob der Vater des Kindes ein Schwarzer war.

Ye ihrerseits sah Falak interessiert an und versuchte, sich den Inder an der Seite ihrer Freundin vorzustellen. Sie dachte, dass Chandani seine Ausstrahlung gefallen musste, und war gespannt, ihn näher kennenzulernen.

Sie erzählte jetzt als Erstes und noch ganz frisch begeistert von einer amerikanischen Kampagne, die am Geburtstag ihrer birmanischen Nationalheldin weltweit „Arrest Yourself"-Partys initiierte.

„Jedes Jahr am 19. Juni stellen sich die Veranstalter sozusagen selbst unter einen 24-Stunden-Hausarrest und laden in ihrem Bekanntenkreis zu einem Abend über Birma und unsere Aung San Suu-Kyi ein. Wir haben eine dieser Partys in der Galerie veranstaltet, Ben hatte sich unter Arrest gestellt, es war verrückt, wie viele Leute kamen."

Und so stiegen sie in ein angeregtes Gespräch ein.

„Es ist jedes Jahr dasselbe: Ende Mai jährt sich der Wahlsieg von 1990 und wir können es einfach nicht fassen, dass das überwältigende Ergebnis, mit dem die Mehrheit unseres Volkes überdeutlich für die Demokratie stimmte, einfach ignoriert wird, und drei Wochen später feiern wir dann den Geburtstag der Person, die wie keine andere mit diesem Wahlsieg in Verbindung gebracht wird, und hoffen weiter", meinte Thura.

„Und was man nicht vergessen darf", warf Ye zynisch ein, „die Militärregierung nutzt einen dieser Tage auch gerne dafür, um ihren Hausarrest zu verlängern, und demonstriert einmal mehr, dass sie kein Entgegenkommen kennt. Wie auch dieses Jahr wieder."

Thura seufzte: „Die Hoffnung lebendig zu halten angesichts dieser Unbeweglichkeit, ist eine der größten Herausforderungen. Ich bewundere Suu-Kyi wirklich, vor allem ihren ungebrochenen Willen."

Falak nahm sich gerade vor, herauszufinden, ob sie eigentlich irgendwelche geschäftlichen Beziehungen zu Birma unterhielten, als Ye meinte: „Suu-Kyi bittet ganz offen darum, Birma nicht als

Urlaubsziel zu wählen, und ersucht Geschäftsleute, nicht in unser Land zu investieren. Sind Sie nicht Ökonom? Was denken Sie?"

Er nickte und sie unterhielten sich eine Weile über Boykott-Maßnahmen.

Falak meinte nachdenklich: „Tourismus und jede Art von Devisenbeschaffung, jede Investition bringt natürlich immer auch Veränderung im Positiven mit sich, Gespräche zwischen Gästen und Einheimischen, Fragen, Neugier, einfach eine gewisse Öffnung für Neues, für den Westen. Aber auf der anderen Seite bedeuten Wirtschaftsbeziehungen jeder Art vor allem, dass die Kassen der Diktatur gefüllt werden und der Eindruck von Akzeptanz ihren Stolz fördert. Außerdem besteht die Gefahr, dass Urlauber über der Schönheit und Exotik des Landes die Menschenrechtslage und Armut vergessen, also bessert sich die Lage für die Bevölkerung nicht. Sanktionen würden aber ihre Situation zunächst einmal verschlechtern, aber auf Dauer eben Veränderung bewirken. Es gibt viele Beispiele, die das belegen, und vielleicht mindestens ebenso viele, die uns fragen lassen, warum wir nicht eher und konsequenter zu solchen Maßnahmen gegriffen haben."

Ye stimmte ihm zu und ergänzte: „Gandhis Methode, das britische Empire zu bekämpfen, die Aktionen gegen das Apartheidsregime in Südafrika, der Boykott gegen Shell im Zusammenhang mit dieser Nordsee-Bohrinsel damals. Aber die Gegenbeispiele gibt es eben auch, die teilweise enormen Umsatzeinbußen von Coca-Cola in Europa nach der USA-Invasion im Irak zum Beispiel haben ja wohl nichts bewirkt."

Thura, der die Stirn kritisch in Falten gelegt hatte, kommentierte: „Solche Maßnahmen müssen äußerst sorgsam angewandt werden, damit sie nicht nur die Schwächsten treffen. Erinnert ihr euch an das Interview mit Madeleine Albright? Als sie, damals noch Außenministerin, gefragt wurde, was sie dazu sage, dass fünfhunderttausend irakische Kinder infolge der amerikanischen Wirtschaftssanktionen gestorben seien? ‚Die Entscheidung war schwer, aber der Preis, alles in allem, nicht zu hoch', hat sie damals geantwortet."

Er schüttelte den Kopf. „Zynisch ist das. Was wohl die gesagt hätten, die diesen Preis bezahlt haben? Nein, wir müssen sehr klug handeln, um die Militärs an der richtigen Stelle zu treffen, denn dass sterbende Kinder im Zweifelsfall egal sind, wissen wir ja."

Eifrig sagte Falak: „Dieses Land, Indien, könnte einen wichtigen Beitrag zur Entmachtung der Militärregierung leisten."

Ye bejahte, was er vorschlug. „Wenn westliche Nationen Sanktionen verhängen, ist das eine Sache, und eine ganze Reihe westlicher Firmen haben sich aus Birma zurückgezogen, allerdings nicht nur wegen der Menschenrechtslage, sondern auch wegen der unglaublichen Bürokratie. Aber unsere direkten Nachbarn expandieren auch in Birma und sie haben ja nun einmal die Gewohnheit, sich niemals in die innenpolitischen Angelegenheiten der anderen einzumischen, und ziehen das auch konsequent durch, allen voran China. Aber Indien als große Demokratie und wachsende moderne Wirtschaftsmacht könnte hier einen bedeutenden Beitrag zur Veränderung leisten."

„Erinnere dich", warf Thura wieder einen Kommentar ein, „vor zwei Jahren hat der ASEAN-Gipfel eine scharfe Erklärung zu Birma abgegeben, völlig überraschend für alle."

„Ja, großartig. Aber dann hat China im Weltsicherheitsrat seine Veto-Stimme eingesetzt und die Resolution, mit der Birma aufgefordert wurde, die politischen Gefangenen freizulassen, einschließlich Suu-Kyi, die Oppositionsparteien ungehindert agieren zu lassen und weitere Schritte in Richtung Demokratisierung zu übernehmen, wurde abgelehnt."

Thura massierte sich die Schläfen und entgegnete: „Schon vor vierzig Jahren haben wir in unserem Salon damals in Birma über Sanktionen gesprochen. Die Menschenrechtslage war katastrophal. Die Ausgaben für Militär und Polizei unfassbar hoch. Die Regierung hatte Angst vor der intellektuellen Elite und schloss Universitäten und es gab plötzlich keine freie Fächerwahl mehr. Die Religionsfreiheit wurde immer mehr eingeschränkt. Die Reisefreiheit, die Versammlungsfreiheit. Geht eine, verschwinden sie alle. Die

Gesundheitsversorgung war verheerend. Vor vierzig Jahren schon. Heute ist Birma nicht nur eines der ärmsten Länder der Welt, sondern wir sprechen von einer humanitären Krise.“

Marie-Suu schien sich zu langweilen, kniete sich vor den niedrigen Tisch auf den Boden und begann, ein Bild zu malen. Falak fiel ihre Sorgfalt auf und wie gut sie sich allein beschäftigen konnte, und er machte eine Bemerkung dazu in Richtung von Ye. Da sah ihn die Kleine neugierig an und fragte: „Wie heißt du denn?“

„Falak“, sagte er. „Und du?“

„Ich bin Marie-Suu“.

Sie vertiefte sich wieder in ihr Bild. Falak wandte sich an Ye und sagte: „Verzeihen Sie bitte, vielleicht ist meine Frage sehr unpassend und für jemanden, der sich besser auskennt, ist ganz offensichtlich, warum Sie nicht in Birma leben können …“

„Nein“, winkte Ye ab und unterbrach ihn. „Fragen Sie nur. Und offensichtlich ist gar nichts. Auf den ersten Blick gehöre ich sogar zur Mehrheit der Birmanen, bin eine Bamar und als Buddhistin aufgewachsen.“

Falak fragte nach: „Aber wer wird denn warum vertrieben? Verzeihen Sie noch einmal, es ist mir unangenehm, dass ich mich nicht besser auskenne.“

Marie-Suu sah ihn neugierig an und fragte in diesem Moment: „Wo lebst du denn?“

Die Erwachsenen schmunzelten und Falak antwortete ihr: „Ich lebe hier in Indien, in Mumbai.“

„Ach so“, sagte sie, „und ich lebe auch in Indien. Aber wenn ich groß bin, ziehe ich vielleicht woanders hin.“

Und damit vertiefte sie sich wieder in ihr Bild. Ye schüttelte lächelnd den Kopf.

„Ich beneide sie um ihr kindliches Vertrauen, denn sie spricht manchmal so von Birma, als sei vollkommen klar, dass sie eines Tages dort leben wird. Vielleicht“, sagte sie mit einem Blick zu Thura, „in noch einmal vierzig Jahren …“

Dann wandte sie sich Falak zu: „Es gibt eigentlich drei Gründe für Vertreibung: ethnische, religiöse und politische. Aber alle drei Kriterien können auch gleichzeitig zutreffen oder sind erst gar nicht voneinander zu trennen. Thura ist ein Beispiel dafür."

Der lachte bitter auf. „Als Chin, Christ und Demokrat habe ich mich engagiert für den Schutz von Minderheiten, für Religionsfreiheit und Meinungsvielfalt. Das wurde alles nicht gerne gesehen."

Ye nickte und erklärte weiter: „Chin, Kachin und Karen sind, sozusagen als ganze Volksstämme, mehrheitlich christlich geprägt und werden also deshalb verfolgt. Die Rohigya, denen sogar dieser Status einer Volksgruppe verwehrt wird und die von der Regierung nur als ‚bengalische Muslime' bezeichnet werden, sind ganz systematisch vertrieben worden. Sehr viele von ihnen sind nach Bangladesch geflohen."

Thura ergänzte: „In unserem Land gibt es ein ganz offizielles Regierungsprogramm zur ‚Reinigung Birmas von der christlichen Religion' und da die Regierung in diesem Fall ihr Vorhaben auch in die Tat umsetzt, anders als bei anderen Versprechen, gehört Birma jetzt schon seit Jahrzehnten zu den Ländern mit den schwerwiegendsten Verletzungen dieser Freiheit. Aber ich habe immer gesagt: Sie können die Gottesdienste verbieten und versuchen, den Sonntag abzuschaffen – nicht, dass sie es nicht versucht hätten, aber der Rhythmus von zehn Tagen war nicht durchzuhalten gewesen, die Menschen wehrten sich, ganz unabhängig davon, ob sie Christen waren oder Buddhisten –, was heilig ist, kriegen sie nicht zu packen, das werden sie nicht schaffen."

Thura sah müde aus und rieb sich die Schläfen.

„Unsere mutige Freundin hier", er nickte scherzhaft in Richtung von Ye, „hatte also eigentlich alles richtig gemacht. Richtiger Volksstamm, richtige Religion und vollkommen unpolitisch war sie auch."

Ye lachte und wollte dann selbst weitererzählen.

„Aber dann habe ich Chandani kennengelernt, die stolze Tochter eines Regimekritikers, und später auch noch einen Amerikaner geheiratet, was beides an Landesverrat grenzt. Und da sowohl

Chandani als auch Ben, mein Mann, Christen sind, habe ich mich selbst dem Christentum angenähert. In Birma wäre es also insgesamt sehr schwierig für uns."

Thura meinte nur knapp: „Sie würden euch einfach die Einreise verweigern, davon musst du ausgehen."

Ye streichelte über den Kopf ihrer Tochter.

„Mein Mann ist Afroamerikaner. Fragen Sie ihn nach einem Detail aus der Bürgerrechtsbewegung, er wird es Ihnen sagen und Ihnen die ‚I have a dream'-Rede so vortragen, dass Sie denken, Sie selbst wären dabei gewesen, unter den 250 000, die damals in Washington friedlich für Arbeit und Freiheit durch die Straßen marschierten. Außerdem ist er Künstler, Musiker. Freiheit ist ein ausgesprochen bedeutender Wert für ihn."

„Was macht er genau? Gibt er Konzerte?"

„Nein, er arbeitet heute als Produzent. Zwischendurch als Aktionskünstler. Ben war damals an unser College gekommen, weil Yoko Ono hier Anfang der Fünfziger studiert hatte und Alice Walker Anfang der Sechziger. Chandani hatte es ausgewählt, weil Susan Sontag hier Mitte der Fünfziger Vorlesungen in Philosophie gehalten hatte. Ich dagegen kam einfach mit, weil Chandani es ausgesucht hatte." Sie lachte über sich selbst. „Das alles war neu für mich. Ich kannte weder die experimentelle Aktionskunst und Musik der einen noch die Essays, Fotos und Filme der anderen. Aber ich habe nachgeholt, glauben Sie mir!"

Falaks Blick schien auf ein Ziel in der Ferne gerichtet zu sein, als versuche er, sich den Mann vorzustellen, der Yes Leben teilte. Neugierig sah er sie an, sodass Ye sich aufgefordert fühlte, weiterzusprechen.

„Ich lernte Ben als einen sehr gläubigen und politisch engagierten Mann kennen. Ben litt darunter, wenn der Glaube ins Private abgeschoben und gleichzeitig doch für politische Zwecke missbraucht wurde. Mir wurde klar, dass das Regime in Birma den Buddhismus ebenso benutzte. Es war sehr enttäuschend, mir klarzumachen, dass die Militärs die Religion vereinnahmten, etwa um den Nationalstolz zu stärken. Ja, sie lieben Sätze wie ‚Zu erdulden stärkt das Karma' und halten damit die Bevölkerung ruhig."

Marie-Suu sah ihre Mutter an und sie klang fast ein wenig verschwörerisch, als sie leise sagte: „Guck Mal, Ma. Ich male einen Vogel."

Ye sah sich aufmerksam das Bild an.

„Das machst du gut, Marie-Suu. Das wird ein sehr hübsches Bild. Vielleicht malst du den Himmel noch etwas intensiver, guck mal, hier ist ein blauer Stift."

Marie-Suu nickte und malte weiter.

Ye traten Tränen in die Augen, als sie weitersprach.

„Ich habe meine Heimat verloren, weil sie mir keine Sicherheit mehr bot, sondern Gefahr bedeutete und keine Heimat werden konnte für den Mann, den ich liebe, und für unser Kind. Aber ich habe auch, was noch schmerzlicher war, das Bild, das ich von Birma hatte, aufgeben müssen. Für mich war es immer ein Land, das gastfrei war, zutiefst spirituell, tolerant, und es stand auch für Werte wie Bildung und gleichzeitig für Ursprünglichkeit, aber dieses Birma gibt es für mich heute nicht mehr. Dabei weiß ich, dass vieles von dem noch da ist, unsere Traditionen, unsere Pagoden und unsere Neugier. Aber nur von Schönheit und Schätzen zu schwärmen, würde ja bedeuten, zu verschweigen, was Abschottung und Gleichschaltung verschuldet haben."

Marie-Suu hatte blauen Himmel gemalt und forderte jetzt noch einmal ihre Aufmerksamkeit. „Das Bild heißt ‚Der Vogel ist frei'. Kannst du das schreiben, bitte?"

Ye kämpfte mit den Tränen, weil die Worte ihrer Tochter sie berührten, beugte sich zu ihr und schrieb mit einem Buntstift an den unteren Rand des Bildes „Der Vogel ist frei" und zeigte es dann ihrer Tochter. Die flüsterte ihr etwas ins Ohr und Ye sagte laut: „Es ist für dich", und reichte es Thura. Der alte Mann strahlte und bedankte sich.

„Du machst mir eine große Freude, Marie-Suu. Wir können das Bild später gemeinsam in meinem Zimmer aufhängen, ja?"

Marie-Suu nickte ernst.

Thura staunte. „Sie hat es wirklich sehr akkurat gemalt und noch dazu einen sehr sprechenden Namen gewählt."

„Sie bekommt so viel mit", bestätigte Ye. „Sie weiß, dass Bilder Titel haben, das habe ich ihr in der Galerie gezeigt. Und neulich haben wir über dieses Gedicht von Suu-Kyi gesprochen, das ‚Ein freier Vogel in Richtung eines freien Birma' heißt, es ist ja ganz bekannt – das muss sie irgendwie aufgeschnappt haben."

Marie-Suu hatte sich, nachdem ihr Werk beendet war, in einen der Sessel gesetzt, verschwand fast darin, kuschelte sich in die Kissen und war einen Moment später eingeschlafen.

Falak war immer mehr angetan von dem kleinen Mädchen und fragte: „Sie heißt Marie-Suu wegen Suu-Kyi?"

Ye nickte und lachte: „Die Mutter und treue Anhängerin von Jesus und eine Friedensnobelpreisträgerin im Doppelnamen drücken aus, was wir für unser Kind erbitten. Wir sagen, dass ein Name wie ein Lied ist, das eine Melodie und einen Wunsch in unser Leben singt." Ye zwinkerte ihm zu. „Als Katholik ist Ihnen Maria ja sehr vertraut, aber wie steht es mit Suu-Kyi?"

Falak gestand ihnen, dass er bis auf einige grobe Fakten nicht wirklich viel von ihr wisse.

Thura schien sich über die Gelegenheit zu freuen, jemandem von ihr erzählen zu können, beugte sich nach vorne und begann eifrig.

„Suu-Kyi kommt aus einer politisch engagierten Familie. Ihr Vater, Aung San, war Leiter der Befreiungsbewegung. Sie wurde die ‚Thakin-Bewegung' genannt." Er lachte auf. „Dazu müssen Sie wissen, dass Birmanen, wenn sie mit einem Europäer sprachen, insbesondere mit einem Briten, ihn ‚Thakin' nennen mussten, Master, Herr. Eine unterwürfige Anrede, die ausgesprochen erniedrigend war. Ende der Dreißigerjahre wagte es diese Gruppe um Aung San, sich selbst mit ‚Thakin' anzusprechen, um ihre Gleichstellung mit den Briten zu demonstrieren. Das war frech, aber sehr wirkungsvoll, ein Lauffeuer, das in Birma bei vielen Hoffnung entzündete. Aung San war ein Krieger, Soldat und Diplomat gleichermaßen, eine Persönlichkeit, und für gut ein Jahr war er auch Ministerpräsident. Aber dann wurde ein Attentat auf ihn verübt, mitten in einer Kabinettsitzung, und Birma musste plötzlich ohne ihn auskommen. Seine Legende hat viele weiterhin inspiriert, nicht zuletzt seine Tochter Suu-Kyi. Er war allerdings kein Pazifist, aber er hatte eine klare Vision von der Freiheit eines vereinten Birmas. Suu-Kyis Mutter, Khin Kyi, war ebenfalls eine bedeutende Persönlichkeit des politischen Lebens und vor allem in der Sozialpolitik engagiert. Später wurde sie Botschafterin unseres Landes hier in Indien, wo Suu-Kyi aufwuchs, bevor sie zum Studium nach England ging. In gewisser Weise ist sie also vorbereitet worden für ihre Rolle. Ihr Elternhaus und der Verlust ihres Vaters sollten sich als bedeutend für ihre eigene Entwicklung herausstellen."

Yes kleines Mobiltelefon klingelte und als sie die Nummer erkannte, antwortete sie fröhlich: „Hallo, Schatz!" Sie hörte zu, was Ben erzählte, flüsterte leise „Liebe Grüße!" in Thuras Richtung, der zurückgrüßen ließ, nickte ein paar Mal und sagte irgendwann: „Das musst du mir heute Abend genauer erklären, aber ich richte es ihm schon einmal aus." Dann sagte sie kurz, dass auf ihrer Reise alles gut gegangen sei und Marie-Suu sehr zufrieden wirkte, und verabschiedete sich mit einem Kuss in ihr Telefon. „Ja, Schatz, bis heute Abend. Ich dich auch."

Sie entschuldigte sich für die Unterbrechung und teilte Thura mit, Ben habe einen interessanten Bilder-Zyklus entdeckt, der ihn mit Sicherheit auch interessieren würde. Ölgemälde von einem John Something, heute Abend werde sie mehr erfahren. Und dann bat sie darum, sie mögen doch mit Suu-Kyis Geschichte weitermachen.

Thura knüpfte an, wo er stehen geblieben war.

„Ich meine, dass sie durchaus immer privilegiert war. Und das sage ich auch ganz selbstkritisch. Wir sind privilegiert und waren es immer schon. Wir haben studiert, hatten Kontakte in den Westen, haben geschrieben, auch in internationalen Zeitungen. Das alles hat uns auch Schwierigkeiten eingebracht, aber es hat natürlich auch eine gewisse Freiheit bedeutet. Unsere Stimme wurde gehört, was zu Hause leider noch nicht viel bewirkt hat, aber trotzdem. Wir mussten dabei immer auf unsere eigene Unabhängigkeit achten, auch gegenüber dem Westen und besonders gegenüber den Briten, zu deren Imperium wir gehört hatten, mit allem, was das bedeutet. Wir mussten immer aufpassen, dass wir die alltäglichen Sorgen der Bevölkerung nicht aus dem Blick verlieren. Bei jedem Artikel habe ich mir vor Augen gehalten, dass es um Pluralismus geht, aber auch um sauberes Wasser, um Universitäten, aber auch um Alphabetisierung, um Wahlfreiheit und die Stimmen der Kinder."

Er räusperte sich, trank einen großen Schluck Tee aus seiner Tasse und meinte bedächtig: „Gandhis eine große Leistung bestand darin, dass er die Bewegung für ein freies Indien von einer Klassen- zu einer Massenbewegung machte. Die andere Leistung war, dass er sie vom Weg der Gewaltlosigkeit überzeugte. Das sogenannte ‚einfache Volk' zu beteiligen, ist auch heute immer wieder eine große Herausforderung. Und darauf zu vertrauen, dass nur der gewaltlose Widerstand auf Dauer zum Ziel führt."

Thura rieb sich zum wiederholten Male über die Schläfen, als machten diese Gedanken ihm Kopfschmerzen. Leidenschaftlich fuhr er fort: „Mein besonderes Augenmerk galt immer der Pressefreiheit, dem Recht, Zugang zu allen Informationen zu bekommen, die man braucht, sie zu diskutieren und selbst zu beurteilen. Und dieses Interesse habe ich an meine Tochter weitergegeben."

Er lächelte Falak neckend an und rückte etwas näher an ihn heran.

„Das müssen Sie wissen! Was ich an Chandanis Essays so liebe, ist, dass sie gar nicht erst versucht, einen neutralen Standpunkt einzunehmen, aber um ihre Einseitigkeit weiß und sie offenlegt. Sie teilt den Lesern ihren Standpunkt mit und bittet sie darum, einen eigenen zu beziehen. Sie kann sehr aggressiv sein mit dem, was sie schreibt, den Finger in die Wunde legen, aber wenn sie angreift, zeigt sie, dass sie sich selbst angreifbar macht. Sie stellt etwas zur

Debatte und man nimmt ihr ab, dass es das Schlimmste für sie wäre, würde man einfach so schlucken und schnell abnicken, was sie sagt."

Ye hatte ein paar Mal eifrig genickt. „Sie hätten sie erleben sollen, wenn sie in einem Seminar plötzlich ausrastete. Am Anfang konnte ich überhaupt nicht damit umgehen. Es war mir peinlich, sie schien mir so streitsüchtig zu sein. Aber sie verstand es, die Positionen zu klären, so viel ist sicher. Und sie konnte Verbündete finden, nicht weil sie so charmant war, sondern weil sie wusste, worüber sie sprach. Ich sehe das ganz klar: Chandanis Gabe ist es, Menschen wachzurütteln, und nur so kann der internationale Druck auf Birma erhöht werden."

Thura bat sie, mit ihr zu sprechen, wenn sich in den kommenden Tagen die Gelegenheit ergeben würde, und Ye versprach es. Falak hörte das alles mit wachsender Neugier.

Dann nahm sie den Faden wieder auf. „Suu-Kyi wurde weit weg von zu Hause heimisch, heiratete einen Briten, bekam zwei Söhne, arbeitete für die UNO, aber sie beschäftigte sich gedanklich sehr viel mit der Geschichte ihres Landes und recherchierte die Lebensgeschichte ihres Vaters. Sie las außerdem die Schriften Gandhis und sein Weg der Gewaltlosigkeit überzeugte sie. Als ihre Mutter schwer krank wurde, beschloss sie, nach langer Zeit einmal wieder nach Birma zu reisen, um sie zu sehen. Wenn ich mir überlege, dass sie eigentlich nur zu einem Besuch nach Hause kam, fast mehr in der Rolle eines Gastes …"

Ye legte den Kopf schräg, verdrehte die Augen und streckte die Zunge raus – da war sie wieder, diese lustige Unterbrechung.

„Es traf Suu-Kyi völlig unvorbereitet. Die Studenten hatten zu Aufständen aufgerufen. Am 8. August 1988, eigentlich ein vielversprechendes Datum, aber für Birma wurde es einer der schwärzesten Tage der Geschichte, denn das Militär ging brutal gegen die Demonstranten vor und viele Menschen wurden getötet. Einige Wochen danach hielt sie ihre erste öffentliche Rede. Sie muss einfach umwerfend gewesen sein! Wie sie über Demokratie, Menschenrechte, Freiheit und Würde sprach, hat vielen in Birma Hoffnung ins Herz gezaubert."

Thura sah sie traurig an. „Das war die einzige Zeit, in der ich jemals an Rückkehr gedacht habe. Ich hoffte für einen Moment, es wäre möglich, ich würde nicht nur gebraucht, sondern dürfte mich auch wieder einbringen. Wenn ich wirklich gegangen wäre, wer weiß, was heute mit mir wäre ..."

Er führte den Gedanken nicht zu Ende oder sprach ihn wenigstens nicht aus und Ye erklärte, warum die Hoffnung dieser Zeit schnell wieder zerstört worden war.

„Die Militärregierung versuchte, alle demokratischen Bestrebungen zu verhindern, und Suu-Kyi wurde verhaftet und unter Hausarrest gestellt. Immer wieder. Bis heute. Erst vor einem Monat wieder und wieder für ein weiteres Jahr."

Falak fragte sich, wie oft die beiden diese Geschichte schon erzählt hatten, und hörte ihnen gespannt zu, mochte auch, wie die beiden sich abwechselten, und sah aufmerksam von einem zum anderen. Thura war wieder an der Reihe.

„Suu-Kyi hatte zwei Möglichkeiten und beide hatten ihren Preis. Die Wahl muss ihr unendlich schwergefallen sein. Man bot ihr die Ausreise an und sie wusste, man tat es, um sie loszuwerden. Sie konnte also entweder zu ihrer Familie nach England zurückgehen und damit riskieren, nie wieder oder lange nicht in Birma einreisen zu dürfen. Oder sie bliebe in Birma, riskierte damit aber, von ihrer Familie getrennt leben zu müssen, für längere Zeit oder für immer."

Falak hatte von diesem Teil der Geschichte gehört und es schien ihm der schlimmste zu sein. Hausarrest, Überwachung waren das eine, aber wenn es dann nicht mehr nur um einen selbst ging, sondern die traf, die man liebte, und man über ihr Leben mitentscheiden musste ...

Ye setzte die Geschichte fort und Falak merkte ihr an, dass sie ähnlich empfand wie er und große Achtung vor Suu-Kyis persönlichem Opfer hatte.

„Sie hat sich entschieden, in Birma zu bleiben. Und auch als ihr

Mann schon schwer krank war und wusste, dass er an Krebs sterben würde, wurde seine Bitte, einreisen und sie noch einmal sehen zu dürfen, von den Militärs abgelehnt." Ihrer Verachtung für dieses Verhalten Ausdruck gebend, fügte sie hinzu: „Diese Herzlosigkeit ist so aufschlussreich."

Thura beendete die Geschichte.

„So wurde sie die Führungspersönlichkeit unserer demokratischen Bewegung, der Demokratischen Liga, wie die Partei heißt, die in dieser Zeit von ihr gegründet wurde, und konnte bei den Wahlen über achtzig Prozent der Stimmen für sich gewinnen. Aber Sie wissen ja, wir sprachen gerade schon darüber, dass dieses Ergebnis, trotz seiner außergewöhnlichen Eindeutigkeit, nicht anerkannt wurde. Endlich hatten also auf internationalen Druck hin Wahlen stattgefunden und es hat am Ende nichts bedeutet. Im Gegenteil: Suu-Kyi wurde wieder verhaftet und der Druck auf sie und die vielen anderen politisch Engagierten nahm zu. Dass sie dann ein Jahr später den Friedensnobelpreis verliehen bekam, hat natürlich viel für uns alle bedeutet. Aber auch das ist mittlerweile schon wieder sechzehn Jahre her. Von diesen vergangenen sechzehn Jahren hat sie zehn unter Hausarrest verbracht, allein, ohne Telefon, ohne Besuch, auch nicht zum Geburtstag. Aber regelmäßig pilgern die Menschen zu ihrem Haus, Hunderte, und sie spricht zu ihnen von einem Balkon ihres Hauses aus und ermutigt sie, durchzuhalten, mit ihren Worten, ihrem Lachen und ihrem eigenen Beispiel."

Falak dankte ihnen, dass sie ihm diese Persönlichkeit nähergebracht hatten, und fragte dann vorsichtig: „Und konnte Ihnen mein Land, Indien, denn irgendwie zumindest zu einer Heimat werden?"

Das Telefon klingelte und Thura sah entschuldigend in die Runde, sprang auf und lief ins Haus.

Ye sah Falak aufmerksam an. Ob er wusste, wie schwer diese Frage für Exilanten war? Dass darin immer die Angst vor Verrat der Heimat mitschwang, die vielen Erfahrungen von Fremde, das entsetzliche Heimweh nach vermeintlichen Kleinigkeiten, das Gefühl, nicht dazuzugehören, es nicht zu dürfen und es letztendlich auch nicht zu wollen? Sie wagte eine ebenso direkte Antwort.

„Vielleicht ist es ebenso sehr und ebenso wenig möglich, wie einem eine Familie zum Zuhause werden kann, die nicht die ursprünglich eigene ist."

Falak hörte die Verletztheit in ihrer Stimme und erwiderte: „Verzeihen Sie, ich wollte Ihnen nicht zu nahetreten."

Sie hielt seinem direkten Blick stand und entgegnete: „Ich Ihnen auch nicht."

Er fragte: „Sie wissen?"

Und sie nickte und meinte: „Vielleicht sind unsere Erfahrungen ähnlich. Das würde mich für Chandani sehr freuen, denn sie braucht Freunde, die die Sehnsucht nach einem Zuhause kennen."

Er schmunzelte. „Klingt es kitschig, wenn ich sage, dass es die Sehnsucht nach Nestwärme ist? Das Bild scheint mir so gut hierher zu passen."

Ye konnte ein Grinsen nicht verbergen und dachte jetzt, nach ihrem ersten Gespräch, dass sie wohl verstehen konnte, dass ihre Freundin sich von seiner Leidenschaft, seinem Witz und seiner Tiefsinnigkeit angesprochen fühlte.

Im Haus sagte Thura jetzt: „Chani, hier sitzen Menschen, die auf dich warten und gerne den Abend mit dir verbringen möchten."

Aber am anderen Ende war es still.

Dann seufzte Chandani: „Ich kann mich ihnen so nicht zumuten."

Thura widersprach ihr. „Es sind die Menschen, die dich am meisten lieben. Wem sonst kannst du dich zumuten?"

Wieder blieb es für einen Moment still.

„Niemandem. Ich will allein sein."

Thura wurde ungeduldig, versuchte aber, es sich nicht anmerken zu lassen.

„Chani, hör doch bitte auf damit. Wieso willst du allein sein? Kannst du mir wenigstens sagen, was eigentlich passiert ist?"

Wieder brauchte Chandani eine Weile, bis sie antwortete. Dann sagte sie langsam und leise: „Er hat mir gesagt, dass Ma bei ihm ist. Die ganze Zeit schon. Und dass sie schweigt."

Thura atmete tief durch. Sein Hals fühlte sich eng an. Er wünschte sich Weisheit und dass er weich bleiben konnte und fragte zurück: „Hat er mehr gesagt? Erklärt, warum er es dir gesagt hat?"

„Weil sie krank ist. Und weil er denkt, dass sie sich in ihrer letzten Lebensphase vielleicht irgendwie ändert." Sie begann zu weinen. „Ich wünschte, er hätte es mir nicht gesagt. Warum kann ich nicht meine Ruhe vor ihr haben? Ich habe keine Lust mehr, ständig über sie nachzudenken, und ich habe auch genug geweint."

Thura fühlte sich hilflos. Kurz entschlossen nahm er das Telefon und ging damit auf die Terrasse, sodass die anderen hören konnten, was er sagte.

„Chani, lass uns in Ruhe darüber sprechen, gemeinsam überlegen, wie wir mit diesen Andeutungen umgehen. Aber komm jetzt bitte nach Hause."

Ye und Falak sahen sofort auf und blickten ihn fragend an. Thura zuckte mit den Schultern und versuchte, ihnen seine Ratlosigkeit zu zeigen, und sie hörten ihn als Nächstes sagen: „Ja, Marie-Suu ist auch hier."

Ye stand auf und raunte Thura zu: „Gib sie mir mal." In den Hörer sagte sie: „Sternchen? Ich sitze hier unter einem Granatapfelbaum, den ich selbst gepflanzt habe, und vermisse dich. Wie kann das sein?"

Chandani erwiderte nur: „Ich hatte einen wirklich blöden Tag. Morgen bin ich da."

Aber so leicht ließ sich Ye nicht abwimmeln. „Was ist passiert? Was auch immer es ist, alles ist besser, als zu versuchen, damit allein fertig zu werden."

Am anderen Ende blieb es still. Ye versuchte es noch einmal: „Komm und du kannst entscheiden, ob du darüber reden möchtest, wie und mit wem, wo und wie lange, einfach alles, ja?"

Chandani jammerte: „Ich weiß, das ist lieb gemeint, aber ich bin nicht so wie du. Ich bin jetzt lieber allein."

Ye entgegnete: „Dann sei doch heute mal so wie ich, das ist manchmal gar nicht schlecht."

Chandani seufzte nur und wiederholte: „Ich denke, dass ich vielleicht besser erst morgen komme, nach ein bisschen Zeit für mich."

Falak war zu Ye gekommen und bat sie mit einer fragenden Geste, ihm den Hörer zu geben.

„Chandani? Ich bin es, Falak. Was soll ich sagen? Ich bin hier und du bist nicht hier. Etwas daran ist falsch." Er legte Leichtigkeit in seine Stimme. „Ich habe jetzt einen Doppel-Vortrag über die Geschichte Birmas hinter mir. Und wenn du nicht gleich kommst, werden weitere folgen, wahrscheinlich über Pagoden, Gemüsegärten, den Internationalen Gerichtshof, Zen-Musik, asiatische Gemälde, Kochkunst und birmanische Hochzeitsrituale, und zwischendurch werden sie Gedichte von Vögeln zitieren, die anscheinend weltberühmt sind, von denen ich aber noch nie gehört habe."

„Hör auf", rief Chandani am anderen Ende. „Ich lache ja schon."

„Also, wann kommst du zu mir?", fragte er erleichtert. „Oder soll ich zu dir kommen und dich irgendwo abholen?"

Chandani sagte, wenn sie sich jetzt ins Auto setzte, könnte sie in einer Stunde bei ihnen sein.

„Ja", ermunterte Falak sie, „das ist gut. Ich freue mich. Moment noch", sagte er dann, weil er sah, dass Marie-Suu wach geworden war und jetzt, da alle Erwachsenen telefonierten, auch noch etwas sagen wollte. „Hier ist noch jemand für dich."

„Hallo, Tante Chandani. Ich habe Ferien. Ich bin heute geflogen. Und in einem neuen Auto gefahren. Bis zu deinem Haus. Und ich habe schon ein Bild gemalt. Und eine Goa gegessen, die sehr süß war. Bye-bye."

Falak nahm ihr das Telefon ab und sagte weich: „Fahr vorsichtig. Bis gleich."

Ye meinte verschmitzt, aber mit Anerkennung in der Stimme: „Sie vertraut Ihnen. Herzlichen Glückwunsch. Das haben Sie gut gemacht."

Und Thura grinste: „Birmanische Hochzeitsrituale, ja?"

Falak sah die beiden verlegen an. Sie beschlossen, einen Spaziergang über das Gelände zu machen, um sich die Zeit zu vertreiben, bis Chandani einträfe. Aber sie kam nicht.

Kapitel 13

Als sich die beiden ungleichen Männer zum allerersten Mal begegnet waren, hatten sie beide eine lange Reise hinter sich bringen müssen und waren aus unterschiedlichen Richtungen zu der kleinen Tempelanlage in Magwe gekommen. Das allerdings betraf nicht nur den Weg, den sie an diesem Tag hinter sich hatten, sondern vielmehr ihre ganze Geschichte.

Thura kam aus dem Süden Birmas aus der damaligen Hauptstadt Yangon angereist, wo er gerade sein Studium beendet hatte. Er war seinen Lehrern in den vergangenen vier Jahren immer wieder als ein wacher und unabhängiger Geist aufgefallen, was von einigen misstrauisch beobachtet, von anderen wohlwollend ermutigt und von den meisten wohl einfach darauf zurückgeführt worden war, dass der junge Mann sich als Chin und Anhänger christlicher Überzeugungen immer wieder in einer Minderheitenposition befunden hatte. Sein Interesse für gesellschaftspolitische Zusammenhänge und sein auffallend gutes Englisch hatten ihm zu einem der begehrten Volontariatsplätze bei der Yangon-Times verholfen und als er den Vertrag unterzeichnet hatte, hatte er gewusst, dass er alles tun würde, um diejenigen, die ihm diese Chance gaben, nicht zu enttäuschen.

Er dachte an den Moment in seinem Vorstellungsgespräch, als einer der leitenden Redakteure, der allseits geschätzte und für seinen Scharfsinn nahezu berüchtigte Mister Robertson, ihn mit Blick auf seinen Lebenslauf auf seine Eltern angesprochen hatte und er hatte versuchen müssen, zu erklären, dass seine Eltern eine kleine Garküche betrieben. Auf weiteres Nachfragen hin hatte er erläutert, dass das bedeutete, dass sie an einer der Straßen in Hakha Reisnudeln mit Gemüse und Zwiebelöl kochten. Ja, den ganzen Tag lang, und ja, sie wohnten in einer Einraumwohnung im Haus hinter der Garküche, die eher ein Unterstand als ein Gebäude war. Und er selbst und seine beiden Schwestern halfen ihnen oft, indem sie Knoblauch schälten, Wasser holten und Schüsseln säuberten. Mister Robertson hatte ihn mit ungläubiger Bewunderung angesehen und offen gefragt: „Wie kommt ein junger Mann wie Sie dann dazu, Bestnoten zu erzielen? Ja wie konnten Sie überhaupt die Schule abschließen und ein Studium finanzieren?"

Thura hatte ihm erklärt, dass er mit Glück eine Missionsschule hatte besuchen können und einer der Lehrer ihn zur Förderung vorgeschlagen hatte. 1899 waren amerikanische Baptisten nach Hakha gekommen und hatten eine erste Missionsstation eröffnet und mit der Zeit Schulen und Krankenhäuser und hatten damit verbunden soziale und wirtschaftliche Veränderungen in den Staat im Westen Birmas gebracht. Thura hatte davon profitiert. Er hatte seine Eltern davon überzeugen können, ihn zur Schule gehen zu lassen, und den Lehrer, einen Sponsor für ihn zu finden. Nach einem halben Jahr hatte er einen ersten Brief aus den USA erhalten, von einem Mann, der sich ihm als „sein Pate" vorstellte. Thura hatte nicht gewusst, was das genau bedeutete, aber verstanden, dass er diesem Amerikaner seine Schulausbildung verdankte, und so hatte er ihm einen langen Brief, seinen ersten vollkommen selbstständig in Englisch verfassten Text, zurückgeschrieben. Obwohl Thura den direkten Zusammenhang nicht einmal geahnt hatte, war sein Lehrer kurz danach auf ihn zugekommen und hatte ihm zwei Bücher geschenkt – „Oliver Twist" von Charles Dickens und „Tom Sawyer and Huckleberry Finn" von Mark Twain – und ihm angedeutet, wenn er Interesse am Lesen habe, könne er jederzeit zu ihm kommen. Ein Angebot, das Thura ausgesprochen eifrig wahrgenommen hatte.

Seine Schulzeit hatte begonnen, als der Krieg vorbei war. Das Land war zerstört, Yangon war zerbombt worden, Tausende waren geflohen, auch der Chin-Staat hatte trotz seiner Randlage Angriffe erlebt, Hakha war von Japanern besetzt und später von Briten zurückerobert worden. Nach Kriegsende, nachdem Aung San ermordet worden war, hatten verschiedene Volksgruppen immer wieder Aufstände angeführt. Birma war unabhängig geworden und nach ersten demokratischen Versuchen hatten verschiedene Militärregierungen sich abgewechselt. Aber auch in diesen Zeiten hatte Thura lernen können, hatte Briefe nach Amerika geschrieben und erste Kurzgeschichten, war oft als Bote eingesetzt worden, weil er schnell laufen und Englisch sprechen konnte, und so mit zwölf Jahren bereits eine bekannte Größe in Hakha gewesen. Die Leute nannten ihn nicht mehr Thura, sondern Sun. Er hatte es immer als Auszeichnung und nie als Ausgrenzung verstanden.

Das Leben in Birma war ruhiger geworden und er hatte damals nicht gewusst, dass es nur die Ruhe vor dem Sturm war. Als er sein Studium abgeschlossen hatte, hatte ihm sein „Pate" eine Biografie von Martin Luther King geschickt und ein weiteres Buch mit dessen berühmtesten Reden und Predigten und in den folgenden Wochen hatte Thura die Nächte noch ausgiebiger mit Lesen statt mit Schlafen verbracht als sonst schon. Er hatte hier Worte gefunden für seine Sehnsucht nach Freiheit, Anteilnahme und Gewaltlosigkeit und Inspiration für seine junge Seele, die sich nach Gütekraft sehnte, um seinen Zorn zu besänftigen.

Mister Robertson, der seine Zeitung durch wechselhafte Zeiten lenken musste, hatte wohl geahnt, dass er mit Thura einen Menschen vor sich hatte, der sein Glück zu schätzen wusste, und beschlossen, ihn, wie schon andere Lehrer vor ihm, ebenfalls zu unterstützen. Dabei hatte er allerdings feststellen müssen, dass es Thura zwar nicht an formalem Respekt mangelte, denn er verhielt sich immer höflich, bei ihm aber keinerlei Furcht oder innere Rücksicht auf Hierarchien zu finden war. Sein Lieblingsspiel schien darin zu bestehen, alle Aufgaben, egal wie einfach oder bedeutend, mit der gleichen Sorgfalt zu erledigen und allen Menschen, egal wie unbekannt oder angesehen, mit demselben Interesse zu begegnen. Mister Robertson hatte dies aufmerksam beobachtet, aber vor allem immer das Talent des jungen Mannes gesehen. Und so war er zu dem Entschluss gekommen, Thura nach einem halben Jahr Bewährung und harter Arbeit seinen ersten Auftrag außerhalb der Stadt zu geben.

Er war nach Magwe geschickt worden, um bei der Versammlung buddhistischer Ordensgemeinschaften einen Mönch zu treffen.

„Alle genauen Aufträge habe ich hier für Sie in diesen Umschlag gepackt. Lesen Sie das Material sorgfältig und behalten Sie es für sich."

Thura hatte es kaum glauben können, dass sein Vorgesetzter ihm vorschlug, er solle auf dem Weg gleich weiter nach Hakha reisen, um wenigstens kurz seine Familie zu sehen, so verwundert war er angesichts von so viel Großzügigkeit gewesen. Da der Vorschlag aber eher wie eine Aufforderung geklungen hatte und er dringend einen Teil seines Gehalts nach Hause bringen wollte, hatte er die Gelegenheit dankbar wahrgenommen und sich für eine längere Reise auf den Weg gemacht.

Es fiel ihm nicht schwer, zu sparen, um seine Familie zu unterstützen. Noch nie zuvor hatte er so viel eigenes Geld zur Verfügung gehabt. Von seinem ersten Gehalt hatte er sich ein Jackett gekauft und beschlossen, einen eigenen Stil zu entwickeln, der das Überzeugendste aus birmanischem und westlichem Geschmack vereinigen würde. Er hatte angefangen, sich die Haare länger wachsen zu lassen, und trug jetzt meistens einen gepflegten Dreitagebart. Er hatte weiterhin offene Sandalen an den nackten Füßen, für zugeschnürte Schuhe konnte er keine Begeisterung empfinden, und es kostete ihn Mühe, sich anzugewöhnen, sie innerhalb des Gebäudes nicht auszuziehen, was schon ein paar Mal dazu geführt hatte, dass jemand seine Sandalen hochgehalten und laut gefragt hatte: „Wer hat seine Schuhe an den Postfächern stehen gelassen?"

Von seinem zweiten Gehalt hatte er sich einen lang gehegten Wunsch erfüllt und sich eine Karte für ein Konzert der Matthäuspassion von Johann Sebastian Bach gekauft, das der Chor des Judson Colleges, einer der renommiertesten Bildungseinrichtungen Birmas, ebenfalls von amerikanischen Baptisten geleitet, gemeinsam mit Musikerinnen und Musikern aus China in der großen Erlöserkirche aufgeführt hatte. Er war wie gefesselt gewesen, hatte sich kaum bewegt, mit offenem Mund dagesessen und über drei Stunden lang den unglaublichen Klängen zugehört. Die Arien und Choräle waren ihm vertraut, denn er hatte sie oft mit seinem Kassettenrekorder abgespielt, und schon das hatte ihn fasziniert, aber die Musik hier zu hören, in der Kirche mit ihrer unglaublichen Akustik, war etwas vollkommen anderes gewesen, ein ganz neues Erlebnis. Die beiden Chöre und Orchestergruppen hatten sich vorne im Altarraum gegenübergestanden und, indem sie sich abwechselten, eine Dramatik entfaltet, die mehr an Zerrissenheit als an Dialog erinnerte. Auch dass die hohen Streicher die rezitierten Jesustexte untermalten, andere Handelnde in der Geschichte aber mit tiefem Bass begleitet wurden, hatte dieses Empfinden verstärkt. Immer wenn ein weiteres Mal der berühmte Choral „O Haupt voll Blut und Wunden" erklang, war eine weitere Etappe geschafft und nicht nur Orchester und Chöre, sondern auch die Zuhörer wirkten dann, als hätten sie einen Gipfel erklommen. Aber für Thura hatte es einen anderen Moment gegeben, der ihn noch mehr mitgenommen hatte: die hohen sanften Töne der Streicher waren plötzlich verstummt, als die letzten Worte Jesu rezitiert wurden, und die Stimme des Sängers hing allein in der Luft, wie der Gekreuzigte selbst. Dieses Fehlen der begleitenden Musik hatte in Thura einen schrecklichen Moment der Einsamkeit ausgelöst und er sollte sich später noch oft an dieses Erlebnis erinnern. Wenn ihn das Gefühl überkam, von Gott und Menschen verlassen zu sein, ahnte er irgendwie bei dem Mann aus Nazareth auf Verständnis hoffen zu können, der diese Gefühle teilte.

Thura hatte ein guter Journalist werden wollen, der andere nicht nur informierte, sondern inspirierte, der birmanisch und weltoffen war, und seine größte Ambition war, sich eine feste Leserschaft zu erschreiben, von der er hoffte, dass wenigstens ein Teil von ihr sich zumindest gelegentlich über ihn ärgern würde. Er hatte nicht geahnt, wie schnell er mit seinen Beiträgen die Aufmerksamkeit der Regierung wecken sollte und dann auch ihre Aggression. Und hätte er es geahnt, hätte es wohl nichts an seinen Äußerungen geändert.

Pran war aus dem Norden Birmas gekommen, wo er auch aufgewachsen war, Sohn einer tibetischen Mutter und eines birmanischen Vaters, die ihn als ihr erstes Kind schon früh im Alter von fünf Jahren in ein Kloster in der Nähe von Sagaing gebracht hatten, wo er gerade seine Novizenzeit endgültig beendet und zu einem voll ordinierten Mönch geworden war. Und auch er war seinen Lehrern aufgefallen, denn sein Wissensdurst schien einfach kein Ende zu nehmen, was in seinem Fall von einigen als Hochmut verurteilt, von anderen wiederum als die rastlose Neugier der Jugend belächelt worden war. Der Abt des Klosters allerdings hatte in dem eifrigen Novizen eine außergewöhnliche Begabung entdeckt, Zusammenhänge zu erfassen, und ihn in den vergangenen Monaten deswegen immer häufiger zurate gezogen, denn er war davon überzeugt, dass nur in Miteinander und Gegenseitigkeit die heiligen Fragen seines Landes und dieser Welt gelöst werden konnten. In ihren Gesprächen hatte er dem jungen Mann Gedanken über die Verwobenheit allen Lebens und das Wesen der Religionen entlockt, die sein eigenes Denken sehr bereichert hatten. Manche Ideen hätte man wohl als ketzerisch bezeichnen können, aber Pran war nicht nur charmant, er war auch geschickt genug, seine Sätze so zu formulieren, dass er immer nur so weit am Rand balancierte, dass er noch gemeinsamen Boden unter den Füßen spüren konnte. Der Abt hatte diese Kühnheit des jungen Mannes seither mit Interesse und einer gewissen Vorsicht beobachtet. Aber, so sagte er sich, Buddha selbst hatte gelehrt, dass seine Erkenntnis allen zugänglich sei und nicht dogmatisch befolgt werden wolle. Ja, er hatte vor Autoritätshörigkeit und Personenkult gewarnt und immer an die Selbstverantwortung des Einzelnen appelliert, auch wenn das heutzutage manchmal in Vergessenheit geraten war und auch führende Persönlichkeiten des Buddhismus eine gewisse Aufregung um ihre Person anzuspornen schien. Pran dagegen schien sich in keiner Weise geehrt gefühlt zu haben, als er zum Schüler des Abtes ernannt worden war.

Und als dieser jemanden hatte finden müssen, der zu einem Treffen von Ordensgemeinschaften nach Magwe reisen, auf dem Weg ein paar aktuelle Informationen mitbringen und sich mit dem Journalisten einer namhaften Zeitung treffen könnte, hatte er ihn gewählt. Und Pran hatte sich ebenfalls auf den Weg gemacht.

Wegen des schlechten Zustands der Zugstrecken waren Aussagen über genaue Ankunftszeiten nicht möglich gewesen und die Fahrtgeschwindigkeit von dreißig Kilometern pro Stunde erschien den Reisenden so langsam, dass sie sehr viel Geduld gebraucht hatten, bis sie ihrem Ziel näher gekommen waren. Aber sie waren dadurch entschädigt worden, dass zumindest der letzte Teil ihrer Reise sie durch eine Landschaft geführt hatte, die sich ihnen mit sattgrün und füllig wirkenden Hügeln, von Blattgold verzierten Pagoden und weiten Feldern mit Nassreis als wunderschön präsentiert hatte. Die Männer und Frauen auf den Feldern hatten ihre Köpfe gehoben, wenn der Zug vorbeigekommen war, und gewinkt oder ihre Strohhüte geschwenkt.

„Alles wirkt so friedlich", hatte Thura gedacht, und doch hatte es immer wieder Anzeichen dafür gegeben, dass in diesem Land die Unzufriedenheit und der Hunger nach Freiheit brodelten. Wie würde der Kampf gelingen? Wer würde ihn führen? Und wie sollte man diese Arbeiter, die mit den Knöcheln im Wasser standen, kleine Setzlinge pflanzten und freundlich die ihnen unbekannten Vorbeireisenden grüßten, an der großen Idee der Mitbestimmung beteiligen? Er hatte einen Druck auf seinem Herzen gespürt, die Angst davor, dass sich Birma daran gewöhnen könnte, unfrei zu sein. Ja, seine schlimmste Befürchtung war gewesen, dass Desinteresse und Passivität einfach immer weiter zunehmen würden, Lähmung und Verwirrung und die Anpassung am Ende gewinnen würde. Er hatte sein Schreckensbild vor sich gesehen: Die Macht der Gewohnheit ließ die Menschen schlafen, aber nicht mehr träumen und würde sie eines Nachts überwältigen und mit ihrem Kissen ersticken.

Thura war klar gewesen, dass der andere ihn würde ausfindig machen müssen, denn die allermeisten Reisenden, die an diesem Abend neu in der Stadt eingetroffen waren, hatten eine rotbraune Ti-cîvara getragen, das Gewand und die Farbe, die man hier mit Religion in Verbindung brachte, und der glatt rasierte Kopf und die Gebetsperlen am Handgelenk hatten ihr Übriges getan, dass sie alle als buddhistische Mönche zu erkennen gewesen waren, in der Menge schwer voneinander zu unterscheiden. Thura war wegen seiner Größe, mit seinen schwarzen Haaren, die er bereits etwas länger trug, und mit seinem westlich wirkenden Jackett vollkommen aus dem Rahmen gefallen, sodass er von vielen neugierig beäugt und von Pran sofort erkannt worden war.

Nach der für sie beide beschwerlichen Reise waren sie erschöpft gewesen, aber dann hatte doch ihre Neugier über die Müdigkeit gesiegt und sie hatten sich zu einem ersten, eher unverbindlichen Gespräch getroffen. Hatte sich Thura anfänglich vielleicht noch gewundert, dass die Zeitung ihn zu einem Mönch schickte, so war ihm auf der Fahrt beim Lesen seiner Unterlagen klar geworden, dass ihn ein interessanter Gesprächspartner erwartete, und als sie sich dann unterhalten hatten, hatte er schon nach kürzester Zeit bemerkt, dass der Kontakt zu ihm und dem Abt seiner Klostergemeinschaft ganz offensichtlich von hohem Wert für sie war, denn er hatte in ihm einen Menschen gefunden, der ausgesprochen gut informiert über Birmas Lage war und provozierende Fragen stellte. Vor seinen Augen war, je mehr er gelesen hatte, weniger ein Abt als ein Aktivist erschienen.

Beide Männer hatten von ihren sehr unterschiedlichen Vorgesetzten jeweils einen Packen mit Fragen und Aufgaben mitbekommen, aber sie hatten an jenem ersten Abend beschlossen, sich dem offiziellen Teil ausgeruht am nächsten Tag zu widmen, und ihr erstes Gespräch genutzt, um sich kennenzulernen. In einem der großen, ganz aus Bambus gebauten Restaurants hatten sie Nudeln bestellt, die mit gedünstetem Gemüse in einer scharfen Suppe schwammen, und sich mit Heißhunger über ihr Essen hergemacht. Bei Tee und süßem Kuchen hatten sie sich über die verschiedenen Erlebnisse auf ihrer Hinfahrt unterhalten und hatten dann beide kein Interesse an weiterem Smalltalk gezeigt. Mit einem Nicken hatten sie sich gegenseitig verständigt, dass sie sich jetzt den wirklich interessanten Themen widmen könnten. Sicher war es dem Vertrauensvorschuss, den die gute Vorbereitung durch ihre beiden Chefs bei ihnen geschaffen hatte, zu verdanken, dass sie sich so schnell nähern konnten. Aber ihre eigene Intuition und wohl auch ihre Einsamkeit und Suche nach einem ebenbürtigen Gegenüber hatten ihr Übriges dazu beigetragen.

Wie um ihn zu testen, hatte Pran ihn zum Einstieg gefragt: „Und wie erklären Sie sich, dass es so verschiedene Richtungen in Ihrer Religion gibt? Sie sind, wenn ich es richtig gelesen habe, von amerikanischen Baptisten erzogen worden, was wohl etwas anders ist als von römischen Katholiken oder niederländischen Calvinisten."

Und Thura hatte gekontert: „Befragen wir doch Buddha, was er zu den vielen Abspaltungen in Ihrer Religion sagt, die er ja sogar noch zu seinen Lebzeiten mit ansehen musste."

„Was nur daran liegt, dass der Stifter Ihrer Religion nicht so lange gelebt hat", hatte Pran spitzfindig erwidert.

Und Thura hatte ironisch gesagt: „In diesem frühen Tod liegt allerdings einer der großen Unterschiede." Aber er hatte auf eine Antwort gewartet. „Also? Was sagt Buddha?"

Und Pran hatte schmunzelnd erklärt: „Es gibt tatsächlich nur einen Orden, allerdings, da haben Sie ganz recht, verschiedene ‚Schulen' oder ‚Richtungen', wie wir sagen. Spaltungen hatten, wie immer und überall, meistens politische Hintergründe und wurden hinter dogmatischen versteckt, und alle berufen sich auf Buddha. Buddha aber würde antworten, dass sich seine unterschiedlichen Anweisungen, die er gegeben hat, nicht widersprechen, sondern speziell nach den Bedürfnissen unterschiedlicher Menschen richten."

Thura hatte gemeint, dass sei doch eine gute Erklärung dafür, warum es Baptisten und Calvinisten gäbe, denn auch unter Christen gäbe es sehr unterschiedliche Menschen, und Pran hatte gegrinst.

Thura hatte im Laufe der Zeit noch ein paar Mal erlebt, dass Pran ihn auf die Probe stellte, als müsse er sich vergewissern, dass er vertrauenswürdig war. Aber sie hatten von Anfang an auch erlebt, dass sie sich einig waren, und hatten schon an diesem ersten Abend ihrer Freundschaft festgestellt, dass sie beide in ihrer Arbeit und gedanklichen Auseinandersetzung mit ihrer Umwelt vor allem vom Prinzip des Mitgefühls motiviert wurden. Für Thura war mitfühlende Liebe die Essenz der Weisungen Jesu und die Grundlage seines Einsatzes für Beteiligung, wie er die Demokratisierung immer umschrieb. Für Pran bildete Mitgefühl das Zentrum der Lehre Buddhas und war außerdem wichtigster Ansatz seines sozialen Engagements. Was sie aber noch mehr als ihre inhaltliche Nähe miteinander verbunden hatte, war, dass sie beide nicht wirklich überrascht über diese Ähnlichkeit gewesen waren.

Thura hatte bemerkt: „Das Prinzip, das meine Tradition immerhin als seine ‚goldene Regel' bezeichnet, wonach man keinem anderen antun soll, was man sich selbst nicht wünscht, ist eine Weisheit, die allen Völkern, Religionen und Kulturen anvertraut ist und für mich die Grundlage für ein friedliches Zusammenleben von Familie Mensch."

Und Pran hatte bestätigend erwidert: „Ich danke Ihnen, es ist wohltuend, mit jemandem zu sprechen, für den es nahezu selbstverständlich ist, dass wir uns, wenn wir nach Frieden suchen, auf dem Grund unserer verschiedenen Glaubenssysteme nahekommen."

Eine Gruppe von Mönchen war in das Restaurant gekommen und hatte sich, um an einen Tisch zu passen, eng aneinandergedrängt auf zwei Bänke gesetzt. Sie hatten viel gelacht, Essen bestellt und laut erzählt. Thura, der mit dem Rücken zu ihnen saß, hatte sich ein paar Mal umgedreht. Irgendwann hatte Pran ihn gefragt, ob ihm etwas an dieser Gruppe aufgefallen sei. Sie hatten sich einen Moment schweigend angesehen und dann hatte Thura geantwortet und dabei versucht, so normal wie möglich zu klingen.

„Der kleine Dünne mit der auffälligen Haut gehört nicht dazu."

Pran hatte genickt und gefragt, woran er den Spitzel erkannt habe.

„Er guckt, als ob er sich innerlich Notizen macht, interessiert sich als Einziger aus dieser selbstzufriedenen Gruppe auch für uns und hat in der letzten halben Stunde genau alle fünf Minuten einen Gesprächsbeitrag geleistet, um nicht aufzufallen."

Pran hatte Respekt vor Thura geäußert und dann seinen Sorgen über Birma Luft gemacht und vor allem über die Menschenrechtslage geklagt. Thura war auf dieses Thema gerne eingestiegen. Sie waren sich einig gewesen, dass die große Aufgabe hier darin bestand, den Teil der Bevölkerung, für den es keine staatliche Hilfe gegen Verhungern, Arbeitslosigkeit und Kriminalität gab, also die Mehrheit, überhaupt wieder einzubeziehen und nicht länger von der Teilhabe an der Gestaltung auszuschließen. Und, ja, auch davon waren sie beide überzeugt, Birma und diese Welt insgesamt würden nur dann Frieden erleben, wenn die Menschenrechte umfassend akzeptiert würden. Zu diesem Zeitpunkt ihres Gesprächs hatten sie mehr Tee und zwei große Stücke süßen Bananenkuchen mit einem Guss aus Kokosraspeln und süßer Kondensmilch bestellt.

Thura staunte heute immer wieder über den scharfsinnigen Weitblick seines Freundes, wenn er daran dachte, dass dieser schon damals, vor mittlerweile etwa vierzig Jahren, gesagt hatte, er befürchte, dass die Wahrung der Menschenrechte in Zukunft noch weit zerbrechlicher würde, sodass ganze Nationen sich weigern würden, sie einzuhalten, um dann, in Berufung auf kulturelle Unterschiede, die eigene Nation, Frauen, Minderheiten, Andersgläubige zu unterdrücken.

Er dachte in diesem Zusammenhang auch an Khin und Sunati und ihre Diskussion am Abend von Chandanis Geburt, als sie über Kleinstaaten und verschwindende Grenzen gestritten hatten. Wenn sie geahnt hätten, wie recht sie behalten sollten. Heute war die Herausforderung tatsächlich, nicht noch eine Schranke mehr zu schaffen, sondern Reisefreiheit, und zwar nicht nur für Dollar, Pfund, Euro und Yen, sondern für freie Bürgerinnen und Bürger. Jetzt brauchten sie dringend internationale Abkommen, an die sich die Staatengemeinschaft hielt, und zwar alle, ohne Ausnahme, auch die Kleinen und die ganz Großen. Vereinbarungen über atomare Waffen, Klimaschutz und das Verbot von Diskriminierung, einen internationalen Strafgerichtshof. Aber wie Sunati schon damals ganz richtig befürchtet hatte, der Nationalismus der Großen und der ganz Kleinen stand dem im Weg.

Der als Spitzel Identifizierte hatte den Platz gewechselt, welche Begründung auch immer er den anderen an seinem Tisch dafür geliefert hatte, Thura und Pran war klar gewesen, dass er hatte hören wollen, was sie besprachen. Sie hatten automatisch mit dem nächsten Satz das Thema gewechselt. Über Birma würden sie morgen sprechen, so wie sie es in ihren Unterlagen gelesen hatten, in einem Gästezimmer im Kloster.

Pran hatte gesagt: „Mich würde interessieren, wie Sie sich erklären, dass der christliche Gott leidet und trotzdem Gott bleibt. Wie es sein kann, dass er sich in die Tiefe der dunklen Erfahrungen und Gefühle begibt, sich dem Hass ausliefert, Trauer erlebt und Enttäuschung und sogar den Tod – und trotzdem Gott bleibt. Diese eher philosophische Frage hat mich schon immer sehr fasziniert."

Thura hatte genickt und dann entgegnet: „Sehen Sie und meine Frage ist, wie ein Mensch, wenn er leidet, ein Mensch bleiben kann? Auch wenn er Hass, Trauer und Enttäuschung erlebt. Wie wir dann trotz allem menschlich bleiben können. Diese eher ethische Frage hat *mich* schon immer fasziniert."

Sie hatten sich verständigt, dass dies als Ablenkungsmanöver reichen musste, hatten bezahlt und das Restaurant verlassen. Pran war kurz am Tisch der anderen Mönche stehen geblieben, um ihnen zu raten, nicht allzu spät zu Bett zu gehen, da sie morgen ein langer Tag erwarte, und für den Fall, dass sie nicht auf seinen Rat hören sollten, hatte er ihnen den Bananenkuchen empfohlen.

Müde und zufrieden waren sie damals zum Kloster in ihr Quartier gegangen, hatten sich für das interessante Gespräch bedankt und ihre Hoffnung ausgesprochen, dass dies nicht der letzte Abend bleiben sollte, an dem sie sich so austauschten. Pran hatte, bevor er Thura eine gute Nacht wünschte, noch geäußert, dass seine Frage vorhin nicht nur der Ablenkung gedient hatte, sondern ihn wirklich beschäftigte, und Thura hatte genau dasselbe von seiner Frage gesagt.

Ausgelöst von dieser ersten Begegnung war ihre Freundschaft mit der Zeit gewachsen. Pran war ein wichtiger Gesprächspartner für Thura geworden, was spirituelle wie politische und soziale Themen anging, ethische Fragestellungen und ihre grundlegenden Prinzipien. Sie hatten zusammen gearbeitet, einander mit Informationen und Kontakten gedient, hatten sich getroffen und nachdem Thura wieder in die Nähe von Hakha gezogen war, hatte Pran Khin und Sunati kennengelernt und mehrmals an den Salon-Abenden teilgenommen. Er hatte auch dafür gesorgt, dass das Manuskript von Thuras erstem Buch den Westen erreichen konnte. Er hatte ihn außerdem mit Musik versorgt, Bob Dylan in sein Leben gebracht, Van Morrison, Joan Baez, Johnny Cash und viele andere. Immer wieder hatte er ihm geholfen, da er als Mönch relativ unbehelligt reisen konnte.

Als Thura überlegte, ob Aye-Aye und er ein Paar werden könnten, hatte er Pran um Rat gefragt.

„Was meinst du? Werde ich es bereuen? Hast du jemals bereut, dich gegen eine Ehe entschieden zu haben?“

Und so hatten die beiden Männer einen Abend lang über die Liebe, die Lust, die Freiheit, Gelübde und ihre Lebensberufung gesprochen. Und bevor Thura Aye-Aye sein Ja-Wort gegeben hatte, hatte er sich von seinem Freund das Versprechen abnehmen lassen, dass seine Ideale und sein Glaube ihn immer mehr verpflichten würden als der Wunsch nach Wohlstand und Individualismus.

Als Thura verhaftet worden war, war Pran der Einzige, der ihn nach drei Jahren einmal hatte besuchen dürfen. Thura hatte ihn auch gebeten, nach Aye-Aye und Chandani zu sehen und sich, falls ihm etwas zustoßen sollte, um eine Schulausbildung für seine Tochter zu bemühen. Aber zu dieser Zeit etwa war Pran nach Indien gesandt und mit der Leitung eines Klosters in Kanchipuram betraut worden. Der Abt hatte beschlossen, in einem bei Pilgern beliebten Ort die eigene Präsenz zu erhöhen, und da er wusste, dass diese Aufgabe Dialogfähigkeit und, wenn er richtig vermutete, auch eine Offenheit für Suchende verlangen würde, und er außerdem den Eindruck hatte, Pran brauche dringend eine neue Herausforderung, hatte er ihn geschickt. Bei Thuras Suche nach einer neuen Heimat im Exil war Prans Nähe ein ausschlaggebender Punkt gewesen und sie hatten sich beide gefreut, sich von jetzt an ohne jede Einschränkung und Angst treffen zu können.

Er erinnerte sich an ihren ersten Abend in Kanchi. Sie hatten den ganzen Abend auf dem Boden von Prans Zimmer gesessen und Musik gehört, bestimmt zwanzigmal „Every grain of sand", und sich beseelt gefühlt von der rauen Eindringlichkeit, mit der Bob Dylan sang.

The sun beat down upon the steps of time to light the way
to ease the pain of idleness and the memory of decay …
Then onward in my journey I come to understand
that every hair is numbered like every grain of sand.

Die Sonne fällt auf die Stufen der Zeit, um den Weg zu erhellen,
um den Schmerz der Leere und Vergänglichkeit zu besänftigen …
Und auf meiner weiteren Reise beginne ich dann zu verstehen,
dass jedes Haar gezählt ist, so wie auch jedes einzelne Sandkorn.

Der Priester und der Journalist, zwei Aktivisten, Krieger, die ständig wach sein mussten, immer unter Strom standen, die erlebten, dass schlimme Befürchtungen wahr wurden und die mit dieser Musik eine pure, gleichzeitig rohe Sprache fanden, um auszudrücken, was sie fühlten. Sowohl ihre Verzweiflung als auch ihre Hoffnung gaben ihnen Energie und beides teilen zu können, war das Besondere ihrer Freundschaft.

Aber dann war Aye-Aye zu ihm ins Kloster geflohen und die Tatsache, dass sie dort geblieben war, hatte Thura so sehr irritiert, dass er Pran seither nicht mehr unvoreingenommen hatte begegnen können. In seinen dunkelsten Stunden hatte er ihre Freundschaft argwöhnisch daraufhin befragt, ob sich etwa schon früher angedeutet hatte, dass Aye-Aye sich zu Pran hingezogen fühlte, und eines Abends hatte ihn sogar der Verdacht beschlichen, dass Chandanis verfrühte Geburt mit Prans Nähe zu seiner Frau zusammenhängen könnte. War er selbst nicht einige Wochen vor Weihnachten unterwegs gewesen? Hatte Pran sie in dieser Zeit nicht oft besucht? Er hatte immer wieder versucht, diese Zweifel als kleinlich, unbegründet und absurd abzutun, aber sie waren wie ein Unkraut, das durchhielt und immer wieder aufschoss, so oft man den Garten auch gejätet hatte. Und so hatte sich ihr Verhältnis verändert. Pran, der diesen Wandel natürlich bemerkt hatte, hatte ihm immer wieder zu verstehen gegeben, dass die Situation für ihn ebenfalls schwierig sei, seine Klostergemeinschaft Aye-Aye aber nicht wegschicken könne, und er hatte ihm auf allerlei Weise zu vermitteln versucht, dass kein Anlass zu Misstrauen bestand.

Und nun hatte Pran also Chandani mitgeteilt, dass Aye-Aye erkrankt war, und angedeutet, dass sie ihre Tochter vielleicht würde sprechen wollen. Chani war mit diesen Informationen so überfordert, dass sie an diesem Abend nicht nach Hause gekommen war, und er wusste nicht, was er tun sollte, und hatte Angst vor sich selbst.

Kapitel 14

Am Morgen klopfte Thura an die Tür zu Chandanis Zimmer und als keine Antwort kam, öffnete er sie trotzdem, in der Hoffnung, sie schliefe noch. Aber das Bett war unberührt und leer und schien ihn spöttisch anzugähnen. Er hatte die Nacht über kaum schlafen können und glaubte, dass es den anderen beiden nicht anders ergangen sein konnte, auch wenn sie unterschiedliche Theorien oder Ansichten entwickelt hatten, warum Chandani doch nicht nach Hause gekommen war. Ye hatte nicht verbergen können, dass sie wütend war, und hatte gewirkt, als wolle sie ihre Freundin am liebsten kräftig rütteln, damit sie aufhörte, sich immer wieder so zurückzuziehen.

„Es ist ja schön, dass sie selbstständig ist, aber dieser Tick, immer alles allein bewältigen zu wollen, nervt auf Dauer einfach nur!"

Falak hatte ihnen leidgetan, denn er kannte sie noch am wenigsten und war vollkommen irritiert gewesen. Sie hatten ihn nur schwer davon abbringen können, die Polizei zu informieren, denn er war überzeugt, sie müsse verunglückt oder mit dem Auto liegen geblieben sein. Er hatte nicht fassen können, dass sich Freundin und Vater sicher waren, Chandani habe sich eben doch anders entschieden und werde also erst morgen zurückkommen. Was ihnen trotzdem Anlass zur Sorge gab, aber eben keine Angelegenheit der Polizei war.

Thura hatte sich einer Flut von Empfindungen ausgeliefert gefühlt und nicht gewusst, ob er in Schuldgefühlen ertrinken oder in Zorn oder Traurigkeit untergehen würde. Jetzt gerade war ihm noch eine letzte Möglichkeit in den Sinn gekommen und er machte sich auf den Weg zu ihrem Büro, um zu sehen, ob sie vielleicht in der Nacht hier untergekommen war. Er hatte zunächst den Schlüssel nicht gefunden und war dann ungeduldig losgelaufen.

Er kam nicht oft hierher, die Falknerei war ihr Bereich, so wie der Garten seiner war. Als er den Neubau betrat, merkte er schnell, dass niemand hier war, er hörte die Vögel, aber sah niemanden sonst. Er ging nach oben und blieb in der Tür des einen Büroraums stehen. Er dachte, dass hier wirklich alles ausgesprochen leer wirkte. Ein merkwürdiges Gefühl breitete sich in ihm aus, Unruhe, eine Vermutung, eine dunkle Ahnung nur, die er nicht in Worte fassen konnte. Eilig ging er zu den Käfigen und Gestellen. Er sah sich um und dachte, dass alles so wirkte wie immer. Er beruhigte sich wieder und meinte schon, dass ihm Müdigkeit, Anspannung und Besorgtheit an diesem Morgen einfach überempfindlich gemacht hatten. Da drehte er sich noch einmal um und merkte plötzlich, dass Skamar nicht an seinem Platz war. Erschrocken starrte er auf das auffällige Gestell. Es war tatsächlich leer. Hatte Chandani für die beiden Tage ihrer Abwesenheit Skamar vielleicht irgendwo anders untergebracht? Er sah sich um, aber er wusste nicht, wo er hätte suchen sollen.

Ratlos ging er zum Haus zurück. Was bedeutete es, dass nicht nur seine Tochter, sondern auch ihr Falke nicht hier war? Wo war der Zusammenhang oder gab es keinen?

Ye und Falak saßen auf der Terrasse und tranken Kaffee. Marie-Suu war quengelig gewesen und Ye hatte sie kurzentschlossen noch einmal zurück ins Bett gebracht, sodass sie jetzt allein waren. Falak sah sie offen an.

„Es muss schön sein, einem Kind etwas beizubringen. Jemanden jahrelang zu begleiten, der einem so nah ist, aber gleichzeitig so anders, eben ein Kind."

Ye mochte, was er sagte.

„Ja, Sie haben recht. Ein Kind anvertraut zu bekommen, ist ein großes Geschenk. Der Gedanke hat mich schon vor ihrer Geburt fasziniert. Und jetzt überwältigt es mich immer wieder. Mit Marie-Suu zu leben, zu sehen, wie diese kleine Person unsere Welt entdeckt, wie sie sich verändert, überwältigt mich einfach."

Falak dachte, dass sie diese Erfahrung wirklich zu würdigen wusste, und wollte gerne mehr hören.

„Was ist das Spannendste?"

Ye erzählte gerne. „Diese Momente, wenn sie etwas Neues entdeckt. Oft sind das Dinge, die uns Erwachsenen so vertraut sind. Wie sie zum ersten Mal eine Flöte spielte und herausfand, dass es ihr eigener Atem ist, der diese Töne hervorbringt. Der Stolz auf ihrem Gesicht, als sie die Schleife an ihren Turnschuhen selbst binden konnte. Wie skeptisch sie gucken kann, wenn sie etwas essen soll, das sie nicht kennt, und wie überrascht sie ist, wenn sie es dann mag. Wie sie das erste Mal am Meer war und sie ihren Blick nicht abwenden konnte und ihre Füße den ganzen Nachmittag unermüdlich Fangen spielten mit den Wellen. Solche Dinge."

Die Erinnerungen hatten ein Strahlen auf ihr Gesicht gezaubert.

„Und es gibt diese ganz wunderbaren Momente, wenn sie mir sagt, dass sie mich lieb hat." Ye seufzte behaglich. „Dann ist alles andere vergessen. Denn es gibt natürlich auch anstrengende Zeiten. Wenn sie quengelig ist, so wie gerade eben. Wenn sie stur ist oder so langsam, dass ich sie antreiben muss. Oder wenn sie nicht aufhört, ihre Kinderfragen zu stellen und immer noch ein ‚Warum?' hinterherschickt." Ye lachte. „Sie sollten diese Fragen hören. Neulich wollte sie wissen, ob nur Menschen Tiere ausstopfen können oder ob es auch umgekehrt passiert. Wie kommt man auf so etwas, was beschäftigt sie bloß? Sie will so viel wissen. ‚Warum sind Tränen salzig?', oder: ‚Warum haben arme Menschen kein Geld? Warum gibt man ihnen dann keins?', oder: ‚Warum kann man die Luft nicht sehen?' Und wenn man ungeduldig wird, fragt sie: ‚Weiß das kein Mensch auf der ganzen Welt?'"

Falak lachte mit ihr. „Ja, Kinder sind großartig. Interessant, nicht wahr? Wir bleiben alle Kinder, unser Leben lang, und das lässt uns eine heilige Verbundenheit erahnen."

„Ich glaube, Kinder zeigen uns die Einfachheit des Lebens, denn sie machen uns deutlich, dass wir alle die gleichen Bedürfnisse haben, Nahrung, Schlaf und Wärme brauchen."

„Ja", stimmte Falak ihr zu und in seiner Stimme lag echte Bewunderung. „Was mich immer wieder fasziniert hat, ist, wie sie erschrocken mitweinen, wenn ein anderes Kind weint, auch wenn ihnen selbst gar nichts passiert ist. Wann verlernen wir das?“

Ye spürte seine Leidenschaft und dachte, dass er sicher ein begeisterter Vater wäre. Aber weil sie in diesem Moment Thura näher kommen sah und wieder an Chandani denken musste, ging sie auf seinen letzten Satz ein und sagte nachdenklich: „Erst müssen wir so viel Neues lernen und dann hört das Lernen einfach nicht auf und manches müssen wir wieder *ver*lernen, und das scheint mir fast das Schwerste zu sein, vertraute Gewohnheiten zu verlassen.“

„Guten Morgen“, rief Thura, als er näher kam.

Er sah ihnen an, dass sie nicht gut geschlafen hatten. Sie saßen da, einen Becher in der Hand, und winkten ihm müde zu.

„Wo ist denn Marie-Suu?“

„Sie war früh wach und jetzt schläft sie wieder. Aber die viel spannendere Frage ist ja auch, wo *deine* Tochter ist. Immer noch keine Spur von ihr?“

Thura schüttelte den Kopf und erzählte ihnen, dass er drüben im Büro und in der Falknerei nachgesehen und dabei entdeckt hatte, dass auch Skamar fehlte, ihr Falke. Sie sahen sich hilflos an, unentschlossen, was als Nächstes zu tun sei. Falak sprang auf.

„Ich halte es einfach nicht aus, nichts zu tun. Ich laufe ihr entgegen, oder nicht entgegen, ach, was weiß ich ... Alles ist besser, als hier zu warten und zu grübeln.“

Thura entgegnete, er könne ihn nicht hindern, würde aber gerne einen anderen Vorschlag machen.

„Wie wäre es, wir würden für einen Moment nur in die Kapelle gehen, unsere Kräfte sammeln und ein Segensgebet sprechen für die Menschen, die wir lieben?“

Ye zeigte sofort Zustimmung, wollte aber kurz nach Marie-Suu sehen.

„Ich komme gleich. Geht ihr ruhig schon mal vor, ich finde den Weg allein.“

Thura sah Falak auffordernd an und die beiden spazierten in Richtung Garten. Sie gingen langsam und Thura musste sich zusammenreißen, den Mann neben sich nicht zu umarmen, dachte aber, dass er sich wohl nur selbst nach einer Geste der Nähe sehnte und keinesfalls wissen konnte, ob es Falak ähnlich ging. Ja, er musste sich eingestehen, dass er keine Ahnung hatte, was ihm jetzt guttun würde. Die Idee, ein kurzes Gebet zu sprechen, war ihm gekommen, weil er ihn davon abhalten wollte, durch die Bergregion zu irren, und weil es das war, was ihm persönlich in diesem Moment am meisten Trost zu versprechen schien.

Sie gingen schweigend den schmalen Weg entlang, als Falak stockend fragte: „Sie hat sich schon häufiger so verhalten?"

Thura wiegte den Kopf hin und her und versuchte behutsam eine Antwort, die sowohl Chandani als auch Falak gerecht werden könnte.

„Ihr ganzes Leben war lange so. Sie reist, bindet sich nicht, nimmt keine feste Stelle an. Erst in den letzten Jahren ist etwas anders geworden. Ich meine, ihre größte Stärke ist, dass sie bei sich selbst zu Hause ist. Nicht nur, dass sie ihren Weg geht, denn das ist ja ein anderes Bild. Sie ruht in sich, sie weiß um ihre eigene Bedeutung. Diese Selbstbewohnung, wie ich es einmal nennen möchte, verleiht ihr eine große Stärke. Denn einige Erfahrungen in ihrem Leben haben sie gelehrt, dass andere Menschen kein zuverlässiges Zuhause schaffen können, und dadurch hat sie gelernt, es selbst für sich zu tun. Ich denke, dass das überlebenswichtig für sie war."

Falak unterbrach ihn: „Das hört sich gut an – wo bleibt das Aber? Das Aber, das mir vielleicht erklärt, warum ich mich gerade nicht freuen kann?"

Thura hielt seine Hände, die Handflächen aneinandergelegt, nachdenklich vor seinen Mund und überlegte.

„Weil sie erlebt hat, dass die Menschen, die ihr nah sind, sie verlassen, denkt sie wohl, dass das immer so weitergehen wird. Deshalb schützt sie sich vor der Enttäuschung, indem sie erst gar keine Nähe zulässt."

„Aber das ist ungerecht."

„Ja, für Menschen wie uns, die ihr nah sein möchten, ist es sehr anstrengend. Und auf Sie kann es natürlich nur ungerecht wirken, denn Sie müssen sozusagen für etwas aufkommen, das Sie ja gar nicht verursacht haben. Auf mich wirkt es dagegen eigentlich nur gerecht, denn ich habe die Situation mit verschuldet und ich kann daher nur auf Liebe und Gnade hoffen." Er sah Falak an und sagte werbend: „Wir alle brauchen diese Kräfte, die größer sind als unsere Gewohnheitsenergien, die uns unterbrechen, Neues wagen lassen, hm?"

Falak nickte nur nachdenklich. „Ja, mir scheint, da liegt das Geheimnis."

Ye kam mit Marie-Suu auf dem Arm durch das Gartentor am anderen Ende des Hauses und am Eingang der Kapelle trafen sie aufeinander. Die Kleine schien noch ein wenig verschlafen zu sein, sah sich aber neugierig um.

Als sie einen Moment später in der kleinen Kapelle standen, geschützt in der besonderen Atmosphäre dieses Raumes, das Dach über sich, das ihnen den sonnigen Himmel zeigte, schien die Anspannung tatsächlich ein wenig von ihnen abzufallen, etwa so, als hätten sie sich an der Tür von einem schweren Mantel getrennt und erlaubten sich jetzt für einen Moment leichtere Kleidung. Marie-Suu saß mit offenem Mund da und auch Ye und Falak schwiegen fasziniert.

„Was ist es denn nur, das einen hier so berührt?", fragte Ye nach einer Weile leise.

Thura lächelte sie an. „Dieser Raum ist dem Heiligen geweiht. Rund gebaut spiegelt er innerste Überzeugungen wieder, Gleichrangigkeit aller, offenen Himmel."

Ye nickte. Falak setzte sich auf eines der Kissen und lehnte sich an die Wand. Er sah erschöpft aus und wieder musste sich Thura zwingen, ihn nicht in den Arm zu nehmen, und machte sich klar, dass der andere ein erwachsener Mann war und sie sich eigentlich ja kaum kannten, wenn die letzten Stunden sie auch einander nähergebracht hatten.

Chandani spürte ihr Herz klopfen und je näher sie ihrem Zuhause kam, desto größer wurde ihr Wunsch, wieder umzukehren. Wie sollte sie ihnen nur unter die Augen treten? Daran hatte sie gestern Abend nicht gedacht, als das Bedürfnis, sich nicht erklären und nicht sprechen zu müssen, größer gewesen war als der Wunsch, verstanden zu werden, als der Trost, der ihr die Einsamkeit bot, so viel verlockender war als die Nähe anderer Menschen. Seitdem quälte sie die Frage, wie die anderen sie empfangen würden, wenn überhaupt. Ja, ihre schlimmste Sorge war, dass sie nicht mehr da sein könnten, einer von ihnen oder alle. Sie zwang sich, weiterzufahren, und verbot sich das Grübeln. Sie hatte Kopfschmerzen und einzelne Sätze hämmerten gegen ihre Stirn, „Sie ist hier", „Sie schweigt", „Sie betet für dich", „Sie will es so".

Ein Ochsenkarren vor ihr zwang sie, langsamer zu fahren und ihre Umgebung wahrzunehmen. Hinten auf dem Wagen lagen vier, fünf Männer und schliefen, Kulis wohl, die für einen Tag Arbeit gefunden hatten. Es war lebensgefährlich, so auf dem Wagen zu liegen. Bei einem Unfall wären die Männer wahrscheinlich sofort tot. Chandani grübelte: „Solche Situationen vermitteln uns das Gefühl, dass es Leben gibt, das billig ist, billiger als andere Menschenleben, weniger beschützenswert." Sie musste kurz anhalten, weil rechts auf der Gegenspur gleichzeitig zwei Motorroller und ein Lastwagen ankamen. Am Straßenrand verkaufte eine alte Frau Jackfruit. Auf der Decke, die sie vor sich ausgebreitet hatte, lagen vier der dicken Früchte, die mit ihrer Schale aussahen wie stachelige bauchige Tiere. Eine der Früchte war geöffnet und die alte Frau schälte die einzelnen essbaren Obststücke mit einem großen Messer aus der Schale. Chandani kurbelte die Fensterscheibe herunter und rief ihr zu, sie hätte gerne eine Handvoll.

„Daiawuseidu, geben Sie mir bitte eine Tüte voll."

Sofort sprang die Alte auf, nahm das Geld in Empfang, zählte genau nach und überreichte Chandani eine kleine Plastiktüte mit den Jackfruit-Stücken. Dann fuhr der Karren vor ihr an und es konnte weitergehen. Sie griff in die Tüte und genoss das frische

Obst. Zitronenpfirsich, nannte Thura die Jackfruit, und hatte damit eine passende Beschreibung für Geschmack und Konsistenz gefunden. Chandani fuhr bei offenem Fenster weiter, genoss den Fahrtwind und spuckte die dicken braunen Kerne einfach auf die Straße.

Als sie Kanchi hinter sich ließ und anfing, mit ihrem kleinen Auto den Berg zu erklimmen, kam die Unruhe wieder. Mit jeder Kurve malte sie sich neue Szenen aus. Alle würden auf sie einreden. Niemand würde mit ihr sprechen. Alle würden ihr heftige Vorwürfe machen. Ye wäre wieder abgereist. Falak wäre abgereist und würde nie wiederkommen. Alle würden sie wie ein unreifes Kind behandeln. Sie legte eine Kurve nach der anderen zurück, fuhr im zweiten Gang hinter einem Bus her, überholte ihn schließlich und erreichte ihr Dorf. Man kannte das kleine weiße Auto und grüßte sie. Man nannte sie hier Akka Rajali-Parundu, die große Schwester der Falken.

Jemand winkte und wollte sie offensichtlich dazu bringen, anzuhalten. Sie erkannte in dem Mann den Schmied, der sich neuerdings um die Pferde kümmerte, hielt an, kurbelte das Fenster herunter und grüßte ihn. Er bedankte sich, dass sie ihm Arbeit gegeben hatte, und wollte wissen, ob sie zufrieden gewesen war.

„Vielen Dank. Ich bin sehr froh, dass Sie so schnell gekommen sind und so gute Arbeit geleistet haben. Kommen Sie bitte weiterhin."

Er verneigte sich und bedankte sich noch einmal. Sie winkte und fuhr weiter. Thura und sie gehörten zu den wenigen Menschen, die in dieser Region neue Arbeit zu vergeben hatten. Neben Rajama, Nirmal und Arasan und natürlich Tareq beschäftigten sie immer wieder einzelne Leute, bezahlten sie für die Pflege des Geländes oder für Renovierungsarbeiten, denn sie waren beide keine Handwerker und froh, wenn sie Hilfe fanden. Der Garten und die Hühner machten sie fast zu Selbstversorgern, aber sie ergänzten ihre eigenen Erzeugnisse und kauften regelmäßig bei den Farmen, die rund um das Dorf lagen. Anfangs waren sie nach Kanchi gefahren, um Gas zu holen oder abgepacktes Wasser, aber auch das ließen sie sich mittlerweile von einem kleinen Shop liefern und unterstützten damit die Frau, eine alleinerziehende Mutter von drei Kindern, die den Laden betrieb. Als sie das Schild der Imkerei sah, überlegte sie kurz, anzuhalten und Honig zu kaufen, entschied sich dann aber, dass sie ihre Rückkehr jetzt doch nicht weiter hinauszögern wollte.

Viel vorsichtiger als sonst fuhr sie auf das Gelände, brachte das Auto direkt in die Garage und ging dann langsam zum Haus. Sie traute sich nicht, zu rufen, denn ihr fielen keine passenden Worte ein. Ein fröhliches „Ich bin wieder da" war wohl nicht passend. Sie schloss die Tür auf und als nichts passierte, wagte sie ein einzelnes „Hallo?". Es verschlug ihr kurz den Atem, als sie merkte, dass tatsächlich niemand da zu sein schien. Wie gelähmt stand sie in der Küche und sah sich um. Auf dem Tisch standen drei Becher. Sie kämpfte gegen ihre Angst an, drehte sich wieder um, ging hinaus auf die Terrasse und ließ den Blick über das Gelände gleiten. Der Schmetterling am Gartentor zeigte ihr, dass ihr Vater im Garten war. Oder in der Kapelle, dachte sie, und machte sich auf den Weg dorthin.

„Tante Chandani", rief Marie-Suu und kam freudestrahlend auf sie zugelaufen.

Chandani hockte sich hin und nahm die Kleine in die Arme. Sie stand auf und setzte Marie-Suu auf ihre Hüfte. Die anderen sahen sie im Gegenlicht stehen und blinzelten sie an. Chandani trug ihren hellblauen Baumwollsari mit den weißen Stickereien und einer weißen Choli und einen breiten silbernen Armreifen. Sie kam näher.

„Sternchen", sagte Ye erleichtert, kam auf sie zu und nahm sie kurz in den Arm.

Sie blickten sich an, Ye schüttelte ein paar Mal den Kopf und umarmte sie spontan noch einmal und trat dann einen Schritt zurück. Marie-Suu rutschte von ihrem Arm herunter, als sie Thura näher kommen sah. Er kam mit offenen Armen auf Chandani zu und drückte sie kurz an sich.

„Chani, es tut gut, dich zu sehen", murmelte er.

Chandani merkte, dass ihr die Tränen kamen. Warum waren sie denn noch alle da? Und wie konnten sie alle so liebevoll sein? Sie spürte einen inneren Impuls, der ihr sagte, dass dies zu viel war, zu schön, um wahr sein zu können, aber sie drängte ihn zurück. Plötzlich war ihr, als könne sie das Blut durch ihre Adern fließen spüren, und merkte, dass sie es riskieren wollte, sich auf diesen Moment einzulassen. Sie jubelte innerlich, so sehr genoss sie dieses Gefühl, denn es schien etwas vollkommen Neues mit sich zu bringen.

Falak war aufgestanden und wartete, ob sie näher käme. Sie wagte es.

„Hallo", sagte er.

„Hallo", erwiderte sie.

Sie wusste, dass sie schuldbewusst aussah, und hoffte auf ein Lächeln. Er schien mit sich zu kämpfen. Sie standen sich gegenüber, waren sich der Nähe und ebenso des Abstands bewusst und warteten. Chandani hörte ihre Angst, aber auch ihren inneren Jubel lauter werden. Thura und Ye verließen die Kapelle.

„Ich will bei Tante Chandani bleiben", sagte Marie-Suu, aber Ye meinte: „Später, später hat sie Zeit für dich. Komm, wir machen Frühstück in der schönen Küche, ja?"

Sie gingen und Falak und Chandani dachten schon, dass sie allein wären, als Thura sich in der Tür noch einmal umdrehte und sagte: „Verzeiht, aber es scheint mir doch wichtig zu sein. Chani, weißt du, wo Skamar ist?"

Erschrocken drehte sich Chandani von Falak weg und fragte mit Panik in der Stimme: „Wie meinst du das denn? Er sitzt doch wohl auf seinem Gestell. Wo soll er sonst sein? Warum fragst du?"

Thura wusste, dass es keinen Weg gab, es ihr irgendwie schonender beizubringen, also sagte er direkt: „Ich war in der Falknerei, weil ich dich suchte, und er saß nicht da, wo er sonst immer sitzt."

„Das kann nicht sein."

Chandani schnappte nach Luft. Entschuldigend sah sie sich zu Falak um und meinte: „Ich muss nach Skamar sehen. Das musst du verstehen."

Und damit lief sie aus der Kapelle. Thura dachte, dass Falak in letzter Zeit ziemlich viel verstehen musste, und hoffte inständig, dass er es aushalten würde. Wenn allerdings, dann würde das einem Beweis von Treue gleichkommen, den vielleicht auch Chandani nicht übersehen würde.

Chandani rannte den Gartenweg entlang, nahm an beiden Seiten die Rocksäume in die Hand, um schneller laufen zu können, und eilte an den Ställen vorbei bis zur Falknerei. Wo waren Nirmal und Arasan? Wo war Rajama? Irgendetwas stimmte nicht. Ihr Vater musste sehr mit sich beschäftigt gewesen sein, dass ihm das nicht aufgefallen war, dachte sie vorwurfsvoll. Nein Chandani, erinnerte sie sich selbst, er war mit *dir* beschäftigt.

Sie lief zu den Gestellen. Sofort sah sie, das Skamar tatsächlich nicht da war. Fassungslos starrte sie auf die Lücke. Als sei ein Bild aus einem Rahmen gestohlen worden oder schlimmer, als habe jemand ein Loch in ein kostbares Gemälde geschnitten, nur um die schönste Stelle zu entfernen, die es zu bieten hatte. Sie schwankte kurz und lehnte sich an die Wand. Sie schloss die Augen und zwang sich, ruhig zu bleiben.

„Gott“, flüsterte sie, „ich fühle mich so allein, so unendlich allein. Hilf mir, bitte.“

Dann raffte sie sich auf und lief die Treppe hoch. Was sie sah, offenbarte ihr sofort, dass Tareq fort war. Sein Büro, sonst ein Raum voller Bilder von Falken aus unterschiedlichster Perspektive, Medaillen und Pokalen, Stapeln von Katalogen und Zeitungen enthielt nichts mehr von dem, was noch an ihn erinnern könnte. Ganz offensichtlich war ihr Mitarbeiter gegangen. Sie setzte sich auf den Stuhl hinter seinen leeren Schreibtisch und versuchte, sich zu konzentrieren. Ihr Kopf hämmerte und sie rieb sich die Schläfen.

Thura stand in der Tür und sah sie fragend an. Müde sagte sie: „Verschwunden. Beide.“

Sie lachte kurz schrill auf und schlug dann mit der Faust auf den Tisch. „Ich fass es einfach nicht!“

Sie sprang auf.

„Komm, lass uns noch mal nachsehen. Nur, um wirklich sicher zu sein."

Sie gingen miteinander an allen Gestellen, Käfigen und Kästen entlang und Chandani sah, dass alle Vögel gut versorgt da waren, wo sie sein sollten. Nur Skamar fehlte. Verantwortungsbewusst hatte Tareq sich um alles gekümmert. Und dann musste er ihren besten Falken genommen haben und mit ihm verschwunden sein. Ob er den anderen Angestellten Urlaub gegeben hatte, um in Ruhe alles erledigen zu können? Hatte er das von langer Hand geplant oder war ihm die Idee spontan gekommen, als er hörte, dass sie für einen Tag weg sein würde? War ihr Streit über die Anfrage der Flughafenbehörde der Anlass gewesen oder hatte er einfach nicht mehr damit warten wollen, Skamar in einen Wettbewerb zu schicken? Würde er zurückkommen? Diese letzte Frage war wohl die einzige, die sie mit Sicherheit verneinen konnte. Aber damit entstand eine weit schwerwiegendere Frage: Was würde aus der Falknerei werden?

Chandani fühlte sich müde und ausgelaugt, unfähig, jetzt irgendeine Entscheidung zu treffen.

„Kaffee?", fragte Thura sie.

Und sie nickte. Sie gingen zum Haus zurück, Chandani hakte sich bei ihrem Vater unter und wiederholte den ganzen Weg lang immer nur den einen Satz: „Ich kann es einfach nicht fassen."

Und wieder saßen Ye und Falak gemeinsam auf der Terrasse und sowohl Chandani als auch Thura waren sowohl überrascht als auch erleichtert, sie beide dort zu sehen. Sie erzählten kurz, was sie herausgefunden hatten, und Ye meinte beherzt: „Ich möchte trotzdem, dass wir jetzt erst einmal alle zusammen frühstücken."

Sie folgten ihr in die Küche, wo Marie-Suu am Tisch saß und bereits einen ersten Pfannkuchen aß. Sie berieten, was sie tun sollten. Falak schlug vor, vielleicht dann diesmal doch die Polizei zu benachrichtigen.

„Diesmal?", fragte Chandani.

Aber als alle sie schweigend ansahen, wurde ihr klar, was passiert sein musste. Sie sah Falak gerührt an, der ihrem Blick aber auswich und Marie-Suu half, ihren nächsten Pfannkuchen in kleine Happen zu zerteilen. Chandani meinte, sie werde darüber nachdenken, aber die Chancen, Tareq ausfindig zu machen und Skamar zurückzubekommen, standen wohl von vorneherein schlecht.

Ye fragte nach: „Was genau bedeutet es für die Falknerei, dass Skamar fehlt?"

Chandani erklärte es ihnen. „Ich weiß es nicht. Aber als ich gerade dastand und sah, dass er fehlte, dachte ich erst an eine Ausstellung, der das teuerste Gemälde entwendet wurde. Dann dachte ich, es ist vielmehr so, als sei ein Bild zerstört worden, weil man ein Stück aus der Leinwand geschnitten hat. Und so ist das Ganze zerstört. Ja, so fühlt es sich an."

Thura wunderte sich, dass sie so nüchtern blieb, und fragte sich, wann ihr wohl der persönliche Verlust klar werden und wie sie dann reagieren würde, als Ye mit ihrer nächsten Frage Chandani so berührte, dass sie ihre Beherrschung verlor.

„Und was ist Skamar ungefähr wert?"

Chandani schnappte kurz nach Luft und dann platzte es aus ihr heraus: „Ungefähr? Er ist ungefähr alles, was ich habe. Stolzes Ergebnis meiner Arbeit und meiner Geduld. Beweis, ganz überraschender Beweis meines Könnens. Mittelpunkt meines Unternehmens hier. Und darüber hinaus Begleiter. Wie ein Freund. Vermittler. Er beflügelt mich, im wahrsten Sinne des Wortes. Er war immer so etwas wie ein Stück Himmel. Er war mir, ist mir heilig." Sie schluchzte kurz auf und sagte schrill: „Und ansonsten, wenn es das war, was du eigentlich wissen wolltest, ist er ungefähr um die zehntausend Dollar wert. Und wenn er erst einmal an einem dieser Wettkämpfe teilgenommen hat und je nachdem, wie gut er dabei abschneidet, steigert sich sein Kaufwert noch."

Sie schwiegen alle, erdrückt von den Fakten und von der Art, wie Chandani sie vorgetragen hatte.

Ye versuchte hilflos, sie irgendwie zu trösten. „Du kannst einen neuen Falken züchten."

Da fuhr Chandani sie an: „Es gibt Dinge, die man nicht einfach ersetzen kann. Als wären sie x-beliebig, austauschbar. Das solltest du doch eigentlich wissen." Und damit stand sie auf und lief vor die Tür. „Entschuldigt mich", rief sie noch.

In der Küche sahen sich die Erwachsenen an.

„Wer geht hinter ihr her?", war die Frage, die im Raum stand und die sie versuchten, wortlos zu klären. Ye stand auf und die beiden Männer nickten ihr zu – Falak dankbar, Thura als wünsche er ihr Glück. Marie-Suu rutschte von der Küchenbank und folgte ihr.

Chandani aber war nicht weggelaufen, sie hatte nicht gewusst, wohin, sondern saß auf der Treppe vor dem Haus. Ye setzte sich neben sie und Marie-Suu nahm neben ihrer Mutter Platz und guckte ernst. Ye nahm die Hand ihrer Freundin und hielt sie für einen Moment in ihrer.

„Tut mir leid. Ich weiß, dass Skamar einzigartig ist. Ich wollte nur irgendetwas sagen, das ein bisschen nach Zukunft klingt."

Chandani nickte. „Ja, schon gut, ich weiß."

Sie wischte sich die Tränen aus dem Gesicht. Und dann erzählte sie Ye von ihrem Besuch im Kloster. Sie versuchte ihr zu erklären, warum sie überhaupt hingegangen war – dass sie sich wünschte, sie könne verzeihen, loslassen und freier weitergehen.

„Immer, wenn ich die Falken sehe, sehne ich mich so sehr nach Leichtigkeit. Ich dachte, der Priester könnte mir etwas dazu sagen, wie meine Seele sich aussöhnen kann, wie ich das übe und lerne."

Sie erzählte von der Hibiskusblüte, der Bronzestatue und von der Übung, die der Priester ihr dann vorgestellt hatte, und wie sie sich eigentlich schon darauf gefreut hatte, sich tiefer auf dieses Bild von dem kleinen Kind in ihren Armen einzulassen. Ye hörte aufmerksam zu und nahm irgendwann Marie-Suu zu sich und holte mit ihren kleinen zärtlichen Gesten, die sie an ihre Tochter weitergab, das Bild in die Wirklichkeit. Chandani erzählte, dass sie sich zu dem alten weisen Mann hingezogen fühlte und ihm vertraute.

Und dann kam Chandani auf den Schluss ihres Gesprächs zu

sprechen. Ye, die beobachtete, dass Chandanis Haltung und Ton sich änderten, sagte zu ihrer Tochter: „Marie-Suu, sei so lieb und geh zu Onkel Thura ins Haus und hilf ihm ein bisschen in der Küche, ja?"

Die Kleine merkte wohl, dass es ihrer Mutter ernst war, und da sie sich ohnehin langweilte, ging sie bereitwillig. Und jetzt sah Ye ihre Freundin innerhalb von wenigen Augenblicken erst der Wut ausgeliefert, dann dem Schmerz, der Trauer und dem eigenen Stolz.

„Sie hat sich versteckt gehalten und schweigt, kann man das fassen?"

Ye konnte die neunjährige Chandani vor sich sehen und die dreizehn-, vierzehnjährige, die Birmanin, die Exilantin, sie nahm Tapferkeit wahr und Verzweiflung, Souveränität und Abhängigkeit und sah in dem allen ihre Freundin Sternchen.

„Komm her", sagte sie und nahm sie kurz in den Arm.

„Was soll ich jetzt machen? Soll ich wieder hingehen? Warten, bis er mich irgendwie benachrichtigt? Mich der Seelenarbeit widmen?"

Und plötzlich wieder wütend, schlug sie mit der Faust auf ihren Oberschenkel. „Und jetzt ist auch noch mein bester Mitarbeiter mit meinem besten Falken verschwunden. Das hat mich heute zusätzlich aus dem Gleichgewicht gebracht. Ja, wenn das nicht auch noch gewesen wäre", sie suchte jetzt nach Worten, „vielleicht, in der Kapelle, ich war so glücklich, euch alle zu sehen, ich hatte neue Energie, Mut. Aber jetzt?"

Hilflos warf sie die Hände in die Luft, sackte im nächsten Moment in sich zusammen, setzte sich dann aufrecht hin und meinte dann beherzt: „Ich kann nicht mehr kämpfen, ich will nicht mehr weinen, ich will leben, lieben, lachen. Hier. Jetzt."

Sie sagte es energisch und Ye unterstützte sie: „So gefällst du mir. So wirkst du lebendig."

Chandani zog die Stirn in Falten. „Ich weiß nicht, ob ich es wirklich schaffe." Dann sah sie Ye an. „Danke, dass du zugehört hast. Hast du einen Rat für mich?"

Ye legte ihren Kopf auf Chandanis Schultern und meinte: „Über die Falknerei denke ich noch nach. Mit Tareq bin ich auch noch nicht fertig. Thura ist großartig. Auf irgendeine Art musst du sein Erbe antreten. Birma ist dir kostbar, das musst du mehr zeigen. Und dies hier ist dein Zuhause geworden. Skamar wird dir fehlen. Bleibt immer noch dieser himmlische Inder, der zu Besuch ist. Sternchen, ein bisschen Himmel würde dir gut stehen, sage ich nur. Und, das nur nebenbei, hellblau steht dir wirklich gut, es lässt deine Haut fast schwarz aussehen und deine Augen leuchten." Sie zwinkerte ihr zu und stand auf. „Ich schau mal, wo er ist, ja?"

Chandani nickte. Etwas unentschlossen, aber immerhin, dachte Ye.

Chandani blieb einen Moment für sich auf der Treppe sitzen, überlegte, was die drei jetzt wohl besprechen würden, und verbot sich, weiter darüber nachzudenken. Einen Moment später kamen erst Ye und Marie-Suu, die in die Stadt fahren wollten, die Treppe heruntergelaufen. Dann kam Falak aus dem Haus und setzte sich neben Chandani. Marie-Suu winkte ihnen.

„Wir gehen einkaufen. Bye-bye."

Sie winkten ihr zurück.

„Viel Spaß!", rief Falak und an Chandani gewandt, sagte er: „Hast du dir jemals gewünscht, mit Kindern zu leben? Hier, in diesem Haus, das noch so viel Platz hat? Oder da, wo du vorher gelebt hast? Gab es mal jemanden, mit dem du gerne ein Kind gehabt hättest?"

Sie schüttelte den Kopf. „Nein, nicht wirklich."

Er nickte nur, eingeschüchtert von ihrer knappen Antwort, und zeigte ihr jetzt, was er in der Hand hielt.

„Ich hatte dir etwas mitgebracht, nur eine Kleinigkeit, aber ..."

Sie nahm den kleinen bunten Karton mit der großen Schleife entgegen, erkannte die Verpackung, die Konditoren benutzen, und roch den süßen Duft von Vanille, Zucker und Kokos. Er sah sie etwas verlegen an, sie bedankte sich und meinte kleinlaut: „Du bist ja immer noch hier."

Er seufzte kurz, oder war es ein Lachen? Sie hätte es nicht sagen können.

„Es tut mir leid. Wahrscheinlich ist das alles sehr fremd für dich und unverständlich und ganz anders, als du es dir vorgestellt hast."

Falak unterbrach sie: „Schaust du mich mal für einen Moment an, bitte?"

Sie drehte den Kopf in seine Richtung und er sagte: „Und jetzt sag mir, welche Unterschiede dir zwischen uns auffallen."

Sie musste lachen. „Ist das ein Spiel?"

Er lachte ebenfalls. „Ja. Los, sag!"

Sie sah ihn genauer an und meinte dann langsam: „Also, deine Haut ist viel heller als meine. Deine Haare sind länger. Und du hast Bartstoppeln. Deine Zähne sind größer, ich kann es sehen, wenn du lachst. Deine Nase ist auch breiter und dein Mund ebenfalls."

Bei jeder Entdeckung nickte er und sah sie an. Sie konnte die Spannung kaum ertragen, sprach aber weiter.

„Und deine Augen, die sind …"

„Ja?", fragte er und wartete, was sie sagen würde, sah sie weiterhin aufmerksam an, als suche er ebenfalls in ihrem Gesicht. Sein Blick blieb auf ihrem Mund hängen und sie merkte es.

„Möchtest du einen von den kleinen Kuchen?", fragte sie ihn eifrig. Und er gab wieder diesen kurzen Laut von sich, dieses lachende Seufzen.

„Nein, ich …", widersprach er und meinte: „Du weißt doch, was ich möchte."

Aber sie ging über ihn hinweg, öffnete den bunten Karton, nahm eines der kleinen Gebäckstücke und reichte es ihm. Er steckte es sich direkt in den Mund, kaute und ließ sie dabei nicht aus den Augen.

„Lecker", sagte er. „Ich hatte wirklich Hunger auf etwas Süßes."

Sie musste lachen. „Falak", sagte sie, schüttelte den Kopf und wunderte sich insgeheim über seine Geduld.

„Los, spielen wir weiter", forderte er sie auf. „Was fällt dir noch auf?"

Aber sie wehrte sich: „Nein, ich kann nicht mehr."

„Okay", willigte er ein. „Dann werde *ich* wohl weitermachen."

Und wieder sah er sie an, als suche er etwas, und ihre Blicke verhakten sich ineinander.

„Deine Augen sind grün, ungewöhnlich für jemanden mit deiner Hautfarbe. Ich sehe darin ein Leuchten. Und Stolz. Und jetzt gerade ein bisschen Unsicherheit. Und zu meiner Freude auch eine Spur Aufregung. Und, oh, was ist das? Da sehe ich Mut. Und noch ein bisschen tiefer sehe ich Sehnsucht. Große tiefe Sehnsucht. Ich sehe *dich*. Und: Ich sehe keine großen Unterschiede zwischen uns. Und jetzt sehe ich auf einmal Tränen." Er flüsterte: „Warum, Chandani? Ich *sehe* dich. Ist das denn schlimm? Nein, bitte, schau nicht weg."

Aber sie wandte sich ab von ihm.

„Ich kann nicht", meinte sie leise.

„Warum? Was ist denn?"

Sie konnte ihn jetzt nicht noch einmal ansehen und murmelte nur: „Es fühlt sich an, als würde ich es mir nicht erlauben können."

Falak fragte traurig: „Nicht erlauben?"

„Ja", nickte sie. „Es tut mir leid."

Er wartete, ob sie mehr sagen würde, und als sie weiter schwieg, stand er auf und ging.

„Ja. Mir auch", meinte er nur.

Thura sah Falak ohne ein Wort an sich vorbeigehen und hörte, wie sich die Tür zu seinem Zimmer schloss.

Er atmete einmal tief durch und fragte sich, ob er jetzt etwa als Nächster nach draußen gehen sollte, als Chandani durch die Tür kam. Aber auch sie ging wortlos an ihm vorbei und wieder hörte er eine Zimmertür. In wenigen Minuten würde er Besuch bekommen und er wäre den ganzen Nachmittag beschäftigt. Was sollte er tun? Er beschloss, weiter Tee zu kochen. Schließlich waren die beiden erwachsen, oder? Aber nur für das Kind im Haus war das heute ein leichter Tag gewesen.

Kapitel 15

Sie versuchte, den steilen glatten Felsen hochzusteigen. Aber sie kam immer nur ein paar Schritte weiter und dann brachte die glatte Fläche sie wieder ins Rutschen. Es war tiefe Nacht. Sie blickte nach unten und obwohl sie kaum etwas sah, wusste sie, dass sie ins Wasser stürzen würde, wenn sie sich nicht nach oben retten konnte. Sie nahm alle Kräfte zusammen und kletterte weiter. Aber der Berg schien nur immer glatter zu werden. Ja, er wurde allmählich zu Eis. Sie sah die spiegelglatte Fläche vor sich und geriet jetzt in Panik. Sie schwitzte und fror gleichzeitig. Die Kälte fraß sich in ihre nackten Fußsohlen und wenn sie länger stehen blieb, konnte sie sich kaum mehr von dem Eis lösen. Da sah sie, dass ihre Füße sich veränderten, sie krümmten sich zusammen und wurden zu Krallen. Sie schrie, denn sie hatte die Füße eines Vogels bekommen. Aber warum konnte sie dann nicht fliegen? Sie schrie um Hilfe, ging auf die Knie und krabbelte noch ein kleines Stück weiter, aber dann hatte sie keine Kraft mehr und sie rutschte immer tiefer.

Chandani wachte schweißgebadet auf. Sie keuchte, setzte sich aufrecht in ihrem Bett auf und versuchte, sich zu konzentrieren und ruhig zu atmen, sagte sich, dass es nur ein Traum war. Ihr Wecker zeigte ihr, dass es gerade einmal fünf Uhr war. Draußen wurde es schon hell. Wann würden diese Träume endlich aufhören? Was könnte sie unternehmen? Ihr Blick fiel auf ihre Kommode. Eine der vier Schubladen war voller Schuhe. Sie streckte sich. Bloß nicht wieder einschlafen, dachte sie, stand auf, zog sich ihren Morgenmantel über und ging zum Fenster. Sie lehnte sich für einen Moment an den Rahmen mit dem feinen Gitter, das die Mücken aus dem

Haus hielt. Dann raffte sie sich auf, ging in die Küche und machte die Kaffeemaschine an.

„Oh“, sagte sie überrascht, als sie ein paar Minuten später nach draußen kam und Falak dort sitzen sah. Er sprang sofort auf.

„Ich will nicht stören. Entschuldige, ich gehe schon.“

Aber sie meinte: „Guten Morgen. Bleib sitzen. Ich gehe wieder in mein Zimmer.“

Forsch sagte Falak: „Setz dich doch zu mir.“ Und etwas bitter fügte er hinzu: „Wenn du dir das erlauben kannst.“

Sie zögerte kurz, ging auf seine kleine ironische Randbemerkung nicht ein, setzte sich dann in einen der Sessel, begann, an ihrem Kaffee zu nippen, und sah ihn über den Rand ihrer Tasse an.

„Warum bist du schon wach?“, wollte er wissen.

Sie sagte leichthin: „Ich mag den frühen Morgen.“

Er nickte nur und sie kam sich auf einmal unfair vor und sagte jetzt in einem anderen, gedämpften Tonfall: „Ich hatte einen Albtraum und war froh, wach zu werden.“

Er wartete, ob sie mehr erzählen würde, und sie hoffte, er würde nachfragen. Aber sie schwiegen beide.

Chandani dachte an gestern, an ihr Gespräch auf der Treppe. Sie hatte es mal wieder kaputt gemacht, urteilte sie müde über sich selbst. Aber dann kam auch die Erinnerung an ihre Begegnung in der Kapelle wieder. Wie lebendig sie sich gefühlt hatte, einen Moment lang kühn genug, etwas Neues zu wagen. Wie ein Schatten aber waren dann auf einmal die Gedanken an Skamar da.

Sie rang sich durch ihr inneres Chaos und sagte vorsichtig: „Und du? Warum bist du so früh schon wach? Wirst du gehen?“

Er sah sie traurig an. „Um es mit deinen Worten zu sagen: Ich würde mir erlauben, noch zu bleiben. Wer spricht denn immer von Gehen?“

Sie schaute in ihre Tasse und meinte: „Niemand spricht. Man geht einfach eines Tages, ohne Erklärung, und bleibt weg.“

Er warf ihr einen fragenden Blick zu. „Wen meinst du damit? Denkst du an deine Mutter?“

Chandani nickte. „Ja natürlich.“

Und dann sprudelte es aus ihr heraus, aufgewühlt von ihrem Traum in der Nacht und weil sie sich ihm so gerne erklären wollte.

„Kannst du dir vorstellen, wie das war? Ich höre sie nachts schreien, sehe sie aus dem Haus rennen, sie steht auf der Straße, hält sich den Kopf und weint. Sie hat fast nichts an und läuft weg. Sie rennt und ich kann nichts tun, um sie aufzuhalten. Ich bin ein junges Mädchen und weiß nicht, was das alles bedeutet. Und als ich am nächsten Tag aus der Schule nach Hause komme, ist alles weg, was an sie erinnern könnte. Ihre Sandalen auf der Treppe, ihr Spiegelschränkchen im Bad mit den Lippenstiften, Ketten und Ohrringen, alle Fotos von ihr, ihre Lieblingstasse, einfach jede Spur.“

Er hatte aufmerksam zugehört und fragte nach: „Und begleiten dich diese Erinnerungen ständig oder gibt es einen konkreten Anlass für deinen dunklen Traum?“

Sie erzählte ihm von Aye-Ayes Flucht ins Kloster und ihrem letzten Besuch dort. Sie sah ihn an und wartete unsicher, wie er reagieren und was er sagen würde. Als sähe sie ihn zum ersten Mal, dachte sie auf einmal, dass er ein wirklich attraktiver Mann war, wenn er so nachdenklich wirkte, ihre Neugier weckte auf das, was in seinem Kopf vorging. Wieder trug er sein rotes Baumwolltuch um den Hals. Die Vorstellung, den Knoten zu lösen, schoss plötzlich durch ihren Kopf.

Ihre Blicke trafen sich. Er sah sie an, als bitte er sie, gut zuzuhören, und dann sagte er: „Ich lebe in Mumbai, in einer der größten Städte der Welt. Mit den größten Slums der Welt. Wusstest du, dass die Stadt von manchen deshalb auch ‚Slumbai‘ genannt wird? Weißt du, wie eng es in einem Slum ist? Wo ungefähr vierzig Prozent der Bevölkerung auf zehn Prozent der Wohnfläche leben? Es ist unvorstellbar. Im Durchschnitt wohnen mehr als fünf Menschen in einer Hütte. Auf ungefähr fünfzehn Quadratmetern. Nur jede vierte Hütte hat einen Wasseranschluss, nur jede zehnte eine Toilette. Müll ist der einzige nie versiegende Rohstoff. Hütten werden nicht aus Ziegeln gebaut, sondern aus Brettern, Plastiktüten, Blech, aus

Resten. Sicher sind wir mit dem Börsensitz und immer mehr IT-Firmen das wirtschaftliche Zentrum, Bollywood ist hier und wir sind auch das kulturelle Zentrum, ja multikulturell. Viele finden in dieser Stadt ein Zuhause, Inder und Ausländer, Leute überall aus Asien und aus dem Westen. Muslime, Christen, Buddhisten, Jainas, Sikhs. Zweihundert Sprachen und Dialekte werden hier durcheinandergesprochen und gleichzeitig wird Englisch immer selbstverständlicher. Es boomt. Dein Internat war sicher in einem schönen Stadtteil, dem ähnlich, in dem ich wohne. Aber daneben explodiert die Not."

Er sprach langsam, aber leidenschaftlich.

„Hier wurde ich geboren. Im Gegensatz zu dir kenne ich meine Mutter überhaupt nicht. Sie muss eine der abertausend Slumfrauen gewesen sein. Kein Foto, nicht die blasseste Vorstellung. Ich weiß auch nicht, wer mein Vater ist, und ich weiß nicht, ob sie es wusste. Habe ich Geschwister? Einen großen Bruder? Einen kleinen? Eine leibliche Schwester? Hat meine Mutter mich gestillt? Ich habe keine Ahnung. War sie verzweifelt, als sie merkte, dass sie ein Kind erwartete? Hätte sie mich am liebsten abgetrieben? Hat sie mich zu einer großen Müllkippe gebracht, weil sie hoffte, dass ich hier überleben würde? Oder hat sie mich weggeschmissen? Habe ich geweint? Sie gesucht? Wie lange, bis ich merkte, dass sie nicht wiederkommt? Hat sie mir einen Namen gegeben, bevor man mich im Kinderheim Falak nannte? Oder ist sie vielleicht gestorben? Ich habe keine Erinnerungen an ein Zuhause, keine Heimat, die ich vermissen könnte." Ungeduldig und aufgebracht schloss er: „Bei allem Respekt, Chandani, nichts ist mir fremder, als Leid gegeneinander aufzuwiegen, aber noch fremder ist mir, was du tust."

Eine Weile sagte niemand etwas, dann fragte Chandani kleinlaut: „Was tue ich denn?"

Und er antwortete: „Deine Erfahrungen dienen dir als Entschuldigung. Du denkst, dass du so neue Enttäuschungen vermeidest. Aber ich sage dir, was geschieht: Du verpasst ganz einfach das Leben."

Er ließ sich in seinen Sessel zurückfallen und sie sah, dass sein Atem schnell ging, ja, sie meinte, sein Herz in seinem Oberkörper schlagen sehen zu können. Sie dachte, dass noch nie jemand so mit ihr gesprochen hatte.

Er verschwieg ihr, was er dachte: „Obendrein hast du einfach zu lange im Westen gelebt." Er wusste, sein Zorn hatte nicht nur mit ihr zu tun, aber es gab eine Stimme in ihm, die sagte: „Bis der Westen mit seinen Therapien durch ist, wird der Süden verhungert sein." Er atmete einmal tief durch, beugte sich wieder vor und sah sie an. Mit weit mehr Wärme in der Stimme als vorher sagte er: „Aber ich habe ernst gemeint, was ich dir gestern gesagt habe. Ich sehe dich an und sehe nicht die Unterschiede, ich sehe die Nähe, die möglich wäre."

„Er ist mutig", dachte sie, und merkte, dass sein Mut ihr guttat. Irgendwo, weit entfernt, war das Jubeln von gestern wieder zu erahnen. Er war jemand Besonderes, er traute sich, ihr gegenüberzustehen, er war ehrlich und er hatte die letzten Tage durchgehalten.

Sie sagte: „Ich würde mich freuen, wenn du bleibst."

Er lächelte sie erleichtert an. „Danke."

Wie lange und was genau das bedeuten würde, sollten sie herausfinden.

Thura kam nach draußen und mit einem schnellen Blick stellte er erleichtert fest, dass die beiden zu zweit und mit freundlichen Gesichtern dasaßen, wünschte ihnen einen guten Morgen, murmelte etwas von Frühstück und verschwand sofort wieder. Die beiden mussten schmunzeln.

Im nächsten Moment kam Marie-Suu auf die Terrasse gelaufen, mit Elan, noch in einem kurzen weißen Nachthemd und mit einer Puppe unter ihrem Arm. Chandani wurde bewusst, dass sie selbst die ganze Zeit über im Morgenmantel hier saß.

Marie-Suu blieb stehen, sah sie an und lachte dann: „Hallo, hallo, hallo." Sie zog dabei die Nase kraus, sodass sie einfach nur niedlich aussah.

„Tante Chandani, können wir heute reiten gehen?“

Als Chandani nickte, fragte die Kleine begeistert weiter: „Kannst du es mir beibringen? Ist es schwer? Darf ich allein auf einem Pferd sitzen? Hast du vielleicht ein Kinderpferd?“

Chandani musste lachen. „Marie-Suu, ja, wir gehen reiten. Ich muss jetzt erst in die Stadt zur Polizei, aber dann, am Nachmittag, reiten wir. Ein Pony habe ich nicht, aber du kannst auf einem großen Pferd sitzen, ich bin ja bei dir.“

Was sie hörte, machte Marie-Suu offensichtlich sehr glücklich, und aufgeregt fragte sie Falak: „Kommst du auch mit?“

Er sah kurz Chandani an und als er in ihrem Blick Zustimmung und sogar so etwas wie Vorfreude entdeckte, sagte er fröhlich: „Ja.“

Bei der Polizei nahm man ihren Fall auf, machte ihr aber wenig Hoffnung, dass sie ihren Mitarbeiter und ihren Falken wiedersehen würde, denn sie waren wohl beide im Ausland, wo auch immer genau. Man setzte eine Suchanzeige auf, empfahl ihr, selbst aufmerksam die Nachrichten zu verfolgen und auf Hinweise zu achten, und verabschiedete sie höflich. Die Versicherung würde einen Teil des Schadens übernehmen und jetzt war es an ihr, zu entscheiden, ob und wie sie mit der Falknerei weitermachen würde.

Nirmal, Arasan und Rajama waren am Morgen zur Arbeit erschienen und erzählten, was Chandani schon geahnt hatte, dass Tareq ihnen Urlaub gegeben hatte für die zwei Tage, an denen die Miss selbst frei hatte. Chandani kümmerte sich um die Vögel, erledigte das Nötigste und war sich im Klaren, dass sie es auf Dauer nicht allein schaffen würde. Und einen Auftrag wie den von der Flughafenbehörde könnte sie allein auf gar keinen Fall bewältigen. Es grübelte weiter in ihr. Sie hatte angefangen, an dem Vortrag über Pressefreiheit zu schreiben, aber noch nicht zugesagt, zu kommen. Wenn sie nach Paris flog, dann würde sie ihn vorher ihrem Vater vortragen, so viel war sicher – und dafür war er wohl noch nicht zu alt.

Immer wieder sah sie zwischendurch hoch zum Himmel. Als

suche sie auf der weiten blauen Fläche nach ein paar Flügeln. Sie wusste, dass Tareq Skamar mehr als gut behandeln würde, und sie hoffte fast, dass er auch andere zum Staunen bringen würde mit seinem Geschick. Aber ihr Falke fehlte ihr. Sie versuchte sich zu erinnern, wie es gewesen war, als sein Bild zum ersten Mal in ihrem heiligen Raum aufgetaucht war. Er hatte einfach so dagesessen, aufmerksam und königlich. Als wollte er ihr ein Lehrer sein für Achtung und Würde. Sie ahnte, dass sie an diese Erfahrung anknüpfen konnte. Der Priester hatte ihn einen „Vermittler aus der Anderswelt" genannt. Sie wusste, dass dieser Titel angemessen war.

Und dann flogen sie am Nachmittag über die Berge. Zunächst trabten sie ein bisschen, um Marie-Suu an die neue Erfahrung zu gewöhnen. Aber die Kleine hatte überhaupt keine Angst und so war es leicht und sie galoppierten los, Marie-Suu hielt sich am Sattel fest, Chandani lenkte ihr Pferd neben sich her. Die Kleine quietschte und juchzte vor Vergnügen. Sie brachten das dritte Pferd zurück auf die Weide, Chandani setzte Marie-Suu vor sich auf ihr Pferd und sie machten einen ausgiebigen Streifzug durch die Berge.

Jetzt, Ende Juni, war alles grün. Der Westmonsun brachte ihnen nachts kurze Regengüsse und tagsüber frischen Wind. Sie wurden langsamer, als sich vor ihnen plötzlich eine ganze Waldreihe mit „Flame-of-the-Forest" zeigte, Bäume mit roten Blüten, leuchtend wie Feuer. Sie trotteten durch ein kleines Dorf und grüßten unterwegs, kamen an einem der kleinen dörflichen Hindu-Tempel vorbei, einmal folgte ihnen ein ganzes Rudel Hunde und immer wieder zeigte Marie-Suu auf irgendeine Entdeckung, ein paar Affen am Wegrand, eine Frau, die einen übergroßen Kanister Wasser auf dem Kopf balancierte, oder ein paar Kinder, die splitternackt in einer Pfütze spielten.

„Wie eine richtige kleine Familie sehen wir aus", dachte Falak.

Wenn sie ein Dorf hinter sich ließen, legten sie Tempo zu.

„Wo hast du eigentlich so gut reiten gelernt?", rief Chandani ihm irgendwann zu.

„Als ich im College in England war. Und du?“

„Hier. Erst als wir dieses Gelände kauften und ich mit der Falknerei anfing.“

Sie machten eine Pause, als sie jetzt das Schild der Imkerei sahen, kauften drei Scheiben Brot mit Honig und setzten sich auf einen kleinen Felsen am Weg. Marie-Suu war selig, plapperte ohne Ende und stellte lauter Fragen zu den Pferden. Chandani forderte sie auf, ihr Brot zu essen, und damit war sie mit ihren Gedanken beim Honig.

„Ist das Marmelade? Kommt das von einem gelben Obst?“

Die beiden Erwachsenen erklärten ihr, sie esse Honig. Aber daraufhin entstanden nur noch mehr Fragen und Marie-Suu wollte schließlich wissen: „Und woher kommt der Honig?“

Chandani bewunderte Falaks Begeisterung, alle Fragen eifrig zu beantworten und angemessene Worte zu finden, damit die Sechsjährige folgen konnte.

„Bienen stellen den Honig her. Sie essen Nektar, den sie in Blüten finden. So eine Biene fliegt zu, ich denke, so tausend Blüten an einem Tag und sammelt diesen Nektar. Mit ihrer kleinen Zunge holt sie ihn aus der Blüte und durch ihren Rüssel saugt sie ihn in ihren Magen, bis er voll ist.“

Falak unterstrich, was er erklärte mit Bewegungen und Chandani musste aufpassen, dass sie nicht losprustete.

„Dann fliegt sie zu ihrem Bienenstock. Der ist organisiert wie ein Staat, eine Nation, mit einer Königin. Andere Bienen bringen den Nektar weiter zu den Honigwaben und mischen ihm noch irgendwelche Drüsensäfte bei und so entsteht Honig.“

„Und warum“, fragte Marie-Suu, „haben Bienen eine Königin? Und was ist denn mit dem König? Das ist aber komisch. Dann ist die ja bestimmt sehr allein.“

Der Gedanken schien sie wirklich zu bekümmern. Aber dann fiel ihr eine Lösung ein.

„Sie kann ja heiraten!“ Und dann sah sie die beiden freudestrahlend an und schlug vor: „Ihr könnt ja auch mal heiraten“, und sie kicherte, klatschte mit beiden Händen auf ihre Knie und sah dann beglückt ein paar Mal von Falak zu Chandani. „Dann könnte ich euch in den Ferien immer beide besuchen."

Sie war sehr begeistert von ihrer Idee. Chandani und Falak hofften nur, der Moment würde irgendwie vorbeigehen. Marie-Suu tat ihnen den Gefallen. Als sie keine Antwort bekam, fragte sie: „Und wer von euch kann eigentlich schneller reiten?"

Falak sprang auf, ging zu seinem Pferd und meinte: „Das werden wir jetzt herausfinden." Und dann rief er angriffslustig, aber lachend: „Na, Chandani, werde ich einmal erleben, dass du hinter mir her bist?"

Und damit ritt er los. Chandani nahm den Wettkampf auf, sagte Marie-Suu, sie solle sich festhalten, schnalzte mit der Zunge, um ihr Pferd anzutreiben, und gab alles, um Falak einzuholen.

Von jetzt an kam Marie-Suu jeden Nachmittag mit, wenn sie ausritten. Sie empfanden beide, dass die Gegenwart des Kindes sie unbeschwerter machte, denn Marie-Suus Fragen und Beobachtungen brachten sie immer wieder zum Lachen und ihre kindliche Neugier wirkte ansteckend und inspirierte sie auf ihre besondere Weise. Die beiden Erwachsenen merkten, dass die Kleine Seiten in ihnen berührte, die sonst seltener zum Vorschein kamen, nicht nur, dass sie mütterliches und väterliches Verantwortungsgefühl weckte, sondern sie wurden ganz im Gegenteil scheinbar selbst kindlicher, zutraulicher, und dieser entspannte Umgang tat ihnen gut.

Ye schien es unterdessen sehr zu genießen, allein auf der Terrasse sitzen und lesen zu können, über das Gelände zu schlendern oder nach Kanchi zu fahren, um in der scheinbar endlosen Vielfalt von allerfeinsten Seidenstoffen zu stöbern. Manchmal begleitete sie aber auch Thura und ein paar Mal wurden sie in ein Gespräch vertieft vorgefunden und reagierten, als hätten sie vollkommen vergessen, dass außer ihnen noch jemand auf der Welt war.

Manchmal sah Falak Chandani fragend oder herausfordernd an, als warte er immer noch auf eine überfällige Antwort auf eine Frage.

„Du erlaubst dir immer noch nicht mehr?", fragte er einmal und sie erwiderte nur: „Ich erlaube mir, mir Zeit zu lassen."

Er hatte das bisher akzeptiert. Aber sie wusste, dass sie ihn hinhielt und es auf Dauer so nicht weitergehen würde. Durch Yes plötzlichen Besuch und Tareqs Abwesenheit war diese Zeit ein ungeplanter Urlaub geworden, Tage mit nur wenigen Verpflichtungen, aber die Ferien würden irgendwann zu Ende gehen müssen. Sie dachte an ihre Mutter, an Skamar, an Tareq und an Paris und die Reporters sans frontières und wusste nicht, welcher Frage sie sich zuerst widmen sollte. Es war, als wäre mit Skamar der Kontakt zu ihrer Intuition abgerissen. Wieder nahm sie sich vor, Zeit allein zu verbringen und sich in ihren inneren Raum zurückzuziehen. Und sie wollte unbedingt einen Abend allein mit Ye sein, bevor diese bald abreisen würde.

Thura hatte sie wieder alle bekocht, Ye hatte Marie-Suu ins Bett gebracht und war dann mit in Chandanis Zimmer gekommen.

„Es ist wie früher. Wir liegen gemeinsam auf einem Bett, erzählen und schauen Fotos an, hören Musik, sind albern und diskutieren."

„Aber, liebste Ye", erwiderte Chandani, „wie kommt es denn eigentlich, dass du hier bist? Wir hatten doch überhaupt keinen Termin vereinbart? Das war eine Überraschung, zu hören, dass du auf der Terrasse sitzt!"

Chandani schubste Ye ein bisschen und lachte: „Sag! Wieso kommst du hier einfach so reingeschneit?"

Ye sah sie verschmitzt an. „Ich dachte, du könntest etwas Unterstützung gebrauchen." Und dann schubste sie Chandani zurück. „Reinschneien – was ist das schon wieder für ein Ausdruck? Wo, bitte, erlebst du hier Schnee? Außer vielleicht im Himalaja? Du und deine westlichen Sprichwörter!"

Chandani lachte sie aus. „Und dass du dich immer so darüber aufregst!"

Dann wurde Ye ernster und sie sagte verschwörerisch: „Ich gebe zu, so wie du von diesem geheimnisvollen ‚Jemand' erzählt hast, hast du meine Neugier geweckt. Deine Stimme hörte sich plötzlich so jung an, so lebendig. Ich dachte, wenn ich Glück habe, dann werde ich ihn vielleicht sogar selbst hier treffen – und so ist es ja nun auch passiert! Wir haben uns wirklich ein paar Mal richtig gut unterhalten." Sie legte den Kopf schräg und lächelte. „Hm. Er ist nett."

„Oh ja, sehr nett sogar", seufzte Chandani. „Ich brauche nur etwas länger."

„Ihr kommt mir vor, als hättet ihr an einem Wettbewerb teilgenommen oder ein Spiel gespielt und dabei beide verloren."

Chandani sah sie fragend an und Ye erklärte, wie sie es meinte. „Der Unterschied ist, dass er schon weiß, dass er verloren hat und nicht mehr dagegen ankämpft. Ja, er hat sich geschlagen gegeben und scheint diese Erfahrung total zu genießen. Er schwenkt sozusagen schon seit einiger Zeit die weiße Fahne. Aber du, du kämpfst weiter. Warum kapitulierst du nicht einfach?"

Chandani nickte. „Das werde ich. Ich sage ja, ich brauche nur etwas länger."

Ye setzte sich gerade hin und klatschte einmal kurz in die Hände. „Okay, reden wir über etwas anderes."

Es war, als hätte sie die Stimme für Geheimnisse eingetauscht gegen die für Smalltalk, um Chandani etwas Erholung zu gönnen.

„Früher hast du mir bei jedem Besuch ein paar neue Schuhe gezeigt. In den verrücktesten Farben, mit Schleifen oder hohen Absätzen, Stiefel, die neuesten Turnschuhe, Pantoletten. Aber seitdem du hier lebst?"

Chandani sah sie dankbar an. „Ich trage den ganzen Tag über Sandalen, diese einfachen mit nur einem Lederriemchen, damit ich schnell rein- und rausschlüpfen kann. Du weißt, hier ziehen sie auch vor nahezu jedem Gebäude die Schuhe aus. Neulich sind während des Gottesdienstes die Sandalen von den Kirchenstufen geklaut worden …"

Sie stand auf und ging zu ihrer Kommode. „Möchtest du welche haben? Ich brauche sie wirklich nicht."

Sie zeigte Ye ein besonders extravagantes Paar weißer High Heels mit türkisfarbener Schnalle.

Ye stöhnte. „Wer kann denn in so was laufen? Ich bin den ganzen Tag auf den Beinen und muss zwischenzeitlich einer Sechsjährigen hinterhereilen."

Chandani griff wahllos nach einem nächsten Paar und musste selbst schmunzeln. Sie hielt Ye ein Paar knallrote Wildlederstiefel mit Fellkrempe entgegen. Ye kreischte vor Lachen.

„Wow! Die erinnern mich an den Santa Claus. Ganz das Richtige für dreißig Grad im Schatten."

Chandani konnte nicht aufhören und zeigte als Nächstes ein paar bunt bestickte Mokassins mit Troddeln und Perlen. Ye schüttelte sich. Dann klopfte sie auf das Bett auf den Platz neben sich und sagte: „Komm mal einen Moment her, bitte."

Chandani ließ sich neben sie fallen, stopfte sich ein Kissen in den Rücken und sah sie aufmerksam an.

„Also. Erstens hast du ganz offensichtlich einen absolut ätzenden Geschmack, was Schuhe angeht, und solltest froh sein, dass niemand diese Exemplare da an dir sieht. Zweitens weiß ich, dass du nachts oft nach Schuhen gerufen hast, also steckt hinter deiner Besessenheit für absurdes Schuhwerk wahrscheinlich irgendwie mehr. Weiß du, was?"

Als Chandani nickte, sprach Ye irgendwie beruhigt weiter.

„Drittens denke ich, dass du bald vielleicht wieder mehr reisen und dich wieder mehr auf internationalem Parkett bewegen wirst und die etwas weniger scheußlichen Stücke also wieder zum Einsatz kommen. Und deine Jeans und Anzüge. Du trägst hier auch keine Hosen und hast dich, wie ich, wieder an unsere Saris und Sudithars gewöhnt, oder?"

Chandani nickte und sah, dass Yes Seidensari, wie früher schon, den langen Tag überstanden hatte, ohne zerknittert auszusehen – wie machte sie das?

„Also", fuhr Ye energisch fort, „ich persönlich glaube, du solltest die Falknerei höchstens wie ein Hobby betreiben, aber deine Gaben liegen woanders, oder besser gesagt, deine Aufgaben. Birma braucht Fürsprecherinnen wie dich. Du kennst dich aus, du liebst das Land, du sprichst mehrere Sprachen, hast Kontakte." Sie stupste sie in die Seite. „Also, wirf die Santa-Claus-Treter besser nicht weg. In Genf, New York oder Paris kann schon mal Schnee liegen." Mit einem Zwinkern fügte sie hinzu: „Da darfst du dann auch gerne ‚reinschneien'."

Chandani legte ihren Kopf auf Yes Schulter. „Du hast mit Thura gesprochen."

„Er hat nur bestätigt, was ich auch ohne ihn schon dachte. Mensch, Chandani, die Menschenrechtslage in Birma ist so schlimm wie nie. Schreib darüber, sprich darüber, misch dich ein!"

Chandani fragte nachdenklich: „Fragst du dich auch manchmal, ob wir wirklich je wieder dort leben werden? Und ob wir es dann noch mögen? Noch wiedererkennen?"

„Es ist unsere Heimat. Die Briten haben sie verändert. Die Militärs ebenfalls. Aber sobald wir wieder dort wären, würden wir sie mitgestalten, selbst wieder verändern, bewahren, das alles."

„Sie sagen nicht einmal mehr Birma, sie sagen jetzt ‚Myanmar'. Das ist für mich nur schwer zu akzeptieren."

Ye nickte und wurde jetzt leidenschaftlich. „Wir müssen es nicht akzeptieren. Das Volk wurde dazu überhaupt nicht befragt und der Name spiegelt nicht unsere Völkervielfalt wider. Auch Suu-Kyi hat sich deshalb gegen die Umbenennung ausgesprochen. Wir könnten es irgendwann wieder rückgängig machen."

„Und wir würden auch wieder unsere alte Hauptstadt zurückbekommen? Glaubst du wirklich, das geht?"

Ye flippte jetzt regelrecht aus. „Na sicher! Diese Militärs verlegen in einer Nacht-und-Nebel-Aktion mal eben den Regierungssitz nach Pyinmana irgendwo im Landesinneren, riegeln rundherum die Gegend ab und informieren das Volk darüber, dass Yangon leider ausgedient hat. Die spinnen doch! Sie können das mit Gewalt durchsetzen, aber sie können uns niemals dazu zwingen, dass wir Pyinmana *lieben*."

Chandani ließ sich anstecken. „Ja, da hast du recht. Sie können uns nicht vorschreiben, wem wir Respekt zollen, wem unsere Zuneigung gehört. Sie können die Vergangenheit nicht umschreiben, weder unsere Erfahrungen noch die Geschichte des Landes. Was ist ein künstlich angelegter Regierungssitz gegen diese gewachsene Weltstadt? Wollen sie vielleicht auch das Nationalmuseum verlegen? Die Nationalbibliothek? Die Universität? Den Seehafen? Den Flughafen? Oder die Weltfriedenspagode? Oder gar unser größtes Heiligtum, die Shwedagon-Pagode? Das können sie nicht."

„Ach Sternchen, die ältesten Teile dieser Pagode sind aus dem fünften Jahrhundert vor Christus. Überleg mal, wie alt das ist! Sie wurde mehrmals durch Erdbeben und Brände beschädigt, sie wird ganz sicher diese Generäle überleben."

Ye ging zum CD-Player. „Lass mal sehen. Was brauchen wir?" Sie sichtete die Titel und fragte: „Van Morrison?"

Chandani widersprach erst. „Ich dachte, du lässt Bono sein ‚Walk on!' für uns singen. Aber das ist irgendwie Suu-Kyis Lied, nicht wahr?"

Ye räumte ein: „Sie teilt es sich jetzt mit den Feuerwehrmännern und anderen Heldinnen und Helden des elften September, aber das kann ja nur beide ehren. Also Van Morrison, okay?"

Und einen Moment später lagen sie beide nebeneinander auf dem Bett und sangen laut mit.

„When you've given up hope and you're down in despair
and you turn to the One
and you turn inside for a while.
Say, help me, angel.
Oh, no, never let Spirit die
and you keep walking on.

Wenn du die Hoffnung aufgegeben hast und
die Verzweiflung dich runterzieht,
wende dich an den Einen

und wende dich für einen Moment nach innen.
Sag ‚Hilf mir, Engel'.
Lass den Geist niemals sterben
und du wirst weitergehen."

Die Freundinnen gingen beide ihren eigenen Gedanken nach, hörten Musik, ganz wie früher in ihrem kleinen Zimmer im College. Ye hatte die Augen geschlossen und Chandani dachte schon, ihre Freundin sei eingeschlafen, als Ye sagte: „Morgen werde ich zum Abschied mit Thura zusammen das Abendessen zubereiten. Er ist wirklich ein beeindruckender Mann. Es würde mich auch für ihn freuen, wenn du sein Erbe antreten würdest."

Chandani sah sie nachdenklich an. „Und du willst, dass ich die Falknerei aufgebe? Wo du selbst so viel investiert hast?"

Ye drehte sich zu ihr. „Nicht aufgeben, aber mehr wie ein Hobby sehen vielleicht. Und mehr Zeit investieren ins Schreiben und Reisen. Wäre das möglich? Für Birma?"

Chandani wiegte den Kopf hin und her, unentschlossen, nachdenklich.

Als ihre Idee, eine Falknerei zu betreiben, entstanden war, hatte Ye ihr als Erste und für lange Zeit als Einzige ihre volle Unterstützung zugesagt. Sie selbst war von vielen belächelt worden, als sie in Delhi ihre Galerie eröffnet hatte. Man hatte sie snobistisch genannt, ihr vorgeworfen, sie entferne sich von den normalen Leuten, hatte immer wieder gesagt, die gesellschaftskritische Veränderungskraft von Kunst sei gering, nahezu lächerlich, und noch dazu sei sie selbst ja überhaupt gar keine Künstlerin. Aber Ye hatte eine Vision gehabt und der Erfolg hatte ihr recht gegeben. Sie war mittlerweile zu einer Institution in Delhi geworden und verstand es, auf ihre politischen Anliegen aufmerksam zu machen, vernetzte die verschiedensten Menschen und initiierte die abenteuerlichsten Projekte. Sie nutzte ihre Ausstellungen, um birmanische und generell asiatische Künstlerinnen und Künstler zu fördern – Maler, Fotografen, Bildhauer,

Grafiker –, um dem Schatz der birmanischen Geschichte und Gegenwart Raum zu geben und um auf die sozialen Herausforderungen dieser Generation aufmerksam zu machen.

Sie hatte Chandani damals zunächst ein paar eindringliche Fragen gestellt und sobald sie überzeugt gewesen war, war sie nicht mehr davon abzubringen gewesen, Chandani zu unterstützen. Chandani lächelte in sich hinein. „Ye war noch immer zu begeistern gewesen." Sie hatte ihr Geld geliehen, war nach Kanchi gekommen, um gemeinsam mit Chandani ein passendes Gelände ausfindig zu machen, hatte Thura bearbeitet, aber vor allem hatte sie an ihre Idee geglaubt und sie ermutigt. Immer, wenn Chandani kurz davor gewesen war, aufzugeben, hatte sie sie wieder angespornt, sie mit guten Argumenten gefüttert. Sie hatte sich ihren Frust angehört, als die Ausbildung ermüdend wurde, und später, als der Umbau sich in die Länge zog. Sie hatte zwei Stunden mit ihr telefoniert an dem Abend, bevor ihr erster Kunde zu ihr kommen sollte, und das Gespräch anschließend noch einmal zwei Stunden lang mit ihr analysiert und aufgearbeitet. Sie hatte ihr dazu geraten, jemanden anzustellen, der mehr Erfahrung hatte, und dann hatte sie ihr ihren ersten Falken geschenkt.

Es war ein grauschwarzer Eleonorenfalke gewesen, mit einer tief dunklen Kopfhaube. Seinen Namen verdankte er einer mittelalterlichen sardischen Königin, Eleonora di Arborea, die, soweit bekannt, das allererste Gesetz zum Schutz von Greifvögeln erlassen hatte. Chandani war sprachlos gewesen angesichts von so viel Großmut. Konnte es ein passenderes Geschenk geben? Was hätte besser ausdrücken können, dass Ye ihr vertraute, an sie glaubte? Chandani hatte sie nicht enttäuscht und die Falknerei zu einem gut laufenden kleinen Unternehmen gemacht. Ye hatte ihre jeden Erfolg gegönnt und sich mitgefreut. Und jetzt riet sie ihr dazu, das ganze Projekt wieder aufzugeben?

Ye konnte sehen, dass Chandani grübelte. Ihre Stirn hatte sich in Falten gelegt und sie hatte die Schultern hochgezogen. Sie hatte sie schon oft so erlebt, im College und im Studium, in zahlreichen Diskussionen. „Du brütest etwas aus", hatte sie dann oft gerufen, „du hast wieder diesen Blick."

Chandani fragte: „Erinnerst du dich noch an unser Gespräch über die mühsame Kunst, Worte zu finden?"

Ye nickte bestätigend und sagte nur: „Where the streets have no name." Sie rollte mit den Augen, streckte ihr die Zunge raus, sodass Chandani lachen musste. Würde ihre Freundin diese kleine lustige Angewohnheit auch noch haben, wenn sie irgendwann Großmutter wäre?

„Du hast mir damals sehr geholfen mit deinem Eindruck, meine Zügel seien mein Schatz", sagte sie dankbar und bat Ye dann, ihr von einer Idee erzählen zu dürfen.

Ye war neugierig und Chandani sagte: „Das wichtigste Werkzeug bei der Falkenzucht ist ein sogenanntes Federspiel. Eine Attrappe, ein Köder. Es ist eine Art Kissen, an dem Federn befestigt sind, wie zwei Flügel, und eine lange Schnur. Man lässt dieses Federspiel ein paar Mal über dem Kopf kreisen wie ein Lasso und zeigt dem Falken damit, dass er zurückkommen soll. Seine Belohnung ist an dem Federspiel befestigt. So lernt er, zu hören, zu reagieren."

„Warum erzählst du mir das?"

Chandani antwortete nicht sofort, weil der Gedanke, den sie ausdrücken wollte, ihr selbst noch zu neu war. Dann versuchte sie es: „Vielleicht war die Falknerei eine Art Federspiel, wie eine Vorbereitung, eine Schule."

Ye nickte sofort und hörte nicht auf, zu nicken. „Ja! Das ist ein interessanter Gedanke. Du solltest ihn weiterverfolgen."

„Als würde ich etwas Neues lernen, etwas einüben."

„Und? Was meinst du, auf was dich die Attrappe vorbereitet hat?", fragte Ye und fügte seufzend, mit verspielt genervt klingender Stimme hinzu: „Du denkst dabei ja wohl nicht an die Zucht oder Zähmung weiterer Tiere?"

Chandani lachte und dann antwortete sie tastend: „Nein. Nein. Ich denke zuallererst an Aufmerksamkeit."

Und dann stieß sie die nächsten Gedanken aus sich heraus, mit Seufzern und einer Stimme, die etwas Ächzendes hatte, als würde es ihr Mühe machen, körperlich anstrengend sein, zu sagen, was sie dachte.

„Es ist wie eine neue Haltung, eine andere Einstellung, zu mir selbst, zum Leben, zum Unsichtbaren. Wenn ich dabei an Birma denke, dann an Verbundenheit über Entfernungen hinweg. Dieses Geheimnis unsichtbarer Vertrautheit. Wenn ich dabei dann an die Arbeit des Schreibens und Redens denke, dann auch an die Macht von Symbolen, an Vermittlung, Kommunikation, Bejahung und Hoffnungskraft."

Sie ließ die Schultern hängen, sank in sich zusammen. Ye sah sie zufrieden an.

„Na also. Das wirkte fast so mühevoll wie eine Geburt. Aber jetzt ist es ans Licht gebracht."

Sie sahen sich an und beide wussten, dass ein wichtiger Schritt getan war. Ye nahm ihre Teetasse und hob sie.

„Auf dich und auf Birma!", und Chandani setzte sich aufrecht, strahlte und sie stießen an.

Dann wurden sie mit einem Mal alberner, kicherten viel und hörten den Rest des Abends Musik. Ye erzählte noch ein bisschen von Ben und von ihrem Leben mit Marie-Suu und irgendwann beschlossen sie, schlafen zu gehen.

Als sie sich eine gute Nacht wünschten, sagte Chandani: „Danke, Ye. Du hast mir geholfen, einen Gedanken zu formulieren, den ich vorher so nicht fassen konnte."

Ye strahlte sie an und erwiderte verschwörerisch: „Du bist eben eine Künstlerin und ich schaffe Raum für Kunst."

Sie umarmten sich und unvorsichtigerweise nannte Chandani Ye zärtlich und ganz liebevoll gemeint „altes Haus", was bei ihrer Freundin nur Empörung auslösen konnte.

„Was meinst du denn damit schon wieder? Willst du mir sagen, dass der Putz von mir abbröckelt oder mein Dach nicht dicht ist?"

Chandani versicherte ihr, dass der Ausdruck durchweg positiv gemeint sei, und lachend ging Ye zu ihrem Zimmer.

„Pass auf, dass ich nicht wieder unangemeldet Schnee mitbringe."

Am nächsten Abend verabschiedeten sich Ye und Marie-Suu nach über einer Woche Ferienzeit mit einem von Thura und Ye gemeinsam gekochten Abendessen.

„Indisch-birmanisch!", sagte Ye stolz, als sie das Essen servierte und Schüsselchen und Platten auf den Tisch stellte.

Falak, Marie-Suu und Chandani staunten darüber, was sie auftischte: Chappatis, Chicken Sixtyfive, Pilze in Zwiebelsauce, Tofubällchen, in Ingwer eingelegte Krabben, geschmorten Sellerie mit Koriander und einen großen Topf Zitronenreis. Sie füllten ihre Teller und schlemmten. Marie-Suu kommentierte ausnahmsweise nicht, was sie aß, sondern war vollkommen damit beschäftigt, alles zu probieren.

Sie diskutierten, ob „Chicken Sixtyfive" seinen Namen daher hatte, dass die Gewürzmischung, in die die Hühnchenteile eingelegt wurden, aus fünfundsechzig verschiedenen Zutaten bestand, oder ob nach dem Rezept 1865 in Bombay zu den Feierlichkeiten der Geburt des Kipling-Sohnes Rudyard, Autor des Dschungelbuches, zum ersten Mal gekocht wurde oder, so die dritte Theorie, ob es einfach eine alte Sitte gab, nach der die Hühner fünfundsechzig Tage alt sein sollten, wenn man sie schlachtete. Sie suchten verschiedene Argumente für diese oder jene Theorie und lachten viel.

Marie-Suu zupfte ihre Mutter aufgeregt am Ärmel. „Wo ist denn der Saft, Ma?"

Ihre Mutter bedeutete ihr, weiterzuessen, denn der Saft werde zum Nachtisch serviert. Aber Marie-Suu wollte wenigstens einen Vorgeschmack geben und kniete sich auf die Bank, sodass sie größer wirkte.

„Wir haben den Saft nämlich selbst gepflückt. Onkel Thura hat mich auf seine Schultern gesetzt und ich habe ganz viele von den runden gelben Kugeln von dem Baum geholt und dann haben wir sie aufgeschnitten und ausgepresst und dann ist er noch durch einen, ich weiß nicht, geflossen."

„Filter", raunte Thura ihr zu und sie sagte: „Durch einen Filter haben wir den Saft auch noch getan."

Damit setzte sie sich wieder auf ihre Kissen und aß die Tofubällchen, die auf ihrem Teller lagen.

Bevor sie den Nachtisch servierte, nahm Yes Stimme plötzlich einen feierlichen Ton an.

„Vielen Dank für eure Gastfreundschaft! Es war wunderbar, diese Zeit hier mit euch verbringen zu dürfen. Danke für deine jahrelange Freundschaft, Sternchen. Danke für das köstliche Essen jeden Tag, große Sonne, und für deine Zeit. Und, verehrter Falak, es hat mich außerordentlich gefreut, Sie ein wenig kennengelernt zu haben. Danke auch, dass ihr euch so lieb um Marie-Suu gekümmert habt."

Alle redeten durcheinander, erwiderten, wie sehr sie sich über ihren Besuch gefreut hatten, baten darum, sie möge wiederkommen, Ben grüßen, Ben mitbringen und anrufen, wenn sie morgen zu Hause angekommen war.

Marie-Suu nahm ihren Löffel und schlug damit gegen ihren Becher und alle sahen sie überrascht und belustigt an. Im gleichen Tonfall wie ihre Mutter sagte sie: „Danke, dass ich reiten durfte und für die Pfannkuchen. Und dass ihr mein Bild aufgehängt habt. Und für das kleine Haus mit dem Glasdach. Und, hm – dass ihr so lieb zu meiner Ma seid."

Dann klatschte sie Beifall und alle fielen mit ein. Ye gab ihr einen Kuss, stand auf und holte den Nachtisch.

Sie brachte eine Glaskanne mit Passionsfrucht-Saft, der so orange leuchtete, als seien künstliche Farbstoffe hinzugefügt worden, einen Teller mit Ananasscheiben und einen weiteren Teller mit Waffelherzen.

„Wir mussten unbedingt Chandanis Waffeleisen ausprobieren, aber wie ihr seht, sind sie nicht ganz gelungen, etwas krumm, ansonsten aber lecker."

Chandani fragte: „Wirst du den Waso-Tag begehen und die Fastenzeit, Ye?"

Ye seufzte. „Jedes Jahr frage ich mich, wie ich mit dieser Tradition umgehen soll, und meistens habe ich mich dazu entschieden, zumindest den Feiertag zu begehen. Nicht aus tiefer religiöser Überzeugung, sondern eher aus Heimweh." Sie nahm eines der Waffelherzen. „Es ist vielleicht so, als würde ein Mensch aus dem Westen, der bisher nicht viel mit christlichen Traditionen anfangen konnte, wenn er in einem buddhistisch, hinduistisch oder islamisch geprägten Land lebt, Weihnachten feiern. Es erinnert an zu Hause, eigenartigerweise tröstet es ihn vielleicht auch. Kannst du dich noch erinnern, wie du als Kind in Birma den Beginn der Fastenzeit gefeiert hast? Oder am Ende Thadingyut, das Lichterfest? Auch wenn du nicht in einer buddhistischen Familie aufgewachsen bist, das ganze Land um dich herum hat gefeiert. Als Schülerinnen haben wir an der Kerzenprozession teilgenommen, sind dreimal um den Tempel gezogen und haben den Mönchen Obst und Reis gebracht. Es war immer ein besonderer Tag für mich."

Sie nahm Marie-Suu, die allmählich müde wurde, auf den Schoß, und sagte: „In Indien ist es anders, Buddhisten sind in der Minderheit. Aber ich werde zu einem der Tempel fahren, Marie-Suu mitnehmen und ihr erklären, was das Fest bedeutet."

Bevor sie das Thema weiter vertiefen konnte, fing Marie-Suu an zu quengeln, und obwohl sie wohl eigentlich lieber aufgeblieben und bei den Erwachsenen gesessen hätte, nickte sie immer wieder ein, sodass Ye ging und sie ins Bett brachte.

„Ich werde auch eben mit Ben telefonieren."

Chandani und Thura riefen hinter ihr her, sie solle ihn grüßen.

Thura kochte Tee. Als Ye wiederkam und sah, dass Falak und Chandani Zeitung lasen, wandte sie sich an Thura.

„Herzliche Grüße von meinem Mann. Gestern sind einige Gemälde angekommen, er hat sie ausgepackt und meint, du müsstest unbedingt nach Delhi kommen und sie dir ansehen. Meterhohe Ölgemälde, ein ganzer Zyklus, zu dem Thema ‚Die Himmel erzählen die Ehre Gottes'. Eines der Bilder interpretiert die uralte Geschichte vom Turmbau zu Babel, du kennst sicher das berühmte Gemälde von Brueghel, das einen hohen beeindruckenden Turm zeigt, man ahnt das enorme Ausmaß und den Aufwand. Hier ist genau dasselbe Gebäude abgebildet, aber nur ungefähr fünfzehn Zentimeter groß, unten am Boden, und dem folgen fünf Meter prächtigster Himmel, wie um alles endlich ins richtige Verhältnis zu rücken. Ben sagt, man sieht es und denkt: ‚Gott ist wild!'"

Thura versprach, er werde gerne kommen und es sich ansehen.

Und als Chandani das hörte, rief sie: „Wann sehen wir uns wieder? Kommt her!"

Und als sie einen Moment später wieder zu viert um den großen Tisch saßen, mit Tee vor sich, sagte Chandani, als würde sie eine Verschwörung einberufen: „Lasst uns etwas zusammen unternehmen. Nein, nicht unternehmen, lasst uns etwas initiieren!"

Sie sah Thura, Falak und Ye an und wartete auf deren Reaktion.

„Wir vier?", fragte Ye.

„Ja!", bestätigte Chandani begeistert.

„Aber was könnte das sein?", warf Falak ein, nicht skeptisch, aber ein bisschen verloren.

„Nur, damit wir uns wiedersehen, oder meinst du es ernst?", hakte Ye nach und Chandani versicherte ihr, dass sie es ernst meinte.

Thura sah in die Runde und sagte langsam: „Etwas, das mit Mode, Fotos, Falken und Birma zu tun hat. Oder mit Fair Trade, Kunst und Freiheit."

Sie sahen ihn an und man spürte bei jedem von ihnen, dass seine Fantasie allmählich angeregt wurde, ins Rollen kam, ein bisschen schwerfällig erst, aber vor ihren Augen entstanden Ideen.

Falak äußerte einen ersten Vorschlag: „Bilder von Frauen aus der ganzen Welt, Indien, China, Brasilien, Kanada, Frankreich, aber alle in Saris."

Chandani nickte und fügte begeistert hinzu: „Und dazu jeweils ein Foto von denselben Frauen in Bluejeans."

Falak war angetan. „Ja, und einige von ihnen werden mit einem Falken fotografiert. Das wird dem Ganzen eine besondere Würde verleihen."

Chandani lachte und fragte sich, wie er auf diese Idee kam, und Ye ergänzte: „Das Ganze wird eine wandernde Ausstellung. Mit Partys, Vorträgen und Presse."

Bei dem Wort „Presse" sahen sie Thura an, aber der nickte nur wohlwollend, ohne sich offensichtlich selbst irgendwie direkter angesprochen zu fühlen. Chandani meinte, man könnte Ben noch dazuholen.

„Wir brauchen Musik. Oder eine Art Performance."

Thura grinste sie glücklich an, als wollte er sagen: „Seht ihr?"

Chandani sagte nachdenklich: „Es muss deutlich werden, dass es nicht in erster Linie um Mode geht, sondern um … um was genau eigentlich? Wollen wir auf die Situation in Birma aufmerksam machen oder allgemeiner auf Menschenrechte?"

Falak antwortete eifrig: „Mir wäre beides recht. Aber für uns als indisches Unternehmen wäre es sicher einfacher, wir würden globaler denken und uns nicht auf ein Land konzentrieren."

Ye sagte: „Wir brauchen irgendeine Persönlichkeit, die zieht, einen Namen. Damit wir das öffentliche Interesse wecken."

Sie dachten über diese letzte Frage nach, kramten in ihrem Gedächtnis und ihren Träumen.

„Ich habe, als ich in Paris war, einmal diesen japanischen Modedesigner gesehen, Yamamoto. Ein deutscher Regisseur hatte einen Film über ihn und seine Arbeit gedreht und seine Frau hatte ganz fantastische Fotos von ihm gemacht, die ihn bei der Arbeit, hinter der Bühne, bei einem Defilee zeigen." Sie schüttelte den Kopf bei der Erinnerung. „Ich glaube, seitdem ich diese Bilder gesehen habe, stelle ich mir Jesus ein bisschen wie Yamamoto vor, wie einen feinen Asiaten, der vertieft in seine Arbeit ist, mit Leidenschaft und Genauigkeit vorgeht und anderen Würde verleiht."

Thura schien diese Idee sehr zu mögen und brachte noch eine weitere Person mit ins Spiel. „Keisuke wäre sicher sehr daran interessiert, so ein Projekt zu unterstützen. Er sucht förmlich danach, in Aktion treten zu können. Und er ist Japaner, das könnte für diesen letzten Einfall doch ganz hilfreich sein."

Chandani rief dazwischen: „Deine Schwester ist doch Model. Sie könnte uns sicher auch unterstützen, oder? Was denkst du?"

Falak nickte zustimmend und fasste ihre Ideen dann zusammen: „Wir suchen also jemanden wie Yahji Yamamoto, daneben vielleicht jemanden wie Tanushri, produzieren zu fairen Preisen, ohne Kinderarbeit und so weiter, lassen diese Mode fotografieren – warum nicht von dieser deutschen Fotografin? – und bringen damit unser Thema Globalisierung, Handel und Menschenrechte in die Öffentlichkeit."

In diesem Moment kam Marie-Suu in die Küche und sagte mit weinerlicher Stimme: „Ich will aber nicht schlafen. Und ich bin auch gar nicht müde. Und ich bin das einzige Kind hier, das ist ganz schön bescheuert."

Ye sah sie an. „Ich dachte mir schon, dass du irgendwann wiederkommst. Komm her."

Sie nahm sie auf den Schoß und bat Thura, ihr eine Decke zu bringen, und Marie-Suu machte es sich bequem und sah sie alle aufmerksam an.

Chandani hakte nach: „Wird das Mode für jede und jeden, oder Luxus?"

Falak wiegte den Kopf hin und her. „Mit jemandem wie Yamamoto würde es sicher eher eine noble Produktlinie. Aber wäre das schlimm?"

Chandani schüttelte den Kopf. Falak gab zu bedenken: „Yamamoto verwendet kaum Farben und Accessoires, wir bräuchten irgendein Erkennungszeichen."

Ye stimmte zu: „Etwas, mit dem das neue Label deutlich wiederzuerkennen ist."

Falak verdrehte die Augen. „Labels", stöhnte er.

„Du schielst! Mach das noch mal", juchzte Marie-Suu und Falak tat ihr den Gefallen. „Noch mal, bitte, bitte!"

Falak schnitt Grimassen und Marie-Suu quietschte vor Vergnügen. Mal wich sie vor ihm zurück, weil er unheimlich aussah, dann wieder lachte sie über ihn und konnte gar nicht genug bekommen. Die anderen Erwachsenen sahen zu und lachten ebenfalls und Chandani dachte, wie sehr sie mochte, wie Falak mit der Kleinen umging.

Ye unterbrach das Spiel irgendwann. „Genug jetzt, Marie-Suu. Gönn Falak eine Pause."

Die Kleine lehnte sich an ihre Mutter, sah aber mit gesenktem Kopf wieder hin zu Falak und der schielte heimlich noch einmal in ihre Richtung, sodass sie ein glucksendes Lachen von sich gab. Dann konzentrierte sie sich darauf, selbst schielen zu lernen, und war jetzt damit beschäftigt, ihren Zeigefinger zu ihrer Nase zu führen, um ihre Augen dazu zu bringen, ihm zu folgen. Dabei wirkte sie so ernst, dass die Erwachsenen sich Mühe geben mussten, nicht zu oft zu ihr hinzusehen, um nicht jedes Mal über sie lachen zu müssen.

Thura schlug vor: „Wie wäre es mit einer Feder als Erkennungszeichen? Dann bekommt das Ganze etwas Leichtigkeit, eine Spur von Himmel, hm?"

Und so verabredeten sie es. Thura würde Keisuke und Ye in Verbindung bringen, Falak würde mit seinem Vater sprechen, Chandani würde die deutsche Fotografin ausfindig machen.

„Und du, große Sonne?", fragte Ye.

Thura lachte sie an. „Ich? Ich werde euch anstrahlen, wie mein Name schon sagt, und euch meinen Segen geben."

Und das tat er dann. Er sprach einen Segen für Ye, Marie-Suu und Ben, für Birma, Indien und die schlafende und wache Welt, für Falak und seine Lieben und alle, die unter diesem Dach lebten und ein- und ausgingen.

Da Ye und Marie-Suu mit einem Mietwagen gekommen waren, würde niemand sie nach Chennai zum Flughafen begleiten, sondern sie würden sich morgen früh hier verabschieden. Alle versprachen, rechtzeitig aufzustehen, um dabei zu sein, und wünschten sich eine gute Nacht.

Kapitel 16

Falak und Chandani hatten die Pferde zurück auf die Weide gebracht, als sie sahen, dass neben dem Tor mehrere Autos parkten.

„Ach, heute ist Mittwoch“, meinte Chandani und erklärte Falak, der sie fragend ansah, dass Thura einmal in der Woche Besuch von einer ganzen Gruppe von Leuten bekam.

„Sie treffen sich auf dem kleinen Platz in dem Wäldchen hinter der Kapelle, meditieren, beten und unterhalten sich.“ Als sie sein Interesse bemerkte, fragte sie: „Möchtest du teilnehmen?“

„Wäre das denn möglich? Einfach so?“

Chandani nickte und ermutigte ihn: „Mein Vater besteht vehement darauf, dass es keine elitären Gruppen gibt, sondern die Räume des Gebetes von Zugänglichkeit geprägt sein sollen. Also, wollen wir?“

Falak zögerte, signalisierte aber seine Neugier. Chandani motivierte ihn einmal mehr: „Es ist eine Chance, Thura einmal in Aktion zu erleben.“

Mit diesem letzten Hinweis half sie ihm, seine Hemmungen zu überwinden.

„Ja, einverstanden.“

Und so gingen sie durch den Garten, an der Kapelle vorbei den Weg entlang, der sich in dem kleinen Wäldchen bis zu der Lichtung schlängelte.

„Könnten wir später auch noch in die Kapelle gehen?“

Chandani nickte, flüsterte: „Später!“, und bedeutete ihm dann, jetzt aber zu schweigen.

Auf der Lichtung standen neun Personen in einem großen Kreis, mit so viel Abstand zwischen sich, dass sie die Arme hätten ausbreiten können, ohne sich zu berühren, und trotzdem wirkten sie miteinander verbunden. Die meisten hatten den Kopf gesenkt, einige blickten aber auch nach oben zum Himmel. Sie alle hielten die Hände mit den Handflächen aneinander vor ihrer Brust. In der Mitte des Kreises lagen Blütenblätter, cremefarbene, violette und rote Akazienblüten, die nach Art eines Mandalas den Kreis mit einem Kreuz teilten und die Blicke mit ein paar besonders schönen Blüten zur Mitte hin lenkten. Thura hatte einen großen Gong neben sich stehen, den er jetzt anschlug. Der tiefe satte Ton hallte lange nach und entfaltete in der natürlichen Stille des Waldes seine volle Wirkung. Falak und Chandani standen am Rand wie zwei Beobachtende, aber auch sie nahmen jetzt unweigerlich die Haltung des Gebetes ein. Der Gong hatte tatsächlich geklungen wie die Einladung, selbst still zu werden.

Thura sprach mit klarer, melodischer Stimme Satz für Satz eine Art Gebet.

„Ich bin auf der Suche nach der Mitte.
Ich möchte ins Zentrum des Ganzen finden.
Ich mache mich auf die Reise nach innen.
Ich möchte die Einseitigkeit hinter mir lassen
und die Lebenskunst der Balance lernen.
Meine Sehnsucht zieht mich.
Dabei vertraue ich mich Gott an.
Ich wünsche mir die Haltung der Aufmerksamkeit.
Ich suche einen Raum, in dem Gott spricht,
Bilder, die auf den Grund meiner Seele fallen.“

Noch einmal schlug er den Gong an und diesmal klang es fast feierlich.

Dann verbeugten sich alle Anwesenden voreinander. Als sie Chandani und Falak bemerkten, öffneten sie sofort den Kreis und ermutigten sie, dazuzukommen. Aber Falak winkte ab und so blieben sie gemeinsam etwas am Rand der Lichtung stehen. Thura nickte ihnen fröhlich zu und ermutigte dann alle, jetzt, am Ende dieses Treffens, Fragen zu stellen.

Ein Inder in Thuras Alter, kleiner und runder, aber wie er mit schlohweißen Haaren, die einen interessanten Kontrast zu seiner dunklen Haut bildeten, eröffnete die Runde.

„Wie können wir verhindern, dass unsere religiösen Rituale formelhafte Routine werden?"

Chandani hatte ihn schon oft hier gesehen und auch als sie noch unten in Kanchi gewohnt hatten, war er ein paar Mal bei ihnen zu Gast gewesen. Sie vermutete fast, er stellte seine Frage nicht aus eigenem Interesse, sondern weil er dachte, sie könne andere bewegen. Aber vielleicht tat sie ihm auch Unrecht.

Thura nickte, um zu zeigen, dass er die Frage verstanden habe, überlegte einen Moment und sagte dann, er werde mit einer persönlichen Erfahrung antworten.

„Ich habe die Kraft der Rituale entdeckt, als ich im Gefängnis war. In einer dunklen Zelle in Einzelhaft gibt es kein Gefühl mehr für Tage und Stunden. Alles versinkt in Gleichgültigkeit. Nur die zwei Mahlzeiten geben dem Tag einen gewissen Rhythmus. Die Gefahr ist äußerst groß, einfach in dieses gleichbedeutende Nichts abzutauchen, aber dann sind wir sehr schnell vollkommen unseren Gefühlen ausgeliefert. Was ich sagen will ist, dass die Rituale unserem Alltag die nötige Struktur geben. Sie dürfen dabei ruhig routiniert werden, in dem Sinne, dass wir uns daran gewöhnen, uns unterbrechen zu lassen. Das Gefährliche ist nicht, dass die Rituale zur Gewohnheit werden, sondern dass unser Lebensalltag es wird!"

Der ältere Mann, der gefragt hatte, nickte und bedankte sich für die Antwort.

Eine Frau, die direkt neben ihm stand, schloss sich sofort an. Sie war eine auffallend hübsche ältere Frau in einem rosafarbenen Sari und sie bat Thura, noch ein bisschen konkreter zu erklären, wie Rituale aussehen und wie man sie entwickeln könne, und er kam ihrer Bitte nach.

„Ich war damals zunächst meinen Gefühlen ausgeliefert. Ich

hatte Angst vor der Folter. Angst, zu sterben. Angst um meine Familie, die allein war."

Ein kurzer Blick streifte Chandani, die aber mit geschlossenen Augen dastand und wohl ihren eigenen Gedanken nachging. Falak aber nahm den Blick ihres Vaters wahr und sah in der Zuwendung eine Mischung aus Vermissen, Versäumen und was noch? Falak überlegte und entschied, dass er in diesem Blick wohl Liebe entdeckt hatte, eine warme aufmerksame Liebe. Er hörte weiter zu, was Thura erzählte.

„Ich habe geflucht und gezetert. Habe dem Soldaten, der mir Essen brachte, in die Hand gebissen. Bin in Hungerstreik getreten. Und dann habe ich mir gesagt: ‚Du willst leben! Also vernachlässige dich nicht! Falte dein Betttuch nach dem Aufstehen. Iss langsam. Putz dir die Zähne! Vergiss nicht, was du glaubst, was dir Halt gibt!'

Ich habe angefangen, jedem Tag eine Struktur zu geben. Und so kam auf einmal wieder Ordnung in meine Gedanken und Gefühle. Ich habe morgens als Erstes immer laut gesungen. Alle Lieder, die mir einfielen. Wenn ich eine Zeile vergessen hatte, habe ich neue gedichtet. Dann habe ich mir immer eine Zeit der Erinnerung erlaubt und an schöne Momente in meinem Leben zurückgedacht. Das machte mich dankbar. Am Mittag habe ich geklagt. Oh ja, ausführlich. Ich habe mir das Klagen nie verboten, aber ich habe die Klagezeit begrenzt. Später am Tag habe ich mich bewusst hingesetzt und Pläne geschmiedet, meine Zukunft entworfen. Das hat mich motiviert, durchzuhalten. Und abends vor dem Einschlafen habe ich mir erlaubt, mir auszumalen, ich würde nach Hause kommen. In allen Einzelheiten. Damit konnte ich einschlafen. Dann habe ich angefangen, den Sonntag wieder zu würdigen. Ich habe ihn gefeiert, indem ich mir gute Geschichten in Erinnerung rief, einzelne Verse unserer Dichter. Ich habe eine Kerze beantragt und nach vier Monaten wurde mir die erste bewilligt."

Er lachte schnaubend.

„Noch einen ganzen Monat später wurden mir auch Streichhölzer bewilligt, die ich gesondert beantragen musste." Er schüttelte den Kopf bei der Erinnerung. „Sonntags konnte ich also irgendwann feierlich am Morgen eine Kerze anzünden. Ich habe mich erinnern lassen, dass ich glaube, dass der Christus sich wohl tief in die Erde eingegraben hat, aber nicht im Grab als Toter verrottet ist, sondern das Leben gesehen hat. Das hat mich trotzig gemacht und widerständig. Es hat mir die Hoffnung gegeben, dass ich selbst wieder ins Leben zurückkehren dürfe. Verstehst du, wie ich es meine?"

Die Frau nickte und äußerte ihre Anerkennung und Dankbarkeit dafür, dass er durchgehalten hatte. Thura zeigte, dass ihre Worte ihr guttaten, indem er sich kurz vor ihr verbeugte und seine Hände dann in ihre Richtung hin öffnete, wie um ihr ein Geschenk zu überreichen.

Chandani hatte ihren Vater noch nie so über seine Zeit im Gefängnis sprechen hören. Immer mal wieder hatte er kleine Erlebnisse und Erinnerungen mit ihr geteilt, hatte sich nie geweigert, ihre Fragen zu beantworten, aber hier sprach er als derjenige, der gelernt hatte, um andere etwas zu lehren. Und klang dabei doch überhaupt nicht abgeklärt, ja, sie spürte, wie verletzlich er war, und konnte gleichzeitig sehen, dass etwas in ihm heil geworden war.

Wieder musste sie sich eingestehen, dass sie ja nie auf diese unmittelbare Art mit der Kälte der Militärregierung in Kontakt gekommen war. Man hatte ihr den Vater genommen und sie ins Exil entlassen und verweigerte ihr heute die Einreise, aber nie hatte man sie eingesperrt, ihr Essen rationiert, sie gedemütigt oder gar ihren Körper berührt oder verletzt, ihr so unmittelbar Schmerzen zugefügt. Sie wusste, dass sie auch deshalb zögerte, Anfragen, die sich an ihren Vater richteten, so einfach zu übernehmen. Aber Thura war der Meinung, dass Autorität längst nicht nur etwas mit der eigenen Person zu tun hatte, sondern verliehen wurde und von der Macht, die hinter den Überzeugungen stand, geschützt war. Chandani würde ihm gerne zustimmen. Sie schloss wieder die Augen, wollte den Moment genießen, fühlte sich angenehm müde von dem langen Ausritt, die Sonne schien durch die Zweige der hohen dichten

Magorabäume, sie spürte Falak hinter sich stehen und ihr Herz schlagen.

Ein jüngerer schmaler Mann, der wie ein Japaner aussah, wollte wissen, ob er ein anderes Thema anschneiden dürfe. Chandani erkannte Keisuke und freute sich, ihn zu sehen. Als Thura ihn bestätigend ansah, fragte er: „Glauben Sie, dass die Suche nach Gott allen Menschen eigen ist?"

Thura lachte ihn herzlich an. „Keisuke, was für eine ausgesprochen schöne Frage. Sie eignet sich zum Philosophieren wie zum Streiten oder zum Schwärmen! Ich für mich persönlich bin überzeugt, dass jeder Mensch als Gottsuchender und als Liebender geboren wurde. Ich glaube, dass die Faszination der anderen Welt uns beseelt, dass wir die Verwobenheit aller Dinge erleben können und berufen sind, zu lieben. Was auch bedeutet, dass wir alle aufgefordert sind, prophetisch zu leben, also uns einzumischen in die Lieblosigkeit und Ungerechtigkeit dieser Welt."

Der junge Mann verbeugte sich und sagte, er werde ihn ein anderes Mal vielleicht weiter dazu befragen.

Die Sonne wurde jetzt allmählich schwächer und der kleine Wald wirkte dadurch auf einmal geheimnisvoller. Die Rinde der hohen schlanken Silbereichen sah aus wie versilbert und die Bäume schienen wie übergroße, lang gezogene Ritter, die ihre Lichtung umringten und bewachten. Chandani schlüpfte aus ihren Sandalen und spürte den sandig-erdigen Boden unter ihren Füßen. Die Atmosphäre hier unter den Bäumen war anders als sonst irgendwo auf dem Gelände, die Luftfeuchtigkeit war wesentlich höher, es roch nach Erde, es war die Sorte Wärme, die Menschen in Europa meist nur aus Gewächshäusern kannten. Eine Dichte entstand hier im Wald und auf der Lichtung, die auch ohne Wand, Tür oder gar ein Schloss deutlich machte, dass hier ein besonderer Rahmen war, natürlich gewachsen. Als wisse die Natur, dass die Menschen solche Orte des Rückzugs brauchten, schuf sie Lichtungen, Höhlen, Klüfte, Buchten, Nischen und Vorsprünge im Schutz eines Felsens und sprach damit eine versteckte Einladung aus, zu verweilen, innezuhalten, den Ausblick zu genießen und ihn von dort mit in die eigene Seele zu nehmen, um da eine Position zu schaffen, die es einem erlaubte, sich zu bergen oder weiter zu sehen als sonst.

Ein älterer Mann, der mit Longyi und Hemd wie ein Inder gekleidet war, durch seine sehr helle Haut, sein blondes Haar und seinen Akzent aber eindeutig als Europäer zu erkennen, entschuldigte sich, dass er leider in Englisch fragen müsse.

„Wie werden wir Liebende? Können wir das lernen? Konnten Sie denen, die Sie eingesperrt haben, jemals verzeihen?"

Thura hob seine aneinandergelegten Handflächen an seinen Mund und antwortete behutsam: „Ich möchte vorsichtig antworten, lieber Johan, denn ich weiß nicht viel von dem, was Sie erlebt haben. Ich persönlich hatte zwei Gründe, die mich bewegt haben, die Liebe zu suchen. Einmal merkte ich, dass der Hass mich selbst vergiftete. Das aber kam mir vor wie ein Sieg derer, die mich bespitzelt, eingesperrt und gefoltert hatten. Dem konnte ich unmöglich nachgeben.

Der andere Grund war, dass Christus uns als seine höchste Weisung die Liebe anvertraut. Wir sollen Gott lieben, unseren Nächsten, uns selbst und unsere Feinde. Weil Christus selbst diesen vierfachen Pfad der Liebe gegangen ist, hat er mich inspiriert, ihm zu folgen, es sozusagen auszuprobieren. Ich hatte Grund zum Zorn, ich habe gehasst, ich trage Narben. Ich lebe im Exil. Ich war aggressiv und habe Menschen verletzt, die ich liebte. Ich habe getrunken und gearbeitet, um zu vergessen. Die Liebe hat mich gerettet."

Johan sah ihn neugierig, aber skeptisch an und Thura beschloss, zu erläutern, was er meinte.

„Die Gottesliebe verleiht unserem Leben Glanz und Seligkeit. Die Nächstenliebe bringt uns in Aktion für andere, sie lässt die Gleichgültigkeit schmelzen. Die Selbstliebe fördert unsere Achtung vor uns selbst. Und die Entfeindungsliebe überwindet in uns und dann durch uns die Angst vor dem Fremden, vor dem Anderen. Sie zeigt uns den Feind oder die Feindin als Mensch, als Kind einer, unserer, großen Familie."

Noch immer sah der Europäer ihn zweifelnd an. „Aber das ist nicht einfach."

„Das habe ich nicht behauptet", stimmte Thura ihm zu und ergänzte: „Und es dauert. Liebe müssen wir *üben*. Aber das Größte im Leben ist, dass wir Liebende werden, und daher lohnt es sich!"

Thura strahlte über das ganze Gesicht. Er sprach mit Leidenschaft, sodass seine Worte wie eine große Einladung klangen. Chandani versuchte zu sehen, was sie sahen: einen Mann, der überhaupt nicht wie ein Verbrecher aussah, den man sich mit seinem weißen langen Kurta nicht in einer schmutzigen Zelle vorstellen konnte, der so warmherzig wirkte mit seinem dunklen Gesicht voller Lach- und Denkfalten, seinen kleinen Verbeugungen und der tiefen Stimme. Gleichzeitig konnte ihnen nicht verborgen bleiben, dass seine Haltung stolz war, und besonders wenn er über Würde sprach oder deren Verletzung, seine Stimme intensiver wurde, fast drohend. Aber letztlich war es vor allem sein wacher Blick, der zeigte, dass hier kein harmloser Mensch stand, sondern jemand, der auf seine Weise gefährlich war – auf eine andere Art als die Militärregierung, gefährlich, weil er nicht korrupt war. Und so sahen sie einen Menschen, der nur noch von Gott bestochen werden konnte. Was offensichtlich gelungen war und jetzt wollte man unbedingt wissen, was er ihm gezahlt hatte.

Falak fühlte sich in diesem Moment sehr hingezogen zu ihm. Oder zu seinen Ideen? „Ein Liebender werden" – nichts konnte unwiderstehlicher klingen. Kam daher die Leichtigkeit, die dieser Mann ausstrahlte, trotz allem, was er wusste, was er gesehen und erlebt hatte? Konnte es stimmen, dass er sich von Gott „durchkitzeln" ließ, wie er gesagt hatte? Wenn er ihn so sah, konnte er sich vorstellen, dass die beiden eine Menge Spaß miteinander hatten.

Aber dann bemerkte er, dass Chandani die Schultern hochgezogen hatte und auf einmal ganz verkrampft dastand. Er fragte sich, was in ihr vorging und ob er sie darauf ansprechen sollte. Er wünschte, er hätte sie einfach umarmen können und ihr Sicherheit schenken dürfen, aber er wusste, dass sie es nicht zulassen würde. Trotzdem flüsterte er leise: „Alles okay mit dir?"

Ihm war, als würde sie kurz schwanken, nach hinten kippen und er müsse sie auffangen, aber dann war der Moment auch schon wieder vorbei. Sie drehte sich kurz zu ihm und sagte: „Ja, ja. Alles in Ordnung."

Chandani dachte an ihre Mutter. Sie hatte versucht, trotz allem, was der Priester noch gesagt hatte, die Übung zu machen, die er ihr mitgegeben hatte. Aber es fiel ihr schwer, sich ihre Mutter als kleines Kind vorzustellen, sie war zu einflussreich und trotz ihrer Abwesenheit übermächtig präsent. Sie schloss die Augen, um sich zu bergen in der Vorstellung, sie selbst werde gehalten von göttlich liebevoller Energie.

Johan bat darum, noch eine Frage stellen zu dürfen, und wurde von allen Seiten ermutigt, ruhig weiterzusprechen.

„Wahrscheinlich haben Sie spirituelle Wege, Übungen, konkrete Seelenarbeit dafür gefunden, wie die Entfeindungsliebe, wie Sie sagen, sich entfalten kann."

Thura nickte.

„Halten Sie das für eine persönliche Einstellung oder steckt dahinter auch eine politische Position?"

Thura musste schmunzeln. „Diese Alternative ist mir immer fremd gewesen. Lesen Sie, was die Propheten sagen. Wie Jesus lebte. Wie die großen Weisen immer die Seelenarbeit verbunden haben mit dem Anliegen der Gerechtigkeit. Heilige wissen, dass die Frage nach frischem Trinkwasser und der Durst der sehnsüchtigen Seele sich in dieselbe Richtung strecken. Der Glaubenssatz, dass Gott in diese Welt gekommen ist, bedeutet, dass er nicht nur in unsere Seelen und Gedanken oder in unsere Gebetshäuser kam, sondern wahrhaft in diese wunderschöne und gleichzeitig so zerstörte traurige Welt. Und er bedeutet, dass diese Welt einen Geist braucht, der erneuert, Kraft gibt und heilig ist."

Er hatte es wohl dabei belassen wollen, aber als er Johans Gesichtsausdruck sah, fuhr er fort: „Man könnte auch sagen, dass die

Seelenarbeit im Kleinen übt, was wir im Großen in der Arbeit für Frieden verwirklichen wollen. Es fängt immer bei uns an und dann sollten wir es nicht für uns behalten, sondern weiterschenken. Ich nenne Ihnen noch ein Beispiel."

Johan sah ihn dankbar an.

„Wenn wir meinen, dass wir im Recht sind, denken wir schnell, dass der andere weniger recht hat. Bedeutet das auch, weniger Recht, zu leben? Also das ist eine persönliche Frage und eine hochpolitische. Denn stellen Sie sich vor, Sie sind wütend, weil jemand Ihnen einen Parkplatz vor der Nase wegschnappt. Das wird Ihnen dort, wo Sie herkommen, häufig passieren."

Johan musste jetzt auch lächeln.

„Sie regen sich auf, beschimpfen den anderen, sind überzeugt, dass Sie ein Recht auf diesen Parkplatz hatten. Beginnen Sie hier mit irgendeiner Übung von Entfeindung. Mit präventivem Widerstand sozusagen. Gönnen Sie dem anderen den Parkplatz. Üben Sie es. Denn stellen Sie sich vor, was erst passiert, wenn jemand Ihnen den Parkplatz nicht wegschnappt, sondern weg*bombt*? Was tun Sie dann? Oder wenn jemand Ihren Parkplatz und Ihr Auto wegbombt? Mit Ihrer Frau und Ihrem Kind? Und das nicht zum ersten Mal, sondern schon seit zwei Generationen? Was dann? Wie können wir verhindern, dass wir es nicht mit gleicher Waffe heimzahlen? Immer wieder? Christus meint es ernst, wenn er einen einzigen Vorschlag macht, was mit Feinden zu tun ist. Wir sollen sie lieben. Das gilt für uns persönlich und das ist hochpolitisch. Es ist der Mut, entschlossen Frieden zu suchen."

Johan bedankte sich für Thuras Geduld und meinte abschließend: „Wann wird sich dieses Prinzip durchsetzen? Es könnte unsere Welt verändern."

Thura nickte. „Wie einer meiner Lieblingsmusiker Bob Dylan es schon vor vielen Jahrzehnten fragte und so weltberühmt sang: ‚How many deaths will it take 'til they know that too many people have died?' ‚Wie viele Tode wird es brauchen, bis sie einsehen, dass schon zu viele gestorben sind?' Ich weiß es nicht. Aber ein Prinzip wird nicht erst dann richtig, wenn alle ihm zustimmen. Und es wird auch nicht erst dann möglich, es zu leben, hm? Und eins noch, Johan, Sie müssen nicht aus spirituellen oder moralischen Gründen gegen Gewalt sein, Sie können auch einfach realpolitisch sehen, dass Gewalt offensichtlich keine Lösung ist und es daher unklug ist, nicht zu versuchen, Konflikte früher, kreativer, eben anders zu lösen."

Eine ältere Frau, eine Inderin, drückte ihr Bedauern aus, dass sie der englischen Unterhaltung leider nicht hatte folgen können, und bat, sie zu unterbrechen, sollte sie etwas wiederholen, was bereits gesagt worden war. Sie stellte sich als Prashanti vor und sagte, sie sei heute zum ersten Mal hier. Ihre Frage bezog sich auf Thuras Erfahrungen in Birma. „Sayagyi Thura", begann sie, „haben Sie jemals gezweifelt, ob es richtig ist, für die Demokratie zu kämpfen? Hat es Momente gegeben, wo Sie drohten, einzuknicken?"

Thura wirkte kurz abwesend, als suche er in seinen Erinnerungen, und erzählte dann: „Sie wollen einen mürbe machen und einige denken tatsächlich, sie könnten dich überzeugen, so sehr glauben sie an ihr System. Mir kam es immer so vor, als würde ich mit meinem Kampf um das Mitspracherecht der Bevölkerung durstig und verzweifelt um ein Glas frisches Wasser bitten und sie würden mir von ihrem schicken Militärboot aus stolz das Meer zeigen, mit Wasser, so weit das Auge reicht. Als Demokrat kann man dann nur schreien: ‚Ich meine Trinkwasser, wisst ihr nicht, was das ist?' Nein, ich habe an diesen Grundüberzeugungen nie gezweifelt. Ich bin im Gegenteil, je salziger das Wasser wurde, je weiter das Meer und je schicker das Boot, nur immer umso leidenschaftlicher geworden."

Dann hieß Thura die ältere Dame herzlich willkommen und fügte noch hinzu: „Prashanti, darf ich Sie bitten, mich einfach Thura zu nennen. Denn ich halte nichts von Titeln. Sie erschweren nur die Beteiligung aller, die Demokratie, und verstellen uns den Blick darauf, dass wir alle Menschenkinder sind."

Und an den Europäer gewandt, sagte er: „Sehen Sie, Johan, wie in unseren persönlichen Überzeugungen politische Bedeutung verborgen ist?", und zwinkerte ihm zu.

Falak flüsterte: „Für mich ist er ein MP3-Sayagyi. Ich werde ihn heimlich weiter so nennen."

Chandani drehte sich kurz zu ihm um und schenkte ihm ein zwinkerndes Lächeln. Dann legte sie einen Zeigefinger auf den Mund. „Psst. Er kann dich hören."

Sie wandte sich wieder ab, überlegte es sich dann aber anders und bedeutete ihm, sich zu ihr zu beugen.

„Hast du jemals mit dem Priester über den ‚heiligen Raum' gesprochen?"

Falak dachte an die letzte Begegnung mit Pran zurück. Er war so überaus eifrig bemüht gewesen, ihm zu helfen, hatte sich nach seinem Besuch in der Falknerei erkundigt, ihm Fragen zu Chandani und Thura gestellt, bis Falak aufgefallen war, dass sie mit seinen Anliegen überhaupt nichts zu tun hatten, und er ihn gebeten hatte, sich doch wieder mehr seinen Fragen zuzuwenden. Er hatte ausgesehen wie frisch ertappt und sich mehrmals entschuldigt. Danach war es schwierig gewesen, weiterzusprechen, und Falak hatte den Priester zwar noch nach dem „heiligen Raum" gefragt, aber der hatte abwesend gewirkt, unkonzentriert, und Falak hatte die Lust an dem Gespräch verloren. Chandani flüsterte er zu: „Erzähl du mir später davon, ich habe die Idee wohl noch nicht verstanden." Und sie nickte.

Der junge Japaner, Keisuke, bat darum, trotz der fortgeschrittenen Zeit noch eine Frage stellen zu dürfen.

„Können wir diesen Weg aus allen Religionen lernen? Ich bin, wie Sie ja wissen, unter dem Einfluss des Zen-Buddhismus und einer Jesuitenschule aufgewachsen und sehe große Unterschiede, finde aber überall auch ähnliche Überzeugungen und den Willen, Wege des Friedens zu gehen."

Thura mochte den jungen Mann offensichtlich sehr und ging gerne auf seine Frage ein.

„Ganz grundsätzlich möchte ich sagen, dass wir immer lernen können, von allen, anhand von guten und schlechten Beispielen, ja sogar aus Fehlern. Und wir können einander mit unseren Einsichten beschenken. Eine Frage, die in dieser Auseinandersetzung zu klären bleibt, ist, ob Sie glauben, dass es so etwas wie eine letzte Wahrheit gibt; das müssen Sie für sich klären. Eine andere Frage, die vielleicht weniger philosophisch wirkt, ist, woher die Kraft kommt, diesen Weg zu gehen und unsere Überzeugungen durchzuhalten? Finden Sie dabei alles, was Sie brauchen, in sich selbst? Oder können Sie auf irgendeine Art von Außenimpuls hoffen, auf ewige Energie oder sogar auf einen persönlichen Gott? Auch das müssen Sie für sich klären. Wir müssen finden, was uns satt macht, was uns überzeugt. Und ich wünsche Ihnen von Herzen, dass Sie es finden."

„Aber", hakte Keisuke nach, „manchmal denke ich, dass eine Welt ganz ohne Religionen einfach besser wäre. Wohin wir auch schauen, nach Nordirland, Israel oder auf den Balkan oder Richtung Terror oder Kampf gegen den Terror, überall religiöse Motive, religiöse Sprache, Schwarz-Weiß-Denken von Gut und Böse, Dualismus. Was sagen Sie?"

Thura nickte. „Nun, erstens glaube ich, dass auch wenn wir hier heute beschließen sollten, dass Religionen mehr schaden als nutzen, sich keine Einzige von ihnen deshalb aus eben dieser Welt und Weltpolitik verabschieden würde. Zweitens müssen wir sie, gerade weil sie in den von Ihnen aufgezählten Konflikten so eine bedeutende Rolle spielen, beachten, statt sie zu ignorieren, und müssen sie bei ihrem größten Potenzial packen. Denn drittens wohnt ihnen ja nicht nur Gewaltbereitschaft inne, sondern auch eine erhebliche Kraft zum Frieden und zur Hingabe. Denken Sie, was unseren Kulturen fehlen würde ohne diesen Reichtum. Den müssen wir wecken, in uns selbst und anderen."

Keisuke verneigte sich diesmal tief.

Chandani dachte, dass das ganze Nachdenken über die spirituellen Fragen am Ende nichts wert war, wenn es keine Konsequenzen zeigte, und sie wusste, dass sie ein paar sehr konkrete Schritte vor sich hatte. Sie konnte Falak atmen hören, spürte jede seiner Bewegungen, so nah war er. Sie musste einen Weg zu ihm finden, einen Weg aus sich heraus. Aus dem Gefängnis, das sie sich selbst gebaut hatte mit ihrer Angst, verlassen und barfuß durch die Wüste gejagt zu werden. Noch dringender aber schien ihr die Frage, ob sie einen Weg zu ihrer Mutter finden könnte, denn die Zeit rannte ihr plötzlich davon. So lange Jahre hatte es keine Möglichkeit der Begegnung zwischen Aye-Aye und ihr gegeben und sie hatte ehrlicherweise nie alles getan, nie den Druck erhöht, nie wirklich gesucht. Jetzt blieb ihr vielleicht nicht mehr viel Zeit, wenn sie den Priester richtig verstanden hatte, und sie musste eine Entscheidung treffen. Entweder, sie würde bald zu ihr gehen und versuchen, sie zu sprechen, oder diese Gelegenheit würde es bald wohl gar nicht mehr geben.

Einem spontanen Impuls folgend, sah sie sich zu Falak um und flüsterte: „Würdest du mir vielleicht dabei helfen, eine Entscheidung abzuwägen?“

Er sah sie überrascht an, fast so, als sähe er sie zum ersten Mal, und irritierte sie mit seiner eigenen Verwirrung, sodass sie sich sofort zurückzog.

„Du musst nicht. Ich dachte nur, du hast das hier alles jetzt auch gerade gehört ...“

Sie drehte sich wieder um und verschränkte die Arme vor der Brust. Falak schüttelte den Kopf, beugte sich zu ihr und flüsterte in ihr Ohr: „Chandani, immer, gerne, sofort, in zehn Jahren oder wenn wir beide uralt sind, oder wann immer du willst. Ich bin da. Okay?“

Sie zuckte scheinbar unbeeindruckt mit den Schultern, um sich sofort eine Sekunde später selbst eine Zicke zu nennen und über sich zu ärgern. Sie wollte doch eigentlich gar nicht kalt oder abgebrüht wirken. Falak wagte es und legte seine beiden Hände kurz auf ihre Schultern. Sie trug, wie immer beim Reiten, ein Hemd zu ihrer Reithose, er konnte die glatte dunkle Haut ihres Halses im Kragen sehen, die glänzte, weil sie geschwitzt hatte, und er sehnte sich danach, sie zu berühren. Er trat einen Schritt zurück. Chandani kamen die Tränen und gleichzeitig musste sie lachen. Sie ließ ihre

Arme sinken und streckte suchend ihre rechte Hand aus und hoffte, Falak würde sie sehen und wenigstens kurz ergreifen. Falak kam wieder nah zu ihr und nahm ihre Hand in seine. Ihre Finger spielten miteinander, dann umschloss er mit seiner größeren Hand ihre Faust. Für einen Moment standen sie da, sahen sich nicht an, aber wussten, dass soeben wohl etwas Wichtiges geschehen sein könnte.

Als keine weiteren Fragen gestellt wurden, deutete Thura auf das Bild in der Mitte ihrer Runde hin.

„Bevor wir zum Abschluss gemeinsam unser Gelöbnis sprechen, möchte ich uns alle auch heute auf das Kreuz hinweisen. Der vierfache Pfad der Liebe zeigt sich auch in diesem Symbol Christi: Die eine Richtung des Kreuzes weist in den Himmel, verbindet es mit der Gottesliebe. Zwei Seiten, wie ausgestreckte Arme, reichen von meinem Nächsten bis zu mir selbst. Und gegenüber der Gottesliebe, im anderen Extrem, weist das Kreuz in die Tiefe der Erde, in das Verborgene, ja sogar bis in den Schmerz und erreicht den Tod. Auf der Suche nach der Mitte sehen wir Christus, der alle vier Weisen der Liebe vollkommen ausübte. So wird der vierfache Pfad ein Weg der wahren Balance."

Thura schlug den Gong an. Die Atmosphäre wurde sofort wieder ganz aufmerksam. Und dann sagten alle im Chor: „Wir wurden ins Leben geliebt, also lasst uns das Leben lieben. Diese Welt braucht dringend Hoffnung, mögen wir selbst Hoffnung sein. Lasst uns einander mit Taten der Freiheit und Güte beschenken. Möge Frieden von uns ausgehen und Mut unser Vorbild sein. Alle Menschen atmen, denn der göttliche Geist weht und erneuert das Angesicht der Erde."

Sie verneigten sich voreinander. Und dann kam es schnell zu kleineren informellen Gesprächen. Chandani und Falak verständigten sich leise darüber, dass sie sofort gehen wollten, folgten hintereinander dem schmalen Weg aus dem Wäldchen und kamen zur Kapelle.

Kapitel 17

Sie zogen ihre Sandalen aus und betraten den kleinen Raum.

„Meine Lieblingsstimmung“, sagte Chandani leise, „der frühe Abend, wenn das Licht abnimmt.“

Falak nickte und sah sich schweigend um. Plötzlich schien die Erinnerung an ihre letzte Begegnung in diesem Raum, als Chandani Falak wegen Skamar hatte stehen lassen, mit voller Wucht zurückzukehren. Sie sahen sich unsicher an und wussten beide nicht weiter.

Chandani nahm sich eines der Kissen und setzte sich. Falak nahm ihr gegenüber Platz und sah sie herausfordernd an und Chandani erinnerte sich, dass sie ja eine Bitte geäußert hatte und sagte: „Ich habe vorhin eigentlich die ganze Zeit über an meine Mutter gedacht, bei jeder Frage und bei jeder Antwort. Liebe und Menschlichkeit, Verwobenheit und Friede – was soll das alles, wenn es nicht bei uns selbst beginnt, bei denen, die uns nah sind? Ich würde so gerne Frieden schließen mit ihr. Irgendwie wirkt es so, als könne ich erst dann wirklich weitergehen.“

Falak sah sie aufmerksam an. „Dann musst du zu ihr gehen.“

„Einfach so? Keine weiteren Bedenken? Keinerlei Zögern?“

„Nein, warum? Worauf wartest du denn noch?“

„Ich weiß nicht. Ich dachte nicht, dass es so einfach sein würde. Oder auf einmal so schnell gehen könnte.“

Thura betrat die Kapelle und blieb im Eingang stehen, als er sie sah.

„Verzeiht, bitte. Ich möchte euch nicht stören.“

Aber Chandani sagte schnell: „Nein, komm ruhig. Ich weiß, dass du immer hierhin abtauchst, wenn du Besuch hattest. Aber sollen wir gehen? Möchtest du einen Augenblick allein sein?“

Thura wehrte ab. „Nein, ich freue mich, euch zu sehen. Es war schön, euch vorhin mit dabeizuhaben. Hat es Ihnen gefallen?"

Er setzte sich in Falaks Nähe.

„Wir haben ja offensichtlich nur den Schluss miterlebt, aber ja, ich habe es als sehr interessant empfunden. Die so unterschiedlichen Menschen zu sehen und zu spüren, wie sie doch von einem Anliegen bewegt werden, war sehr ergreifend. Und Sie, wenn ich das sagen darf, wirken so, als seien Sie einfach nur vollkommen in Ihrem Element."

Thura lachte ihn an. „Ja, das haben Sie treffend gesagt. Ganz so wie ich es auch empfinde. Keisuke, der junge Japaner, wird heute Abend zum Essen kommen. Ihr seid doch einverstanden, oder?"

Beide nickten und Falak äußerte sein Interesse, ihn kennenzulernen. Er fragte: „Haben Sie diese Kapelle selbst gebaut?"

„Ja, ich habe sie mit Hilfe eines Architekten entworfen und dann zusammen mit einigen Leuten hier aus den Dörfern erbaut. Ich musste daran denken, als Sie neulich von der kleinen Kirche erzählten, in der Franziskus seine Lebensberufung erlebte."

Falak nickte zustimmend, aber etwas schien ihn zu beschäftigen.

„Ja? Was ist es?"

Falak schmunzelte Thura an. „Ich überlegte gerade, ob wir solche Orte brauchen, solche Texte und Symbole? Auch solche Gruppen, dieses gemeinsame Suchen?"

Thura holte einen zusammengefalteten Zettel aus der Tasche seines Kurta.

„Ja und nein, möchte ich sagen. Zu Beginn unseres Treffens habe ich heute einen kleinen schönen Text verlesen, den ich bei Kabir gefunden habe. Kabir ist ein eindrucksvoller Denker, ein indischer Mystiker und Wanderer zwischen den Welten und den Religionen. Ich lese es, wenn ich darf, ja?"

Falak nickte sofort. Chandani schien in Gedanken zu sein, bedeutete ihm aber, weiterzumachen.

„Kabir spricht von der Gegenwart Gottes in unserem Leben und sagt es so:

‚Ich bin bei dir,
nicht auf der Pilgerreise,
nicht in der Ikone,
nicht in der Einsamkeit,
weder in Tempeln, noch in Moscheen.
Ich bin bei dir, oh Mensch.
Ich bin bei dir,
nicht in Gebeten oder in Meditation,
nicht im Fasten und in Yoga-Übungen,
weder im Verzicht, noch in Lebenskraft oder in deinem Leib,
nicht einmal in der himmlischen Welt noch im Schoß der Natur,
nicht im Atmen des Atems.
Suche also ernsthaft
und in diesem Moment der Suche
höre aufmerksam hin,
wo dein Glaube ist,
und dort bin ich.‘

Ich denke, er will sagen, dass Orte, Symbole und Rituale nur Methoden sind, die wir nicht mit Gott selbst verwechseln sollten. Die Frage meines Freundes Swagat ging ja in so eine Richtung. Er hat immer Sorge, das Ritual könne zur hohlen Formel werden. Gleichzeitig helfen uns die Rituale und Formen und die Gemeinschaft, das ist das Kostbare an ihr, wo immer sie gestiftet wird, schenkt sie uns Vergewisserung und Unterstützung.“

„Wo kommen diese Leute alle her? Zum Beispiel Prashanti, die heute ja zum ersten Mal hier war? Oder jemand wie Johan, ein Ausländer? Wie hat er denn bloß von Ihnen erfahren? Oder Keisuke?“

Thura dachte nach, rief sich die Gesichter vor Augen und fragte sich, mit wem er beginnen sollte.

„Swagat ist einer meiner alten Freunde unten aus Kanchi. Er war sein Leben lang Lehrer. Aber eigentlich ist er ein Philosoph. Wir haben uns beim Zeitungsstand kennengelernt, als wir beide um das einzige Exemplar eines ‚National Geographic' feilschten. Irgendwann fanden wir wichtiger, herauszufinden, wer da so begierig war, als unbedingt die Zeitschrift zu bekommen, und wir unterhielten uns. Er kennt eine Menge Leute und bringt sie einfach mit. Er ist außerdem Mitglied der kleinen christlichen Gemeinde in unserem Dorf und auch von dort kommen immer mal wieder Interessierte mit."

Falak unterbrach ihn: „Sind Sie selbst auch schon dort gewesen?"

Thura nickte, schien sich aber innerlich zu winden und sagte zögernd: „Ja, ich gehe gelegentlich hin. Aber ich scheine die Leute irgendwie zu erschrecken, und das macht mir bewusst, dass ich fremd bin, die Sprache nicht meine Muttersprache ist, in der ich bete, mein Leben irgendwie einen anderen Horizont hat und so weiter. Swagat lädt mich immer wieder ein, er meint, man würde sich mit der Zeit schon an mich gewöhnen, aber es fällt mir zugegebenermaßen schwer. Na ja."

Er sah für einen Moment hoch zur Glaskuppel in den Himmel und hing seinen Gedanken nach. Dann nahm er den Faden wieder auf.

„Johan ist als Pilger nach Kanchi gekommen, als Suchender, Aussteiger und man hat ihm im Kloster von dieser Runde erzählt. Keisuke arbeitet als hochrangiger Entwickler bei einem Technologiekonzern. Er ist ein junger Mann, der eigentlich lieber Geschichte oder Religionswissenschaften studiert hätte, sich dafür aber ein bisschen zu gut mit Bits und Bytes auskennt. Ich kenne ihn mittlerweile seit drei Jahren, wir haben uns zufällig in einer Garküche getroffen und uns zunächst nur über unsere Vorliebe für Tofu unterhalten. Wir philosophierten über Tofu aus Sojabohnen und aus Kichererbsen, über die besondere Art, mit der der Koch hier die dicken Tofuscheiben in Chili-Öl wendete. Erst nach einigen solchen Begegnungen lernten wir uns dann besser kennen. Und die anderen? Ich weiß nicht, es spricht sich irgendwie rum. Heute fehlten einige."

Er sah jetzt seine Tochter an und fragte besorgt: „Chani? Nay kaling lar? Was ist mit dir? Hast du Fieber? Du siehst so aus."

Chandani sah ihn an wie aus weiter Ferne. „Ich habe vorhin beschlossen, noch einmal zurück zum Kloster zu gehen. Als du über Entfeindungsliebe gesprochen hast."

Thura saß mit einem Mal aufrecht da und sah sie wachsam an. „Du willst deine Mutter besuchen?"

Chandani nickte und sah ihn fragend an. Er hielt ihrem Blick stand.

„Gut", seufzte er und wiederholte es noch einmal. „Ja, das ist gut."

Dann stand er auf und sagte ihm Gehen, er werde sich um das Abendessen kümmern. Keisuke werde für acht Uhr erwartet.

„Ich wünsche dir, dass es dir hilft, Chani. Ich wünsche es dir wirklich sehr."

Damit verließ er die Kapelle.

Falak sah ihm hinterher.

„Was war das jetzt?"

Chandani kaute auf ihrer Unterlippe und trommelte mit den Fingern auf den Boden. „Er redet nicht gerne über sie."

Falak wandte sich ihr zu: „Soll ich dich begleiten?"

„Nein", sagte Chandani ablehnend. „Das muss ich allein hinter mich bringen."

Sie wusste, wie ihre Worte wirken mussten, dass er daran dachte, wie sie nach ihrem letzten Besuch im Kloster nicht hier gewesen und am Abend, anders als versprochen, nicht wiedergekommen war.

„Warum machst du mich traurig?", fragte er leise.

Sie sah ihn an und hoffte, dass ihr Blick so sanft wirken würde wie seine Frage. „Weil ich selbst traurig bin?"

„Aber du könntest mir erlauben, dich glücklich zu machen."

„Ich erlaube es *mir* nicht."

Falak seufzte. „Ach ja, das hast du schon mal gesagt."

Aber Chandani meinte mit Nachdruck: „Nein, diesmal ist es anders. Ich komme wieder. Aber ich muss das hier erst noch allein bewältigen."

Falak sah sie skeptisch an. Dann dachte er daran, wie nah sie sich vorhin gewesen waren, dass sie ihn um Hilfe gebeten und wie ihre Hand seine gesucht hatte. Allein diese kleine harmlose Berührung hatte ein Beben in ihm ausgelöst. Sie stand auf und bat ihn, mitzukommen.

„Dieser Keisuke ist der Japaner, von dem wir neulich mit Ye sprachen. Ein in vielerlei Hinsicht interessanter Gast."

Als sie aus der Kapelle traten, lockte sie der Geruch von geschmortem Knoblauch.

Keisuke schien gerade angekommen zu sein. Er hatte eine große Packung gerösteter Bananen mitgebracht, von denen er wusste, dass Thura sie gerne mochte, und die beiden Männer unterhielten sich gerade darüber. Keisuke begrüßte Chandani überschwänglich und sie stellte ihm Falak als einen Gast aus Mumbai vor. Keisuke sah sie ein wenig sehnsüchtig an und Chandani erzählte ihm, dass sie neulich erst über ihn gesprochen hatten, als sie eine Idee für eine Aktion rund um Mode, Kunst und Menschenrechte diskutiert hatten.

„Vielleicht können wir später noch ein bisschen mehr erzählen, sonst wird mein Vater das demnächst sicher tun. Ich bin gespannt, was Sie sagen werden."

Keisuke strahlte sie an und freute sich offensichtlich, dass er Teil ihrer Gespräche gewesen war.

Thura stand hinter dem Herd und rief: „Keisuke, ich werde mich auf meine alten Tage noch mit Mode beschäftigen müssen. Was sagen Sie dazu? Nichts hat mich mein Leben lang weniger interessiert. Aber jetzt werden wir erst einmal essen!"

Sie alle sahen neugierig, wie Thura in mehreren Töpfen gleichzeitig rührte. Er wirkte ausgelassen, dabei aber ganz konzentriert, und lachte sie unter dem Rand des Baumwolltuchs an, das er sich zum Kochen wieder umgebunden hatte und das ihm tief in die Stirn gerutscht war.

„Setzt euch alle, in zwei Minuten steht das Essen auf dem Tisch."

Chandani ging auf ihr Zimmer, um sich schnell umzuziehen und kurz zu waschen, und als sie wiederkam, jetzt in ihrer dunkelgrünen Sudithar, warteten drei Männer und ein gedeckter Tisch auf sie. Sie aßen schweigend und genossen gegrillten Fisch, Reisnudeln mit Krabben in Sojasauce, kleine süß-sauer eingelegte Karotten und Minz-Chutney. Thura sah zufrieden, dass es allen schmeckte.

„Heute sitzen also Japan, Indien und das Britische Empire an einem Tisch mit Birma." Er schmunzelte. „Unsere Besatzungsmächte und ihre Söldner essen friedlich mein birmanisches Essen. Ich bin glücklich."

Keisuke sah in die Runde und fragte: „Chandani, vertreten Sie etwa das Empire?"

Falak warf Thura kurz einen fragenden Blick zu und meinte: „Ich bin indischer Adoptivsohn britischer Eltern."

Keisuke lächelte ihn gewinnend an. „Ach, wie überaus interessant. Dann können Sie ja vermutlich verstehen, wie ich mich fühle. Es fällt mir immer noch schwer, als Japaner ungezwungen bei einem Birmanen zu Gast zu sein. Und bei seiner schönen Tochter."

Falak entspannte sich wieder und Chandani bedankte sich für das Kompliment. Sie erinnerte sich, dass sie damals den ganzen Abend über befürchtet hatte, Thura wolle sie mit Keisuke verkuppeln. Er war ein kleiner dünner Mann, trug die Haare kurz, keinerlei Schmuck, ein einfaches, weißes Hemd mit Bottom-Down- Kragen, das maßgeschneidert aussah. Neben seinen Augen zeigten sich Lachfältchen, die ihm etwas sehr Sympathisches verliehen, und seine auffallend buschigen Augenbrauen führten dazu, dass man sein Gesicht nicht so schnell vergessen oder verwechseln konnte. Er sprach und bewegte sich sehr ruhig und gewandt. Chandani mochte ihn inzwischen, er gehörte zu ihrem Leben dazu.

Sie dachte über den Kommentar ihres Vaters nach. Die Generation, die hier am Tisch saß, war für Kolonialherrschaft und Kriegserklärungen nicht verantwortlich, und trotzdem war es auch die Geschichte, die diesem Abend einen besonderen Reiz verlieh.

Birma hatte sich den Briten radikal widersetzt, was nur dazu geführt hatte, dass die Kolonialmacht das Land mit brutaler Gewalt eingenommen und ganze Dörfer vernichtet hatte. Und so war ihr König in die Verbannung geschickt und Birma 1886 Teil des indischen Staatsverbandes Britisch-Indien geworden. Unter der britischen Herrschaft hatte sich schnell eine in drei Schichten geteilte Gesellschaft entwickelt: Die Briten hatten selbstverständlich alle führenden Posten besetzt, britische Handelsgesellschaften Monopolrechte erhalten und Unmengen an Reis und Holz exportieren können. Der einheimischen Bevölkerung waren zunehmend Feldarbeit und Reisanbau zugefallen, was für ein Land, das immer stolz auf sein Bildungssystem und die ausgesprochen niedrige Analphabetenquote gewesen war, eine einschneidende Veränderung bedeutet hatte – ja es glich mehr einer Amputation als einem Schnitt, einer vollkommen unnötigen, gemeinen Amputation. Zwischen diesen beiden Schichten hatte dann eine Art Mittelschicht entstehen können, denn die Briten hatten die eingewanderten Inder benutzt oder auch extra dafür angeworben, um die birmanische Bevölkerung zu kontrollieren. Den indischen Soldaten der britischen Armee war dabei eine besonders zweischneidige Rolle zugefallen.

Es war dann Aung San gewesen, der Birma zu einem ersten Sieg im Kampf gegen die Briten verhelfen und dafür hatte sorgen können, dass Birma eigenständige Kronkolonie geworden war und innere Unabhängigkeit erhielt. Wie kompliziert die Suche nach Verbündeten in diesen umkämpften Zeiten sein konnte, zeigte allerdings auch *seine* Persönlichkeit. Als einer der führenden Männer der Thakin hatte er auch zu einer Gruppe gehört, die 1940 verschwunden war, um sich von den Japanern militärisch ausbilden zu lassen. Ironischerweise hatte General Ne Win, der spätere Diktator, ebenfalls mit zu dieser Gruppe gehört. Während des Krieges hatten die Thakin in Japans Armee ihre Verbündeten im Kampf gegen die Unabhängigkeit vom britischen Imperium gesehen. Dann aber hatte Japan Birma erobert und das besetzte Land hatte den USA und Großbritannien den Krieg erklärt. 1945 hatte sich die birmanische Befreiungsarmee unter Aung San dann mit den Alliierten gegen die japanische Besatzungsmacht verbündet. Um zu erleben, dass Birma nach Kriegsende von den Briten zurückerobert wurde. Die Geschichte schien nur zu zeigen, dass man im Kampf für die Freiheit bereit war, Abhängigkeiten einzugehen, und auch, dass man sie oft teuer bezahlen musste.

Wer weiß, wie die Geschichte Birmas sich entwickelt hätte, wenn Aung San das Land als Ministerpräsident hätte prägen können? Aber das Attentat auf ihn hatte ihn zu einem toten Helden gemacht. Als Birma schließlich in die Unabhängigkeit entlassen worden war und nach einer ersten demokratischen Phase, hatte General Ne Win dann einen Staatsstreich unternommen, und seit der Machtübernahme durch das Militär verschlechterten sich die Lebensverhältnisse und die Menschrechtslage von Jahr zu Jahr. Aung San wurde trotz aller Widersprüche heute als Volksheld verehrt und seine tapfere Tochter folgte seinen Spuren in dem Bemühen um die Freiheit Birmas, war aber, was ihre Methoden und ihre Geisteshaltung anging, von Gandhi geprägt.

Nun, und sie saßen hier bei einem guten Essen – ein Japaner, ein Inder mit britischen Eltern, ein Birmane und sie selbst. Ein Wahl-Inder, ein Adoptiv-Brite und ein Exilant. Oder war es nicht das, was am Ende zählte? Waren sie vielmehr ein Softwareentwickler, ein Textilhändler und ein Journalist? Oder trafen sie sich heute Abend vor allem als Zen-Buddhist, Katholik und christlicher Mystiker? Vielleicht aber konnte man auf das sehen, was ihnen gemeinsam war: Sie hatten alle drei davon profitiert, dass man irgendwie auf sie aufmerksam geworden war und ihnen den Besuch einer guten Schule ermöglicht hatte. Sie lernten, lebten, suchten, teilten. Drei Männer, drei Menschen. Chandani sah sich fasziniert ihre Gesichter und Gesten an. Erst jetzt wurde ihr klar, dass sie noch keinen Bissen gegessen hatte, sondern die drei die ganze Zeit über schon beobachtete.

Falak wusste, Thura lag daran, dass Nähe zwischen ihnen entstand, und nach dem gelungenen Einstieg, für den der alte Sayagyi irgendwie gesorgt hatte, bekam er Lust, den Japaner besser kennenzulernen.

„Sie sagten heute Nachmittag, dass Sie von Buddhismus und Christentum geprägt wurden, wenn ich mich richtig erinnere?"

Keisuke nickte eifrig und füllte sich noch einen Berg Möhren auf seinen Teller.

„Um es genauer zu sagen, Zen-Buddhismus im Elternhaus und der Besuch einer Jesuitenschule haben mich gleichermaßen beeindruckt und wohl zu dem gemacht, der ich heute bin."

Er sprach und aß jetzt gleichzeitig, es gelang ihm aber, dabei immer noch vornehm zu wirken.

„Wie Sie vielleicht wissen, ist Zen zwar aus dem Buddhismus erwachsen, aber im Grunde nicht an eine religiöse Lehre gebunden, denn bei Zen geht es streng genommen um spirituelle Erfahrung."

Er mischte das Chutney geschickt unter die Nudeln und seine Hand flog mit kleinen Happen zu seinem Mund. Er kaute, schluckte und sprach gleichzeitig, aber es war eine Freude, ihm zuzusehen.

„Mein Großvater war Arzt – wie mein Vater auch – und eng befreundet mit einem Jesuitenpriester, einem sehr bekannten sogar, Pedro Arrupe."

Als er merkte, dass der Name Falak offensichtlich unbekannt war, sprach er munter weiter: „Das ist eine Biografie, die sich wirklich einmal zu lesen lohnt, ich lege Sie Ihnen ans Herz. Pedro Arrupe wollte ursprünglich Mediziner werden, was sicher einen guten Teil der Freundschaft zu meinem Großvater ausmachte. Er studierte das Fach auch einige Semester lang, aber dann änderte sich seine Laufbahn und er wurde Priester und Mitglied des Ordens. Er war eigentlich Spanier, Baske, aber unter Franco wurde der Jesuitenorden in seinem Land aufgelöst. Er begab sich nach Belgien, Holland und in die USA und dann schickten sie ihn überraschend als Missionar nach Japan. Meine Großeltern lernten ihn kennen, als er in Tokio in einem Armenviertel arbeitete. Sie bewunderten, dass er unsere Sprache so gut erlernt hatte. Er muss große Ausstrahlung gehabt haben und beeindruckendes Gottvertrauen. Das und sein Engagement für die Kinder, die Ärmsten und für die Besserung der hygienischen Bedingungen im Slum haben ihm den Respekt meines Großvaters eingebracht. Und meinem Vater und mir den Besuch einer sehr guten Schule."

Der Japaner strahlte sie an. Thura häufte ihm ungefragt eine weitere große Portion Reisnudeln und Fisch auf den Teller und Keisuke aß begeistert weiter.

„Die Software, die ich heutzutage entwickele, verdankt ihre Grundlage dem Zen wie auch dem Orden. Den Jesuiten sagt man nach, dass sie jede Frage mit einer Gegenfrage beantworten. Eine interessante Methode, um Dingen auf den Grund zu gehen. Und ein Koan sagt: ‚Was ist Zen?', fragte der Schüler. Und der Meister antwortete: ‚Das Herz des Fragenden ist Zen.'"

Er lachte ausgiebig über seinen eigenen Kommentar und leerte seinen Teller. Dann lehnte er sich genüsslich zurück.

„Thura, Sie kochen fantastisch. Vielen, vielen Dank."

Falak, der fasziniert zugehört und beobachtet hatte, wie viel und wie schnell der junge Mann essen konnte, stimmte ihm zu. Chandani schien mit ihren Gedanken woanders zu sein und ihr Essen stand fast unberührt vor ihr.

„Chani, sar bar, iss etwas. Warum isst du nicht?"

Lustlos aß Chandani ein paar Happen, schob dann aber ihren Teller weg und meinte, sie sei nicht hungrig. Thura schüttelte den Kopf, stand auf, räumte ab und begann, Tee zu kochen.

„Nur, um das eben noch abzuschließen: Pedro Arrupe arbeitete dann in Hiroshima und überlebte den Abwurf der Atombombe 1945, das Jahr, in dem mein Vater geboren wurde. Auch das Gebäude, das den Jesuiten gehörte, konnte der Bombe standhalten und innerhalb eines Augenblicks, entschied er, was zu tun sei: Er verwandelte es mit den Novizen in eine Erste-Hilfe-Klinik und bewies hier noch einmal sowohl seinen medizinischen Sachverstand als auch sein ausgeprägtes Mitgefühl und kümmerte sich um Verwundete und Sterbende. Pedro Arrupe verließ Japan nach siebenundzwanzig Jahren, als man ihn zum Generaloberen des gesamten Ordens wählte. In meiner Familie wird an seine Person gerne und oft erinnert, auch jetzt, wo mein Großvater und mein Vater beide nicht mehr leben."

Chandani dachte an die Bilder von Hiroshima. Manche Wörter, Orte, Namen hatten die Macht, unmittelbar das Kino in ihrem Kopf zu starten. Achtzigtausend wurden damals getötet und ungefähr noch einmal so viele wurden verletzt und starben in den folgenden Wochen. Wie vielen von ihnen hatte Pedro Arrupe wohl helfen können? Wie war es möglich, dass eine Weltmacht so etwas Ungeheuerliches tat? Woher nahm dieses Land sich das Recht – das alleinige Recht –, eine Atombombe einzusetzen? Gegen die Zivilbevölkerung? Sie hatte schreckliche Szenen vor Augen. Verbrannte Erde und verbrannte Menschen, für Generationen verseuchtes Leben. Und sie fragte sich, ob eigentlich jedes Imperium eines Tages sein eigenes Ende erleben musste. Ihres Erachtens gab es bereits Anzeichen dafür, dass auch dieses sich übernommen hatte. Oder wie lange konnte man noch Kriege führen und sich dabei weiterhin Ölquellen sichern, Waffen liefern, Diktatoren unterstützen und noch gleichzeitig moralisieren und das Gewissen der freien Welt spielen? Wie lange konnte man im Namen der Demokratie die Welt regieren, ohne sich außenpolitisch demokratisch zu verhalten? Wie lange, mit Hilfe einiger weniger Banken und Unternehmen, die niemand gewählt hatte? Schon so oft wurde Krieg erklärt, wer erklärte der Welt den Frieden?

Thura kam mit einer großen Kanne Tee und einem Teller voll frisch gebackener Erdnusskekse wieder.

„Ich hätte Ihren Vater gerne kennengelernt, Keisuke. Seine Geschichte ähnelt der meinen in einigen Punkten, es wäre interessant gewesen, sich auszutauschen."

Keisuke nickte. „Ja, Sie hätten sich einiges zu erzählen gehabt, das ist wahr." Etwas leiser sagte er: „Sein Tod kam so überraschend, er hat mich nicht einmal mehr hier in Kanchi besuchen können."

Falak sah, dass Chandani die Fäuste zusammenballte, sodass ihre Fingerknochen sich hell auf der dunklen Haut abzeichneten. Ihre ganze Haltung schien verkrampft und er hätte sie gerne in den Arm genommen und beruhigt. Er reichte ihr den Teller mit den Keksen und meinte: „Komm, ein bisschen Zucker wird dir guttun." Sie lächelte ihn dankbar an.

Wieder heiterer erzählte Keisuke, dass ihn seine Mutter aber demnächst besuchen würde.

„Die Fastenzeit wird sie noch zu Hause verbringen, aber dann, irgendwann im Oktober, kommt sie hierher." Mit einem Zwinkern in Thuras Richtung sagte er: „Auch Sie hätten sich einiges zu sagen. Midori ist eine kluge Frau, sie könnte ihnen sehr gefallen. Soll ich Sie beide vielleicht miteinander bekannt machen?"

Chandani wurde jetzt kurz aufmerksamer und hörte überrascht, wie ihr Vater freudig zustimmte und Keisuke einlud, mit Midori zum Abendessen zu ihnen zu kommen. Nahezu euphorisch schlug er vor: „Ich biete mich als Fremdenführer an. Wenn Sie tagsüber arbeiten müssen, könnte ich ihr die Gegend zeigen, hm? Ein bisschen Zen in meinem Leben und gepflegte Unterhaltungen mit einer gebildeten Japanerin, das klingt verlockend."

Keisuke schien sehr angetan von dieser Idee. Chandani sah ihren Vater fragend an und der schaute trotzig zurück, als wolle er sagen: „Ich werde ja wohl auch Besuch haben dürfen", oder: „Wer jagt denn den ganzen Tag mit unserem Gast über die Berge?" Sie grinsten sich an. Der Gedanke, ihr Vater würde mit einer älteren japanischen Dame frischen Pfeffer ernten, amüsierte sie und sie zeigte ihm mit zwei erhobenen Daumen, dass sie seine Pläne guthieß. Falak sah sie an und sie mussten beide schmunzeln.

„Was gibt es da denn zu lachen?", rief Thura über den Tisch.

Und Falak sagte forsch: „Mich kitzelte gerade ein Gedanke", was von Thura mit einem vergnügten Zwinkern quittiert wurde.

Chandani merkte jetzt, wie müde sie war, und um dem Gefühl entgegenzuwirken, stand sie auf, schnitt ein paar Mangos zurecht und servierte sie. „Die Letzten für dieses Jahr, Nila, die leckersten."

Keisuke strahlte sie an. „Chandani, was beschäftigt Sie? Denken Sie an Birma?"

„Ja, tatsächlich. Ich dachte an die wechselvolle Geschichte unseres Landes. Wie die Interessen anderer oder Einzelner uns immer wieder beeinflusst haben. Und ich dachte generell über Imperien nach." Sie zögerte und gab dann zu: „Aber ich bin, ehrlich gesagt, gerade auch sehr mit mir selbst beschäftigt, sodass ich im Laufe des Abends wohl hin und wieder abwesend gewirkt haben muss. Verzeihen Sie, wenn ich mich deshalb auch gleich verabschiede."

Keisuke, einige Jahre jünger als sie, schien ein bisschen für sie zu schwärmen und wollte sie offensichtlich so nicht gehen lassen.

„Ich erinnere mich, dass wir uns einmal sehr anregend über Zen unterhalten haben. Meditieren Sie noch?"

„Ja, sicher. Aber ich stehe momentan an einem Punkt, wo der Meditation die Aktion folgen muss. Verstehen Sie, was ich meine?"

Er nickte.

„Und das erfordert Konzentration."

„Und Ihr Falke?"

„Ist immer bei mir."

Falak und Thura hatten die Luft angehalten und wunderten sich über Chandanis klare Antwort.

Sie bedankte sich bei ihm für seinen Besuch und wünschte allen eine gute Nacht. Auch Falak stand in diesem Moment auf und meinte, Thura und Keisuke wollten wohl noch einige Fragen klären, so hatte es sich ja heute Nachmittag angedeutet, und er würde deshalb auch gehen. Die beiden Gäste verabschiedeten sich herzlich und versprachen einander, sich wieder zu treffen. Auch, um über Mode für Menschenrechte zu reden.

Im Flur auf dem Weg zu ihren Zimmern fragte Falak: „Was genau ist Zen? Ich habe keine Ahnung."

Chandani legte den Kopf schräg und lächelte ihn an: „Oh doch. Ich bin mir ganz sicher, dass du Zen-Momente kennst. Weißt du, wenn du nicht merkst, wie die Zeit vergeht und alles um dich herum vergisst. Wenn du dich in einer Beschäftigung ganz verlierst und erst durch einen Außenimpuls wieder aus ihr auftauchst. Wenn dich zum Beispiel ein Liedvortrag zum Schweigen bringt, weil du einfach zuhören musst und nichts anderes mehr wichtig ist. Oder wenn dich die Farbe des Himmels fasziniert und du stehen bleibst und staunst."

„Oder die Farbe deiner Augen?", warf er ein.

Chandani aber sprach weiter: „Das sind für mich Zen-Momente. Wenn unser Ich irgendwie weniger wird und unsere Aufmerksamkeit sich auf diesen Augenblick richtet, in dem wir gerade aufgehen."

Er nahm ihre Hand und wiederholte ihre Worte: „Wenn du nicht merkst, wie die Zeit vergeht und alles um dich herum vergisst."

Sie zog langsam ihre Hand zurück. „Gute Nacht."

„Gute Nacht, Chandani. Fährst du morgen?"

Sie nickte.

„Dann wünsche ich dir viel Glück."

Sie wandten sich zum Gehen. Dann drehte er sich noch einmal um und meinte: „Ich möchte solche Momente erleben. Mit dir. Vergiss das morgen nicht."

Sie dachte gerade, dass es sie gereizt hätte, endlich einmal den Knoten des roten Baumwolltuchs zu lösen.

Kapitel 18

Chandani schloss die Augen und stellte sich vor, dass göttliche Liebe sie halten würde, gute, ewige, elterliche Energie, wie sie von Familie Mensch umarmt wurde. Und dann holte sie das Bild näher an sich heran und nahm es für sich selbst in Anspruch. Sie erinnerte sich, wie sie in ihrem Zimmer gesessen hatte und sich wieder und wieder hineingedacht hatte in diese Umarmung. Wie es sie zu Tränen gerührt hatte. Wie sie sich gewehrt hatte gegen das kindliche Bild, als fürchte sie, entmündigt zu werden, und wie die Sehnsucht nach Einigkeit, Versöhnung und Ausgeglichenheit sie dann doch weitergezogen hatte. Sie konnte jetzt die Gütekraft spüren, die hinter dieser Vorstellung steckte. Ja, ihr war, als würde die Zuwendung aus einer anderen Welt in ihrer Seele atmen und ihr eine innere Stärke verleihen. Sie holte ein paar Mal tief Luft. Und nun würde sie sich ihre Mutter als Dreijährige vorstellen und sie auf ihrem Schoß wiegen. Sie öffnete die Augen und dann die Tür vor sich.

Sie war klein, schwach und leicht geworden. Die Krankheit hatte sie offensichtlich viel gekostet. Wie sie so in ihrem Bett lag, wirkte sie wehrlos und zart. Es brauchte keine Fantasie mehr, um sich vorzustellen, dass sie hilfsbedürftig war. Chandani konnte ihre Tränen nicht zurückhalten. Pran fragte leise, ob er bleiben oder sie allein lassen sollte, und Chandani bat ihn, zu gehen und ihnen ein wenig Zeit zu zweit zu schenken. Er schloss die Tür hinter sich.

Chandani zog einen Stuhl an das Bett heran, setzte sich und flüsterte ein paar Mal: „Ma? Kannst du mich hören?"

Nach einer Weile wurde ihre Mutter langsam wach und auf einmal sahen sie sich an. Chandani würde diesen Moment wohl nie vergessen. Die Überraschung, die in ihrem Blick lag, die Wehmut und die Freude, das Wiedererkennen. Und dann dieses ungewöhnliche Grün ihrer Augen. Chandani hatte nicht gewusst, dass sie die Augenfarbe von ihrer Mutter geerbt hatte, sie musste es vergessen oder früher nie richtig wahrgenommen haben.

„Mein Kind", sagte Aye-Aye und die Tränen flossen über ihre faltigen Wangen. Ihre Haut wirkte durchsichtig und wie über den Schädel gespannt und die Hand, die jetzt nach der Hand ihrer Tochter suchte, sah so zerbrechlich aus, dass Chandani fast Angst hatte, sie zu berühren. Aber dann ergriff sie die schmalen Finger, drückte sie ein paar Mal sanft und hielt sie fest. Aye-Aye trug ein langärmliges weißes Unterhemd, das viel zu groß für sie zu sein schien.

Chandani wusste nicht, was sie sagen sollte. Wo anfangen? Sie hatte keine Ahnung, was ihre Mutter von ihr wusste oder was sie in den letzten Jahren hier im Kloster beschäftigt hatte. Sie standen sich immer noch nah und waren doch Fremde füreinander.

Aye-Aye sagte: „Es ist schön, dich zu sehen." Sie sprach leise, aber klar. „Du siehst mir sehr ähnlich. Ich habe dich sofort erkannt."

Chandani nickte.

„Dein grüner Sari bringt unsere Augenfarbe schön zur Geltung."

Chandani nickte noch einmal. Was sollte sie sagen? Was unbedingt ansprechen? Was lieber aussparen? Wo konnte sie überhaupt anknüpfen?

Aye-Aye suchte ihren Blick und erkundigte sich vorsichtig: „Worüber wollen wir denn bloß reden? Ich kann nichts ungeschehen machen. Und ich weiß nicht, was du erwartest."

Chandani schluckte und meinte: „Ich weiß es auch nicht."

Sie schwiegen eine ganze Weile. Chandani berührte noch immer die Fingerspitzen ihrer Mutter.

Dann fragte Aye-Aye: „Darf ich dir vielleicht ein paar Fragen stellen?"

Chandani nickte und war gespannt, was sie wohl wissen wollte.

„Hast du Kinder?"

Chandani schüttelte den Kopf.

„Nein", sagte sie nur knapp.

Aye-Aye sah zur Wand neben sich.

„Ich war keine gute Mutter für dich, da bist du erst gar keine Mutter geworden. Wer könnte das nicht verstehen?"

Chandani musste an ihr Gespräch mit Falak denken und spürte in diesem Moment, dass er recht hatte: Die Vergangenheit durfte nicht verhindern, in der Gegenwart zu leben und sollte nicht als Entschuldigung herhalten. Aber sie widersprach ihrer Mutter jetzt trotzdem nicht.

„Und bist du denn verheiratet? Liebst du einen Mann?", fragte sie weiter.

Zu ihrer eigenen Überraschung bejahte Chandani die Frage, rügte sich innerlich für die Lüge, musste gleichzeitig über sich lachen und erzählte, der wichtigste Mann in ihrem Leben sei ein Inder, ein Geschäftsmann aus Mumbai. Sie sagte es ruhig und mit aller Überzeugung, als sei es selbstverständlich, ja, als habe sie diese Antwort schon hundertmal vorher gegeben, und so wusste sie, dass sie wohl doch die Wahrheit gesagt hatte. Es war ihr gerade mit ihrer eigenen spontanen Antwort offenbart worden.

„Und du, Ma?", fragte sie zurück.

Aye-Aye schloss die Augen – wollte sie ausweichen? –, sah sie aber einen Moment später schon wieder an.

„Ich liebe", sagte sie schlicht.

Chandani dachte, dass ihr diese Antwort wohl kaum reichte, und überlegte, ob sie nachhaken könne, aber da sprach Aye-Aye weiter.

„Ich lebe hier mit dem Mann, den ich liebe. Anders als ich mit Thura gelebt habe. Ganz anders."

Chandani schluckte, fühlte sich unsicher, der Gedanke an Thuras Einsamkeit schmerzte sie und sie spürte sogar so etwas wie ein kleines eifersüchtiges Stechen und sagte: „Aber er ist Priester."

Aye-Aye lächelte sie sanft an. „Was nicht bedeutet, dass er nicht lieben kann, oder? Wir haben unsere Art der Liebe entdeckt. Man kann das wohl nicht verstehen, wenn man es nicht selbst erlebt hat."

Chandani dachte: „Warum siehst du mich dann so um Verständnis heischend an?" Aye-Aye wich ihr nicht aus, sie wartete auf eine Reaktion. Auf was? Auf Billigung? Auf Bejahung?

„Vielleicht ist es zu viel verlangt, dass du es nachfühlen kannst oder gar gutheißen."

Chandani wusste, dass sie trotzig klingen musste, als sie zurückgab: „Du sagst ja selbst, dass man es nicht verstehen kann, wenn man es nicht erlebt hat."

„Du liebst, sagst du. Also ahnst du, was ich meine. Ich wünsche es dir, mein Kind. Diese Erfahrung, dass zwei Seelen atmen wie eine. Deren Spürsinn so ausgebildet ist, dass sie sich noch in der dunkelsten Nacht finden. Die sich aus großer Entfernung schon erkennen und in der Nähe des anderen keine Befangenheit mehr brauchen, auf alle Bedenken und alle Scheu verzichten können."

Sie schloss wieder die Augen. Das Gespräch schien sie anzustrengen und nach einer Weile hörte Chandani, wie ihre Mutter langsamer atmete. Sie war eingeschlafen. Chandani sah sie aufmerksam an und dachte über das nach, was sie soeben gehört hatte.

Sie selbst musste wohl ebenfalls eingeschlafen sein und Pran weckte sie, als er jetzt mit einem Tablett ins Zimmer kam. Er stellte es auf dem Tisch ab, fragte Chandani, ob alles in Ordnung sei mit ihr, und als sie nickte, wandte er sich Aye-Aye zu.

„Nyein", flüsterte er nah an ihrem Ohr. „Es ist Zeit, etwas zu essen."

Aye-Aye öffnete die Augen. Die beiden lächelten sich an und konnten nicht verbergen, dass sie sich nah waren. Unwillig und zugleich fasziniert nahm Chandani wahr, dass etwas sehr Liebevolles und Sanftes in der Art lag, wie sie miteinander umgingen.

Pran reichte Chandani die Schüssel mit in Milch weich gekochtem Reis und einen Löffel und bat sie, ihre Mutter doch zu füttern. Chandani fühlte sich auf einmal völlig überfordert, das Ganze schien ihr zu intim, zu nah zu sein. Aber dann füllte sie sorgsam einen ersten Löffel und führte ihn zum Mund ihrer Mutter. Die ließ es zu, lächelte sie dabei an. Aber Kauen und Schlucken schienen ihr schwerzufallen.

Nach einigen Löffeln meinte Aye-Aye langsam, Satz für Satz: „Wenn wir älter werden, werden wir wieder wie Kinder. Wir werden wieder gefüttert, gewickelt und gewaschen. Wir sind am Ende wieder ganz abhängig, und das ist wohl gut so. Denn so können wir uns daran erinnern, wie wir angefangen haben, wo wir herkommen, und uns auf unsere Wiedergeburt vorbereiten."

Pran beugte sich zu ihr, reichte ihr einen Becher mit Wasser und sie trank in kleinen Schlucken. Dann nickte sie wieder ein und ihr Kopf rollte zur Seite. Sie atmete ruhig.

Pran erklärte: „Sie bekommt Morphin gegen die Schmerzen. Das macht sie müde. Aber zwischendurch ist sie ganz wach und teilt ihre Einsichten mit mir."

Chandani fragte: „Wie viel Zeit hat sie noch?"

Pran hielt ihrem Blick stand. „Nicht mehr viel. Wir verabschieden uns voneinander. Und Sie sollten es auch tun. Jeder zusätzliche Tag ist ein Wunder."

Chandani ließ ihren Blick auf dem schlafenden Gesicht ruhen. Was hatte ihre Mutter von Anfang und Ende erzählt? Von Wiedergeburt?

„Was glauben Sie, wo sie aufwacht? Nach ihrem Tod meine ich? Was wird aus ihr?"

Pran war zum Fenster gegangen und wirkte abwesend. Aber er hatte ihre Frage gehört und erläuterte ihr, was Aye-Aye wohl dachte.

„Sie glaubt, dass ihr Leben Karma bewirkt hat und ihre Taten schwere Spuren in der Welt hinterlassen haben und sie also noch nicht aus dem Samsara befreit werden, sondern wiedergeboren wird."

Chandani entgegnete: „Sie erwartet nicht, dass sie erlöst wird?"

Pran schüttelte den Kopf. „Nein. Aus ihrer ganz persönlichen Sicht, nein. Für sie versperrt ihr Karma den Eingang ins Nirwana."

Chandani sah wieder zu ihrer Mutter. Sie dachte an die Gespräche mit Kommilitonen und Freundinnen im Westen, für die der Gedanke an Wiedergeburt etwas Abenteuerliches hatte und sozusagen wie eine zweite oder weitere Gelegenheit erschien, da man sich in einem einzigen Leben nicht alle Wünsche erfüllen konnte. Niemand dort war ernstlich am Nirwana interessiert, am Ziel der Reise, alle wollten weitere Reisen unternehmen. Aber hier hatte diese Vorstellung nichts Romantisches und klang ganz bestimmt nicht nach Abenteuer, sondern vielmehr nach Schwere oder vielleicht sogar nach Strafe.

Wer sich im Westen nach einer weiteren Reise sehnte, ging ja meistens nicht davon aus, unter schlechteren Bedingungen wiedergeboren zu werden als vorher, als Kind in einem Slum wie Falak zum Beispiel … Karma hin oder her, ihre Freundinnen rechneten eher mit einem Aufstieg oder zumindest mit derselben Menge an Herausforderungen und Spaß, die sie bereits erlebt hatten, ganz unabhängig von guten oder schlechten Taten. Hier aber klang es ganz anders und so fragte sie: „Ist ihre Wiedergeburt dann so eine Art Buße oder Vergeltung, die irgendwie Ausgleich schafft?“

Er seufzte. „Wiedergeburt ist einfach Konsequenz. Unsere Taten und was sie bewirken, schaffen Karma. Insbesondere Hass, Egoismus und Begehren und das, was dadurch ausgelöst wird. Wir werden frei davon durch die Entfaltung unserer Tugenden, durch moralisches Verhalten, Meditation und Versenkung und die Entwicklung von Mitgefühl und Weisheit. Und wenn kein Karma mehr erzeugt wird, keine Taten, die solche Auswirkungen in der Welt hinterlassen, entkommen wir dem Kreislauf und erreichen Nirwana.“

Chandani fragte sich, wann ihre Mutter aufgehört hatte, auf göttliche Gnade zu vertrauen. Ob es damit zusammenhing, dass Gott ihr dringlichstes Gebet nicht erhört und zugelassen hatte, dass Thura ihr genommen wurde? Sie überlegte, was ihr Vater wohl sagen würde, nicht als Ehemann, sondern als Mystiker, und sie fragte sich, ob es irgendetwas gäbe, das eine Idee von Gnade in Aye-Ayes Leben bringen könnte, und fühlte sich hilflos.

„Gibt es etwas, das ich tun kann?“

Pran sah weiter aus dem Fenster und Chandani musste sich anstrengen, um ihn zu verstehen, als er sprach.

„Nirwana ist, anders als Ihre Vorstellung vom ewigen Leben, kein Neubeginn in einer anderen Sphäre. Es ist der Ort ohne Ort, das große Eine, das Alles im Nichts. Alles Karmische ist überwunden und befriedet. Es zu erlangen, ist unser oberstes Ziel. Viele halten es nicht für machbar, das Nirwana in diesem Leben zu erreichen, obwohl es Buddha gelang und er danach noch jahrelang lebte und lehrte, bevor er starb und in den endgültigen Zustand der Zustandslosigkeit, ins Parinirwana, ging. Also geht es für viele Menschen darum, gutes Karma zu sammeln, und sie tun es durch Spenden, Geschenke an bettelnde Mönche, Großzügigkeit und Taten der Liebe oder zeitweiligen Eintritt in unsere Gemeinschaft, in den Sangha. In unserer Vorstellung kann der so erworbene Verdienst auch rituell an andere weitergegeben werden, auch an Verstorbene.“

Sie fragte sich, ob er ihr damit etwa gerade anbot, solche Rituale für ihre Mutter zu vollziehen, als er sich zu ihr umdrehte.

„Ich weiß, dass diese Vorstellung Ihnen schwerfallen muss. Und ich bitte Sie nicht einmal, ihr zu folgen. Die Idee der Gnade ist wohl das Verlockendste an der christlichen Tradition, ehrlich, auch für mich. Der Gedanke von Unterbrechung, die ersehnte offene Tür in einer unüberwindbar hohen, endlos langen Mauer – wirklich schön. Bedingungslose Zugänglichkeit, eine wahrhaft erhabene, heilige Idee. Bewahren Sie sich das doch. Bleiben Sie Ihrem Glauben treu und vertrauen Sie auch Ihre Mutter der göttlichen Gnade an.“

Chandani fror auf einmal, obwohl es in dem kleinen Zimmer warm war, fast stickig. Sie rieb mit ihren Händen über ihre Oberarme. Er kam auf sie zu und kniete sich vor ihr auf den Boden und wirkte auf einmal sehr bewegt, ja fast so, als würde er gleich die Fassung verlieren.

„Ich habe Respekt vor Ihnen, weil Sie heute hierhergekommen sind. Und es tut mir leid, dass ich Sie neulich so irritiert habe. Und auch heute, Chani …“

Sie unterbrach ihn: „Schon gut. Hören Sie auf." Sanfter sagte sie: „Ich bin wirklich froh, sie noch einmal gesehen zu haben. Können Sie uns, bitte, noch einen Moment allein lassen?"

Sie drehte sich von ihm weg und sah wieder ihre Mutter an, die jetzt wach zu werden schien. Pran ging zur Tür. Sie rief ihm leise nach: „Und nennen Sie mich bitte nicht Chani, nur mein Vater nennt mich so."

„Ja, ich weiß", sagte er und ging.

Aye-Aye hatte die Augen geöffnet und schien sich zu wundern, dass Chandani immer noch da war.

„Ich habe das Gefühl für die Zeit verloren. Wie spät ist es?"

Chandani sagte, es sei bereits Nachmittag und sie habe über zwei Stunden lang geschlafen. Aye-Aye bat ihre Tochter, ihr zu helfen, sich ein bisschen aufzusetzen, und mit etwas Mühe und der Hilfe einiger Kissen gelang es ihr.

„Worüber haben wir gesprochen?", wollte sie wissen und Chandani erinnerte sie, sie hätten über die Liebe und über Wiedergeburt geredet.

Aye-Aye nickte. „Du bist irritiert, ich kann es dir ansehen. Was ist es? Dass ich einen Priester liebe? Oder dass ich nicht mehr an göttliche Gnade glaube?"

Chandani gab zu, dass sie wohl beides beschäftigte.

Aye-Aye erklärte ihr, sie sei bereit, das zu sagen, was sie sagen könne, aber dann müsse sie bald gehen. Chandani merkte, dass der Gedanke, sich gleich zu verabschieden, sie zutiefst beunruhigte. Ihre Mutter allerdings ließ sich nicht beeindrucken, sondern teilte ihr mit, was sie noch zu sagen hatte.

„Meine Seele liebt seine Seele. Wir haben Verstehen gefunden. Ihn zu ehren, bedeutete immer auch, von Anfang an, seine Lebensaufgabe zu ehren, bedeutete, alle Entscheidungen, die er vorher getroffen hatte, zu respektieren. In mir schlugen zwei Herzen, lange Zeit. Ich habe mich gegen Gewalt entschieden und für Sanftmut. Das hatte zunächst nichts mit Philosophie der Religionen zu tun, glaub mir, nur mit zwei Männern und ihrem Wesen."

Chandanis Worte klangen zaghaft. „Aber Thura ist so sanft geworden. Konntest du ihm, euch, nie mehr eine Chance geben, das zu entdecken?"

Aye-Aye sank tiefer in ihre Kissen zurück und zeigte, dass sie diesen Gedanken ablehnte.

„Ich hatte mich entschieden, denn man hat in Wahrheit immer nur ein Herz. Entweder es zerreißt oder es wird heil."

„Und?", forderte Chandani sie heraus, „ist es heil?"

Aber Aye-Aye ließ sich nicht reizen, sondern blieb gelassen. „Ich habe mich entschieden, die Gnade abzulehnen und den Weg der Wiedergutmachung zu gehen. Irgendwann wird es heil."

Da hielt sich Chandani nicht mehr zurück, denn sie dachte, dass dies ihre letzte Gelegenheit war, Fragen zu stellen.

„Wenn dich die Wiedergutmachung so lockt, warum erst jetzt? Warum nicht in *diesem* Leben?"

Aye-Aye wirkte müde und lustlos. „Ja. Nenn mich einfach stolz, selbstsüchtig und feige. Ich will keine Geschenke und ich habe an die Aussöhnung nicht glauben wollen."

Da schluchzte Chandani kurz auf. Aye-Aye rutschte wieder tiefer in ihr Bett und versank fast zwischen den Kissen.

„Ich danke dir, dass du mich besucht hast. Wirklich. Danke sehr. Aber ich habe Schmerzen und bin müde", sagte sie.

In diesem Moment kam auch Pran zurück. Mit weicher Stimme bat Aye-Aye ihre Tochter, jetzt zu gehen, und gab ihr zu verstehen, dass sie sich nicht weiter um sie kümmern solle.

„Ich wünsche keine Beerdigung, hörst du?" Sie sah Pran an. „Jetzt, am Ende, werden ihm meine Seele und auch mein Körper gehören. Er allein soll entscheiden, was zu tun ist."

Pran wirkte geistesabwesend und erzählte ihnen flüsternd: „Ich las gerade von Kabir, einem indischen Mystiker, der die Vision von einer harmonisch einmütigen Menschheit vertrat."

Chandani fragte sich, wo sie den Namen schon einmal gehört hatte, und erinnerte sich, dass Thura ihn am Mittwoch in der Kapelle gegenüber Falak zitiert hatte. Vielleicht zeigte sich die alte

Freundschaft der beiden Männer darin, dass sie die Quellen der Inspiration teilten?

„Es heißt, er sei der Sohn einer brahmanischen Witwe gewesen, aber dann von einer muslimischen Familie adoptiert worden. Bekannt und bedeutsam wurde er, weil er die religiöse Abgrenzung beider Gruppen konsequent ablehnte und unbeirrt an einen Gott als Ursprung aller Dinge glaubte."

Chandani wunderte sich, warum er ihnen jetzt diese Geschichte erzählte. Wollte er verhindern, noch einmal so emotional zu werden wie vorhin? Mit einem Blick auf Aye-Aye nahm sie wahr, dass diese es offensichtlich sehr genoss, ihm zuzuhören. Bei seinen nächsten Sätzen konnte Chandani allerdings auch den Zusammenhang zu ihrer Situation erkennen.

„Nach Kabirs Tod sollen sich seine muslimischen und hinduistischen Verehrer über die Frage der Bestattung gestritten haben. Die Legende erzählt, dass sie das Leichentuch wegnahmen und überrascht sahen, dass sein Leichnam zu Blumen geworden war. Die Muslime beerdigten ihre Hälfte, die Hindus verbrannten ihre und beide bauten ihm ein Denkmal."

Aye-Aye lächelte wach und aufmerksam, aber als jetzt die Erzählung beendet war, schloss sie die Augen. Nur ihre Hand suchte noch einmal nach Chandanis, fand sie und drückte sie zum Abschied. Dann lösten sie sich voneinander. Chandani stand auf, sah ihre Mutter ein letztes Mal an und wandte sich zur Tür. Wegen der Tränen in ihren Augen konnte sie kaum sehen, wo sie war, und fühlte sich, als würde sie durch ein Meer strudeln, bald keine Luft mehr bekommen und immer tiefer sinken.

Pran begleitete sie hinaus, durch die Gänge des Klosters, die Treppe hinunter, über den Innenhof bis zum Eingangstor. Chandani schluckte die Tränen hinunter. Wortlos verneigten sie sich voreinander und nickten sich zu.

„Danke, dass Sie hier waren", sagte Pran zum Abschied.

„Benachrichtigen Sie mich bitte, wenn es so weit ist, ja?"

Er nickte. Und dann lief Chandani zum vierten Mal in ihrem Leben den Berg hinunter in die Stadt.

Sie sollte weinen und es stimmte, dass sie traurig war. Aber das war nicht das einzige Gefühl. Ihre Mutter hatte ein paar sehr grundsätzliche Entscheidungen getroffen und soweit Chandani es beurteilen konnte, war sie bereit, die volle Verantwortung dafür zu übernehmen. Sie war eine andere Reise angetreten. Wohin auch immer sie der nächste Schritt führen würde, sie würde ihm ins Gesicht sehen – mit ihren grünen wachen Augen. Vielleicht würde sie eine große Überraschung erleben. Aber, dachte sie, das trifft wohl auf uns alle zu. Sie dachte, dass man wohl zum Ende des Lebens nur immer neugieriger darauf werden müsse, was nun wirklich danach passierte.

Es war der erste Tag im Juli, ein Sonntag. Sie fühlte sich auf einmal stark. In ungefähr einer Woche würde in Birma und an vielen anderen Orten Waso gefeiert, das Fest, das die buddhistische Fastenzeit einläutete. Chandani aber merkte, dass sie Appetit hatte und sich seit Tagen zum ersten Mal wieder darauf freute, dass Thura sicher etwas Leckeres gekocht hätte. Ein Schauer lief ihr über den Rücken, als sie daran dachte, dass sie tatsächlich ihre Mutter gefüttert hatte. Trauer und Fassungslosigkeit, Befreiung kämpften in ihr. Und irgendeine Stimme in ihr wiederholte immer wieder einen Satz: „Sie war wirklich wie ein kleines Baby."

Kapitel 19

Pran lag jetzt seit mehr als zwei Stunden flach auf dem Bauch. Er hatte darauf verzichtet, eine der Matten auf dem Steinboden auszubreiten, und lag unbeweglich da, seine Arme ausgestreckt, seine Stirn auf dem harten Stein. Hin und wieder kam Nayaka, einer der ihm besonders nahestehenden Mönche, vorbei und er hatte auch einige Novizen damit beauftragt, regelmäßig nach ihm zu sehen. Niemand wusste, ob er geweint hatte, niemand hatte Tränen gesehen oder Schluchzen gehört, aber alle wussten, dass er trauerte. Stille senkte sich über die gesamte Klostergemeinschaft. Nur wenige von ihnen hatten Samaneri Nyein wirklich gut gekannt, aber die meisten hatten die verschwiegene Novizin gerne gemocht, von der man nur ahnen konnte, dass sie ein besonderes Gelübde getan hatte, das sie dazu verpflichtete, so zurückgezogen zu leben. Am Morgen war die Nachricht ihres Todes bekannt gegeben worden.

Pran atmete langsam ein und aus. Zuerst hatte er sich so gefühlt, als müsse er sich jeden Moment übergeben. Dann hatte er sich etwas beruhigt. Er hatte auf Tränen gewartet, aber sie wollten nicht fließen, irgendetwas schien sie zurückzuhalten. Er konnte sein Herz spüren, es lag schwer und drückend in seiner Brust, und er fragte sich, wie es möglich war, dass er diesen dumpfen Schmerz tatsächlich lokalisieren und einem Organ zuschreiben konnte. Er stellte sich vor, er würde sein Herz mit einem Dolch treffen, durch seine Haut und zwischen seinen Rippen hindurch, um diesen verzweifelt sehnsüchtigen Schmerz loszuwerden oder gegen einen erträglicheren einzutauschen. Er war müde, aber er zwang sich, sich jetzt nicht dem Schlaf anzuvertrauen, denn er wusste, dass er sonst die ganze nächste Nacht wach liegen würde, und das würde ihn wahnsinnig machen. Er spürte seine Leisten und er wusste, dass er zu alt war, um noch länger so hier liegen zu können. Langsam richtete er sich auf und blieb in gebeugter Haltung, wie in sich selbst zusammengefaltet, hocken.

Nayaka kam und stellte einen Becher mit Wasser vor ihn hin.

„Pran", sagte er leise. „Du musst wenigstens etwas trinken."

Aber der andere schien ihn gar nicht zu hören und blieb in sich zusammengekrümmt sitzen. Nayaka konnte ihm ansehen, dass er große Schmerzen hatte. „Er wirkt wie verwundet", dachte er und zog sich wieder zurück.

Pran dachte an Nyein. Sie hatten Bamar miteinander gesprochen, Nyein-Janyei, Friede, hatte er sie genannt, denn sie war verschwiegen und schenkte ihm Erfüllung. Sie fehlte ihm mit allem, was Fehlen meinen konnte. In dem Moment, als sie ihren letzten Atemzug getan hatte, schon hatte er sie vermisst. In den vergangenen Wochen, wenn sie immer wieder eingeschlafen war, hatte er sie angefleht, nicht zu gehen, ihn nicht alleinzulassen. Aber er hatte auch gewusst, dass niemand ihn hören würde. Dass sie überhaupt in seinem Leben gewesen war, war das Wunder gewesen, und das war genug. Es war mehr, als er sich hatte erträumen können. Weit mehr als er je verdient hatte.

Er rief sich ihre allererste Begegnung ins Gedächtnis, wie sie sich damals in ihrem Zuhause in Birma plötzlich gegenübergestanden hatten. Ihre jugendliche Art hatte ihn sofort verzaubert. Ihre Blicke schienen ihn auszuziehen, ihre grünen Augen sahen ihn, wie er tatsächlich war. Er erinnerte sich daran, wie er sie heimlich beobachtet hatte und wie irritiert er dann von ihrer Nähe gewesen war. Wie fasziniert und wie sehnsüchtig. Und wie vollkommen außer sich, als sie hier aufgetaucht war, mitten in der Nacht, nur mit einem Longyi und einem knappen Hemdchen bekleidet, ohne Schuhe. Wie verängstigt sie in den ersten Tagen gewesen war, in sich gekehrt, nicht in der Lage, etwas zu erklären. Und wie unglaublich zornig er geworden war, als sie ihm von Thura erzählt hatte.

Natürlich war er sofort auf ihrer Seite gewesen, ganz von ihr eingenommen. Er hatte nicht fassen können, was er hörte, und das ihr gegenüber auch geäußert. Aber wenn er ganz ehrlich zu sich gewesen war, hatten sich ihm noch ganz andere Gefühle gezeigt. Zum einen Häme, für die er sich zutiefst schämte, immer wieder und immer noch. Dann war da ein Gefühl von Verachtung, mit dem er scharf verurteilte, was sein Freund seiner Frau angetan hatte. Aber auf der anderen Seite hatte er auch Verständnis, konnte nachvollziehen, dass Thura enttäuscht von ihr war und tief verletzt. Wenn er sich dazu durchgerungen hatte, Thuras Zorn nachzuspüren, hatte er sich seinem Freund nah gewusst. Und dann hatte er sich auch eingestehen können, dass sein Hochmut unangemessen war, dass er nicht dafür garantieren konnte, an seiner Stelle besser reagiert zu haben. Und so hatte ein widersprüchliches Gemisch in ihm gebrodelt, wie ein schlafender Vulkan, den er nie hatte beruhigen können.

Gleichzeitig hatte er sich ihre Liebe gefallen lassen. „Meine Seele liebt deine Seele", hatte sie immer gesagt. Und ihre Augen schienen zu fragen: „Merkst du es auch?" Allein nur auf diesen Blick hätte er nie wieder verzichten wollen. Ein tiefes Verstehen war zwischen ihnen entstanden, wie er es nicht für möglich gehalten hatte.

Eines allerdings war ihm die ganzen Jahre über klar gewesen: In seiner Macht hätte es gelegen, die beiden wieder zueinanderzuführen. An ihm wäre es auch gewesen, klare Verhältnisse zu schaffen. Aber er hatte einen Mittelweg gewählt und hatte ihn noch dazu als Entgegenkommen bezeichnet. Er war schwach und feige. Und jetzt würde er Thura darüber informieren müssen, dass er Witwer geworden war. Er wusste, er würde es nicht schaffen, es ihm persönlich zu sagen, sondern würde eine kurze Nachricht verfassen und einen Boten zu ihm schicken.

Ja, Thura. Ein Freund, wie er nie wieder einen gehabt hatte. Seelenverwandt, weil er keine Angst hatte, zu denken. Weil er unabhängig war in seinem Urteil, frei, zu sagen, was er dachte. Er war der einzige Freund, den er jemals in einem Gefängnis hatte besuchen müssen, und doch der Einzige, der kein Gefangener war, sondern unabhängig von vorgegebenen Mustern und Meinungen lebte, der sich von angeblichen Selbstverständlichkeiten nicht beeinflussen ließ. Er hatte sich gegen jede Vereinnahmung gewehrt und immer, wenn man ihn vereinnahmt hatte, hatte er nur mit den Schultern gezuckt. Sollten sie, wenn sie nicht anders konnten. Er hatte damit nichts zu tun. Pran wusste, Thura hatte ein großes Herz. Er hatte auch erkannt, dass sein Jähzorn nur in der ersten Zeit nach seiner Entlassung über ihn gekommen war und dass er sich seiner Wut und der schrecklichen Bereitschaft zur Gewalt gestellt hatte. Er hatte großen Respekt vor der Weisheit, die Thura auf diesem Weg entwickelt hatte. Ja, wann immer er an ihn dachte, und es war wohl kein Tag vergangen, an dem das nicht geschehen war, trauerte er um eine Freundschaft, die nicht hatte bleiben können, was sie einmal versprochen hatte. Er bereute es zutiefst.

Pran wusste, dass er aus Kanchi weggehen und ihr Kontakt wohl ganz abbrechen würde. Das Gefühl von Abschied brachte einen letzten Gedanken mit sich: Er wusste, dass Thura ein guter Vater für Chandani war. Plötzlich schien im Thura ganz nah zu sein. Was würde er ihm sagen, säßen sie sich jetzt gegenüber? Hier in diesem Raum? Oder oben, in seinem kleinen Zimmer, wo sie stundenlang Musik gehört hatten? Er verbeugte sich – eine spontane Geste, die seine Achtung zeigte. „Folge dem Zeichen des Himmels“, flüsterte er. „Folge deinem Gott, der liebt und leidet und dabei doch Gott bleibt. Bleib ein Mensch, der gelitten hat und trotzdem ein Mensch geblieben ist.“

Damit war er in Gedanken bei Chandani und endlich kamen die Tränen. Ein erstes Schaudern und dann brach es aus ihm heraus und er weinte und weinte. Sein ganzer Körper wurde mitgerissen von seinem Kummer. Wie in Wellen kamen die Klagen, er zuckte zusammen, bebte und bäumte sich auf, wie eine hohe Woge, dann zitterte er, fiel in sich zusammen, wie an Land gespült, lag da, wie leblos und als würde er frieren oder ganz versinken. Er schlug mit den Fäusten auf den Boden und sah, dass seine Tränen auf die Steine tropften, seine Nase lief und es war ihm egal. Er wand sich, die Tränen strömten weiter, die Flut war nicht aufzuhalten, er hielt den Kopf mit beiden Händen fest, bekam kaum Luft, legte seine Hand auf sein Herz, wie um es wegzudrücken. Außer Atem sackte er irgendwann erschöpft zusammen. Die Brandung schien abzuebben, aber es jammerte leise in ihm weiter, in kleinen Wellen, die ihn mit salzigem Wasser umspülten.

Er erinnerte sich, wie er sie das erste Mal gesehen hatte, als kleines Mädchen, auf dem Weg vor ihrem Haus, als er noch nicht gewusst hatte, wer da vor ihm stand. Sie selbst hatte sich an diese Begegnung offensichtlich nicht erinnern können. Wie lebhaft sie war und wie eigenwillig, schon nach kurzem Beobachten fielen diese Eigenschaften von ihr auf. Er dachte an ihren allerersten Besuch hier im Kloster. An seine Fassungslosigkeit angesichts ihrer unglaublichen Ähnlichkeit mit ihrer Mutter. An ihre Unsicherheit und ihr Lachen, ihre Sehnsucht und ihre Ernsthaftigkeit. Wie es sich angefühlt hatte, sich bei ihr unterzuhaken und sie langsam durch den Garten zu führen. Wie neugierig sie ihn angesehen hatte und immer aufmerksam. Er dachte daran, wie sie wiedergekommen war und ihm ganz genau beschrieben hatte, wie ihr „heiliger Raum" aussah. Wie sie gestrahlt hatte, als sie ihm von der Entdeckung ihres Falken erzählt hatte. Er rief sich das Bild vor Augen, als sie neulich vor der Bronzemadonna hier im Garten gestanden hatten. Wie er versucht hatte, ihr zu verstehen zu geben, dass sie das Kind war. Wie nah er sich ihr in diesem Moment gefühlt hatte. Und wie wütend sie gewesen war, als er ihr eröffnete, dass ihre Mutter hier war. Wie sie ihn hatte schlagen wollen, als die Fragen kamen und die Anklagen.

Und er dachte dankbar daran zurück, dass sie noch einmal wiedergekommen war, um sich zu verabschieden. Er bewunderte sie für ihren Mut und wusste gleichzeitig, dass sie sich damit selbst einen großen Gefallen getan hatte. Er hatte die Traurigkeit in ihrem Blick gesehen, aber auch die Erleichterung darüber, dass sie dieses Kapitel abschließen konnte, um ihre Lebensgeschichte freier weiterschreiben zu können. Ihm war klar, dass sie sich diese neue Unbeschwertheit zunächst wohl noch verbieten würde, aber etwas in ihr hatte sie bereits willkommen geheißen, er hatte es sehen können. Er wusste, dass der Abschied von ihrer Mutter auch ein Abschied von ihm gewesen war und war sich sicher, dass sie nie wieder hierherkommen würde. Die schweren Erinnerungen würden sie davon abhalten, noch einmal Zuflucht bei ihm zu suchen oder ihn um Rat zu bitten. Diese Einsicht weilte unterschwellig seit Tagen in ihm, zeigte sich ihm jetzt aber in ihrer ganzen Härte. Er hörte das Geräusch, mit der das große Tor ins Schloss fiel. Es schien immer lauter zu werden und klopfte jetzt hinter seiner Stirn, hämmerte mit brutaler Lautstärke auf ihn ein. Schläge, die nicht aufhörten. Er hielt sich den Kopf. Dann trank er den Becher, den Nayaka ihm gebracht hatte, in einem Zug leer.

„Was kann ich noch für dich tun?", flüsterte er. „Was brauchst du von mir? Was soll ich dir wünschen? Wie könnte ich eine Hilfe sein, aus der Ferne?"

Die Tränen kamen wieder und überwältigten ihn ein weiteres Mal. Er ließ es zu und weinte. Irgendwann rollte er sich auf die Seite. Sein ganzer Körper tat ihm weh und er umklammerte seinen Bauch. Als er Schritte hörte, setzte er sich aufrecht hin und nahm seine Meditationshaltung ein. Die Schritte gingen weiter, aber sie hatten ihm geholfen, sich etwas zu sammeln. Er stellte sich vor, sie könne ihn hören, ja, sie säße ihm hier gegenüber.

„Folge dem Zeichen des Himmels", sagte er. „Flieg. Erhebe dich. Liebe, meine Chani! Liebe und lass dich lieben!"

Er verbeugte sich in Gedanken vor ihr.

„Flieg!", wiederholte er immer wieder. „Ich wünschte, ich könnte dir Flügel schenken. Flieg in die Freiheit! Flieg in die Liebe! Flieg in den Himmel!"

Er dachte an Falak. Der junge Mann war, wie viele andere, eines Tages hier aufgetaucht, ohne recht zu wissen, was er suchte oder eigentlich erwartete. Er hatte in ihm einen leidenschaftlichen und nachdenklichen Menschen entdeckt, den das, was er über diese Welt wusste, wie ein schweres Gewicht niederdrückte. Er hatte für einige Tage an den Meditationszeiten teilgenommen, schien sich aber nur schwer darauf einlassen zu können. In den beiden kurzen Gesprächen, die sie geführt hatten, hatte er zugegeben, dass ihm Gebet und Versenkung wie Zeitverschwendung erschienen. Die Erinnerung an dieses Geständnis ließ Pran jetzt kurz schmunzeln. Er hatte ihn freundlich ermahnt, sich nicht als jemanden zu betrachten, der ohne die Energie innerer Sammlung und Andacht auskommen würde. So viel er hatte sehen können, war Falak auf diesen Impuls eingegangen und bereit gewesen, sich auf die Suche zu machen nach einer für ihn angemessenen Form, diese Kraft anzuzapfen, um wieder in Balance zu kommen.

„Folge dem Zeichen des Himmels", sagte er seinem unsichtbaren Gegenüber. „Such das Licht, das dem Himmel den Glanz verleiht! Sieh nach oben! Denk die Erde niemals ohne Himmel. Mach deinem Namen Ehre!"

Nyein hatte ihm erzählt, Chandani sei verheiratet. Er hatte geglaubt, sie müsse sich verhört haben, aber vielleicht war es ja doch wahr oder es würde wahr werden. Diesen suchenden Menschen, Falak, zu Chandani zu schicken, war wohl ein väterlich fürsorglicher Impuls gewesen, denn im Vergleich ihrer Gespräche hatte er ihre Nähe gesehen. Sicher hatte es auch mit ihren Namen zu tun gehabt, die ihm so sprechend zu sein schienen – brauchten Stern und Himmel einander nicht? Und konnten sie nicht jene Einheit aus zwei ganzen Elementen bilden, die einander in ihrer Schönheit ergänzten, ohne jede Gegnerschaft, ohne Wettbewerb? Wie um auch Chandani noch einmal zu ermutigen, sagte er: „Chani, mach auch du deinem Namen Ehre! Strahle! Schein den ganzen Himmel voll. Glänze!"

„Mit wem sprichst du?", fragte Nayaka in diesem Moment.

Pran fuhr herum.

„Warum machst du dich nicht bemerkbar, wenn du zu mir kommst?"

Nayaka setzte sich zu ihm auf den Boden.

„Hast du sie geliebt?", fragte er ihn direkt.

Und Pran senkte seinen Kopf und nickte. „Ja, ich habe sie geliebt."

Nayaka zog hörbar die Luft ein. „Möchtest du darüber reden?"

Pran schüttelte den Kopf. „Nein, Nayaka. Lass nur. Irgendwann vielleicht, aber noch nicht jetzt. Ich danke dir. Ich weiß, du willst mir helfen."

Die beiden Männer blieben höflich, aber die Distanz war deutlich zu spüren. Nayaka nickte, stand auf, verneigte sich kurz und wollte gehen, als Pran ihn zurückhielt.

„Nayaka, du wirst in meiner Abwesenheit das Kloster leiten."

„Du wirst verreisen?"

„Ja, ich reise nach Sagaing, in mein Heimatkloster. Ich weiß noch nicht, wann ich zurückkomme." Und in Gedanken fügte er hinzu: „Ob ich überhaupt zurückkomme."

Er blieb noch für eine ganze Weile in der Halle sitzen. Irgendwann begann er, sich in Gedanken mit seiner Abreise zu beschäftigen, überlegte, was er einpacken und welche Route er wählen würde.

Als er schließlich die Augen öffnete, fiel sein Blick auf das Fenster, das die Nachmittagssonne in den Raum ließ. Und da fühlte er sich für einen kurzen kostbaren Moment getröstet und freute sich über diese Lücke in der Mauer, das Licht und den Blick auf den Himmel, ganz für sich. Noch einmal verneigte er sich tief. Vor wem oder was aber, hätte er nicht sagen können.

Kapitel 20

Thura fragte sich, ob er vielleicht krank würde. Sein ganzer Körper tat ihm weh und ihm war übel. Irgendetwas stimmte nicht. Im Halbschlaf liefen Bilder vor seinem inneren Auge ab. Die Gefängnistür öffnete sich. Aye-Aye stand da und goss einen großen Topf mit Wasser auf die Schwelle. Aber dann sah er, dass es kein Wasser war, sondern dass sie weinte und sich dabei immer mehr auflöste, als fließe sie mit den Tränen fort und versickere im Boden. Er schüttelte den Kopf, um die Bilder loszuwerden. Sein Magen krampfte sich zusammen. Er sprang auf, ging eilig in sein Bad und beugte sich gerade noch rechtzeitig über die Toilette, um sich zu übergeben. Er spülte sich den Mund aus, wusch sich das Gesicht mit kaltem Wasser und schleppte sich zurück zu seinem Bett.

Nachdem sein Magen jetzt leer war, fühlte er sich besser. Aber er war hellwach. Sein Wecker zeigte ihm, dass es noch nicht einmal vier Uhr war. Er merkte plötzlich, dass er großen Durst hatte, suchte nach der Flasche, die neben seinem Bett stand, und trank in kleinen, aber gierigen Schlucken. Dann legte er sich wieder hin und versuchte zu schlafen, aber er war innerlich viel zu aufgewühlt. Schließlich drehte er sich auf die Seite, um aus dem Fenster sehen zu können. Der Himmel war kein Nachthimmel mehr, das Licht bahnte sich bereits seinen Weg. Sein Blick blieb am Fensterkreuz hängen. Die Bäume dahinter ergaben einen einzigen grünen Hintergrund, der darauf wartete, dass das Sonnenlicht ihn zum Leuchten bringen würde. Das Kreuz erschien ihm Teil dieses Bildes zu werden, ein totes Holz, das anfing, zu grünen. Der Mann aus Nazareth hatte gelitten wie viele vor ihm und viele nach ihm. Aber er hatte, als er litt, weiter geliebt. Zeigte das nun seine wahre Göttlichkeit oder seine tiefe Menschlichkeit? Thura stand auf, wickelte sich einen Longyi um, öffnete leise die Tür und ging quer über den Flur in sein Arbeitszimmer. Er wollte seine Fragen aufschreiben, um ihnen später weiter nachgehen zu können. Am Stehpult blieb er eine Weile regungslos stehen. Der Himmel wurde jetzt schnell heller. Und wieder wurde sein Blick von dem Fensterkreuz angezogen. War es jetzt ein Zeichen des Todes oder durch die Liebe ein Zeichen des Lebens? Ein irdisches Zeichen von Folter und Leid oder ein Zeichen des Himmels? Ein Zeichen der Verbindung? Er schrieb seine Gedanken auf einen losen Zettel. Einem plötzlichen Impuls folgend, verneigte er sich vor dem Fenster, das ihm den frühen Morgen offenbarte. Vor wem oder was genau, hätte er nicht sagen können. Dann ging er in die Küche, um Tee aufzusetzen. Er würde heute ausgiebig Zeit für dieses Ritual haben.

Chandani träumte. Sie schien alle Wege und jede Kurve, die sie in den vergangenen Tagen mit dem Pferd zurückgelegt hatte, noch einmal zu gehen, aber diesmal zu Fuß, und sie wusste, sie musste sich beeilen. Sie lief über die Berge und merkte, dass sie erschöpft war. Da rief ihr jemand zu: „Flieg!“ Sie konnte nicht sehen, wem die Stimme gehörte, nicht feststellen, wo sie herkam, und stolperte weiter. Sie spürte die spitzen Steine unter den empfindlichen Fußsohlen. Die Stimme wurde forscher und schien sie jetzt immer mehr anzuspornen. „Flieg!“ Sie sah sich an, ihre nackten Füße, die dunkle Haut ihrer Arme, ihre langen, dünnen Finger. „Flieg!“ Es war, als würde jemand ganz nah in ihre Seele flüstern. „Flieg!“ Und dann flog sie. Sie erhob sich in den Himmel, tanzte, sah hinunter auf den Weg und die Berge, den Wald voller „Flame-of-the-Forest“, sah zwei Reiter und ein Kind und beschloss, noch eine weitere Runde zu drehen. Von Weitem sah sie ein Kloster auf einem Berg liegen, aber sie flog in die entgegengesetzte Richtung. Sie drehte sich in ihrem Bett auf die andere Seite, rückte das Kissen unter ihrem Kopf zurecht, zog das Laken bis zu ihrem Kinn und schlief behaglich und friedlich weiter.

Falak wurde von den Geräuschen in der Küche geweckt und fragte sich, warum es am frühen Morgen schon wieder so unruhig im Haus war. Am späten Abend hatte er gehört, dass Chandani zurückgekommen war. Er hatte beschlossen, am Morgen erst nach ihr zu sehen und ihr Zeit zu lassen, nach ihrem Besuch im Kloster wieder hier anzukommen. Er war einigermaßen zuversichtlich eingeschlafen, stellte jetzt fest, dass er sich wach und ausgeruht fühlte, und überlegte, aufzustehen. Aber würde er in der Küche Chandani oder Thura begegnen? Und was wäre ihm lieber? Worüber würden sie sprechen? Und konnte er sich auf die Begegnungen dieses Tages irgendwie vorbereiten? Er dachte, dass er die vergangenen Tage sehr genossen hatte, dachte an Ye und Marie-Suu und an Keisuke, dachte kurz an Tareq, an seine Schwester Tari und seine Eltern und an den Priester. Irgendwann würde er beginnen, feste Zeiten der Andacht in seinen Alltag einzubauen. Er streckte sich lang in seinem Bett aus. Warum nicht heute damit anfangen? Wieso es immer wieder aufschieben? Vielleicht würde das alte Haus mit der spirituellen Atmosphäre, die es umgab, ihn selbst ja auch hellhörig machen.

Er stand auf, suchte nach seinem Gebetbuch und nahm es mit in sein Bett, setzte sich aufrecht hin, schlug seinen Lieblingstext auf, legte das Büchlein auf seine angewinkelten Knie und las das berühmte Gebet, das „Sonnengesang des Franziskus“ überschrieben war. Seine Augen glitten langsam über die Zeilen und er las die Worte flüsternd.

„Höchster, allmächtiger, guter Herr,
Dein sind das Lob, der Ruhm, die Ehre und aller Segen.
Gelobt seist Du, mein Herr, samt all Deinen Kindern
und der Schwester Sonne besonders,
denn am Tag zündest Du sie für uns an.
Schön ist sie und strahlt in großem Glanze,
von Dir, o Höchster, bringt sie Kunde.“

Was für ein schöner Gedanke, die Sonne seine Schwester zu nennen. Er dachte an Chandani. Heimlich, in Gedanken und Selbstgesprächen, wenn er sich ausmalte, mit ihr zu reden und ihr nah zu sein, nannte er sie schon seit einigen Wochen immer „kleine Sonne". Ja, schön ist sie, dachte er, und wenn sie nur öfter strahlen würde, wäre sie in seinen Augen noch schöner. Er ermahnte sich, sich zu konzentrieren und weiterzubeten.

„Gelobt seist Du, mein Herr, für Bruder Mond und Sterne,
am Himmel hast Du sie geformt, klar, köstlich und hell.
Gelobt seist Du, mein Herr, für Bruder Wind
und Luft und Wolken,
freundliches und jedes Wetter,
mit ihnen hegst Du Deine Kinder.
Gelobt seist du, mein Herr, um des Wassers willen,
das ist so nützlich, schmiegsam, köstlich und keusch.
Gelobt seist Du, mein Herr, für Bruder Feuer,
die Nacht erhellst Du uns mit ihm
und schön ist es und munter und gewaltig und stark.
Gelobt seist Du, mein Herr, für unsere Mutter Erde,
die hegt und trägt uns
und allerlei Frucht und farbige Blumen treibt sie und Gras."

Falaks Gedanken wanderten mit den Zeilen über das Gelände. Ihm war, als würde er den Wind auf seiner Haut fühlen können, das Wasser des Brunnens glitzern sehen, die sorgfältig angelegten Bäume und Pflanzen riechen, schmecken. Er konnte sich nicht erinnern, dass ein Gebet jemals eine sinnliche Erfahrung in ihm ausgelöst hatte, aber die Bilder, die Franz gebrauchte, schienen alle aus dieser Landschaft zu kommen, und Worte und Natur verbanden sich zu einer sprechenden Einheit. Er las weiter.

„Gelobt seist Du, mein Herr, für alle, die verzeihen
und Krankheit dulden und Mühsal Dir zulieb,
selig, wer es duldet in Frieden,
denn von Dir, Höchster, wird er gekrönt.
Gelobt seist Du, mein Herr, für unseren Bruder,
den fleischlichen Tod."

Falak wunderte sich zum wiederholten Male, dass Franz, der den Sonnengesang kurz vor seinem eigenen Tod geschrieben hatte, als er schon fast erblindet war, auch den Tod mit zu seinen Geschwistern zählte. Wie frei musste jemand sterben können, der noch zu dieser unheimlichen Erfahrung eine familiäre Nähe empfinden konnte?

Er stutzte, als sein Blick jetzt auf den unteren Rand des Buches fiel. Knapp unter dem gedruckten Text las er eine handgeschriebene Zeile: „Folge dem Zeichen des Himmels!" Er sah genauer hin, hielt sich das Buch nah vor die Augen. Wer konnte einen Vers in sein Buch geschrieben haben? Er benutzte es nicht oft. Seine Mutter hatte es ihm geschenkt, aber das war nicht ihre Handschrift. Nein, diese Zeile hatte nicht schon immer hier gestanden, das wäre ihm aufgefallen. Er las die Worte noch einmal. Es war der Vers, der über dem großen Tor des Klosters stand. Dann könnte es der Priester geschrieben haben. War er also in sein Zimmer gegangen, hatte das Buch in seinen Sachen entdeckt, es aufgeschlagen und einfach hineingeschrieben? So musste es wohl gewesen sein. Falak schüttelte den Kopf. So ein Verhalten schien ihm ziemlich unhöflich, eine Verletzung seiner Privatsphäre. Was mochte ihn bewegt haben, so etwas zu tun? Wahrscheinlich hatte er ihm diese Worte mit auf den Weg geben wollen. Aber was wollte ihm der Priester sagen? Oder, anders gefragt, was sagte ihm der Vers? Was war das Zeichen des Himmels?

Seit er die Worte das erste Mal vor einigen Wochen über dem Tor gelesen hatte, suchte er den Himmel ab. Er hatte kaum Wolken gesehen, das Einzige, was er immer wieder sah, waren nachts die Sterne, tagsüber Indiens strahlende Sonne und jede Menge Vögel. Ja, alle Zeichen des Himmels deuteten auf Chandani. Sie war Sternchen, kleine Sonne, sie war die Frau mit dem Falken. Er wünschte sich, mit ihr zusammen zu sein, er begehrte sie, wollte sie, für immer. Und merkte, dass das Gebet und der Vers ihm in diesem Moment tatsächlich Ruhe schenkten. Er wusste jetzt, er würde bleiben.

Ihm war klar, dass er nicht viel Erfahrung mit mystischen Erlebnissen hatte, aber hier war die Bestätigung, die er noch gebraucht hatte – warum sich nicht dafür entscheiden, es so zu sehen? Er überlegte kurz, ob er zu unkritisch war, und ja, er war sich sicher, dass man das alles auch sehr viel komplizierter hätte sehen können. Aber das wollte er nicht. Er klappte das Buch zu. Er würde gut gelaunt in den Tag gehen. Vielleicht war ein Moment der Andacht am Morgen doch keine Zeitverschwendung.

Als er das Buch wegpackte, schüttelte er noch einmal den Kopf. Der Priester kam ihm dreist vor. Dann aber schmunzelte er. In Indien, wo Ehen immer noch arrangiert wurden – auch seine besten Freunde, die Inder unter ihnen, hatten es so gehandhabt, ganz unabhängig von Bildung, Religion und auch wenn sie im Westen anderes erlebt hatten –, hatte der Priester mit seiner Dreistigkeit so vielleicht ein bisschen mitarrangiert, eine Aufgabe, die sonst eigentlich dem Vater der Tochter zufiel. Der Brite in ihm hatte immer darauf bestanden, dass eine Liebesheirat die einzig denkbare Möglichkeit für ihn war, aber es konnte vielleicht nicht schaden, wenn so ein väterlicher Freund ein bisschen mithalf. In froher Stimmung ging er in die Küche.

Das kleine Lämpchen an der Kaffeemaschine leuchtete noch nicht, aber eine große Kanne mit stark nach Kräutern duftendem Tee stand auf dem Küchentisch. Also war Thura wach. Er beschloss, ihm seine Ruhe zu lassen, und ging mit einer Tasse Tee für eine Weile noch einmal zurück in sein Zimmer.

Sie hatten es nie offiziell verabredet, aber jeden Morgen um acht Uhr trafen sie sich zum Frühstück in der Küche. Thura bereitete meistens Upuma vor, Weizenbrei, servierte dazu irgendeine seiner zahlreichen Chutney-Variationen, mit Kokosnuss, Minze, Koriander oder Tomate. Immer gab es Obst, kleine Bananen, Mango, Papaya, Chikoo, je nachdem, was gerade da war, und Thura schnitt es in kleine Happen zurecht. Für Chandani backte er süße Brötchen, von denen sie dann eins nahm und in ihren Kaffee tunkte.

Jetzt war es fast neun Uhr und die beiden Männer warteten seit mehr als einer Stunde hier auf sie. Sie sahen sich unschlüssig an.

„Ich meine, ich hätte gehört, wie sie nach Hause gekommen ist“, sagte Falak zweifelnd und Thura bestätigte, dass auch er sich sicher war, sie gehört zu haben. Aber keiner von ihnen hatte noch mit ihr gesprochen, sie war in ihrem Zimmer verschwunden, ohne sich bei ihnen bemerkbar gemacht zu haben. Sie gestanden sich ein, dass sie beide es nicht gewagt hatten, sich zu erkundigen, wie es ihr ergangen war.

„Ich schaue nach ihr", sagte Thura schließlich. „Kochen Sie ihr einen Kaffee, ja?"

Er war schon fast aus der Küche, als er sich umdrehte und meinte: „Wo Sie schon von ‚zu Hause' sprechen, könnten wir uns angewöhnen, Du zueinander zu sagen, ja? Ich werde zu Hause irgendwie lieber geduzt, es fühlt sich stimmiger an, hm?"

Auf sein Klopfen hin hörte er Chandani murmeln. Vorsichtig öffnete er die Tür.

„Chani? Es ist bereits nach neun Uhr."

„Noch fünf Minuten, bitte."

„Hast du schlecht geschlafen?"

Sie räkelte sich genüsslich. „Nein, ich habe wunderbar geschlafen. Lass mich noch ein bisschen weiterschlummern, bitte."

Achselzuckend schloss er die Tür und kam zurück in die Küche.

„Sie möchte noch schlafen", sagte er ungläubig.

Aber ein paar Minuten später erschien sie, im Morgenmantel, roch nach Pfefferminz und sagte: „Ich habe Hunger."

Neugierig sah sie sich auf dem Tisch um. „Was gibt es?"

Begeistert nahm sie sich zwei Brötchen und ein paar Scheiben Ananas. Falak stellte eine Tasse Kaffee vor sie hin und nahm ihr gegenüber Platz.

„Du hast Hunger?"

Sie kaute, nickte und sagte mit halbvollem Mund: „Ja. Appetit auf etwas Leckeres."

„Noch etwas?"

Sie nickte wieder und antwortete: „Ja. Ich habe Lust auf Gnade."

Falak beugte sich vor und sah sie forschend an. Sie strahlte zurück.

„Überhaupt Lust. Lust auf das Leben."

Thura schaute seine Tochter überrascht an.

„Und du hast gut geschlafen?“, fragte er.

Wieder nickte sie. „Und ich werde fliegen.“

Die beiden sahen sie fragend an.

„Nach Paris.“

Thura schnappte kurz nach Luft. Chandani lehnte sich zurück und sah die beiden Männer an, die sie wiederum ungläubig anstarrten.

„Hallo? Ihr seht mich an, als sei ich nicht ganz zurechnungsfähig.“

Sie klang entrüstet und lachte kurz auf. Die Tränen kamen im nächsten Moment, ganz ruhig, und sie sprach weiter, wischte sich die Augen, lachte zwischendurch hell auf. Ihre Stimme klang ein wenig schrill und zwischendurch schluchzte und lachte sie abwechselnd. Die beiden Männer beobachteten sie gebannt.

„Ich habe sie gefüttert. Ihr könnt euch nicht vorstellen, was für ein merkwürdiges Gefühl das war. Sie wirkte so klein. So harmlos.“ Sie schüttelte den Kopf. „Und gleichzeitig so stolz. So hart. Sie weiß, was sie tut, und zieht es durch. Ich konnte einfach keine Nähe zu ihr empfinden.“ Sie nahm einen großen Schluck Kaffee. „Es geht mir gut. Verrückt, nicht?“

„Chandani? Verzeih – lachst du oder weinst du?“

Sie wischte sich noch einmal die Tränen weg. „Beides?“

Thura sagte: „Ich bin sehr stolz auf dich, dass du sie besucht hast. Wirklich, Chani. Ich finde, das hast du richtig gemacht.“

Die beiden sahen sich an. Auch Thura hatte Tränen in den Augen.

Falak sah von Thura zu Chandani und wagte eine Frage: „Könnt ihr sie vielleicht beschreiben? Für mich? Damit ich eine Vorstellung habe?“

Tochter und Vater sahen einander an und Chandani begann: „Sie sieht aus wie ich.“

Eine lange Pause entstand.

„Und ihr Wesen?“, wollte Falak wissen.

Chandani sagte, dass es ihnen schwerfallen würde, seine Frage zu beantworten, weil sie Aye-Aye schon so lange nicht mehr erlebt hatten und ihr Besuch gestern ihr nur einen sehr begrenzten Einblick ermöglicht hatte. Aber dann versuchte sie es trotzdem.

„Für mich war sie immer weit weg, auch als sie eigentlich noch nah war. In der Zeit, als wir beide allein lebten, war sie anfangs wie betäubt. Dann erholte sie sich etwas. Ich glaube, sie hat sich zusammengerissen und getan, was man von ihr erwartete. Alle waren froh, wenn sie fröhlich war, also tat sie fröhlich. Was sie wirklich fühlte, dachte, wünschte – keine Ahnung. Sie machte eigentlich alles richtig, sie war höflich zu allen, sogar richtig nett, sie kochte, holte alles aus dem Garten heraus, was er hergab, aber sie wirkte immer so, als wäre sie lieber nicht da. Als habe sie sich ihr Leben anders vorgestellt und wünschte sich, es noch einmal ganz neu entwerfen zu können. Die Leute sagten immer, sie wirke so natürlich und naturverbunden, und ich verstand, wie sie darauf kamen, aber mir kam sie immer künstlich vor, einfach total kontrolliert. Und ich konnte selbst als Kind spüren, dass sie Thura Vorwürfe machte, weil sein Engagement unsere Sicherheit bedrohte, und das zerriss mich innerlich. Wie hätte ich mich gegen meinen Vater stellen können oder gegen meine Mutter?" Chandani winkte ab. „Das reicht vielleicht. Ich bin sicher, man könnte ganz anders über sie reden."

Eine Erinnerung ließ sie dann doch noch weitersprechen.

„Junn, unsere Nachbarin, hat mich aufgeklärt. Das hat sie wirklich gut gemacht, es war ein amüsanter Abend, kein bisschen peinlich. Als ich das erste Mal meine Regel bekam, wäre ich niemals auf die Idee gekommen, damit zu meiner Mutter zu gehen. Es war einfach so, als würde sie sich nicht für mich interessieren." Sie schluckte und zwang sich zu einem tapferen Lächeln. „Ich habe mir immer ausgemalt, wir würden uns unterhalten, Tee trinken, auf meinem Bett sitzen oder einkaufen gehen. Ich würde ihr meine Lieblingslieder vorspielen oder vielleicht sogar etwas aus meinem Tagebuch vorlesen, wir würden gemeinsam reisen und ich könnte ihr die Welt zeigen, so wie ich sie sehe. Ich habe immer gehofft, wenn ich ehrlich bin, eigentlich bis gestern, sie würde mir eines Tages wenigstens schreiben."

Sie rieb sich noch einmal die Tränen weg und nickte ein paar Mal nachdenklich vor sich hin.

Thura räusperte sich, nahm eine andere Haltung an, saß jetzt noch aufrechter und erzählte ihnen zögernd, dass ihm am frühen Morgen sehr übel gewesen war und er Bilder von Aye-Aye vor Augen gehabt hatte.

„Es war merkwürdig, überraschend, eigentlich ohne Anlass. Außer, dass ich wusste, Chandani war bei ihr gewesen. Ich habe seit Jahren nicht mehr so intensiv an sie denken müssen, sie so konkret vor mir gesehen. Eigenartig. Irgendwie beunruhigend." Er schüttelte den Kopf. „Lange Zeit habe ich eigentlich fast gar nicht über sie gesprochen. Weil ich nicht dafür garantieren konnte, wie es mich verändern, was es mit mir machen würde. Aber neulich habe ich dir ja von ihr erzählt. Du erinnerst dich?"

Falak nickte. „Ich finde, du hast sehr schön von ihr gesprochen."

Thura lächelte bei der Erinnerung und Chandani dachte, dass die beiden Männer etwas Verschwörerisches an sich hatten. Was genau ging hier vor?

In diesem Moment fuhr ein Auto vor, Thura sah auf seine Uhr.

„Die Post."

Chandani sah die beiden Männer verdutzt an.

„Ihr beide habt über sie gesprochen?"

Thura flüsterte schelmisch: „Wir haben über die Liebe gesprochen."

„Und ihr duzt euch jetzt auch?"

Thura stand auf, um dem Postboten entgegenzugehen, erwiderte aber noch forsch: „Ja, ich dachte, bevor ihr euch am Ende vielleicht wieder siezt, ergreife ich eine kleine Gegeninitiative."

Falak sah sie lachend an und Chandani konnte sich nicht dagegen wehren, wenigstens zu schmunzeln.

Sie sahen, wie Thura dem Postboten zum Abschied winkte und zurück zum Haus kam. Schon auf dem Weg blätterte er in der

Zeitung und nahm „The Hindu“ einmal kurz auseinander, legte den Regional- und den Sportteil auf den Tisch und nahm sich die internationalen Seiten vor, verschwand hinter der Zeitung und begann wie jeden Tag damit, Paul Krugmans Kolumne zu lesen, dessen Ansichten er fast immer zustimmte. Mehr reflexartig, als weil sie wirklich lesen wollten, griffen Falak und Chandani je nach den übrigen Seiten. Für einen Moment war nichts zu hören als das Rascheln des dünnen Papiers, als Chandani plötzlich einen kleinen Schrei ausstieß. Sie knallte die Seite neunzehn auf den Tisch und zeigte auf ein Foto. Die beiden Männer beugten sich über die Seite und rissen sie sich gegenseitig aus den Händen.

„Der Wüstenpapagei!“, sagte Falak.

Das Foto zeigte eindeutig Tareq und auch ohne die Bildunterschrift hätte man in ihm sofort den Sieger erkannt. Stolz und glücklich blickte er in die Kamera. Auf seinem rechten, behandschuhten Arm saß ein Falke. Rechts von ihm stand ein anderer Mann, der Tareq anerkennend anlachte, er hielt einen Pokal in der Hand und seine Pose zeigte, dass er ihn gleich an Tareq überreichen würde.

„Ist das Skamar?“, fragte Falak und überlegte, ob die Frage dumm war oder ob sie Chandani reizen würde.

Aber sie antwortete: „Auf so einem Schwarz-Weiß-Foto ist das nur schwer zu erkennen.“

Thura nahm die Zeitung wieder an sich.

„Was schreiben sie denn? Lasst sehen.“ Und dann las er ihnen vor: „Tareq al Shadba und sein Falke Skamar bekommen vom Scheich den begehrten Pokal überreicht. In diesem Jahr war das Ergebnis so eindeutig wie selten zuvor. Der Sakerfalke überzeugte mit Geschwindigkeit, Geschick und Eleganz und konnte in allen Kategorien die Bestnoten erzielen. Dreihundert Stundenkilometer schnell, begeisterte er das erlesene Publikum mit seinem Beuteflug.“

Chandani sprang auf.

„*Sein* Falke Skamar! Es ist einfach unglaublich!“

Falak wagte einen kleinen Kommentar: „Ich habe diesem Tareq sofort angesehen, dass man mit ihm Pferde stehlen kann.“

Thura lachte und Chandani boxte ihn kurz.

Dann gratulierte Thura ihr: „Herzlichen Glückwunsch, Chani! Dieser Sieg ist dein Verdienst.“

Sie sah ihn überrascht an. Er grinste und mit seinem alten ironischen Tonfall sagte er: „Es wird zwar niemand von deiner Leistung erfahren, die Anerkennung musst du dir leider selbst aussprechen, den Pokal wirst du auch nie sehen, geschweige denn den Falken, aber trotzdem bist du die eigentliche Siegerin. Tareq weiß das, du weißt es, ich auch und Falak glaubt es uns.“

Falak nickte nur und merkte verblüfft, dass Thuras Art, Chandani zu beglückwünschen, statt sie mitleidig zu trösten, genau das war, was sie offensichtlich brauchte.

Sie hielt einen Moment inne und sagte dann: „Ja, so könnte man es sehen. Aber ich habe nicht gewusst, dass er *so* gut ist. Das hat nur Tareq gesehen. Ich glaube, ich habe ihm Unrecht getan, weil ich das nicht genügend gewürdigt habe. Aber was für ein merkwürdiges Gefühl, dass Skamar ein Sieger ist.“

„Was für ein Gefühl denn? Kannst du es mir erklären?“, bat Falak sie.

Sie überlegte, nahm sich Zeit, nach einem passenden Vergleich zu suchen, und hoffte, ihre Worte könnten in etwa verdeutlichen, was in ihr vorging.

„Vielleicht so, als säße man an seinem Geburtstag in einem vollen Zugabteil und man fragt sich die ganze Zeit, ob die anderen es einem nicht ansehen, dass man heute etwas zu feiern hat, fragt sich, ob man es ihnen sagen könnte, aber man weiß doch, dass das nicht geht und albern, ja gar nicht angemessen wäre. Aber man würde doch irgendwie gerne haben, dass vielleicht wenigstens der Nachbar rechts von einem und der Schaffner und die Frau gegenüber, die einen anlächelt, Bescheid wüssten. Aber am Ende steigst du aus und hast nichts gesagt und kein Zufall kam dir zu Hilfe, kein Bekannter, der überraschend ein ‚Happy Birthday‘ anstimmte. Und es ist vollkommen in Ordnung, so wie es ist, aber schön wäre es doch gewesen, jemand hätte für dich gesungen. So vielleicht.“

Wieder fuhr ein Auto vor, eine Rikscha. Thura aber ließ sich nicht beirren und sagte: „Wir feiern es. Wir feiern Skamars und deinen Sieg. Wir feiern, dass er so gut geflogen ist und dass du nach Paris fliegen wirst. Lustig eigentlich, hm? Was denkst du?“

Aber Chandani war abgelenkt. Ein Mann, den sie noch nie hier gesehen hatte, kam den Weg entlang zum Haus. Thura stand jetzt auf, begrüßte ihn an der Tür und nahm einen Brief von dem Boten entgegen, bedankte sich und kam mit einem fragenden Blick auf dem Gesicht zurück an den Tisch. Sorgfältig öffnete er den einfachen weißen Umschlag, entnahm ihm ein einziges dünnes Blatt Papier, las die wenigen Zeilen und schloss die Augen. Das Blatt glitt ihm aus den Fingern. Chandani griff danach und las selbst.

„Hiermit teile ich euch den Tod von Samaneri Nyein mit. Deine Frau, verehrter Thura, deine Mutter, verehrte Chandani, verstarb heute am frühen Morgen nach kurzer schwerer Krankheit. Um dem Wunsch der Verstorbenen nachzukommen, muss ich euch bitten, davon abzusehen, an der Totenfeier teilzunehmen. Ich selbst werde in wenigen Tagen zurück nach Sagaing gehen. Pran.“

Sie reichte das Blatt weiter an Falak und ergriff mit ihrer rechen Hand Thuras linke. Er drückte sie kurz und sah seine Tochter an.

„Sie stand auf der Schwelle zu meiner Gefängnistür und weinte.“ Als er merkte, dass Chandani nicht verstand, erklärte er: „Als ich heute am Morgen an sie dachte, sie vor mir sah.“

Chandani nickte jetzt, die Verwirrung wich von ihrem Gesicht und machte einer großen Anteilnahme Platz.

„Wollen wir überlegen, was das bedeutet?“

Thura verneinte. „Es reicht mir, dass ich an sie gedacht habe, dass sie irgendwie noch einmal da war.“

Falak sah die beiden an. „Ihr müsst sie gehen lassen. Noch einmal und jetzt wirklich für immer. Es tut mir leid.“

Sie nickten beide und für eine ganze Weile schwiegen sie zusammen. Irgendwann stand Falak auf und machte Kaffee. Thura fragte leise: „Wir halten uns an ihren Wunsch und nehmen nicht an der Totenfeier teil?“

Die beiden sahen sich einen Moment abwartend an, dann nickte Chandani. „Ich *möchte* überhaupt nicht dabei sein. Du etwa?"

Thura zögerte. „So klingt ihr Tod noch vollkommen unwirklich. Obwohl es sich in all den Jahren so anfühlen konnte, als sei sie schon längst gestorben. Aber jetzt ist es offiziell. Es war, als sei ich tot für sie oder besser, als habe sie mit mir in einem anderen Leben gelebt, das irgendwann vorbei war, abgeschlossen. Sie hat jede Bitte, miteinander zu sprechen, abgelehnt. Jetzt muss ich lernen, dass das die endgültige Wahrheit ist."

Falak stellte zwei Becher mit Milchkaffee vor sie hin und sie bedankten sich. Niemand wusste genau, was jetzt zu tun war. Chandani hatte ihrer Mutter angesehen, dass sie nicht mehr lange leben würde. Dass sie jetzt so schnell gestorben war, kam vielleicht überraschend, aber seit der Priester ihr gegenüber angedeutet hatte, dass Aye-Aye krank sei, hatte sie sich damit auseinandergesetzt, was wäre, wenn sie bald gar nicht mehr da wäre. Als Keisuke vom plötzlichen Tod seines Vaters gesprochen hatte, hatte sie die Panik gespürt, die letzte Gelegenheit vielleicht am Ende knapp zu verpassen, und obwohl das Gespräch mit ihrer Mutter nicht dazu gedient hatte, sie zu verstehen, war sie doch froh, dass sie sie noch einmal gesehen hatte. Thura musste ebenfalls zumindest geahnt haben, dass Aye-Aye am Ende ihres Lebens stand, aber für ihn hatte es keine Möglichkeit gegeben, sich zu verabschieden, damals nicht, niemals und auch jetzt wieder nicht. Er würde es ein weiteres Mal mit sich selbst auskämpfen müssen.

Nachdenklich sagte er: „Gerade noch überlegten wir, wie wir deinen Sieg feiern könnten, da kommt diese Nachricht und unterbricht alles. Wie wird es weitergehen mit uns? Wird sich irgendetwas ändern?"

Und da hatte Chandani eine Idee. So sicher, wie sie heute Morgen beim Aufwachen auf einmal gewusst hatte, dass sie nach Paris fliegen würde, so genau stand ihr in diesem Moment mit einem Mal vor Augen, was sie *jetzt* tun musste. Nur mit Mühe konnte sie sich dazu zwingen, sitzen zu bleiben und es den beiden zu erklären, statt einfach loszulaufen und ihre Vorstellung direkt in die Tat umzusetzen.

Aber noch etwas passierte in diesem Moment. Sie dachte daran, wie sie gestern Abend nach Hause gekommen war und beinahe Angst hatte, schlafen zu gehen, weil sie einen weiteren Albtraum fürchtete. Etwas in ihr wollte unbedingt auch von dem Traum erzählen, von der Stimme, die ihr zugerufen hatte, sie solle fliegen, und von dem Gefühl, Flügel zu haben, von der großartigen Erfahrung, gut geträumt und tief geschlafen zu haben. Und da merkte sie, dass sie es nicht mit beiden teilen wollte. Sie wusste, dass sie es Thura immer anvertrauen könnte, aber sie sah jetzt Falak an, kämpfte gegen die Angst, er könnte es irgendwie zerstören, aber gestand sich den Wunsch ein, diesen Traum Falak allein zu offenbaren.

Unruhig rutschte sie auf der Bank hin und her. „Ich weiß was."

Falak und Thura wurden vom wachen Ton ihrer Stimme aus ihrer Grübelei zurückgeholt.

„Wir gehen jetzt rüber zur Falknerei. Und dann lassen wir sie frei! Wir holen die Falken aus den Käfigen und Nestbauten, wir kappen die Seile, wir nehmen ihnen die Hauben ab und die Glöckchen und lassen sie fliegen."

Sie wartete gar nicht erst auf Zustimmung, sondern sprang auf und sagte, sie werde sich schnell waschen und anziehen und sei gleich wieder bei ihnen.

Es war Mittag, die Sonne stand hoch und der Wind schien stillzustehen. Der Himmel war frei, nur am Horizont zeigten sich ein paar kleine Wolken. Je näher sie der Falknerei kamen, desto lauter wurden die Geräusche, die die Vögel von sich gaben. Chandani wirkte jetzt sehr energisch. Sie überlegte, wie sie ihre Idee praktisch umsetzen sollte. Am besten wäre es, die Falken würden auf der großen Weide losgelassen, aber Thura konnte nicht reiten und Falak hatte noch nie einen Falken gehalten, sodass sie allein infrage kam, die Falken freizusetzen. Und das erschien ihr jetzt auch angemessen.

Sie weihte die anderen in ihre Überlegungen ein und beide baten, dann mit auf die Wiese kommen zu dürfen, um den Moment mitzuerleben, wenn die Falken losflogen.

Mehrere Stunden lang ritt Chandani zwischen Falknerei und Weide hin und her und kam jedes Mal mit einem weiteren Falken auf der Hand zurück. Als Erstes schickte sie einen Wanderfalken los. Sie saß aufrecht auf ihrem Pferd, nahm dem Tier, jetzt schon ohne Glöckchen und ohne Seil, auch noch die Haube ab und hielt ihren Arm in die Luft. „Flieg!", rief sie ihm zu und musste unwillkürlich an die Zeilen von Hafiz denken: „Mein Herz sitzt auf Gottes Arm wie ein gebändigter Falke, plötzlich freigelassen, und doch verbunden mit einer unsichtbar göttlichen Kordel ..." Und so zelebrierte sie es mit einem Falken nach dem anderen und erklärte den beiden Männern, die ihr sprachlos zusahen, hin und wieder ein paar Einzelheiten.

„Dies hier ist ein Präriefalke, wir haben ihn Thaung genannt, Zehntausend, so vielversprechend entwickelte er sich schon direkt zu Anfang." Sie sah ihn stolz an und erklärte dann noch: „Alle Falken haben übrigens birmanische Namen."

Dann konzentrierte sie sich und hob den Arm.

„Flieg, Thaung!"

Und der Falke flog, breitete seine Flügel aus, kreiste einen Moment lang noch über der Wiese und verschwand aus ihrem Blickfeld. Falak dachte, dass er sie genau so kennengelernt hatte, in ihrer dunkelgrünen Sudithar, eine Frau mit einem Falken, beide so würdevoll, dass es ihm den Atmen verschlagen hatte.

Chandani spürte die Wehmut in sich, aber die Klarheit, die sich in ihr ausbreitete, und das Gefühl der Freiheit wurden mit jedem Falken, der flog, größer. Als würde sie selbst fliegen, ein Teil von ihr sich verabschieden, aber es fühlte sich nicht wie ein Sterben an, sondern ganz im Gegenteil wie ein neues Leben. Und als Falak genau danach fragte – „Werden sie überleben können? In der Wildnis, ohne Falknerin?" –, lachte sie aus vollem Herzen.

„Oh ja! Sie werden es genießen. Sie ernähren sich von Insekten, von Mäusen, sie sind gut trainiert und werden nicht vergessen, was sie gelernt haben, aber das Überleben habe nicht ich ihnen beigebracht, das können sie ohne mich, ja ohne mich sogar besser."

Eine Weile später kam sie wieder, sah, dass Falak und Thura sich unterhielten. Sie stellte ihnen einen weiteren Präriefalken vor, Hla, die Schönheit. Thura erzählte ihr, er habe Falak gerade das Gedicht von Suu-Kyi vorgetragen, das den freien Vogel besingt, der in ein freies Birma fliegt. Chandani stellte überrascht fest, dass Thura Tränen in den Augen hatte und mit schwerer Stimme sprach.

„Hla, die Schönheit. Ja, was du hier tust, hat etwas Wunderschönes, Chani, weißt du das? Es hat eine große symbolische Kraft für mich, zu sehen, wie die Falken sich in die Freiheit erheben. Die Falken mit den birmanischen Namen. Ich merke, wie es mich mit Hoffnung beschenkt, mir Energie verleiht, und ich weiß, ich werde darüber schreiben. Und noch mehr: Ich weiß, mein Leben war sinnvoll. Das zu merken, ist wunderbar, ich werde diese Bilder nie vergessen."

Sie legte ihre linke, freie Hand kurz auf ihr Herz und hielt den Kopf dabei schräg, eine kleine Geste, die ihm ihre Nähe zeigen sollte. Dann ritt sie mit Hla auf der Hand los. Dabei zitierte sie im Rhythmus mit dem Lauf einige Zeilen aus dem Gedicht, das so viel vom Schmerz und der Hoffnung des birmanischen Volkes ausdrückte.

„A free bird
which is just freed
used to be caged.
Now flying with an olive branch
for the place it loves.
A free bird towards a free Burma.

Ein freier Vogel,
gerade erst befreit,
er war es gewohnt, im Käfig zu leben.

Jetzt fliegt er mit einem Olivenzweig im Schnabel
zu dem Ort, den er liebt.
Ein freier Vogel fliegt in Richtung eines freien Birma."

Sie atmete tief durch.

„Flieg, Hla!", rief sie. Und er flog.

Als sie Thuza losschicken wollte, blieb er auf ihrer Hand sitzen. Sie ermunterte ihn ein paar Mal: „Flieg!", aber er rührte sich nicht, schien sich nur ruhig umzusehen.

Thura rief ihr zu: „Heißt er tatsächlich so wie ich? Dann bedeutet seine Hartnäckigkeit, dass ich bleibe. Sein Zögern ist sicher ein Symbol dafür."

Sie ritt einmal um die Weide mit ihm, fest im Sattel, der Falke sicher auf ihrer Hand. Aus dem Tempo heraus rief sie: „Flieg, Thuza!" Und da bewegte er sich schließlich und flog in die Höhe. Aber als sie ihm hinterhersah, merkte sie, dass er über ihr kreiste, er war wirklich beharrlicher als die anderen. Oder konnten auch die Vögel so etwas wie Abschiedsschmerz empfinden, ein Gespür für Treue? Sie war sich sicher, dass es so sein musste. Noch immer stand er da, weit oben, und drehte seine Runden.

Sie machte eine kurze Pause und erklärte: „Er heißt nicht Thura, sondern Thuza."

Und das schien Thura noch besser zu gefallen. „Ein Engel, hm?"

Chandani nickte. „Ein Wüstenfalke, der ein auffällig helles Gefieder hat, deshalb haben wir ihn so genannt. Ich hatte schon einen Kunden im Blick, der ihn sicher gerne genommen hätte."

Sie überlegte, dass es Zeit kosten würde, alle zu informieren, dass sie der Flughafenbehörde endgültig eine Absage erteilen musste, und die Jungfalken, die jetzt bald schlüpfen würden, verkaufen könnte. Mit diesen Gedanken ritt sie ein weiteres Mal zurück zur Falknerei.

Hier wirkte jetzt alles unbelebt. Die typischen Geräusche waren nicht mehr zu hören. Die leeren Gestelle wirkten ohne die Vögel wie verlassene Häuser einer Geisterstadt. Sie beschloss, auch die

Geräte, Käfige und Federspiele möglichst bald zu entfernen. Einige Leute aus dem Dorf würden ihr sicher helfen. Das meiste würde sie leicht verkaufen können, sie müsste dazu nur ein Inserat in einer der Fachzeitschriften aufgeben. Das Werkzeug würde nicht viel Geld einbringen, aber die beiden Vorstehhunde waren wertvoll. Dann würde sie sich ihr Büro neu einrichten und für die Freiheit Birmas arbeiten.

Sie wusste, dass Falken für immer eine besondere Bedeutung für sie behalten würden, wusste, dass sie ihnen ihre Unabhängigkeit verdankte und sie ihr geholfen hatten, sich zu konzentrieren, nicht zuletzt auch auf einen Lebensort zu konzentrieren. Aber die letzten Wochen hatten überdeutlich gezeigt, dass die Zeit für etwas Neues gekommen war. Jetzt würde sie es beherzt angehen. Und doch, es stimmte, was sie Keisuke neulich auf seine Frage nach ihrem Falken geantwortet hatte: Er war immer bei ihr. Der Falke hatte ihr die Wirklichkeit einer anderen Welt, einer göttlichen Dimension offenbart, er hatte den Himmel in ihr Leben gebracht. Sie schmunzelte, als sie merkte, dass man diesen Satz auch auf Falak beziehen konnte. Und da war das innere Jubeln wieder da.

Es war Zeit, den letzten Falken fliegen zu lassen. Sie ging zu dem Gestell, auf dem Phyu saß. Sie hatte ihn als Küken des Eleonorenfalken, den Ye ihr geschenkt hatte, aufgezogen und ihn damals Phyu genannt, Weiß, denn seine Kopfhaube war zwar schwarz, zeigte aber einen weißen Längsstreifen, der ihn zu einer wahren Schönheit machte. Sie erinnerte sich, wie aufgeregt sie gewesen war, als nach vier Wochen Brutdauer damals ihr erster Jungfalke geschlüpft war.

Sie ritt zur Weide und erzählte Falak und Thura, wen sie vor sich sahen. Sie wusste, dass sie klang, als würde sie sie mit einem Menschen bekannt machen, und in gewisser Weise hatte sie die Falken immer so behandelt: wie Partner, Freunde, die Jüngeren und die Patienten vielleicht wie eigene Kinder, aber eigentlich wie eigenständige erwachsene Wesen, Vermittler, die ihr etwas Wichtiges zu sagen hatten.

„Flieg, Phyu!“

Und auch Phyu, der sie an den Anfang ihres Unternehmens erinnerte, flog fort in den weiten Himmel.

„Das waren alle“, teilte Chandani den beiden Männern mit, die geduldig zugesehen und dieses Erlebnis wohl mit ihren eigenen Themen und Wünschen verbunden hatten.

„Wie fühlst du dich?“, fragte Falak.

„Merkwürdig leicht“, antwortete Chandani. „Und wie geht es euch?“

Thuras tiefe Stimme klang feierlich und er wirkte, als habe ihn heiliger Trotz erfüllt und damit einhergehend neue Stärke. „Ich fühle mich, als sollte ich heute unbedingt noch einen leidenschaftlichen Essay über die Pressefreiheit schreiben.“

Chandani stieg von ihrem Pferd und hakte sich bei ihm unter.

„Das verstehe ich, diese Leidenschaft teilen wir oder ich habe sie von dir geerbt, grand soleil!“

Dieser Kommentar zauberte ein Strahlen auf das Gesicht ihres Vaters, sodass jeder, auch wenn er nicht wusste, dass dieser Mensch Thura hieß, ihn wohl augenblicklich so angesprochen hätte oder bei einer Vorstellung nur hätte erwidern können: „Ja, dass der Mann Sonne heißt, dachte ich mir schon.“

Falak beantwortete ihre Frage ebenfalls mit Begeisterung: „Ich dachte die ganze Zeit immer wieder an ein Label mit Feder, einer kleinen weißen Feder, ich sah es genau vor mir. Wie die kleine rote Schleife als Zeichen für die Solidarität mit denen, die HIV-positiv sind, ein Zeichen, dass wir dringend handeln müssen, und was Kleidung angeht, dringend fair handeln müssen … Solche Gedanken gingen durch meinen Kopf.“

Er nahm ihr die Zügel ab.

„Tust du mir einen Gefallen?“ Er sah entschuldigend in Thuras Richtung. „Schreibst du jetzt bitte keinen Essay? Sondern verbringst den Nachmittag mit mir?“

Sie sah ihn an. „Das mit dem Essay war ein Satz, der mehr die weitere Zukunft betraf. Aber, ja, den Nachmittag verbringe ich mit dir!“

„Den Nachmittag und die weitere Zukunft?“, wollte er fragen, aber das konnte noch einen Moment warten.

Der alte Mann schlug jetzt beim Zaun einen anderen Weg ein als sie, wollte offensichtlich nicht mit zum Stall gehen, sondern in Richtung Garten.

„Ich muss eine Weile für mich sein. Ihr versteht?“ Sie nickten. „Wir sehen uns später. Danke für euch!“

Chandani sah ihn weggehen, ihren Vater, der jetzt Witwer war. Ihr war plötzlich klar, dass sie auch irgendwann lernen müsste, ihn loszulassen, und war sich gleichzeitig der Nähe von Falak überdeutlich bewusst. Jubel, Panik und Neugier brodelten in ihr. Es musste bald etwas geschehen, so viel war klar.

Kapitel 21

„Lass mich das machen!“, sagte er und nahm ihr den Sattel ab, um ihn an den Haken neben der Box aufzuhängen.

„Ich bin stark“, wehrte sie sich kurz, „ich kann das alleine.“

Er lachte sie an und meinte scherzend: „Ja, aber ich bin stärker.“

Chandani trat einen Schritt zurück und meinte bestimmt: „Ich muss das sonst auch immer allein können.“

Er merkte, dass sich ihr Tonfall veränderte und dass es ernster war, als er gedacht hatte. „Was meinst du denn?“ Und fragte noch einmal nach: „Was willst du mir sagen?“

„Wenn ich allein bin, meine ich. Ich bin sonst allein und dann muss ich es auch irgendwie schaffen. Und das tue ich auch.“

Sie klang trotzig, im nächsten Moment traurig, dann wieder stolz und merkte wohl selbst, dass sie sehr widersprüchliche Signale aussandte, in Sekundenschnelle durch eine Vielzahl von Gefühlen segelte.

Falak kam auf sie zu. Sie stand mit dem Rücken an die Wand gelehnt da, die Arme verschränkt und mit hochgezogenen Schultern.

„Aber du bist nicht allein. Ich bin jetzt da.“ Seine Stimme klang weich und er wirkte immer noch leicht, nicht angespannt oder ärgerlich.

„Aber du gehst irgendwann wieder“, sagte sie und war froh, dass sie es endlich einmal gesagt hatte. Es fühlte sich gut an, richtig, und es war das, was sie empfand, was sie einfach wusste oder wenigstens fürchtete und was sie deshalb klarstellen wollte.

Falak stand da, ihr gegenüber, und fragte leise: „Ist das ein Rausschmiss?“

Sie zögerte und widersprach dann: „Nein, aber …“

„Aber was?“, wollte er wissen. „Es fühlt sich nämlich so an wie ein Rausschmiss.“

Sie sah ihn mit großen Augen an. „Nein, so meine ich es nicht. Warum sagst du ‚Rausschmiss‘? Das ist ein hartes Wort.“

Er zuckte mit den Schultern. „*Du* bist hart. Du klingst so, als wärest du lieber allein. Als wolltest du nicht, dass ich bleibe. Oder als *erlaubtest* du es dir nicht.“

Sie fühlte sich vollkommen hilflos. Warum verstand er sie nicht? Wie sollte sie ihm sagen, dass sie sich wünschte, er würde bleiben, aber befürchtete, dass ihr Wunsch sowieso nicht in Erfüllung gehen würde, ganz bestimmt jedenfalls nicht auf Dauer.

Langsam sagte sie: „Ich möchte es schon. Aber ich erwarte es nicht. Ich rechne einfach nicht damit.“

Er atmete hörbar aus, ließ die Schultern sinken, richtete sich dann mit einem Ruck gerade auf und sah sie direkt an. „Aber du möchtest es.“

Er hatte es nicht als Frage formuliert, sondern wie eine Feststellung. Sie wich seinem Blick aus und sah auf den Boden.

„Ja“, sagte sie und fügte dann noch hinzu: „Vielleicht.“

Er lächelte jetzt wieder. „Ja, vielleicht? Das ist doch ein Anfang!“, sagte er und bat sie, ihn anzusehen.

Sie tat es und sagte irgendwie beschämt: „Es ist nicht viel, nicht wahr?“

Er kam wieder einen Schritt auf sie zu. „Es ist genug. Mehr brauche ich momentan nicht. Dein ‚Ja, vielleicht‘ reicht für mich aus.“

Sie ließ die Arme sinken und fragte ungläubig: „Wie kann das sein?“

Weil sie ihre Arme nicht mehr verschränkt hielt, wirkte sie auf einmal zugänglicher, fast frei, und er wagte es, noch näher zu kommen. Sie standen jetzt so dicht beieinander, dass sie sich fast berührten.

„Wie das sein kann? Weil ich weiß, dass *ich* bleiben möchte, Chandani.“

Sie sahen sich an.

„Wand an Wand mit mir?“, fragte sie und ihre Augen funkelten ihn jetzt an.

„Wand an Wand“, wiederholte er.

Er nahm ihr Gesicht in seine Hände und streichelte mit den Daumen über ihre Wangen.

„Haut an Haut, wenn du magst.“

Sie legte ihre Arme um seine Hüften und zog ihn an sich.

„Ich mag“, flüsterte sie.

„Mund an Mund?“, flüsterte er zurück und als sie nickte, küssten sie sich vorsichtig.

„Und du bleibst?“, fragte sie ein bisschen atemlos.

„Ja“, sagte er und küsste sie auf die Stirn.

„Hier?“

„Wo auch immer. Bei dir.“

„Aber hier?“, fragte sie noch einmal. „Würdest du auch hier bleiben können?“

Er stützte sich mit den Handflächen an der Wand hinter ihr ab und sah sie an: „Hier. In deinem Leben. In deinem Kopf.“

Er beugte sich zu ihr und gab ihr noch einen Kuss auf die Stirn.

„In deinem Herz, kleine Sonne.“

Er berührte sie kurz etwas oberhalb ihrer Brust. Dann umarmte er sie und flüsterte ihr ins Ohr: „In deinen Gedanken. In deinen Träumen. In deinem Haus. Meine Teetasse in deinem Schrank. Meine Fußabdrücke im Flur. Meine Bartstoppeln in deinem Waschbecken.“

Sie seufzte verspielt.

„Meine Ideen für einen freien Nachmittag. Meine Hände für die Arbeit und nachts in unserem Bett. Mein komischer Name, alle drei Namen. Meine Rezepte, meine Wünsche, meine Bücher, mein ganzer Besitz und meine Geschichte. Meine Vergangenheit, mein Jetzt und meine Zukunft. Meine Liebe, alles.“

Sie drehte den Kopf zu ihm und fragte: „Wenn du bleibst, dann bleibst du also ganz, ja?“

Er strahlte sie an wie eine Entdeckung: „Wenn ich bei dir bleibe, *werde* ich ganz."

„Falak", lachte sie, „sag nicht solche großen Sätze, sie sind zu schön für mich."

Er trat einen Schritt zurück, sie sahen sich an und hielten sich an den Händen. „Erlaub es mir doch, bitte. Lass mich dir schöne große Sätze sagen. Sie zeigen, dass du mich schwach machst, starke Chandani." Sie lachten sich an.

„Komm her", sagte sie sanft, „sag mir alles, was du weißt."

Als Thura in die Küche kam, saßen die beiden am Tisch und wirkten ausgesprochen ausgelassen.

„Wer sind Sunati und Khin?", fragte Falak gerade.

Thura wurde hellhörig.

Chandani schwärmte: „Sie sind zwei wunderbare Menschen. In der Zeit, als mein Vater im Gefängnis war, haben sie mich jeden Freitag, ich glaube, tatsächlich ohne jemals eine Ausnahme gemacht zu haben, am Nachmittag von der Schule abgeholt und sind mit mir in ein Restaurant gegangen. Dann haben sie sich mit mir unterhalten und ich kam mir unglaublich erwachsen vor. Sie vermittelten mir den Eindruck, dass es wirklich um mich ging. Nicht um eine Verpflichtung meinen Eltern gegenüber oder ein Prinzip, sondern um mich persönlich, um meine Fragen und Entdeckungen. Ich war zehn, elf, zwölf, dreizehn Jahre alt. Nach dem Essen sind wir immer zu ihnen nach Hause gegangen und meistens hat Khin mir etwas vorgelesen. Birmanische Legenden, die Geschichte unserer Helden, die wichtigsten Ereignisse aus Birmas Vergangenheit, über das Königtum und das britische Imperium. Ich habe ihn mit Fragen gelöchert und er war niemals zu müde, sie zu beantworten. Sunati und Khin hatten keine eigenen Kinder, sie haben mich wie eine Tochter behandelt."

„Dann möchte ich sie unbedingt kennenlernen."

Chandani wusste genau, dass ihr Vater zuhörte, auch wenn er sehr beschäftigt tat und den Inhalt des Kühlschranks untersuchte.

Sie fragte: „Meinst du, Sunati und Khin könnten uns besuchen?“

Thura tat gar nicht erst so, als fühle er sich nicht angesprochen, sondern ging auf ihre Frage ein.

„Ja, ich denke schon. Wir könnten es vorsichtig herausfinden. Vielleicht, wenn nicht du oder ich ihnen schreibe, unser Name nicht ins Spiel kommt, sondern besser Falaks …“

Chandani war froh über seine Antwort.

„Darf ich fragen, was ihr tut?“

„Wir erstellen eine Gästeliste für ein Fest“, antwortete Chandani, als würde sie das ständig tun.

„Weiter!“, forderte sie Falak auf und sie sahen wieder auf die Liste, auf die sie bereits eine ganze Reihe von Namen geschrieben hatten.

Thura überlegte, wie er sie mit einem besonderen Gericht überraschen könnte. Offensichtlich gab es etwas zu feiern, den Sieg Skamars zum Beispiel, wenn es sich wohl bei dem Fest, das da am Küchentisch geplant wurde, auch noch um etwas anderes handelte.

„Chani, gibt es irgendetwas, das du gerne essen würdest?“

Sie sah ihn hingebungsvoll an.

„Mohinga! Unser Nationalgericht. Endlich einmal wieder. Das wäre so großartig. Und Falak muss es kennenlernen.“

Thura zeigte sich einverstanden und verabschiedete sich für eine kleine Einkaufstour.

„Mohinga“, dachte er und sprach für sich die unausgesprochenen Sätze aus, die dieses eine Wort bei ihm auslösten: „Jetzt, wo Aye-Aye nicht mehr lebt, können wir sie wieder kochen.“ Oder sollte er Skrupel haben, weil er ihr Andenken damit entehren, ihr Leid übergehen oder sie in Vergessenheit bringen würde? Er schüttelte sich kurz und ging zum Auto. Die Mohinga könnte ja auch andere Sätze auslösen: „Jetzt, wo Falak hier ist, muss er auch unsere birmanischen Essentials kennenlernen“, oder: „Jetzt, wo ich beschlossen habe, nach Paris zu fliegen …“ – war die französische

Küche nicht berühmt für ihre Extravaganz? Das Leben ging weiter, nicht einfach so, aber trotzdem. Er würde die beste Mohinga seines Lebens kochen. Inzwischen wusste er, dass Gott in allem zu ihm sprechen konnte, um ihn aufzuwecken und zu heilen. Warum nicht durch eine birmanische Suppe?

Am Küchentisch führte die Zusammenstellung der Gästeliste zu einer Art großem Kennenlernen. Chandani erzählte gerade von Junn und Zeya, ihren Nachbarn.

„In Birma werden Nachbarn wie Verwandte behandelt. Man teilt das Land mit ihnen, die Erfolge und die Sorgen, leiht, schenkt, bittet. Ich weiß noch, wie wir bei einer unserer Lehrerinnen in einem Vorort von Paris im Garten saßen, es war ein Samstagnachmittag, und plötzlich fingen um uns herum alle an, den Rasen zu mähen, in mehreren Gärten gleichzeitig. Ich habe so laut gelacht, als ich verstand, wo der Lärm herkam, aber niemand anders schien das komisch zu finden. Wieso müssen zehn Haushalte jeweils einen eigenen Rasenmäher haben? So etwas würde in Birma niemals passieren." Sie lachte bei der Erinnerung. „Junn war jünger als meine Mutter, mehr eine große Schwester, eine einfache Frau, lebenslustig, sie hat mir gutgetan. Ohne sie – keine Ahnung, was aus mir geworden wäre …"

Falak erzählte von Shiv, seinem „Freund von nebenan", der jetzt Neuropsychologe war und Vater von Zwillingen, ein überzeugter Hindu.

„In gewisser Weise verdanke ich ihm, dass ich hier bin, he? Er hat mich quasi nach Kanchipuram geschickt."

„Dann muss er unbedingt auf die Liste! Ich möchte mich persönlich bei ihm bedanken."

Der Name, der als nächster besprochen wurde, war Tari, Tanushri Teresa Williamson aus London.

„Erzähl mir, wie sie ist."

Falak schloss kurz die Augen und sah jetzt so aus, als würde er sich an einen Gedanken anschmiegen.

„Tanushri ist, deshalb heißt sie wohl auch so, eine echte Schönheit. Ihre Haut ist fast schwarz und erinnert irgendwie an pures Öl. Wir wissen nicht, wer ihre Eltern sind, aber ganz bestimmt waren nicht beide Inder oder auch niemand von beiden. Sie hat sehr hohe Wangenknochen, was ihr etwas sehr Exotisches gibt, und Grübchen, die das Strenge an ihr zum Schmelzen bringen. Ich frage mich, ob du sie als eitel empfinden würdest oder als arrogant. Ich glaube, sie ist einfach ein Mensch, der es gewohnt ist, verwöhnt und mit Aufmerksamkeit überschüttet zu werden. Ein Mensch, der immer durch seine Schönheit auffiel, den immer alle süß fanden, berühren wollten und kosen. Jeder wollte ein Foto mit ihr machen. Ihr ist vieles zugefallen und sie hat es gar nicht gemerkt, denn sie kannte es nicht anders. Puh, wenn ich es erzähle, merke ich, wie anstrengend das manches Mal sein konnte."

Er trank einen Schluck Kaffee, schwarz, ohne Milch und mit viel Zucker.

„Ich denke gerade an ein Gespräch mit ihr zurück, in dem ich sie warnte, niemals zu vergessen, wo sie herkommt. Ich bat sie, die schwierigen Aspekte ihrer Geschichte nicht auszublenden, das Slum, das Kinderheim, den Rassismus unserer Großeltern, in gewisser Weise auch die Kinderlosigkeit unserer Eltern. Aber sie raunzte mich an und fragte, ob ich wirklich meine, jeder müsste sich das Leben unbedingt schwer machen, und warum ich nicht einfach einmal dankbar sein könnte. In gewisser Weise war das sehr bezeichnend für uns."

„Also versteht ihr euch nicht gut? Oder seid ihr euch trotzdem nah? Ich hatte nie eine Schwester oder einen Bruder. Ich weiß nicht, wie das ist."

Falak überlegte einen Moment. „Ich verehre sie, ich bin stolz auf sie. Sie kann einen bezaubern mit ihrem Charme und zur Weißglut bringen mit ihrer Selbstgefälligkeit. Sie weiß nichts von meinen Entdeckungen bei Franziskus, meinem Ringen um Anstand in diesem Business und um Ausdauer. Sie ist definitiv eine von denen, die Labels chic finden."

Er sagte „chic“ mit einer hellen, kreischenden Stimme und warf dabei die eine Hand wedelnd in die Luft.

„Uns trennen Welten, aber unsere Gemeinsamkeiten können zwischendurch ein Band zwischen uns schaffen, ein lockeres, aber es ist eine Verbindung da.“

Chandani dachte, wie gerne sie eine Schwester gehabt hätte, jünger oder älter, jemanden, der nah war, weil er Gemeinsamkeiten teilte, die man nicht erst finden musste. Sie dachte an Ye und dass ihre Freundschaft und die Verbindung ihrer beiden Familien viel von dem aufgewogen hatten, was sie lange Zeit sehnsüchtig vermisst hatte. Yes Geschwister und Eltern, Ben und Marie-Suu waren Teil ihrer Familie geworden, hatten mit der Zeit Orte für sie geschaffen, an die sie jederzeit fliehen konnte, wenn nötig, und hatten ihr die Geborgenheit geschenkt, den vertrauten Raum, der sonst jahrelang nirgends für sie existiert hatte. Was hatte Aye-Aye bloß davon abgehalten, jemals in diese urmenschlichen Bezüge zu investieren? Waren keine mütterlichen Gefühle geblieben, keine Spur von Neugier? Hatte es Freundinnen in ihrem Leben gegeben? Vertraute? Heimweh nach Birma? Oder hatte ihr das zurückgezogene Leben mit Pran tatsächlich alles gegeben, was sie sich wünschte? War er der Seelenverwandte, der alles für sie sein konnte – Mann, Freund, Kind und Bruder? Sie hatte nach Enkelkindern gefragt, also war doch ein Interesse in ihr gewesen, wenn wohl auch keine große Sehnsucht.

Eine Familie war etwas Kostbares, erst wenn man älter wurde, wusste man das richtig zu schätzen. Aber Familie, das waren niemals nur ein Ehepaar und dessen Kind oder Kinder, es waren Großeltern und Cousins, die angeheirateten, die sogenannten unehelichen, die erhofften Kinder und die Fehlgeburten, die Legenden, die Alten und die Verstorbenen, über die man sich Anekdoten erzählte, Tanten und Onkel, Freunde der eigenen Eltern und deren Enkel, denen man plötzlich als Lehrerin gegenüberstand. Familie war, was man über eine Sippe sagte, was sie bewirkt hatte und wofür sie einstand, bedeutete Abgrenzung und Rivalität, Abschied, Streit und Selbstfindung und am Ende immer auch Identität, Erbe, Verantwortung, Wiedersehen und unsichtbare Bande. Familie war, wenn einen die Ähnlichkeiten mit dem eigenen Vater als Sechzehnjährige ärgerten und als Sechsunddreißigjährige plötzlich stolz machten. In Birma wurden Nachbarn zu Angehörigen, so war es seit Generationen üblich, und diese Sitte machte aus Menschen, die zufällig denselben Boden beackerten, Geschwister. Diese Tradition hatte etwas sehr Richtiges, dachte Chandani, denn sie zeigte, dass Familie auch bedeutete, die Fremden von nebenan um Hilfe zu bitten. Familie, das waren auch Junn und Zeya, Khin und Sunati. Der Salon war Familie gewesen. Die Straße mit der ganzen Rasselbande aus Kindern, die spielten, zankten, Geburtstag zusammen feierten und miteinander erlebten, wie das Leben sie veränderte, wachsen ließ oder kleiner machen wollte. Familie war auch die Hausärztin, die die Diabetes von drei Generationen behandelt hatte. Ja, Familie, das war weit mehr als nur das, was man Angehörige nannte, es waren die familiären Räume, die Menschen schufen, in denen Kinder und Erwachsene und alte Menschen ein Zuhause fanden, die Neugeborenen, die Kranken und die Sterbenden. Orte, an denen Erfolg und Scheitern gut aufgehoben waren. Die Winkel überall in dieser Welt, in der man eine Ahnung von der Verwandtschaft von Familie Mensch bekam. Familie waren auch die Seelenverwandten, die Kollegen und Kommilitonen, die ihre Fragen und Antworten mit einem teilten, und die Menschen, die bei „Walk on“ unweigerlich mitsangen, den Text auswendig kannten und ähnliche Bilder vor Augen hatten. „Meine Mischpoke“ hatte ihre New Yorker Freundin Miriam ihre Familie immer genannt, und etwas lag in diesem Ausdruck, das Chandani sehr mochte: ein Schmunzeln, lachender Abstand, gemeinsamer Jubel und gleichzeitig das Zusammengehörigkeitsgefühl, das mitweinen konnte.

Falak nahm ihre Hand. „Als ich ihr von dir erzählt habe, war sie mir nah.“

Chandani sah ihn neugierig an.

„Irgendwann werden wir uns von den anderen Frauen und Männern in unserem Leben erzählen, ja? Von Verliebtheit, von Hoffnungen, die sich nicht erfüllten für uns oder die wir selbst enttäuschten, von Schwärmerei und von Liebe, die es gab. Es war jedenfalls nicht das erste Mal, dass ich Tari von einer Frau erzählte, die mich faszinierte. Aber sie merkte, dass dieses Mal etwas anders war."

„Was? Was ist dieses Mal anders?"

Chandani wollte es hören.

„Tari meinte, ich klänge glücklich. Ich würde diesmal gar nicht von den Haken an der Geschichte sprechen, von möglichen Hindernissen. Ich würde schwärmen statt Bedenken zu äußern. Das gefiel ihr wohl."

„Mir auch."

Sie berührte das rote Baumwolltuch und zupfte einmal vorsichtig an dem Knoten, sodass Falak zurückschrak.

„Was ist?", fragte sie, jetzt ebenfalls erschrocken.

Er wirkte auf einmal ganz anders, alarmiert oder eingeschüchtert? Sie hätte es nicht sagen können und zog sich etwas zurück. Da griff er selbst zu dem Knoten, öffnete ihn, nahm das Tuch langsam ab und hielt ihr seinen so ungewohnt nackten Hals hin.

Sie besaß so viel Selbstkontrolle, dass sie nicht zusammenzuckte. Dann streichelte sie vorsichtig über die Narbe. Sie reichte von einem Ohr zum anderen, mittig, rund um seinen Hals, und wirkte an einigen Punkten wie ausgefranst, als habe ihn ein wildes Tier gebissen. Er ließ es zu, hielt aber die Augen geschlossen und öffnete sie erst wieder, als sie jetzt ihre Hand sinken ließ. Fragend sah sie ihn an, aber er konnte nur die Achseln zucken. Es klang rau und dumpf, als er sagte: „Ich weiß es nicht. Es muss in den ersten drei Jahren passiert sein."

„Was denkst du, was geschehen ist? Du hast dir doch sicher irgendeine Erklärung ausgedacht für diesen grausamen Schnitt."

Er schluckte und die Narbe schien gefährlich zu pochen.

„Jemand mit einem großen Messer, das, Gott sei Dank, zu stumpf war oder ihm rechtzeitig von jemandem aus der Hand geschlagen wurde. Ihm oder ihr."

Sie nickte. Vielleicht würde sie irgendwann weiterfragen, ob dieses Bild noch konkretere Formen angenommen hatte. Jetzt stand sie auf, nahm seinen Kopf in ihre Hände, dann beugte sie sich zu seinem Hals und küsste die Narbe behutsam, berührte mit ihren Lippen zärtlich jede Stelle, an der sein Hals so verwundet war. Dann nahm sie das Halstuch und band es ihm wieder um. Er umarmte sie und hielt seinen Kopf zwischen ihren Brüsten verborgen, als wolle er sich verstecken. Sie merkte, wie schwer ihr wurde bei dem Gedanken, was er erlebt haben musste, und dachte, wie gerne sie ihm zeigen würde, dass jetzt etwas anders wurde, dass etwas Neues in seinem Leben war, sie, die ihn beschenken würde, aber sie wusste, sie würde diese Worte jetzt nicht finden. Sie lösten sich langsam und sahen sich schweigend an. Es würde noch einiges zu entdecken geben.

„Ich freue mich auf dich", flüsterte er.

Einvernehmlich wandten sie sich wieder ihrer Gästeliste zu.

„Deine Eltern. Wie sind sie?"

Er versuchte, sich zu konzentrieren, rieb sich mit der Hand einmal über sein Gesicht und räusperte sich.

„Mein Vater, er ist ein großer zäher Mann, ein kluger Kopf, der sich für jedes Thema erwärmen kann, besonders allerdings für klassische Musik, Oldtimer und Literatur. Er hat immer zu viel geraucht, man hört es seiner Stimme jetzt an. Und seine Essgewohnheiten sind mehr als eigenartig. Eigentlich mag er nur Toastbrot und Fleisch. Meine Mutter zwingt ihn dazu, auch Gemüse zu essen, Reis und Chapatti mit Kurma und Samba, aber mein Verdacht ist, dass er es meistens dem Hund unter dem Tisch gibt." Er lachte und schüttelte den Kopf. „Man kann sich angeregt mit ihm unterhalten, muss sich nur nicht wundern, wenn er sich plötzlich in einem ausgiebigen Monolog über irgendein Detail der Geschichte auslässt, von dem man sich fragt, wie er es entdeckt und obendrein noch so genau im Gedächtnis behalten haben konnte. In solchen Momenten bewundere ich ihn wirklich. Alle reden zum Beispiel gerade über den Zweiten Weltkrieg, etwa über den Nationalsozialismus und den deutschen Widerstand, da beginnt er von einem Dietrich Bonhoeffer zu erzählen, dessen Namen einige aus der Runde vielleicht schon einmal gehört haben. Aber er kennt nicht nur den Namen, er sitzt da und erzählt, dass Bonhoeffer ein Berliner Theologe war, erwähnt seine Verlobte, einige oder gar alle Titel der Bücher, die er geschrieben hat, und während alle an seinen Lippen kleben und sich fragen, ob er zufällig gerade auf dem Klo einen Artikel über dieses Thema gelesen hat, teilt er ihnen noch mit, dass dieser Bonhoeffer am neunten April erhängt wurde, im Alter von neununddreißig Jahren, nur einen Monat vor der Befreiung, bevor sich Hitler des Leben nahm und die bedingungslose Kapitulation der deutschen Wehrmacht unterzeichnet wurde."

„Aber du hast es ja auch bis in alle Einzelheiten behalten!"

Chandani lachte ihn an.

„Ja, mein Vater hat mich eben geprägt. So ist er. Belesen, gutmütig, aber man soll sich nicht vertun oder ihn unterschätzen, denn er ist ein schlauer Fuchs."

„Und deine Mutter?"

„Sie ist, ganz passend zu ihm, eine zähe Frau, hübsch, sehr agil, selbstbewusst, warmherzig und ganz unglaublich vielseitig. Sie kocht und backt und pflegt den Garten, hat Tari und mir Klavierunterricht gegeben, kann singen und Geschichten erzählen und würde jeden von uns abhängen, wenn wir um die Wette laufen oder schwimmen müssten. Sie ist eine große Gastgeberin und versteht es, Menschen miteinander ins Gespräch zu bringen, eine Seele der katholischen Gemeinde, die Leiterin des Chors, dabei eine wahrhaft britische Gesellschafterin. Sie liebt ihre Enkelkinder und fährt jetzt wieder häufiger nach London zu Tari. Auch sie kann ausführlich erzählen und dir bis in alle Einzelheiten irgendein Beziehungsproblem darstellen von Leuten, die du noch nie in deinem Leben gesehen hast, die sie mit ihrer Menschenkenntnis aber ergründet hat und auf die richtige Spur zu bringen plant. Ja, manchmal ist es schwer, bei uns zu Hause zu Wort zu kommen."

Sie hörte ihm gerne zu, wenn er so erzählte. Malte sich aus, seinen Eltern eines Tages gegenüberzustehen und Tari. Hoffte, dass sie einander mögen würden, sich unterhalten könnten.

Falak sagte abschließend: „Die beiden ergänzen sich irgendwie gut, ertragen ihre Marotten und Launen und schaffen ein Zuhause. Sie haben eine Frömmigkeit, die ihnen über die Jahre viel Halt gegeben hat. Und sie haben viel Gutes getan mit ihrem Geld, meistens ohne darüber zu sprechen, ich habe es wenn, dann meistens zufällig und erst im Nachhinein mitbekommen. Du wirst sie mögen, glaub mir."

Chandani wollte ihm glauben, und das reichte für heute wohl auch.

Sie stand auf, um sich ein Wolltuch zu holen. Es war Abend geworden und hatte sich merklich abgekühlt. In der Nacht würde es sicher noch einmal Regen geben. Es schüttete in dieser Zeit des Jahres jedes Mal nur kurz, aber ergiebig und nahm alles mit in sein Rauschen, sodass die Stille dazwischen ebenfalls auffallend hörbar war.

Thura kam zurück, bepackt mit zwei großen braunen Papiertüten mit seinen Einkäufen, und hievte sie in die Küche.

„Na?", fragte er, „stehe ich denn auch auf der Liste?"

Sie lachten ihn an und versicherten ihm, sein Name wäre der erste, den sie notiert hatten.

„Na, dann will ich mal Mohinga kochen."

Chandani und Falak besprachen sich weiter. Sie beschlossen, Keisuke einzuladen, und Chandani fragte, scheinbar an Falak gerichtet, aber etwas lauter als nötig: „Ob wir Midori auch einladen? Dann hätte Thura eine Tischnachbarin."

„Chani?", rief Thura da. Und als sie sich zu ihm umdrehte, forderte er sie auf: „Schnapp!", warf ihr eine Packung Pistazienkekse zu und sagte dann warnend: „Du hast Glück gehabt, eigentlich wollte ich den Fisch werfen."

Sie freute sich, dass er so fröhlich war.

„Also", fasste Falak zusammen. „Thura. Meine Eltern. Tari, ihr Mann Chris, die kleine Sonia und das Baby, es ist ein Junge, aber ich weiß seinen Namen gerade nicht. Weiter: Ye, Ben und Marie-Suu. Khin und Sunati. Junn und Zeya. Shiv und seine Familie. Mein Freund Santosh. Keisuke und Midori. Was ist mit dem Priester? Irgendwie hat er auch seinen Teil dazu beigetragen, dass wir uns kennengelernt haben. Wäre es nicht schön, ihn dabeizuhaben? Oder wäre das komisch?"

Chandani sah zu Thura hinüber. Sie hatte bemerkt, dass er kurz in seinen Bewegungen innegehalten hatte, und er schien jetzt angespannt, als würde er die Luft anhalten. Wie viel Rücksicht war gut, hilfreich, nötig? *Musste* sie ihn vielleicht gar nicht schonen? Wusste er, dass Aye-Aye Pran geliebt hatte? Und was für eine Sorte von Liebe war das eigentlich gewesen?

Sie wandte sich Falak zu und sagte eindeutig: „Wir könnten ihm vielleicht schreiben, ihn informieren, aber ich möchte ihn nicht in unser Haus einladen, nein, das wäre eindeutig ganz unangemessen."

Sie fragte sich kurz, ob sie nur wegen Thura so reagierte und ob sie ihn einladen würde, wenn er nicht wäre, aber merkte jetzt, dass sie selbst sich unwohl fühlte bei dem Gedanken, ihn hier zu begrüßen.

Falak sah kurz zu Thura und schrieb dann auf das Papier zwischen ihnen: „Erklär es mir später", und damit war ihre Gästeliste abgeschlossen.

Am Abend aßen sie köstliche Mohinga, schwiegen, schlürften, aßen weiter und lächelten sich zwischendurch über den Rand ihrer tiefen Suppenschüsseln an.

Schließlich äußerte Chandani vorsichtig eine Bitte.

„Ich weiß, wir sind alle müde und der Tag ist wahrlich ereignisreich gewesen, aber ich habe noch einen Wunsch. Ob ich euch wohl meinen Vortrag für Paris vorlesen dürfte? Und ihr tut für einen Moment mal so, als wäret ihr Reporters sans frontières, engagierte oder desillusionierte Kolleginnen und Kollegen, Journalisten, Reporter, Redakteure, Fotografen, Auslandskorrespondenten, Volontäre und so weiter aus aller Welt? Das würde für mich den Tag vollkommen machen."

Thura sagte, sie könne sich nicht vorstellen, wie gespannt er sei, er könne es wirklich kaum erwarten und auch für ihn wäre das ein passender Abschluss dieses wahrhaft besonderen Tages. Er hatte wieder diesen Ausdruck im Gesicht, der Chandani an ein kleines Kind erinnerte. Falak grinste nur, vollkommen einverstanden, und teilte, während Chandani lief, um ihr Konzept zu holen, Thura eine kleine Neuigkeit mit.

„Ich werde sie übrigens begleiten. Wir fliegen zusammen nach Paris. Es scheint mir ein guter Ort zu sein, um Leichtigkeit zu erleben."

Thura sah sehr zufrieden aus und zwinkerte ihm zu: „Ja, ‚zusammen fliegen' – das ist gut, da hast du recht. Und es klingt ja beinahe schwerelos."

Die beiden Männer sahen sich an.

„Ihr liebt euch?", fragte Thura leise und Falak nickte.

„Sollte ich dich um ihre Hand bitten?", fragte er mit skeptischem Ton?

„Du möchtest nur die Hand haben? Das würde ich niemals zulassen. Aber meinen Segen, wenn ihr beide euch ganz nehmt, den verspreche ich dir."

Falak schüttelte lachend den Kopf. Dann wurde Thura von einer Erinnerung weggelockt und erzählte: „Als sie geboren wurde, war sie klein, sehr klein. Sie kam zu früh, als hätte sie es vor Neugier nicht mehr ausgehalten. Ich konnte sie in einer Hand halten."

Zur Untermalung zeigte er Falak seine große alte Männerhand. Und einem spontanen Impuls folgend, strich er Falak damit über den Arm, hielt seinen Unterarm einen Moment fest, drückte ihn dann kurz und zog seine Hand wieder zurück.

„Es hat heftig geregnet, der Boden ist ganz aufgeweicht.", teilte Chandani ihnen mit, als sie jetzt von draußen zurück in die Küche kam, und sah die beiden fragend an: „Also, seid ihr so weit?"

Thura und Falak setzten sich erwartungsvoll hin, sodass ihre ganze Haltung Aufmerksamkeit signalisierte, und warteten ab. Chandani stellte sich in die Mitte der Küche, hielt einige Blätter

Papier in der Hand und sagte erklärend: „Ich spare mir die Begrüßung jetzt, das ganze ‚Hallo' und ‚Danke für die Einladung' und ‚Je suis heureuse d'être à Paris', und halte euch nur den Vortrag, okay?"

Und als die beiden Männer nickten, begann Chandani und sprach, erst etwas stockend, dann immer überzeugter, schließlich so leidenschaftlich, als habe sie vergessen, wo sie war.

„Wenn ich Kopfschmerzen habe, bin ich manchmal kurz davor, eine Tablette zu schlucken. Aber weil ich ein Lese-Freak bin, werfe ich jedes Mal einen Blick auf die Packungsbeilage. Dann erscheinen mir die Nebenwirkungen meist schlimmer als die Kopfschmerzen selbst und ich verzichte, massiere mir die Schläfen, trinke Wasser oder schlafe, wenn möglich, eine Stunde. Als die Kopfschmerzen eine Zeit lang schlimmer wurden und in kürzeren Abständen kamen, bat ich meine Ärztin um Hilfe, und wir konnten die Ursache finden und beheben.

Ich habe Respekt vor Menschen, die forschen und neue Medikamente entwickeln. Ich habe Vertrauen zu meiner Ärztin. Zu dem Medikamentenhersteller empfinde ich eine vorsichtige Distanz, er unterhält zwar das Forschungslabor, aber will am Ende doch vor allem Profit machen. Ja, eigentlich freut er sich, wenn ich Kopfschmerzen habe, freut sich auch, wenn sie durch die Einnahme seines Produkts verschwinden, und freut sich, wenn ich dieses Erlebnis öfter habe. Der Packungsbeilage traue ich, weil sie von einer unabhängigen Instanz verfasst wurde. Ein Gesetz sorgt dafür, dass es hoffentlich so ist und auch so bleibt. Nicht, dass ich alles verstehen würde, was ich lese, oder jedes Mal alles lese, aber ich weiß, es gibt eine Quelle, die mir auch die unbeliebten Nebenwirkungen verrät.

Pressefreiheit bedeutet für mich, im Bild gesprochen, diese unabhängige Instanz zu haben, die uns Packungsbeilagen liefert. Wir können niemanden dazu zwingen, Zeitungen zu lesen, sie ganz zu lesen und nicht nur den Sportteil, Nachrichten zu hören, Hintergrundberichte, Reportagen und Interviews mitzuverfolgen. Viele Menschen interessieren sich nicht für Beipackzettel, sie vertrauen einfach ihrem Arzt, der Partei, der schon ihre Eltern vertrauten, oder sogar dem Pharma-Unternehmen und der von ihm bezahlten Werbung. Sie sind froh, dass es ein Rezept gibt gegen das Problem, und das reicht ihnen. Man kann aber beobachten, dass, je gefährlicher eine Krankheit ist, je ungewöhnlicher und deshalb kostspieliger das Medikament, sich die meisten Menschen doch motivieren lassen, sich mehr Informationen zu verschaffen. In Kriegszeiten ist es zum Beispiel meistens so, zumindest anfänglich. Wie auch immer ... Grundsätzlich gilt, dass jeder Mensch das Recht hat, sich über die Zusammensetzung eines Medikaments, eines Parlaments oder eines Parteiprogramms, seine Wirkstoffe und alle bekannten Nebenwirkungen, Kosten und Opfer informieren zu können. Dann kann er selbst entscheiden, ob er das Medikament nutzen will oder nicht. Er kann abwägen, welches die bessere Alternative für ihn ist, ob er es schluckt oder sich weigert und andere Lösungen sucht.

Ohne Pressefreiheit gibt es nicht genügend Informationen und keine Möglichkeit, zwischen den Alternativen zu wählen.

Nur um nicht falsch verstanden zu werden: Ich halte die meisten Beiträge meiner Kolleginnen und Kollegen für literarisch weitaus ansprechender und sprachlich gelungener als die jetzt oft zitierten Packungsbeilagen ...

Aber pardon, verzeihen Sie, wenn ich noch offener spreche: Pressefreiheit ist ein hohes Ideal für mich, aber ich halte sie für ein unerreichtes Ideal, ja, ich glaube, dass sie in unserer heutigen Welt tatsächlich äußerst selten geworden ist. Auch in den Demokratien dieser Welt und natürlich in den Diktaturen, ist das Bild, das die Medien für uns malen, im besten Fall unvollkommen, nur ein Teil der Wahrheit, im schlimmsten Fall, der immer wieder eintritt, ist das Bild gefälscht oder vermittelt durch die Art der Darstellung eine falsche Sicht. Eine Packungsbeilage ist nicht erst dann falsch, wenn sie bewusst lügt – und wir wissen, dass auch in respektablen, demokratisch gewählten Volksvertretungen betrogen und getäuscht wird –, sondern sie hat schon ihr Ziel verfehlt, wenn sie etwas verschweigt.

Eine Instanz, die, im Bild gesprochen, nicht abhängig ist vom Erfolg des Labors, vom Profit des Pharma-Konzerns und vom Einkommen der Ärztin, von Börsenzahlen, Einschaltquoten und Umfrageergebnissen, unabhängig vom Image eines Medikaments und vom Imageverlust, den Krankheit und Schwäche bedeuten, weil sie nicht an Imagepflege, sondern an Wahrhaftigkeit interessiert ist, gibt es kaum mehr. Die Nebenwirkungen werden allzu oft verschwiegen. In Diktaturen unter Mordandrohung, in Demokratien mit Versprechungen.

Fast alle Wissenschaftler, fast alle Wissenschaftlerinnen aber würden sich wehren, wenn man sie dazu zwingen würde, eine von ihnen entdeckte Nebenwirkung zu verheimlichen. Das ist eine Frage der Ehre, des Berufsethos. Und so wehrt sich jeder Journalist, jede Journalistin, wenn Beiträge zensiert werden. Wir wissen, dass wir verloren haben, wenn wir uns unseren Text diktieren lassen würden, ob von einem wahren Diktator oder von einem vorsichtigen Chef, der seinen Posten retten will, von Mode, bloßem Kalkül oder Mehrheitsmeinung. Jeder von uns, jede Agentur, jede Redaktion und jeder Sender, die journalistische Zunft und jeder Mensch muss immer wieder darauf achten, dass er nicht hörig wird oder kurzsichtig. Und manchmal fürchte ich, dass wir es überhaupt nicht mehr merken würden. Denn in einer Welt, in der Macht und Geld, um ihre eigenen Interessen durchzusetzen, die Freiheit immer selbstverständlicher missachten, ist es schwer, sich überhaupt eine eigene Meinung zu bilden und sie dann auch auszusprechen.

Ich musste bei der Vorbereitung dieses Vortrags oft an meinen Vater denken."

Chandani hielt kurz inne. Thura hatte sie die ganze Zeit über konzentriert angesehen, hatte genickt, gelächelt, leise applaudiert, die Stirn hochgezogen, mit dem Zeigefinger auf sie gezeigt, wie um verstärkt auf sie hinzuweisen, die Frau, die da vorne sprach. Jetzt wartete er noch gespannter, was kommen mochte, was Chandani von ihm erzählen würde. Sie wiederholte ihren letzten Satz und fuhr fort:

„Ich musste bei der Vorbereitung dieses Vortrags oft an meinen Vater denken. Ein birmanischer Journalist, der für seine Überzeugungen eingesperrt, gedemütigt und gefoltert wurde und im Exil lebt, weil seine Texte zensiert wurden und er Berufsverbot bekam. Ein Mensch, der immer an die Anteilnahme der Bevölkerung glaubte, an die Demokratie, und der sah, dass die Presse eine wichtige Aufgabe erfüllt, um diese Beteiligung zu ermöglichen. Weil freie Bürgerinnen und Bürger einen freien Zugang zu allen Informationen haben müssen, die sie brauchen.

Mein Vater hat meinen ersten Essay, den ich über Freiheit geschrieben habe, zerrissen. Und das ist wörtlich zu verstehen." Sie grinste kurz. „Ich habe ihm, als ich in den Ferien nach Hause kam, den Text vorgelegt, stolz, denn er war mit der besten Note bewertet worden, aber er hat ihn zerrissen. Nicht wegen der Grammatik, meiner Wortspiele oder mangelnder Zeichensetzung."

Falak drehte sich zu Thura und sah ihn fragend an und der nickte bestätigend und bedeutete ihm dann, wieder zu Chandani zu sehen.

„Er las, was ich geschrieben hatte, und merkte, dass ich ihm nach dem Mund redete. Nicht nur, dass ich seinen Stil nachahmte, das hätte ihm vielleicht noch geschmeichelt, obwohl ich mir auch da nicht sicher bin. Aber ich hatte geschrieben, was er hören wollte, gab eigentlich nur seine Ansichten wieder. Er gab mir zu verstehen, dass ich auf diese Auszeichnung nicht stolz sein könne und dass ich mein Thema selbst verfehlt hatte, weil ich nicht frei war, zu schreiben, was ich selbst dachte. Er schärfte mir ein, niemals zu schreiben, um anderen zu gefallen, um eine gute Note oder einen Preis dafür zu bekommen. Er warnte mich, dass die Abhängigkeit von dem, was andere hören wollen oder von uns erwarten, schnell sehr bestimmend werden kann und uns unsere Unabhängigkeit kostet. Die Pressefreiheit aber hat sehr viel mit der Freiheit derer zu tun, die für sie arbeiten, denjenigen, die ‚die Presse' sind. Er ermutigte mich, zu sagen, was ich selbst denke, was ich wirklich fühle, und von dem zu reden, was ich weiß, von meinen eigenen Überzeugungen. Es hat mich damals natürlich sehr irritiert, aber ich wusste bald, dass er mir etwas ausgesprochen Wichtiges vermittelt hatte. In gewisser Weise ist das sein Erbe an mich: Niemals mitmachen, nur um dabei zu sein, auch wenn du etwas anderes als richtig erkannt hast."

Thura hatte den Kopf schräg gelegt und war sichtlich gerührt und seine Gesten der Zustimmung zeigten, dass er stolz auf seine Tochter war. Aber noch etwas anderes zeigte sich auf seinem Gesicht: ein Ausdruck von Frieden, als sei Chandanis Engagement die erhoffte Entlastung, das Zeichen dafür, dass er zurücktreten durfte, das Feld der Jüngeren überlassen. Oder auch als ergebe seine Mühe jetzt einen Sinn, weil jemand fortsetzte, was er begonnen hatte, weil er vertrauen konnte, dass sein Anliegen bei ihr gut aufgehoben war, sie sich um dieses Erbe kümmern würde.

Falak war zwischendurch ein bisschen nervös geworden. Er sah Chandani, wie er sie noch nie vorher erlebt hatte: so selbstbewusst, bissig und frei. Er hatte keine Mühe, sie sich an einem Rednerpult auf einer Bühne vorzustellen. Aber wo würde er solange sein? Im Publikum, in der ersten oder in der letzten Reihe? Zu Hause, in einem seiner Betriebe oder in seinem Büro? Bei den Kindern? Bei dem Gedanken wurde er noch nervöser, wohlig aufgeregt jetzt. Er merkte, wie klug es von Chandani gewesen war, nach einer gemeinsamen Aktion mit ihm und Ye zu fragen. Er verstand jetzt, in diesem Moment, dass es ihr dabei nicht darum gegangen war, Ye wiederzusehen, das würde sowieso geschehen, sondern dass sie tatsächlich etwas mit ihm gemeinsam entwickeln wollte, ein Projekt, aber noch mehr eine Idee für ihr gemeinsames Leben. Er überlegte, ob es etwas gab, das er ihr schenken könnte? Ein Ring wäre das Falsche, diese Sorte Symbol würde sie ablehnen, da war er sich sicher – und wo sollte er ihn außerdem hernehmen? Irgendetwas, das sie nicht vergessen würde. Jetzt hörte er aber erst noch zu, wie sie weitersprach.

„Wir leben in einer Zeit, in der Bomben ‚Daisy-Cutter' heißen, nach Gänseblümchen benannt, und Kriege Namen wie ‚Enduring

Freedom' haben und ich bin mir sicher, dass es die Pressefreiheit in diesen Zeiten schwer hat. Was für eine Art von freedom ist hier genau gemeint? Wem gilt sie? Und kann sie unbeschädigt bleiben von den Mitteln, mit denen sie durchgesetzt wird? Meine Freundin Ye macht mich immer wieder darauf aufmerksam, wenn ich Ausdrücke benutze, die, aus einem Teil der Welt exportiert, in anderen Sprachen und Gegenden überhaupt keinen Sinn machen. Wie soll ich in Indien ‚in ein Haus schneien', wenn dort niemals Schnee liegt? Wir müssen damit rechnen, dass etwa die Vorstellung von ‚enduring freedom' nicht überall auf Gegenliebe stößt oder überhaupt als Freiheit verstanden wird. Die Nebenwirkungen haben sich zu oft als tödlich erwiesen …

Wir leben außerdem in einer Welt, in der das oberste Prozent der Bevölkerung über ebenso viel Einkommen verfügt wie die untersten siebenundfünfzig. Ich bin überzeugt, dass es die Pressefreiheit in dieser Welt schwer hat. Medien ermöglichen uns in Sekundenschnelle den Zugriff auf Informationen und doch bleiben wir mit unserem Leben und mit unseren Taten weit hinter unserem Wissen zurück. Weil Wissen nicht dasselbe ist wie Weisheit. Und etwas zu sehen, das uns entsetzt, noch längst nicht bedeutet, dass wir etwas dagegen unternehmen. Unsere großartige wache Kollegin Susan Sontag hat uns immer wieder davor gewarnt, dass die Bilder, die wir zu sehen bekommen, uns zu Zuschauern machen, und wenn wir das Leiden anderer betrachten, unsere Moral geglättet, plattgemacht wird, als würden die Panzer über unser Gewissen rollen. Wir brauchen die Instanz, die Nebenwirkungen beim Namen nennt, sie zum Beispiel nicht kalt und kriegslogisch als ‚Kollateralschäden' bezeichnet, sondern im Detail aufführt, worum es geht: um Tote und Verletzte, von Landminen entstellte Kinder, Waisen, bombardierte Städte und Zivilbevölkerung, Flüchtlingsströme, Verhungern und Verwüstung.

In einer Welt also, in der einige etwas Medizin nennen, das für andere Gift ist, in der wir abgelaufene Tabletten für teures Geld verkaufen oder sie verschenken und uns gut dabei fühlen, in der

Pharma-Unternehmen uns dreist ins Gesicht lügen oder uns Mittel gegen Schmerzen anbieten, die wir ohne sie überhaupt nicht hätten, und, hier hört das Bild endgültig auf, in der wir nicht sicher sind, ob ein Heilmittel gegen Aids gefunden wird und falls ja, ob auch Afrika und Asien etwas davon abbekommen werden, müssen wir um die Pressefreiheit wieder kämpfen.

In einer Zeit, in der diejenigen, die Fragen stellen über Kriege und Waffenlieferungen, Kosten und Profite, wie Feinde behandelt werden und in der denen, die Beipackzettel schreiben oder sie noch aufmerksam lesen, das Gefühl vermittelt wird, frech zu sein oder sogar gefährlich für die nationale Sicherheit, müssen wir um die Pressefreiheit wieder kämpfen.

Das bedeutet, dass wir andere Quellen ausfindig machen müssen, um ein Bild zu bekommen, das der Wahrheit näherkommt, mit Menschen vor Ort sprechen, die Perspektive von direkt Betroffenen einnehmen, ihre Geschichten hören oder lesen, bedeutet, nachzufragen, zu reisen, zu erinnern. Daneben sind wir dazu herausgefordert, Räume zu schaffen, in denen wir um die Wahrheit ringen können, Räume, zu denen die unterschiedlichsten Menschen freien Zugang haben. Wir dürfen außerdem nicht vereinfachen, Ursachen und Zusammenhänge nicht vernachlässigen. Und wir müssen unbedingt die Demokratie-Kraft der Staatengemeinschaft stärken, ihren Friedenswillen, Respekt vor der UNO, müssen dem internationalen Recht Gewicht verleihen, sodass auch nicht eine Supermacht, kein Staat, klein oder groß, ein eigenes Recht für sich in Anspruch nimmt, die UNO verachtet und völkerrechtswidrig handelt. Und: Während wir aufpassen, dass Macht und Geld uns nicht in ihre Klauen kriegen, müssen wir auch dem Zynismus widerstehen. Deshalb wünsche ich uns, dass wir Kraft in Anspruch nehmen, die über uns hinausgeht, Hoffnung, die von sich aus frei ist, heilig und unverfügbar.

Ich danke Ihnen für Ihre Aufmerksamkeit. Merci beaucoup. Offen gestanden hat mir dieser Vortrag Kopfschmerzen bereitet und ich bekomme Kopfschmerzen, wenn ich über diese Welt nachdenke und über meine hohen Ideale, die ich nicht bereit bin, aufzugeben, aber es tröstet mich immer, wenn ich dann einen Beipackzettel sehe ..."

Chandani verbeugte sich vor ihrem kleinen exquisiten Publikum und die beiden klatschten Beifall. Sie setzte sich zu ihnen an den Tisch, trank einen großen Schluck Wasser und für eine Weile wurden Lob, Anregungen, Ermutigung, gegenseitiger Dank, von Thuras Seite aus Anerkennung, von Falak Bewunderung ausgetauscht, bis sie endlich beschlossen, schlafen zu gehen.

Aber bevor sie noch aufstanden, reichte Thura ihnen seine Hände, Chandani ergriff die rechte, Falak die linke, und die beiden gaben sich ebenfalls die Hand. Für ihren kleinen Kreis sagte er: „Segen für die wachende und schlafende Welt. Gnade den Lebenden, den Sterbenden und den Toten. Segen unseren Lieben und allen, die in diesem Haus ein- und ausgehen."

In der Nacht schreckte Thura aus dem Halbschlaf hoch, als er hörte, dass sich die Tür des Gästezimmers öffnete. Warum schlich Falak um diese Uhrzeit über den Flur? Im nächsten Moment hörte er ein Klopfen und hätte fast laut „Herein!" gesagt, als er gerade noch rechtzeitig merkte, dass es gar nicht an seiner Tür klopfte, sondern nebenan bei Chandani. Er konnte nicht verstehen, was sie sagte, aber es führte dazu, dass die Tür sich öffnete und Falak wohl in ihr Zimmer ging. „Ach", dachte er schmunzelnd, „da beschenkt mich das alte hellhörige Haus ja mit einer ernstlichen Offenbarung." Ob es schicklich war, wenn er noch hörte, wie es weiterging? Aber als er nach einigen Minuten eine Mischung aus Rascheln, kleinen Juchzlauten, Seufzern und Kichern hörte, stand er leise auf und holte schnell seinen MP3-Player. Ein breites Grinsen legte sich auf sein Gesicht. Orgelmusik von Johann Sebastian Bach verhinderte, dass er weiterhin Ohrenzeuge sein konnte. Ein paar Minuten später drehte er die Lautstärke noch etwas höher.

Kapitel 22

Irgendwann in der Nacht hatte es wieder geregnet, es war kühl geworden und auch jetzt am frühen Morgen war die Luft immer noch klamm und frisch. Der Juli brachte andere Temperaturen mit sich, die trockene Hitze würde erst in ein paar Wochen zurückkehren. Chandani hatte das Haus durch die Hintertür verlassen und machte sich leise auf den Weg zur Kapelle. Sie trug einen neuen, aber einfachen Baumwollsari, dunkelbraun mit goldenen kleinen Punkten, über der cremefarbenen Choli, darüber einen Schal aus feiner ungefärbter Wolle, den sie sich jetzt enger um die Schultern zog. Sie ging barfuß über den schmalen Weg, der den Garten mit dem Wäldchen verband, und achtete darauf, wo sie hintrat. Eine Mango war frisch vom Baum mitten auf den Weg gefallen und aufgeplatzt, sie schubste sie mit dem Fuß zur Seite, später, das konnte warten. Sie fühlte sich müde, gleichzeitig hellwach – die Stimmung, wenn man einmal nur von Luft und Liebe lebte. Sie sah, dass Thura die Maispflanzen ganz abgeerntet hatte, die Kolben hatte er in eine Kiste geschichtet. Ein Teil der Pflanzen war schon aus dem Boden entfernt und klein geschnitten worden und er hatte den Boden umgegraben. Er musste gestern hart gearbeitet haben. Sie blieb einen Moment vor der Tür stehen, öffnete sie und schlüpfte hinein.

Falak saß in der Mitte der Kapelle auf einem Kissen. Der helle Kurta und seine dunkle Haut bildeten einen anziehenden Gegensatz. Das Glasdach ließ die Morgendämmerung in den Raum, die zusammen mit den Kerzen den Raum in ein warmes, geheimnisvolles Licht tauchte. Sie begrüßten sich schweigend, nur mit kleinen zarten Berührungen und Blicken und Chandani setzte sich ihm gegenüber. Erst jetzt sah sie, dass neben ihm eine der großen Keramik-

Waschschüsseln stand, mit Wasser gefüllt, auf dem einzelne Blütenblätter schwammen. Sie bemerkte den Duft von Lotusblüten und ein kleines Handtuch. Was hatte er vor?

„Ich habe überlegt …“, begannen sie beide, hielten inne und lachten.

„Natürlich haben wir beide überlegt, unnötig, das extra zu erwähnen“, sagte Chandani, „also, wer fängt an?“

Falak nickte ihr zu.

Chandani kniete auf ihrem Kissen und ihr Oberkörper nahm eine aufrechte Haltung ein, ihre Stimme klang feierlich.

„Ich verdanke dem Himmel alles Licht, das ich bin.“ Dann verbeugte sie sich vor ihm. „Und für dich, Falak, möchte ich eine Sonne sein. Ich möchte so leben, dass dein Herz vor Freude schneller schlägt, und meine Liebe soll dir Flügel verleihen.“

Ihre Hand glitt in die kleine eingenähte Tasche ihres Saris und fand, was sie suchte, eine kleine weiße Feder. Sie legte sie in seine offene, ausgestreckte Hand.

„Alles, was ich schenken kann, habe ich gefunden. Alles, was ich bin, verdanke ich anderen. Alles, was ich habe, soll auch dir gehören.“

Falak machte aus seiner Hand eine Mulde, als wolle er die Feder beschützen oder verhindern, dass ein Windzug sie mitnahm. Er sah sie an wie etwas unendlich Kostbares, wie ein Wunder. Dann sah er zu Chandani und deutete mit seinen Lippen einen Kuss an.

„Danke.“

Er legte die Feder behutsam vor sich auf den Boden.

„Und“, sagte sie, „ich möchte dir noch etwas sagen.“

Der Zettel war klein zusammengefaltet am Rand des Saris eingeklemmt. Sie zuckte mit den Schultern, entschuldigend.

„Du weißt, wie schwer es mir fällt, spontan die richtigen Worte zu finden, die angemessen wären, um zu sagen, was ich wirklich meine, also habe ich meinen Text für dich komponiert. Einverstanden?“

„Sehr.“

Sie las. Und obwohl sie den Zettel in der Hand hielt, sagte sie es auswendig, brauchte nicht einmal auf die Worte zu schauen.

„Falak", Chandani flüsterte mehr, als dass sie sprach, „ich möchte dir etwas sagen. Es ist sehr wichtig und ich bitte dich, mir zuzuhören, denn ich mache dir ein Geständnis. Das Geständnis ist, dass ich dir eine große Erlaubnis aussprechen möchte. Ich erlaube dir, mich anzusehen. In meinem Leben bedeutenden Platz einzunehmen. Dich in meine Gedanken zu mischen mit allem, was du bist und wofür du lebst. Ich wünsche mir nichts mehr, als mit dir zu teilen. Und immer, wenn du mich ‚kleine Sonne' nennst, werde ich dem Himmel danken, dass ich dich anstrahlen darf."

Er sah hoch zum Glasdach und sie folgte seinem Blick. Der Himmel wurde langsam heller und man konnte sehen, dass ein kräftiger Wind wehte, der die Wolken jagte. Dazwischen ahnte man das erste Blau des Tages.

„Ich erlaube dir, da zu sein, und freue mich darauf, neben dir wach zu werden und neben dir einzuschlafen, auf den Tag mit dir, den Abend und die Nacht. Und wenn du sogar noch in meinen Träumen erscheinst, will ich dich auch dort willkommen heißen, und auch in meinen Gebeten bist du kein Fremder, kein Gast, sondern einheimisch wie ich selbst. Ich erlaube dir, mich zu beeindrucken mit deinen Worten und Gesten und deinem Erfolg. Ich möchte deinen Gedanken folgen, deinen Gefühlen nachspüren und deinen Glauben besingen. Ich lehne mich an und möchte dein Gewissen schlagen hören und mit dir gemeinsam suchen, wie wir erdgemäß leben können. Aber ich werde dich dabei immer an den Himmel erinnern und dir die weißen Federn schenken, die ich auf dem Boden deiner Tatsachen finde. Ich werde Franziskus ernst nehmen und dir dabei zeigen, dass wir mit den Vögeln sprechen können wie er, weil Legenden etwas Wahres vermitteln. Ja, ich denke mich neben dich, an deine Seite, und wenn du mich plötzlich ansiehst, werde ich nicht wegsehen, sondern halte deinem Blick stand und erlaube dir, in mir zu versinken. Und ich erlaube dir mehr, denn ich sehe dich schutzlos vor mir und liebe dich. Siehst du, wie ich rot werde allein bei dem Gedanken? Es ist, weil ich scheu bin und mir ganz ehrfürchtig wird bei der Vorstellung, dir näherzukommen. Eines Tages wird sich mein Hals anfühlen, als trage er eine Narbe, so sehr sind wir eins geworden."

Er folgte einem Reflex und griff zu seinem Hals mit dem Tuch und sie machte ihm die Bewegung nach. Dann streckte sie ihre Hand aus und er nahm sie. Sie sprach weiter, aber ließ ihn jetzt nicht mehr los. Falak wusste, dass sie über jedes Wort genau nachgedacht hatte. Wann hatte sie überhaupt geschlafen? Er sah die Künstlerin in ihr, hätte ihre Worte singen wollen, mit ihr tanzen und kam sich vor wie in einem Gemälde, als würde sie das alles hier mit Pinselstrichen ins Leben holen und ihn dabei verzaubern.

„Ich zeige dir alles von mir, meine ganze Welt, mein Mich, und du zeigst dich auch. Ich erlaube dir, mich alles zu fragen und dabei in mich hineinzuhören. Ich erlaube dir, dich mit mir zu bewegen, unter mir und auf mir und tief in mir. Ich erlaube es dir. Ich erlaube dir die Tränen, wenn wir uns voneinander lösen und zurücksinken in unsere Kissen. Wie schwer ich mich fühle und wie leicht mir ist, beides. Und unsere Herzen beruhigen sich nur ganz langsam, sie schlagen noch hoch, ich kann den Puls hämmern sehen in deiner Brust. Und wenn wir uns dann anschauen, in diesem besonderen Moment, wenn sich nur unsere Blicke berühren, dann weiß ich, du hast erkannt, wer ich bin. Und du sollst wissen, ich will es so, ich erlaube es dir, und das alles erlaube ich auch mir, für mein Leben gern und mein Leben lang."

Er hatte sie angesehen, als atme er ihre Sätze ein, und so musste sie jetzt erst einmal tief Luft holen. Sie ließ seine Hand los und setzte sich bequemer auf ihr Kissen.

„Danke, kleine Sonne", sagte er.

Er nahm die Feder noch einmal in die Hand und legte sie neben sein Kissen. Dann stand er auf, griff nach dem Handtuch, nahm die große flache Schüssel hoch und stellte sie vor Chandani. Das Aroma der Lotusblüten hatte den Raum gefüllt, aber jetzt nahm sie es noch einmal intensiver wahr.

Er kniete sich neben die Schüssel, direkt vor sie hin.

„In meiner Tradition ist die Eucharistie das Zeichen für die Verwandlung. Göttlicher Geist macht aus Brot den Leib des Herrn, beten wir. Das ist schwer nachzuvollziehen, aber wichtiger ist ja auch und das noch größere Wunder, wenn wir glauben, dass *wir* verwandelt werden können. Dass es möglich ist und uns die göttliche Kraft zu neuen Menschen macht. Ich glaube es, Chandani, und ich glaube es für uns."

Er berührte mit seiner Hand das Wasser und glitt durch die Blütenblätter.

„Lotus, diese indische Blume, ist eine Tempelblume." Er sah sie an. „Ich bringe sie dir, in einen heiligen Raum."

Dann legte er ihr einige einzelne Blütenblätter auf den Schoß. Die Wassertropfen hinterließen Spuren auf ihrem Sari. Sie sah zu, was er tat, und hörte, was er sagte, und auf einmal änderte sich etwas in ihrer Wahrnehmung: Die Kapelle und ihr innerer Raum glitten ineinander, waren nicht mehr zu unterscheiden und sie sah Falak in ihrem heiligen Raum stehen, einen Schritt hinter der Schwelle, mit Lotusblüten in der Hand. Wie konnte das sein? Sie schloss die Augen. Was hatte der Priester damals gesagt? „Nichts kann den Raum betreten, keine Idee oder Größe, die nicht an sich selbst heilig wäre, niemand außer Gott, dem, was Gott an Göttlichem mitbringt, und Ihnen selbst." Sie sah Falak an, wie er sie beschenkte mit den Zeichen, die ihm heilig waren, und hielt den Atem an. Dies hier war heilig. Es war unglaublich.

Falak erklärte: „In Indien sagt man, dass die Lotusblüte der Sitz des Schöpfers ist. Und wir nennen sie Tammipuve, Blume der Sonne. Denn sie blüht auf mit dem Sonnenaufgang und vergeht, wenn die Sonne untergeht, lebt, solange die Sonne scheint. Ich bringe sie dir, kleine Sonne, denn in deiner Nähe blühe ich auf."

Er griff in seine Hemdtasche und sie konnte erst nicht sehen, was er in der Hand hielt. Dann legte er es neben ihre nackten Füße. Drei Nägel, mit einem Bindfaden zusammengeknotet. Sie sah ihn überrascht an.

Zur Erklärung sagte er: „Ye hat mir von dem Triptychon erzählt. Aber ich wollte dir sagen: Dieses Bild von den Nägeln und den verwundeten Füßen und Händen weckt schmerzvolle Erinnerungen, aber ich glaube, dass es überwunden ist." Er holte die Schüssel noch etwas näher.

„Neben der Eucharistie gibt es eine andere Zeichenhandlung, die mir persönlich viel bedeutet, die Fußwaschung."

Sie ahnte jetzt, was er vorhatte, und als er sie ansah, schob sie ihm vorsichtig ihre beiden Füße entgegen. Er nahm behutsam den rechten in die Hand und setzte ihn in die Schüssel. Die Berührung mit dem warmen Wasser war angenehm. Er wusch ihren Fuß mit dem Wasser mit dem Lotusöl.

„Ich möchte deine Wege teilen. Und mit dir fliegen. Nach Paris und durch die Nacht bis ans Ende unseres Verstehens. Ich würde am liebsten immer einen roten Teppich vor dir ausrollen und dich mit Jubel begrüßen. Und ich wünschte, ich könnte alle Wege ebnen für dich, aber das geht nicht. Deshalb will ich deine Füße waschen. Die Kratzer und die Wunden, diese Spuren der spitzen Steine mit duftendem Öl versorgen."

Er setzte den Fuß zurück und stellte ihn auf das weiche Handtuch, dann nahm er ihren linken Fuß und fuhr fort wie vorher.

„Ich glaube an Verwandlung und an Wunder. Und deshalb dachte ich, möchte ich heute deine Verletzungen in meine Hände nehmen und liebkosen. Ich werde sie weiter umbeten, denn dann weiß ich sie geschützt. Und so können wir weitergehen. Unsere Seelen fühlen sich in dieser Welt manchmal barfuß an. Aber ich glaube, das ist gut so."

Er setzte den linken Fuß ebenfalls zurück auf das Handtuch.

„Danke für dich", flüsterte sie und strich ihm mit dem Zeigefinger kurz über die Wange.

Er setzte sich zurück auf sein Kissen. Sie sahen sich an und nach einer Weile stand Chandani auf und legte die Blütenblätter und die drei Nägel neben die Feder.

„Was für armselige Geschenke, kostbarer als alles Gold!", dachte sie. Falak stand neben ihr und schüttelte den Kopf, er musste etwas Ähnliches denken.

„Lassen wir diese Zeichen eine Weile hier liegen, ja?"

Er nickte zustimmend. Dann schlossen sie einander in die Arme und hielten sich einen Moment lang fest.

Das Glasdach ließ erstes Sonnenlicht in den Raum und machte, dass sie nach oben sahen und blinzelten. Er küsste ihre Stirn und sie seine. Chandani nahm Falak an der Hand und gemeinsam verließen sie die Kapelle, schlenderten durch den Garten und auf den Haupteingang zu.

Thura saß auf der Terrasse und trank Tee. Als er sie näher kommen sah, winkte er ihnen und rief, er werde ihnen ihre Tassen holen, und sie riefen ein fröhliches „Ja gerne!" zurück. Wenn er sich wunderte, wo sie so früh am Morgen herkamen, zeigte er es jedenfalls nicht. Einen Moment später saßen sie zu dritt da und tranken Kaffee und Tee.

„Bewegt euch nicht! Psst!", sagte Falak und nahm eine leicht geduckte Haltung ein.

Chandani und Thura folgten suchend seinem Blick und dann sahen auch sie den Falken. Er saß auf dem Pfosten beim Gartentor und schien in ihre Richtung zu sehen.

„Sie kommen wieder. Ihr werdet sehen, sie werden uns alle hin und wieder besuchen."

Thuras Stimme klang am frühen Morgen noch tiefer als sonst und wie er so dasaß, hatte er etwas von einem Propheten, seine weißen Haare wild und ungekämmt, in Longyi und Shirt, die wachen dunklen Augen auf den Falken gerichtet. Chandani hätte weinen können, so sehr berührte sie die Entdeckung des Falken. „Mein Herz sitzt auf Gottes Arm wie ein gebändigter Falke, plötzlich freigelassen, und doch verbunden mit einer unsichtbar göttlichen Kordel."

„Es ist Thuza", sagte sie leise, „ihr könnt ihn an seinem hellen Federkleid erkennen."

Falak berührte sie am Arm und wies sie auf das Gewinde des Brunnens hin.

„Noch einer“, flüsterte er ehrfürchtig.

Die kleine Phyu saß da, von Weitem an ihrem weißen Streifen auf der schwarzen Haube zu erkennen. Einen Moment später bewegte sich zuerst Thuza und dann auch Phyu. Sie schlugen mit ihren Flügeln und selbst aus der Entfernung wirkten sie unglaublich beeindruckend, dann erhoben sie sich und flogen fort. Ihre Blicke folgten den beiden, bis sie nur noch sonnigen Himmel sahen.

Danksagung

Ich möchte den Aktivistinnen und Aktivisten, Mitgliedern von NGOs, Menschen- und Bürgerrechts- und Hilfsorganisationen danken, die ich bei der Entstehung dieses Buches getroffen habe und von deren Wissen, Hilfsbereitschaft und Erfahrungen ich so viel profitieren durfte. Stellvertretender Dank geht an Mukul Sharma, Direktor von „Amnesty International", Indien und an Robert Ménard von „Reporters sans frontières".

Mein besonderer Dank gilt einmal mehr Jayapaul für seine Gastfreundschaft, die mir ermöglicht hat, dieses Buch zu großen Teilen in Indien zu schreiben. Und Dhinakaren.

Außerdem danke ich:

Theo Mebs und Daniel Schmidt, die mir die Welt der Greifvögel zugänglich machten. Donata Wenders für ihre inspirierenden Fotografien und ausdrücklich für die Augenblicksaufnahme von Yōji Yamamoto. Roger Willemsen für seinen Zorn über „daisy cutter". Katharina und Stefan, Christoph, Martin, Marcus und Jonas, Sarah und Martina für ein allererstes deutsches Feedback in Indien. Der Buchhandlung „Alex liest Agatha" in Essen. Dem Brendow Verlag für alle Unterstützung und der Lektorin Anja Brielmann für ihre kühne Großzügigkeit. Paul, einem spirituellen Lehrer und Ka, die eine wahre Ye ist. Schließlich U2 für das Lied „Walk on" und meiner Gemeinde in Essen, die mich aufforderte, über dieses Lied zu predigen und damit diese Geschichte in mir weckte. Am Ende Gott, dem Größten, dem ersten und letzten Wort.

Christina Brudereck